Patricia Cornwell

BODY FARM

Ein Kay-Scarpetta-Roman

Aus dem Amerikanischen von
Monika Blaich und Klaus Kamberger

| Hoffmann und Campe |

Die Originalausgabe erschien 1994 unter dem Titel *The Body Farm*
im Verlag Charles Scribner's Sons, New York
Auf Deutsch erschien der Roman erstmalig 1995 unter dem Titel
»Das geheime ABC der Toten«

1. Auflage 2005

www.hoca.de
Deutsche Übersetzung von Monika Blaich und Klaus Kamberger
© 1995 Droemer Knaur Verlag, München
Schutzumschlaggestaltung: Steigenberger Grafikdesign, München
Umschlagfoto: Bill Ross/CORBIS
Satz: Pinkuin Satz und Datentechnik, Berlin
Druck und Bindung: GGP Media GmbH, Pößneck
Printed in Germany
ISBN (10) 3-455-01101-2
ISBN (13) 978-3-455-01101-2

HOFFMANN
UND CAMPE

Ein Unternehmen der
GANSKE VERLAGSGRUPPE

Für Orrin Hatch,
den Senator aus Utah
und unermüdlichen Kämpfer
gegen das Verbrechen

Die mit Schiffen auf dem Meer fuhren
und trieben ihren Handel in großen Wassern;
die des Herrn Werke erfahren haben
und seine Wunder im Meer …

Psalm 107,23–24

1

Es war der 16. Oktober. Die ersten Sonnenstrahlen vor meinem Fenster trieben Rehe langsam zum dunklen Waldrand zurück. In den Wasserleitungen über und unter mir begann es zu rauschen, und in einem Zimmer nach dem anderen ging das Licht an. Von irgendwoher schrillten Signale und zerrissen die dämmrige Stimmung. Ich war mit dem Krachen von Schüssen schlafen gegangen und auch wieder aufgewacht. In Quantico, Virginia, hört dieser Lärm nie auf. Die Stadt beherbergt die FBI Academy, welche wie eine Insel inmitten von Einheiten der Marines liegt. Jeden Monat verbringe ich mehrere Tage im Sicherheitsbereich dieser Academy. Solange ich es nicht will, kann mich hier niemand erreichen, und es steigt mir auch keiner nach, der im Boardroom, der Kantine, ein paar Bierchen zu viel hatte.

Die Zimmer für neue Agenten und beim FBI hospitierende Polizisten sind spartanisch eingerichtet, doch mir stand eine ganze Suite zur Verfügung mit Fernsehen, Küche, Telefon und einem Badezimmer, das ich mit niemandem teilen musste. Rauchen und Alkohol waren nicht erlaubt, aber ich fragte mich, ob die Agenten und Prozesszeugen, die hier zu ihrem eigenen Schutz isoliert wurden, die Regeln auch nur annähernd so streng befolgten wie ich.

Während das Kaffeewasser heiß wurde, öffnete ich meine Aktentasche und holte einen Ordner heraus, der schon seit meiner Ankunft am Abend zuvor auf mich wartete. Ich hatte noch nicht hineingesehen, weil ich mich vor dem Schlafengehen ungern mit solch einer Sache auseinander setze. In dieser Beziehung hatte ich mich nämlich verändert.

Seit meinem Medizinstudium war ich es gewohnt, mich jederzeit jedem nur erdenklichen Trauma auszusetzen. Ich hatte rund um die Uhr in der Notaufnahme gearbeitet. Ich hatte bis zum frühen Morgen allein im Leichenschauhaus Autopsien durchgeführt. Schlaf war immer wie ein kurzer Ausflug an einen dunklen, leeren Ort gewesen, an den ich mich hinterher kaum mehr erinnerte. Doch im Laufe der Jahre hatte sich in mir eine unangenehme Wandlung vollzogen. Ich bekam Angst vor dem Arbeiten bis spät in die Nacht. Ich hatte immer häufiger Albträume, in denen schreckliche Bilder aus meinem Leben plötzlich aus den verschiedenen Schichten meines Unterbewusstseins emporschossen.

Emily Steiner war elf gewesen. Ihre gerade erwachende Sexualität hatte ihren schmächtigen Körper wie ein erster rosiger Hauch überzogen, als sie vor zwei Wochen, am Sonntag, dem 1. Oktober, in ihr Tagebuch schrieb:

Ach, bin ich glücklich! Es ist schon fast ein Uhr morgens, und Mom weiß nicht, dass ich noch in meinem Tagebuch schreibe. Ich liege nämlich im Bett, mit der Taschenlampe unter der Decke. Wir waren zum Gemeinschaftsessen in der Kirche, und Wren war da! Er hat mich bemerkt. Dann hat er mir einen Bonbon, einen Fireball, gegeben! Ich habe ihn eingesteckt, als er wegsah. Er liegt in meiner Geheimschachtel. Heute Nachmittag haben wir Jugendgruppe. Er will, dass wir uns davor treffen und dass ich es keinem sagen soll!!!

An diesem Nachmittag verließ Emily um halb vier ihr Elternhaus in Black Mountain und machte sich auf den zwei Meilen langen Weg zur Kirche. Andere Kinder erinnerten sich daran, dass sie sie nach der Gruppenstunde allein hatten weggehen sehen. Das war gegen sechs Uhr abends gewesen, als die Sonne gerade hinter den Hügeln verschwand. Den Gitarrenkasten in der Hand, bog sie von der Hauptstraße ab und nahm eine Abkürzung um einen kleinen See. Nach Ansicht der Polizei begegnete sie auf diesem Weg dem Mann, der sie ein paar Stunden später ums Leben bringen sollte. Vielleicht blieb sie stehen und sprach mit ihm. Vielleicht aber hatte sie es in der hereinbrechenden Dämmerung auch so eilig, nach Hause zu kommen, dass sie ihn gar nicht bemerkte.

In Black Mountain, einer Stadt im Westen von North Carolina mit siebentausend Einwohnern, hatte die örtliche Polizei sehr selten mit Mord oder sexuellem Missbrauch von Kindern zu tun gehabt und noch niemals mit einem Fall, auf den beides zutraf. Kein Mensch hier hatte sich je über einen Temple Brooks Gault aus Albany, Georgia, Gedanken gemacht, obwohl sein Gesicht überall im Land von den Fahndungsplakaten mit den zehn meistgesuchten Verbrechern herablächelte. Notorische Kriminelle und ihre Verbrechen waren kein Thema, mit dem man sich in dieser malerischen kleinen Welt auseinander zu setzen hatte, der Welt eines Thomas Wolfe und Billy Graham.

Ich begriff nicht, was Gault in diese Gegend gezogen haben konnte oder zu so einem zarten Kind wie Emily, das nur für seine Mutter und einen Jungen namens Wren lebte. Doch als Gault sich vor zwei Jahren auf seine mörderische Tour in Richmond gemacht hatte, schien die Wahl seiner Opfer ebenso unverständlich. Sie bleibt bis heute unbegreiflich. Obwohl ich aus meiner Wohnung in einen sonnendurchfluteten Gang hinaustrat, schien mir der Gedanke an Gaults blutige Karriere in Richmond den Morgen zu verdüstern.

Einmal hätten wir ihn fast erwischt, einen Augenblick lang war er zum Greifen nah. Doch dann floh er durch ein Fenster und verschwand. Damals hatte ich keine Waffe bei mir. Es war auch gar nicht meine Aufgabe, durch die Gegend zu rennen und auf Leute zu schießen. Doch ich konnte die Selbstzweifel, die mich seitdem erfüllten, einfach nicht abschütteln. Immer wieder stellte ich mir die Frage, was ich noch hätte tun können.

Der Wein in der Academy war noch nie ein guter Jahrgang gewesen, und ich bedauerte, am Abend zuvor im Boardroom ein paar Gläser davon getrunken zu haben. Mein Morgenlauf auf der J. Edgar Hoover Road fiel mir schwerer als sonst.

O Gott, dachte ich. Das schaffe ich nie.

Am Straßenrand stellten Marines Segeltuchstühle in Tarnfarben auf und beobachteten die Umgebung mit Fernrohren. Ich spürte ihre unverschämten Blicke, als ich langsam an ihnen vorbeijoggte, wusste aber, dass sie das goldene Department-of-Justice-Wappen auf meinem Ringel-T-Shirt sehr wohl zur Kenntnis nahmen. Wahrscheinlich hielten die Soldaten mich für eine Agentin oder für eine hospitierende Polizistin und ließen mich deshalb in Ruhe, aber die Vorstellung, dass meine Nichte genau dieselbe Strecke lief, gefiel mir ganz und gar nicht. Mir wäre lieber gewesen, wenn Lucy ihr Praktikum anderswo absolviert hätte. Sicher hatte ich bei dieser Entscheidung keinen geringen Einfluss auf sie gehabt, wie überhaupt auf ihr ganzes Leben, aber das war es ja, was mich so sehr beunruhigte wie kaum etwas anderes. Mich um sie zu sorgen war mir gerade beim Konditionstraining zur Gewohnheit geworden, wenn meine Kräfte nachließen und ich spürte, dass ich älter wurde.

Gerade rückte das HRT, das Hostage Rescue Team, zum Manöver aus, eine Spezialtruppe des FBI für die Befreiung von Geiseln. Die Rotorblätter der Hubschrauber zerschnitten träge die Luft. Ein Pick-up-Truck röhrte mit einer Ladung beim Schusstraining durchlöcherter Türen vorbei. Ihm folgte ein Zug Soldaten. Ich wendete und machte mich auf den anderthalb Meilen langen Weg zurück zur Academy, einem Gebäude, das man durchaus auch für ein modernes Backsteinhotel hätte halten können, wenn nicht die vielen Antennen auf dem Dach und auch sein Standort mitten in einem waldigen Niemandsland gewesen wären. Schließlich erreichte ich das Wachhäuschen, wich den Zacken der Durchfahrtssperre aus und hob die Hand zu einem müden Gruß an den Wachhabenden hinter der Glasscheibe. Außer Atem und verschwitzt, wie ich war, überlegte ich gerade, ob ich den Rest des Weges zu Fuß zurücklegen wollte, als ich spürte, wie hinter mir ein Wagen abbremste.

»Haben Sie vor, sich umzubringen oder so was Ähnliches?«, hörte ich die laute Stimme von Captain Pete Marino. Er saß in seinem silbernen Crown Victoria, die Funkantennen schwangen auf und ab wie Angelruten, und trotz zahlloser Vorträge meinerseits zu diesem Thema war er wieder mal nicht angeschnallt.

»Das kann man einfacher haben«, rief ich ihm durch das offene Beifahrerfenster zu. »Zum Beispiel, indem man ohne Sicherheitsgurt fährt.«

»Man weiß ja nie, wann man mal schnell rausspringen muss.«

»Aus einem Wrack werden Sie kaum mal schnell rausspringen«, sagte ich, »es sei denn, durch die Windschutzscheibe.« Marino war ein erfahrenes Mitglied der Richmonder Mordkommission; Richmond war unser beider Hauptquartier. Er war kürzlich befördert und auf das Revier im schlimmsten Bezirk unserer Stadt versetzt worden. Er war Experte für Gewaltverbrechen und arbeitete schon seit Jahren für das VICAP, ein Forschungsprogramm des FBI zur Ergreifung von Gewaltverbrechern.

Er war jetzt Anfang fünfzig und eine einzige Anhäufung menschlicher Schwächen, vor allem in Form von ungesunder Ernährung und übermäßigem Alkoholkonsum. Sein Gesicht war von diesem harten Leben deutlich gezeichnet und umrahmt von sich lichtendem, grauem Haar. Marino hatte Übergewicht und war aus dem Leim gegangen; auch galt er nicht gerade als besonders liebenswürdig. Ich wusste, er kam zur Lagebesprechung des Falls Steiner, aber ich wunderte mich über das Gepäck auf seinem Rücksitz.

»Bleiben Sie länger?«, fragte ich.

»Benton hat mich für das Street Survival eingeteilt.«

»Sie und wen noch?«, fragte ich. Für dieses Projekt, bei dem das Verhalten in brenzligen Situationen auf der Straße trainiert wird, wurden nämlich keine Einzelpersonen ausgebildet, sondern ganze Einheiten.

»Mich und mein Team aus dem Revier.«

»Nun erzählen Sie mir bloß nicht, dass zu Ihrem neuen Aufgabenbereich auch das Eintreten von Türen gehört.«

»Das ist einer der Vorzüge einer Beförderung: Man steckt mit dem Hintern wieder in einer Uniform und darf hinaus auf die Straße. Falls Sie es noch nicht bemerkt haben sollten, Doc, da draußen geht's mittlerweile ganz schön zur Sache.«

»Danke für den Tipp«, sagte ich trocken. »Ziehen Sie sich warm an.«

»Wie?« In seiner schwarzen Sonnenbrille spiegelten sich die Wagen, die langsam an uns vorbeirollten.

»Auch Farbgeschosse tun weh.«

»Ich habe nicht vor, mich treffen zu lassen.«

»Ich kenne niemanden, der das vorhat.«

»Wann sind Sie angekommen?«, fragte er.

»Gestern Abend.«

Marino zog ein Päckchen Zigaretten von der Sonnenblende. »Hat man Ihnen viel erzählt?«

»Ich habe mir ein paar Dinge angesehen. Offenbar legt die Kriminalpolizei von North Carolina heute Vormittag den Großteil der Unterlagen zu dem Fall vor.«

»Es war Gault. Er muss es gewesen sein.«

»Gewiss gibt es da Parallelen«, sagte ich vorsichtig.

Er klopfte eine Marlboro aus dem Päckchen und schob sie sich zwischen die Lippen. »Ich schnappe mir diesen verdammten Hurensohn, und wenn ich durch die Hölle muss, um ihn zu finden.«

»Falls Sie ihn in der Hölle finden, lassen Sie ihn einfach dort«, sagte ich. »Gehen Sie mit mir zum Lunch?«

»Solange Sie zahlen, allemal.«

»Das tue ich ja immer.« Das war eine Feststellung.

»Und das sollten Sie in alle Zukunft.« Er legte den Gang ein. »Verdammt noch mal, schließlich sind Sie Doktorin.«

Ich drehte mich um, überquerte die Fahrbahn und betrat die Sporthalle durch den Hintereingang. Im Umkleideraum blickten mir drei durchtrainierte junge Frauen in verschiedenen Stadien der Nacktheit entgegen.

»Guten Morgen, Ma'am«, tönte es unisono, und damit wusste man gleich, wer sie waren. Die Agenten der Drogenfahndung waren in der ganzen Academy notorisch bekannt für ihre aufdringlich höfliche Art zu grüßen.

Etwas befangen zog ich mir die nass geschwitzten Sachen

aus. An den eher männlich-militärischen Umgang hier habe ich mich nie gewöhnen können, wo es Frauen nichts ausmacht, belanglose Reden zu schwingen und sich im Evaskostüm gegenseitig ihre blauen Flecken vorzuführen. Fest in ein Handtuch gewickelt, eilte ich dann unter die Dusche. Gerade hatte ich das Wasser aufgedreht, als überraschend ein vertrautes grünes Augenpaar um den Plastikvorhang lugte. Die Seife glitt mir aus den Händen, rutschte über den Boden und landete kurz vor den schlammbespritzten Nikes meiner Nichte.

»Lucy, können wir uns unterhalten, *nachdem* ich hier raus bin?« Mit einem Ruck zog ich den Vorhang zu.

»Hör mal, Len hat mich heute Morgen fast umgebracht«, sagte sie fröhlich, während sie die Seife mit einem Tritt in die Kabine zurückbeförderte. »Es war toll. Wenn wir das nächste Mal die Yellow Brick Road laufen, frage ich ihn, ob du mitkommen kannst.«

»Nein, besten Dank.« Ich massierte mir Shampoo ins Haar. »Ich habe keine Sehnsucht nach Bänderrissen und gebrochenen Knochen.«

»Einmal solltest du sie wirklich laufen, Tante Kay. Das gehört hier einfach dazu.«

»Für mich nicht.«

Lucy schwieg einen Augenblick, dann sagte sie etwas unsicher: »Ich muss dich was fragen.«

Ich spülte das Haar aus, strich es mir aus den Augen, schob den Vorhang zurück und sah hinaus. Meine Nichte stand ein Stück von der Kabine entfernt. Sie war verschwitzt und schmutzig vom Kopf bis zu den Füßen. Ihr graues FBI-T-Shirt zeigte Blutflecken. Mit gerade einundzwanzig Jahren stand sie kurz vor dem Abschluss an der University of Virginia; sie hatte schöne, scharf geschnittene Züge, und das kurze kastanienbraune Haar war von der Sonne gebleicht. Ich erinnerte mich an die Zeit, als sie ihr Haar noch rot färbte und lang trug, Zahnklammern im Mund hatte und eindeutig zu dick war.

»Sie wollen, dass ich nach dem Examen zurückkomme«, sagte sie. »Mr. Wesley hat den Vorschlag eingereicht, und die

Chancen stehen gut, dass die von der Bundesbehörde einwilligen.«

»Und deine Frage?« Ich wusste natürlich, was sie hören wollte, und war wieder einmal furchtbar hin und her gerissen.

»Ich möchte nur wissen, wie du darüber denkst.«

»Du weißt, dass es einen Einstellungsstopp gibt.« Lucy sah mich scharf an, um an meinem Gesicht abzulesen, was ich ihr nicht sagen wollte.

»Ich kann ohnehin nicht direkt nach dem Collegeabschluss Agentin werden«, sagte sie. »Es geht darum, jetzt in der ERF unterzukommen, vielleicht über eine Ausbildungsbeihilfe. Was ich danach mache«, sie zuckte mit den Schultern, »wer weiß?«

Die ERF, die Engineering Research Facility, war die kürzlich eingerichtete Abteilung des FBI für technische Forschung. Sie war in einem schmucklosen Komplex auf dem Gelände der Academy untergebracht. Die Arbeit dort unterlag der Geheimhaltungspflicht, und es kränkte mich ein bisschen, dass ich als amtliche Leichenbeschauerin des Staates Virginia und beratende Gerichtsmedizinerin beim Investigative Support Unit des FBI nie Zutritt zu Bereichen erhalten hatte, in denen meine junge Nichte täglich ein und aus ging. Lucy streifte ihre Joggingschuhe und Shorts ab und zog sich Hemd und Sport-BH über den Kopf.

»Wir sprechen später noch über dieses Thema«, sagte ich, während ich aus der Duschkabine trat und Lucy hineinging. »Autsch!«, rief sie, als Wasser über ihre Verletzungen lief. »Nimm reichlich Seife und Wasser. Wie ist das mit deiner Hand passiert?«

»Ich bin eine Böschung runtergerutscht und in der Umzäunung hängen geblieben.«

»Wir sollten lieber etwas Alkohol drauftun.«

»Kommt nicht in Frage.«

»Wann geht dein ERF-Praktikum zu Ende?«

»Ich weiß nicht. Kommt darauf an.«

»Wir treffen uns noch einmal, bevor ich nach Richmond zurückfahre«, versprach ich, ging in den Umkleideraum zurück und föhnte mir das Haar.

Kaum eine Minute später kam Lucy hinter mir hergetrottet. Prüderie war für sie ein Fremdwort; sie war nackt bis auf die Breitling-Uhr, die ich ihr zum Geburtstag geschenkt hatte. »Mist!«, sagte sie leise, während sie sich anzog. »Du wirst nicht glauben, was ich heute alles zu tun habe. Die Festplatte neu einteilen, das ganze Ding neu laden, weil mir der Platz ausgeht, Speicherplatz anfordern, einen ganzen Haufen Dateien austauschen. Ich hoffe nur, dass die Probleme mit der Hardware vorbei sind.« Überzeugend klangen ihre Klagen gerade nicht. Lucy liebte jeden Tag und jede Minute ihrer Arbeit.

»Draußen beim Joggen bin ich Marino begegnet. Er ist diese Woche hier«, sagte ich.

»Frag ihn, ob er Schießübungen machen will.« Sie schleuderte ihre Laufschuhe in den Spind und warf die Tür mit einem begeisterten Knall zu.

»Ich habe das Gefühl, davon wird er jede Menge machen«, rief ich ihr nach, als noch ein halbes Dutzend schwarz gekleideter Drogenagentinnen zur Tür hereinkam.

»Guten Morgen, Ma'am.« Als sie ihre Stiefel auszogen, schnellten die Schnürsenkel gegen das Leder.

Bis ich fertig angezogen war und die Trainingstasche in mein Zimmer gebracht hatte, war es Viertel nach neun. Ich war spät dran.

Erst ging es durch zwei Sicherheitstüren drei Treppen abwärts. Im Waffenreinigungsraum nahm ich den Aufzug, der mich ins zwanzig Meter tiefer gelegene Untergeschoss der Academy brachte. Hier begann für mich jeden Tag von neuem der reinste Spießrutenlauf, aber an die Glotzerei hatte ich mich längst gewöhnt. Am langen Eichentisch des Konferenzraums saßen neun Kriminalbeamte, mehrere FBI-Profiler – sie erstellen Persönlichkeitsprofile von Verbrechern – und ein Fachmann des VICAP. Während das Gespräch nach einer kurzen Unterbrechung weiterlief, zog ich mir neben Marino einen Stuhl heran und setzte mich. »Dieser Kerl kennt sich in forensischer Beweisführung verdammt gut aus.«

»Das tut jeder, der im Knast war.«

»Wichtig hierbei ist die Tatsache, dass er sich mit diesem Verhalten äußerst wohl fühlt.«

»Mir drängt sich da der Gedanke auf, dass er in Wirklichkeit *nie* gesessen hat.«

Ich legte meine Unterlagen zu dem übrigen Fallmaterial, das im Raum die Runde machte, und flüsterte einem der Profiler zu, ich bräuchte eine Fotokopie von Emily Steiners Tagebuch.

»Also, da bin ich anderer Meinung«, sagte Marino. »Die Tatsache, dass jemand im Knast war, bedeutet nicht, dass er Angst hat, wieder hineinzuwandern.«

»Die meisten Menschen hätten Angst davor – denken Sie an die Redensart vom gebrannten Kind, das das Feuer scheut.«

»Gault ist nicht wie die meisten Menschen. Er liebt das Feuer.«

Vor mir landete ein Stapel Laserdrucke von Steiners Haus im Ranchostil. An der Rückseite im Erdgeschoss hatte der Täter ein offenes Fenster entdeckt. Durch dieses war er in eine kleine Waschküche mit weißem Linoleumfußboden und Wandfliesen in blauem Schachbrettmuster eingestiegen.

»Wenn man die unmittelbare Umgebung, die Familie und das Opfer selbst betrachtet, kommt man zu dem Schluss, dass Gault immer frecher wird.«

Mein Blick wanderte durch einen mit Teppich ausgelegten Flur ins Elternschlafzimmer. Der Raum war in Pastellfarben gehalten, mit einem Dekor aus winzigen Veilchensträußen und fliegenden Ballons. Ich zählte sechs Kissen auf dem Baldachinbett und noch ein paar mehr auf einem Schrankbord.

»Er zeigt also kaum Angriffspunkte.«

Das Schlafzimmer mit der Jungmädcheneinrichtung gehörte Emilys Mutter Denesa. Nach ihrer polizeilichen Aussage war sie gegen zwei Uhr nachts mit vorgehaltener Waffe geweckt worden.

»Vielleicht macht er sich über uns lustig.«

»Das wäre nicht das erste Mal.«

Mrs. Steiner hatte den Angreifer als mittelgroß und kräftig beschrieben. Weil er Handschuhe trug, eine Maske, lange Hosen und eine Jacke, konnte sie über seine Hautfarbe nichts sagen. Er knebelte und fesselte sie mit grell orangefarbenem Gewebeband und sperrte sie in den Schrank. Dann ging er durch den Flur in Emilys Zimmer, zerrte das kleine Mädchen aus dem Bett und verschwand mit ihr in der Dunkelheit des frühen Morgens.

»Ich meine, wir sollten aufpassen, dass wir uns nicht zu ausschließlich auf diesen Kerl festlegen. Auf Gault.«

»Guter Gesichtspunkt. Wir müssen offen bleiben.«

Ich unterbrach sie. »Das Bett der Mutter ist gemacht?«

Die hin- und hergehenden Gespräche brachen ab.

Ein Kriminalbeamter mittleren Alters mit zerstreutem Gesichtsausdruck und geröteter Haut sagte: »Stimmt.« Dabei leuchteten seine klugen grauen Augen auf wie bei einem Insekt, während er mein aschblondes Haar, meine Lippen und das graue Tuch in Augenschein nahm, das aus dem offenen Kragen meiner grauweiß gestreiften Bluse hervorschaute. Mit einem Blick auf meine Hände setzte er dann die Musterung fort, ließ ihn über den goldenen Intaglio-Siegelring gleiten und blieb schließlich an dem Ringfinger hängen, der keine Spur eines Traurings trug.

Als er bei meiner Brust angelangt war, stellte ich mich kühl und ohne eine Spur von Freundlichkeit vor. »Ich bin Dr. Scarpetta.«

»Max Ferguson, State Bureau of Investigation, Asheville.«

»Und ich bin Lieutenant Hershel Mote von der Polizei Black Mountain.« Ein Mann in flotter khakifarbener Kleidung, alt genug für die Pensionierung, beugte sich über den Tisch und streckte mir eine große, schwielige Hand entgegen. »Ist mir ein Vergnügen, Doc. Habe schon viel von Ihnen gehört.« Auch die anderen stellten sich jetzt reihum vor.

»Offensichtlich«, Ferguson wandte sich an die ganze Runde, »hatte Mrs. Steiner ihr Bett gemacht, bevor die Polizei eintraf.«

»Warum?«, wollte ich wissen.

»Vielleicht aus Schamgefühl«, bot Liz Myre, die einzige Frau unter den Profilers, als Erklärung an. »Ein Fremder war bereits in ihrem Schlafzimmer gewesen. Nun standen die Cops vor der Tür.«

»Was hatte sie an, als die Polizei eintraf?«, fragte ich.

Ferguson überflog einen Bericht. »Einen rosa Morgenmantel und dazu Socken.«

»Hatte sie das im Bett angehabt?«, ertönte eine vertraute Stimme hinter mir.

Benton Wesley, Chef der Einheit des FBI, die sich um die Analyse von Gewaltverbrechen und die Erstellung von Mörderprofilen kümmerte, schloss die Tür zum Konferenzraum und sah mich kurz an. Er war hoch gewachsen und gut in Form, mit scharfen Zügen und silbergrauem Haar. Er trug einen dunklen Einreiher und war mit Papieren und Dia-Karussellen beladen. Keiner sagte ein Wort, als er energisch seinen Stuhl am Kopf des Tisches hervorzog und sich mit einem Mont-Blanc-Füllfederhalter einige Notizen machte. Ohne aufzublicken, wiederholte Wesley: »Wissen wir, ob das ihre Kleidung zum Zeitpunkt des Überfalls war? Oder hat sie den Morgenmantel nach der Tat angezogen?«

»Ich würde es eher ein wallendes Gewand nennen als einen Morgenmantel«, meldete Mote sich zu Wort. »Es war aus Flanell, reichte bis zu den Knöcheln, hatte lange Ärmel und vorn einen durchgehenden Reißverschluss.«

»Drunter trug sie nur einen Slip«, warf Ferguson ein.

»Ich frage lieber nicht, woher Sie das wissen«, sagte Marino.

»Der Slip zeichnete sich ab, von BH aber keine Spur. Der Staat bezahlt mich dafür, dass ich genau hinsehe. Um das mal zu Protokoll zu geben«, er sah in die Runde, »die Bundesbehörde bezahlt mich nicht dafür, dass ich Mist liefere.«

»Niemand sollte für Ihren Mist zahlen, es sei denn, Sie essen vorher Gold«, sagte Marino.

Ferguson zog ein Päckchen Zigaretten aus der Tasche. »Hat jemand etwas dagegen, wenn ich rauche?«

»Ich.«

»Ich auch.«

»Kay.« Wesley schob einen dicken braunen Umschlag in meine Richtung. »Der Autopsiebericht und noch ein paar Fotos.«

»Laserdrucke?«, fragte ich. Darauf war ich nämlich gar nicht scharf, weil sie ähnlich wie gerasterte Autotypien nur auf die Entfernung etwas brachten.

»Nein, echte Ware.«

»Gut.«

»Wir suchen doch nach Tätermerkmalen und -strategien, nicht?« Wesley sah in die Runde. Einige nickten. »Und wir haben einen leibhaftigen Verdächtigen. Das heißt, ich nehme an, dass wir das annehmen.«

»Für mich keine Frage«, sagte Marino.

»Erst der Tatort, dann die Viktimologie«, fuhr Wesley fort und vertiefte sich in seine Papiere. »Und am besten lassen wir die Namen von bekannten Verbrechern im Moment mal außen vor.« Er sah uns über seine Lesebrille hinweg der Reihe nach an. »Gibt es eine Karte?«

Ferguson verteilte Fotokopien. »Das Haus des Opfers und die Kirche sind markiert. Und auch der Weg, den Emily unserer Meinung nach um den See genommen hat, als sie nach der Gruppenstunde von der Kirche nach Hause ging.«

Mit ihrer kleinen, zerbrechlichen Gestalt und ihrem schmalen Gesichtchen hätte man Emily Steiner für acht oder neun halten können. Auf dem neuesten Klassenfoto vom vergangenen Frühjahr hatte sie einen leuchtend grünen, geknöpften Pullover an. Ihr flachsblondes Haar war seitlich gescheitelt und wurde von einer Spange in Form eines Papageien gehalten.

Soweit bekannt, waren sonst keine Fotos mehr von ihr gemacht worden – bis zu jenem klaren Morgen des 7. Oktober, einem Samstag, als ein alter Mann zum Lake Tomahawk kam und ein wenig angeln wollte. Als er seinen Klappstuhl auf dem feuchten Boden des Ufers aufstellen wollte, bemerkte er eine kleine pinkfarbene Socke im nahen Gebüsch. Er sah, dass in der Socke ein Fuß steckte.

»Wir folgten diesem Weg hier«, sagte Ferguson, der jetzt Dias vorführte und mit dem Schatten seines Kugelschreibers auf die Leinwand wies, »und da fanden wir die Leiche.«

»Wie ist die Entfernung zur Kirche und zu ihrem Haus?«

»Jeweils etwa eine Meile auf der Straße. Luftlinie etwas weniger.«

»Und der Weg am See entlang entspricht der Luftlinie?«

»Ziemlich genau.«

Ferguson fuhr fort. »Sie liegt mit dem Kopf in nördlicher Richtung. Die Socke am linken Fuß ist halb ausgezogen, die am rechten nicht. Wir haben eine Uhr gefunden und eine Halskette. Als sie entführt wurde, trug sie einen Schlafanzug aus blauem Flanell und einen Slip. Beide sind bis heute nicht gefunden worden. Hier ist eine Nahaufnahme der Schädelverletzung am Hinterkopf.«

Der Schatten des Kugelschreibers fuhr weiter. Gedämpfte Schüsse drangen durch die dicken Wände; über uns lag der Schießstand.

Emily Steiners Leiche war nackt. Nach der eingehenden Untersuchung des Leichenbeschauers von Buncombe County stand fest, dass sie sexuell missbraucht worden war. An der Innenseite der Oberschenkel hatte sie große, dunkel glänzende Flecken, im oberen Brustbereich und an den Schultern fehlten an einigen Stellen Fleischstücke. Wie ihre Mutter war sie geknebelt und mit einem grell orangefarbenen Gewebeband gefesselt gewesen. Zu ihrem Tod hatte eine einzige kleinkalibrige Kugel geführt, die ihr in den Hinterkopf gedrungen war.

Ferguson zeigte ein Dia nach dem anderen. Als er die Bilder vom bleichen Körper des Mädchens im Binsendickicht auf die Leinwand warf, sprach keiner ein Wort. Ich kenne nicht einen Ermittler, der sich je an den Anblick von verstümmelten und ermordeten Kindern gewöhnt hätte.

»Ist uns die Wetterlage vom 1. bis 7. Oktober in Black Mountain bekannt?«, fragte ich.

»Bedeckt. Nachts unter vier Grad, tagsüber gute zehn«, antwortete Ferguson. »Im Großen und Ganzen.«

»Im Großen und Ganzen?« Ich sah ihn an.

»Im Durchschnitt«, sagte er betont, während das Licht wieder anging. »Sie wissen ja, man addiert die Temperaturen und teilt sie durch die Zahl der Tage.«

»Gab es irgendwelche deutlichen Schwankungen, Agent Ferguson?«, fragte ich mit einem Gleichmut, der ganz und gar nicht meinem zunehmenden Missbehagen diesem Mann gegenüber entsprach. »Schon ein Tag mit ungewöhnlich hohen Temperaturen würde den Zustand der Leiche verändern.«

Wesley begann eine neue Seite auf seinem Notizblock. Er hielt inne und sah mich an.

»Dr. Scarpetta, wenn sie kurz nach ihrer Entführung ermordet wurde, wie weit wäre dann die Verwesung fortgeschritten gewesen, als man sie am 7. Oktober fand?«

»Unter den beschriebenen Bedingungen nicht weit«, sagte ich. »Zu rechnen wäre aber auch mit Insektenbefall und anderen Schädigungen post mortem, je nachdem, ob irgendwelche größeren Tiere an sie herankamen.«

»Mit anderen Worten, sie wäre in einer viel schlechteren Verfassung als dieser«, er tippte auf die Fotos, »wenn sie sechs Tage tot gewesen wäre.«

»Ja, die Verwesung wäre weiter fortgeschritten als hier.« Schweißtropfen glitzerten an Wesleys Haaransatz und bildeten feuchte Flecken am Kragen seines gestärkten weißen Hemdes. An Stirn und Hals traten deutlich die Adern hervor.

»Mich überrascht besonders, dass sie nicht von Hunden aufgespürt wurde.«

»Also, mich nicht, Max. In dieser Stadt gibt es keine räudigen Streuner. Wir halten unsere Hunde in Zwingern oder an der Leine.«

Marino gab sich wieder mal der schrecklichen Gewohnheit hin, seinen Styropor-Kaffeebecher zu zerbröseln.

Emilys Körper war so bleich, dass er fast grau wirkte, dazu kam eine grünliche Verfärbung im unteren Quadranten der rechten Gesäßhälfte. Die Fingerspitzen waren trocken, die Haut an den Nägeln wich zurück. Ihr Haar und die Haut an den Füßen zeigten Ablösungen. Nichts deutete auf eine Gegenwehr hin. Ich sah keine Abwehrverletzungen, keine Schnitte, Prellungen oder abgebrochenen Nägel, die auf einen Kampf schließen ließen.

»Die Bäume und die übrige Vegetation dürften sie vor der Sonne geschützt haben«, meinte ich düster. »Und anscheinend haben ihre Wunden nicht stark geblutet, wenn überhaupt. Andernfalls hätten sich mehr Tiere an ihr zu schaffen gemacht.«

»Wir gehen von der Annahme aus, dass sie woanders getötet wurde«, warf Wesley ein. »Kein Blut, die fehlende Kleidung, die Lage der Leiche und so weiter, all das weist darauf hin, dass sie an anderer Stelle missbraucht und erschossen und dann in das Gebüsch geworfen wurde. Können Sie sagen, ob ihr die Fleischstücke post mortem herausgeschnitten wurden?«

»Zur Zeit des Todes oder kurz vorher beziehungsweise kurz nachher«, antwortete ich.

»Um wiederum Bisswunden zu verdecken?«

»Das kann ich aus dem, was mir hier vorliegt, nicht schließen.«

»Gleichen die Verletzungen Ihrer Ansicht nach denen von Eddie Heath?« Wesley meinte damit den dreizehn Jahre alten Jungen, den Temple Gault in Richmond ermordet hatte.

»Ja.« Ich öffnete einen weiteren Umschlag und zog einen Stapel von Autopsiefotos heraus. Sie waren mit Gummiringen zusammengehalten. »In beiden Fällen wurde Haut aus der Schulter und der Innenseite der Oberschenkel herausgeschnitten. Und auch Eddie Heath wurde mit einem Kopfschuss getötet, seine Leiche danach einfach irgendwohin gelegt.«

»Mir fällt auch auf, dass trotz des Geschlechtsunterschieds die Körper des Mädchens und des Jungen sich gleichen. Heath war klein und in der Vorpubertät. Emily Steiner ist sehr klein und kurz vor der Vorpubertät.«

»Auf einen Unterschied müssen wir allerdings achten«, warf ich ein. »An den Wundrändern des Mädchens finden sich weder kreuzweise noch flache Schnitte.«

»Im Fall Heath«, erklärte Marino den Beamten aus North

Carolina, »nehmen wir an, dass Gault zuerst versuchte, die Bissstellen durch Wegfräsen mit einem Messer unkenntlich zu machen. Als er merkt, dass das nicht klappt, schneidet er ganze Hautstücke in der Größe meiner Hemdbrusttasche heraus. Bei dem kleinen Mädchen, das er sich dann geschnappt hat, entfernt er wahrscheinlich nur noch die Bissstellen und fertig.«

»Wissen Sie, mir ist gar nicht wohl bei dieser Vermutung. Wir können nicht einfach unterstellen, dass es Gault war.«

»Es ist kaum zwei Jahre her, Liz. Ich bezweifle, dass aus Gault ein neuer Mensch geworden ist oder er plötzlich für das Rote Kreuz arbeitet.«

»Das wissen wir nicht. Bundy zum Beispiel hat sich als Sanitäter beim Rettungsdienst anstellen lassen.«

»Und der Son of Sam erhielt Eingebungen vom lieben Gott.«

»Berkowitz ist zweifellos der Letzte, mit dem Gott reden würde«, sagte Wesley kategorisch.

»Mir geht es nur darum, dass Gault – wenn er es war – diesmal die Bissstellen einfach gleich herausgeschnitten hat.«

»Ich denke, das stimmt. Wie in allem, werden diese Kerle durch Übung immer besser.«

»Mein Gott, ich hoffe, dieser Kerl wird nirgends mehr besser.« Mote tupfte sich die Oberlippe mit einem Taschentuch ab.

»Sind wir so weit, dass wir ein Profil erstellen können?« Wesley sah in die Runde. »Würden Sie sagen, er ist weiß und männlich?«

»Es ist eine primär weiße Gegend.«

»Ganz und gar.«

»Alter?«

»Er geht logisch vor, ist also älter.«

»Einverstanden. Ich glaube nicht, dass wir es hier mit einem jugendlichen Täter zu tun haben.«

»Für mich ist er in den Zwanzigern. Vielleicht Ende zwanzig.«

»Ich neige zu Ende zwanzig bis Mitte dreißig.«

»Er geht sehr systematisch vor. Die Waffe hat er zum Beispiel selber mitgebracht und sie sich nicht am Tatort gesucht. Und es sieht nicht so aus, als sei es ihm schwer gefallen, das Opfer in Schach zu halten.«

»Nach Aussage der Familienmitglieder und Freunde war es sowieso nicht schwer, Emily unter Kontrolle zu behalten. Sie war scheu, und man konnte ihr leicht Furcht einflößen.«

»Außerdem war sie oft krank und ging beim Arzt ein und aus. Sie war es gewohnt, Erwachsenen zu gehorchen. Mit anderen Worten, sie tat mehr oder weniger genau das, was man ihr sagte.«

»Nicht immer.« Wesleys Gesicht war ausdruckslos, als er die Tagebuchseiten des toten Mädchens durchging. »Sie verheimlichte ihrer Mutter, dass sie bis ein Uhr morgens mit der Taschenlampe unter der Bettdecke las. Auch hatte sie scheinbar nicht vor, ihr zu sagen, dass sie an dem Samstagnachmittag früher zu dem Treffen in der Kirche gehen wollte. Wissen wir, ob dieser Junge, dieser Wren, wie geplant, auch früher dort war?«

»Er tauchte erst zum Treffen um fünf Uhr auf.«

»Hatte Emily Beziehungen zu anderen Jungen?«

»Es waren die typischen Beziehungen einer Elfjährigen. Er liebt mich, er liebt mich nicht.«

»Was ist daran verkehrt?«, fragte Marino, und alle lachten. Ich reihte die Fotos wie Tarotkarten vor mir auf, und mein Unbehagen wuchs. Die Kugel war in der rechten Scheitel-Schläfen-Region des Schädels eingetreten, hatte die Hirnhaut durchdrungen und einen Zweig der mittleren Hirnhautarterie zerrissen. Aber sie hatte keine Quetschungen, keine Blutungen über oder unter der harten Hirnhaut verursacht. Auch gab es keine vitalen Reaktionen an den Genitalien.

»Wie viele Hotels gibt es in dieser Gegend?«

»Ich schätze etwa zehn. Dann sind da noch ein paar Bed-and-Breakfast-Häuser und einige Privatzimmer.«

»Haben Sie sich die Gästelisten angesehen?«

»Um die Wahrheit zu sagen, daran haben wir noch nicht gedacht.«

»Wenn Gault in der Stadt ist, muss er irgendwo wohnen.«

Emilys Laborergebnisse waren ebenso verblüffend: Der Natriumspiegel in der Glaskörperflüssigkeit des Auges war auf 180 gestiegen, der Kaliumgehalt lag bei 58 Milliäquivalent pro Liter.

»Wir fangen mit dem *Travel-Eze* an, Max. Wenn du das übernimmst, nehme ich mir das *Acorn* und das *Apple Blossom* vor. Vielleicht auch noch das *Mountaineer*, obwohl das ein Stück weiter die Straße runter liegt.«

»Am wahrscheinlichsten ist, dass Gault sich ein Quartier gesucht hat, das ihm ein Höchstmaß an Anonymität garantiert. Er wird kein Interesse daran haben, dass irgendwelches Personal sein Kommen und Gehen zur Kenntnis nehmen kann.«

»Na ja, viel Auswahl hat er da nicht. So große Hotels gibt's hier nicht.«

»Dann kommen wahrscheinlich das *Red Rocker* oder das *Blackberry Inn* nicht in Frage.«

»Kaum, aber wir überprüfen sie trotzdem.«

»Was ist mit Asheville? Da muss es doch ein paar größere Hotels geben.«

»Da drüben gibt es alles, seit für die Gäste mit der Wurst nach der Speckseite geworfen wird.«

»Glauben Sie, er hat das Mädchen mit in sein Zimmer genommen und dort umgebracht?«

»Nein. Auf keinen Fall.«

»Man kann so ein kleines Kind nicht als Geisel bei sich haben, ohne dass jemand etwas merkt. Zum Beispiel das Zimmermädchen oder der Zimmerkellner.«

»Deswegen würde es mich wundern, wenn Gault sich ein Hotelzimmer genommen hätte. Die Cops haben gleich nach Emilys Entführung mit der Fahndung begonnen. Und es kam alles in den Nachrichten.«

Die Autopsie hatte Dr. James Jenrette vorgenommen, den man als Leichenbeschauer zum Tatort gerufen hatte. Jenrette war Pathologe am Krankenhaus in Asheville und staatlich vereidigter Gerichtsmediziner für den seltenen Fall, dass in den einsamen Gebirgsausläufern des westlichen North Carolina einmal eine Autopsie vonnöten sein sollte.

Sein Schluss, dass »einige Befunde nicht durch die Schusswunde im Schädel geklärt werden konnten«, reichte mir einfach nicht. Während Benton Wesley sich zu Wort meldete, nahm ich die Brille ab und rieb mir die Nasenwurzel.

»Gibt es hier in der Gegend Ferienhütten oder andere Anwesen, die an Touristen vermietet werden?«

»Ja, Sir«, antwortete Mote. »Jede Menge.« Er wandte sich an Ferguson. »Die sollten wir wohl auch überprüfen, Max. Besorgen Sie sich eine Liste, und schauen Sie nach, wer was gemietet hat.«

Mir wurde bewusst, dass Wesley meine besorgte Stimmung gespürt hatte, als er sagte: »Dr. Scarpetta? Sie sehen aus, als hätten Sie noch etwas hinzuzufügen.«

»Mich verblüfft das Fehlen von jeder vitalen Reaktion auf irgendeine ihrer Verletzungen«, sagte ich. »Und obwohl der Zustand ihrer Leiche darauf hindeutet, dass sie erst wenige Tage tot war, passen ihre Elektrolyten nicht zu ihrem physischen Befund …«

»Ihre was?« Motes Gesicht zeigte Verständnislosigkeit.

»Ihr Natriumspiegel ist hoch, und da der Natriumgehalt nach dem Tod recht stabil bleibt, können wir daraus schließen, dass er zur Todeszeit hoch war.«

»Was bedeutet das?«

»Es kann bedeuten, dass sie stark dehydriert war«, sagte ich. »Im Übrigen war sie für ihr Alter sowieso untergewichtig. Ist etwas über eine mögliche Essstörung bekannt? War sie krank? Litt sie unter Erbrechen? Durchfall? Hat sie entwässernde Mittel genommen?« Ich sah in die Runde.

Als niemand antwortete, sagte Ferguson: »Das erfahre ich von ihrer Mutter. Ich muss sowieso mit ihr sprechen, wenn ich zurück bin.«

»Ihre Kaliumwerte sind ebenfalls erhöht«, fuhr ich fort. »Auch dafür brauchen wir eine Erklärung, weil hier die Tatsache zu beachten ist, dass Kalium im Glaskörper des Auges nach dem Tod signifikant und voraussehbar zunimmt. Es tritt durch die Zellwände aus, die durchlässig werden.«

»Glaskörper?«, fragte Mote.

»Eine Untersuchung der Augenflüssigkeit ist sehr aussagekräftig, weil diese isoliert und geschützt ist und deswegen in geringerem Ausmaß einer Kontamination oder der Zersetzung ausgesetzt ist«, antwortete ich. »Jedenfalls weist Emilys Kaliumspiegel auf eine frühere Todeszeit hin als die anderen Befunde.«

»Wie lange läge sie danach zurück?«, fragte Wesley.

»Sechs oder sieben Tage.«

»Könnte es dafür noch andere Erklärungen geben?«

»Extreme Hitze hätte die Verwesung beschleunigt«, antwortete ich.

»Das kann es aber nicht gewesen sein.«

»Oder es liegt ein Messfehler vor«, fügte ich hinzu.

»Können Sie das herausbekommen?«

Ich nickte.

»Doc Jenrette ist der Meinung, dass die Kugel in Emilys Gehirn den sofortigen Tod bewirkt hat«, verkündete Ferguson. »Für mich klingt sofortiger Tod so, dass keine vitalen Reaktionen mehr vorhanden sind.«

»Das Problem ist«, erklärte ich, »dass ihre Gehirnverletzung nicht zwangsläufig sofort tödlich gewesen sein muss.«

»Wie lange hätte sie mit ihr überleben können?«, wollte Mote wissen.

»Stunden«, gab ich zurück.

»Andere Möglichkeiten?«, fragte Wesley.

»*Commotio cerebri*, also Gehirnerschütterung. Sie gleicht einem elektrischen Kurzschluss – man bekommt einen Schlag auf den Kopf, der Tod tritt im selben Moment ein, und es ist keine ursächliche Verletzung festzustellen, wenn überhaupt eine.« Ich machte eine Pause. »Es wäre auch möglich, dass dem Opfer *alle* Verletzungen post mortem zugefügt wurden, auch die Schusswunde.«

Das mussten alle Anwesenden erst einmal verdauen.

Marinos Kaffeebecher war mittlerweile zu einem kleinen Styroporhaufen geworden, sein Aschenbecher angefüllt mit zerfetzten Kaugummipapierchen.

»Gibt es vielleicht Hinweise darauf, dass sie zuerst erstickt wurde?«, fragte er.

Ich verneinte.

Er begann mit seinem Kugelschreiber herumzuknipsen.

»Reden wir noch einmal von ihrer Familie. Was wissen wir von ihrem Vater, außer dass er verstorben ist?«

»Er war Lehrer an der Broad River Christian Academy in Swannanoa.«

»Ging Emily auch dort zur Schule?«

»Nein. Sie besuchte die öffentliche Grundschule in Black Mountain. Ihr Daddy ist vor ungefähr einem Jahr gestorben«, fügte Mote hinzu.

»Das steht in meinen Unterlagen«, sagte ich. »Er hieß mit Vornamen Charles?«

Mote nickte.

»Woran ist er gestorben?«, fragte ich.

»Das weiß ich nicht genau. Aber es war eine natürliche Todesursache.«

»Er hatte ein Herzleiden«, ergänzte Ferguson.

Wesley stand auf und ging an die weiße Schreibtafel.

»Okay.« Er nahm einen schwarzen Marker und fing an zu schreiben. »Fassen wir die Details zusammen. Opfer stammt aus Mittelklassefamilie, weiß, elf Jahre alt, zuletzt von ihren Freunden gesehen am 1. Oktober gegen sechs Uhr abends, als sie sich allein nach einem Treffen in der Kirche auf den Heimweg machte. Sie nahm diesmal eine Abkürzung am Lake Tomahawk entlang, einem kleinen künstlichen See.

Sehen Sie bitte einmal auf die Karte in Ihren Unterlagen. Am nördlichen Ende des Sees finden Sie ein Clubhaus und einen öffentlichen Pool. Beide sind nur in den Sommermonaten geöffnet. Weiter drüben sind Tennisplätze und ein Picknickplatz. Die können das ganze Jahr über benutzt werden. Nach Aussage der Mutter kam Emily um kurz nach halb sieben zu Hause an.

Sie ging direkt in ihr Zimmer und übte bis zum Abendessen Gitarre.«

»Hat Mrs. Steiner gesagt, was Emily an jenem Abend gegessen hat?«, fragte ich in die Runde.

»Makkaroni mit Käse und Salat«, sagte Ferguson.

»Wann war das?« Nach dem Autopsiebericht bestand Emilys Mageninhalt lediglich aus einer geringen Menge bräunlicher Flüssigkeit.

»Gegen halb acht, hat sie gesagt.«

»Wäre das um zwei Uhr morgens, zum Zeitpunkt ihrer Entführung, verdaut gewesen?«

»Ja«, sagte ich. »Ihr Magen wäre schon einige Zeit vorher leer gewesen.«

»Es könnte sein, dass sie während ihrer Gefangenschaft nur wenig Nahrung und Wasser bekommen hat.«

»Was möglicherweise zur Dehydrierung und zu dem hohen Natriumgehalt geführt hat?«, fragte mich Wesley.

»Durchaus möglich.«

Er notierte etwas. »Das Haus besitzt keine Alarmanlage, und es gibt auch keinen Hund.«

»Ist bekannt, ob etwas gestohlen wurde?«

»Vielleicht ein paar Kleidungsstücke.«

»Von wem?«

»Möglicherweise von der Mutter. Als sie gefesselt im Schrank steckte, glaubt sie gehört zu haben, wie er Schubladen öffnete.«

»Wenn das zutrifft, war er sehr ordentlich. Sie sagt nämlich auch, dass sie nicht weiß, ob etwas fehlt oder nur verlegt wurde.«

»Welches Fach hat eigentlich der Vater unterrichtet? Wissen wir das?«

»Religion.«

»Die Broad River gehört zu den Lehrstätten, an denen der Fundamentalismus regiert. Die Kinder beginnen den Tag mit frommen Liedern gegen Sünde und Versuchung.«

»Im Ernst?«

»So wahr mir …«

»Mein Gott.«

»Ja, über ihn reden sie auch den ganzen Tag.«

»Vielleicht könnten sie sich mal meines Enkels annehmen.«

»Blödsinn, Hershel, für Ihren Enkel kann keiner was tun, weil Sie ihn bis zum Gehtnichtmehr verwöhnen. Wie viele Kinderfahrräder hat er jetzt? Drei?«

»Ich wüsste gern mehr über Emilys Familie«, meldete ich mich wieder zu Wort. »Sie ist also religiös.«

»Sogar sehr.«

»Weitere Geschwister?«

Lieutenant Mote holte schwer und tief Luft. »Da wird es wirklich traurig. Vor ein paar Jahren hatten sie ein Baby, das an plötzlichem Kindstod gestorben ist.«

»War das auch in Black Mountain?«, fragte ich.

»Nein, Ma'am. Das war, bevor die Steiners hierher zogen. Sie sind aus Kalifornien. Zu uns kommen ja Leute von überall her.«

»Viele Fremde kommen zu uns in die Berge, um sich zur Ruhe zu setzen«, ergänzte Ferguson. »Oder sie machen Ferien, besuchen religiöse Veranstaltungen. Meine Güte, wenn ich für jeden Baptisten einen Nickel kriegte, säße ich nicht hier.«

Ich sah Marino an. Er war knallrot angelaufen, die Wut stand ihm ins Gesicht geschrieben. »Genau die Gegend, in der ein Gault untertauchen kann. Diese Leute lesen all die groß aufgemachten Geschichten über diesen Hurensohn in Zeitschriften wie *People, The National Enquirer* oder *Parade*. Aber es kommt ihnen nicht in den Sinn, dass solch ein Wolf im Schafspelz auch ganz in ihrer Nähe sein könnte. Für sie ist er Frankenstein. Er existiert in Wirklichkeit gar nicht.«

»Nicht zu vergessen, dass man auch einen TV-Film über ihn gedreht hat«, sagte Mote wieder.

»Wann war das?«, fragte Ferguson finster.

»Letzten Sommer, hat Captain Marino mir gesagt. Der Name des Schauspielers fällt mir nicht ein, aber er hat in vielen von diesen *Terminator*-Filmen gespielt. Stimmt's?«

Marino reagierte nicht. In Gedanken brauste er schon mit einem imaginären Polizeiaufgebot durch die Gegend. »Meiner Meinung nach ist der Hurensohn noch hier.« Er schob seinen Stuhl zurück und warf wieder ein Häufchen zerkleinertes Einwickelpapier in den Aschenbecher.

»Möglich ist alles«, sagte Wesley nüchtern.

»Also dann.« Mote räusperte sich. »Wir begrüßten nachdrücklich jede mögliche Hilfestellung von euch, Jungs.«

Wesley sah auf die Uhr. »Pete, machen Sie noch einmal das Licht aus? Wir sollten jetzt die früheren Fälle durchgehen und unseren beiden Besuchern aus North Carolina zeigen, wie Gault seine Zeit in Virginia verbracht hat.«

Während der nächsten Stunden blitzten Horrorbilder durch die Dunkelheit – unzusammenhängende Szenen wie aus meinen allerschlimmsten Träumen. Ferguson und Mote wandten ihre weit aufgerissenen Augen keinen Moment von der Leinwand ab. Sie sagten kein Wort. Ich sah sie nicht einmal blinzeln.

2

Vor den Fenstern des Boardroom sonnten sich pummelige Murmeltiere im Gras, während ich meinen Salat aß und Marino die letzten Reste seines »Hähnchen Spezial« auf dem Teller zusammenkratzte.

Der Himmel war blassblau, und den Bäumen sah man schon an, wie flammend rot sie leuchten würden, wenn der Herbst seinen Höhepunkt erreichte.

In gewisser Weise beneidete ich Marino. Was ihm in dieser Woche hier körperlich abverlangt würde, schien mir fast eine Erholung, verglichen mit dem, was mich erwartete und drohend wie ein unersättlicher Raubvogel über mir schwebte.

»Lucy hofft, dass Sie Zeit für ein paar Schießübungen mit ihr haben, solange Sie hier sind«, sagte ich.

»Hängt davon ab, ob sich ihre Manieren gebessert haben.« Marino schob sein Tablett beiseite.

»Komisch, das Gleiche sagt sie immer von Ihnen.«

Er klopfte eine Zigarette aus dem Päckchen. »Was dagegen?«

»Und wenn schon. Sie rauchen ja trotzdem.«

»Sie trauen einem Kollegen nie was Positives zu, Doc.« Die Zigarette wippte beim Sprechen zwischen seinen Lippen. »Ich habe ja wenigstens schon reduziert.« Er betätigte sein Feuerzeug. »Geben Sie zu, Sie denken jede Minute ans Rauchen.«

»Stimmt. Es vergeht keine Minute, in der ich mich nicht frage, wie ich so etwas Unerfreuliches und Unsoziales nur habe tun können.«

»Quatsch. Sie vermissen es höllisch. In diesem Augenblick wären Sie zu gern an meiner Stelle.« Er blies eine Rauchwolke aus und sah aus dem Fenster. »Eines Tages wird der ganze Laden hier wegen dieser rammelnden Murmeltiere einfach wegsacken.«

»Was hat Gault in den Westen von North Carolina getrieben?«, fragte ich.

»Was, zum Teufel, treibt ihn überhaupt irgendwohin?« Marinos Blick wurde hart. »Jede Frage, die man sich über diesen Dreckskerl auch stellen mag, hat immer die gleiche Antwort. *Weil er Lust dazu hatte.* Und das Steiner-Mädchen wird nicht die Letzte gewesen sein. Irgendein anderes kleines Kind – eine Frau, ein Mann, zum Teufel, ganz egal – wird zur falschen Zeit am falschen Ort sein, wenn es Gault wieder juckt.«

»Und Sie glauben wirklich, er ist noch da?«

Er klopfte die Asche ab. »Ja, das glaube ich wirklich.«

»Wieso?«

»Weil der Spaß erst begonnen hat«, sagte er. In diesem Moment kam Benton Wesley durch die Tür. »Verdammt noch mal, für Gault ist das die großartigste Schau aller Zeiten – er sitzt gemütlich zurückgelehnt da und lacht sich einen Ast, während die Cops aus Black Mountain im Kreis herumrennen und nicht wissen, was, zum Teufel, sie tun sollen. Nebenbei bemerkt, mit Mord haben die höchstens einmal pro Jahr zu tun.«

Ich sah Wesley nach, wie er auf die Salatbar zusteuerte und sich einen Teller zusammenstellte. Schließlich schöpfte er Suppe in eine Schüssel, legte ein paar Cracker auf sein Tablett und warf mehrere Dollar auf einen Pappteller, der bereitstand, wenn die Kasse nicht besetzt war. Er ließ sich nicht anmerken, ob er uns gesehen hatte, aber ich kannte seine Fähigkeit, selbst kleinste Einzelheiten seiner Umgebung wahrzunehmen und dabei auszusehen, als bewege er sich inmitten einer Nebelbank.

»Bei einigen Befunden stelle ich mir die Frage, ob Emily Steiners Leiche nicht eine Zeit lang gekühlt worden ist«, sagte ich zu Marino, während Wesley auf uns zusteuerte. »War sie. Ganz bestimmt sogar. In der Leichenhalle des Krankenhauses.« Marino sah mich schief an.

»Hört sich an, als hätte ich etwas Wichtiges verpasst«, sagte Wesley, zog einen Stuhl hervor und setzte sich.

»Ich denke darüber nach, ob Emily Steiners Leiche gekühlt worden war, bevor sie zum See gebracht wurde«, sagte ich.

»Woraus folgern Sie das?« Ein goldener Manschettenknopf mit dem Department-of-Justice-Wappen schaute aus Wesleys Jackenärmel hervor, als er nach dem Pfefferstreuer griff.

»Ihre Haut war teigig und trocken«, antwortete ich. »Sie war gut erhalten und praktisch ohne Spuren von Insekten oder anderen Tieren.«

»Das schließt die Möglichkeit, dass Gault sich in so einer Touristenfalle von Motel aufgehalten hat, weitgehend aus«, sagte Marino. »Er wird die Leiche wohl kaum in seine Minibar gestopft haben.«

Wesley führte jeden Löffel seiner Muschelsuppe formvollendet und mit exakten Bewegungen zum Mund, ohne einen Tropfen zu verschütten.

»Was hat die Spurensicherung gefunden?«, fragte ich.

»Ihren Schmuck und ihre Socken«, antwortete Wesley. »Und das Gewebeband, das leider entfernt wurde, bevor es auf Fingerabdrücke überprüft worden war. Man hat es im Leichenschauhaus sauber abgeschnitten.«

»Meine Güte«, murmelte Marino.

»Aber das Band ist so ungewöhnlich, dass es noch etwas hergeben könnte. Ich glaube nicht, jemals solch ein grell orangefarbenes Gewebeband gesehen zu haben.« Er sah mich an.

»Ich sicher auch nicht«, sagte ich. »Weiß Ihr Labor schon Näheres darüber?«

»Noch nicht, bis auf die Fettspuren, die darauf hinweisen, dass die Rolle, von der das Band stammt, an den Rändern eingefettet war, wozu auch immer das gut sein mag.«

»Was hat das Labor sonst noch?«, fragte ich.

»Wattetupfer. Erde, auf der ihr Körper lag. Das Laken und den Sack, mit denen sie vom See wegtransportiert wurde«, sagte Wesley.

Mein Frust nahm mit jedem seiner Worte zu. Was war übersehen worden? Welche mikroskopisch kleinen Beweisstücke mochten für immer vernichtet sein? »Ich hätte gern Abzüge der Fotos von der Leiche und Kopien der Berichte und Laborergebnisse, sowie sie eintreffen«, sagte ich.

»Was wir erhalten, geht an Sie weiter«, antwortete Wesley. »Das Labor setzt sich direkt mit Ihnen in Verbindung.«

»Wir brauchen die genaue Todeszeit«, sagte Marino. »Es passt alles nicht zusammen.«

»Die Klärung dieses Punktes ist äußerst wichtig«, pflichtete ihm Wesley bei. »Könnten Sie dem noch nachgehen?«

»Ich werde tun, was ich kann«, sagte ich.

»Ich müsste längst in Hogan's Alley sein.« Marino stand vom Tisch auf und sah auf die Uhr. »Ich fürchte, sie haben schon ohne mich angefangen.«

»Ich hoffe aber, Sie ziehen sich noch um«, sagte Wesley zu ihm. »Sweatshirt mit Kapuze.«

»Oje. Dann trifft mich der Hitzschlag.«

»Besser, von dem umgehauen zu werden, als von einem Neun-Millimeter-Farbgeschoss«, sagte Wesley. »Das tut höllisch weh.«

»Aber sonst habt ihr keine Probleme, oder?«

Wir sahen ihm nach. Er knöpfte den Blazer über dem dicken Bauch zu, strich sich das dünne Haar glatt und zog im Gehen die Hose zurecht. Beim Betreten oder Verlassen eines Raumes wirkte Marino immer ein wenig verlegen, wie eine Katze, die sich zuerst rasch noch ein wenig putzt.

Wesley starrte auf den schmutzigen Aschenbecher an Marinos Platz. Dann sah er mich an. Seine Augen erschienen mir ungewohnt dunkel, und sein Mund sah aus, als habe er noch nie gelächelt.

»Sie müssen sich um ihn kümmern«, sagte er.

»Ich wünschte, ich könnte das, Benton.«

»Nur Sie kommen nahe genug an ihn heran, um etwas ausrichten zu können.«

»Das ist beängstigend.«

»Beängstigend ist der rote Kopf, den er während unserer Besprechung bekam. Er verhält sich in keinem Punkt vernünftig. Fette, gebratene Speisen, Zigaretten, Schnaps.« Wesley sah zur Seite. »Seit Doris ihn verlassen hat, geht es mit ihm bergab.«

»In einigem hat er sich gebessert«, sagte ich.

»Kurzlebige Fortschritte.« Er sah mich wieder an. »Im Grunde bringt er sich nach und nach um.«

Eigentlich hatte Marino das sein ganzes Leben lang getan. Und ich wusste nicht, was man dagegen tun konnte.

»Wann fahren Sie zurück nach Richmond?«, erkundigte sich Wesley, und ich fragte mich, was wohl in seinen eigenen vier Wänden vor sich ging und was mit seiner Frau war.

»Das ist noch nicht sicher«, antwortete ich. »Ich hatte gehofft, ein bisschen Zeit mit Lucy verbringen zu können.«

»Hat sie Ihnen gesagt, dass wir sie wiederhaben wollen?«

Ich sah hinaus auf den sonnenbeschienenen Rasen und die Blätter, die im Wind raschelten. »Sie ist ganz begeistert«, sagte ich.

»Aber Sie nicht.«

»Nein.«

»Ich verstehe, Kay. Sie wollen nicht, dass Lucy teilhat an Ihrer beruflichen Wirklichkeit.« Fast unmerklich bekam er einen weicheren Gesichtsausdruck. »Ich sollte erleichtert sein, dass Sie zumindest auf einem Gebiet weder ganz rational noch objektiv sind.«

Ich war auf mehr als einem Gebiet weder ganz rational noch objektiv, und das wusste Wesley nur zu gut.

»Ich weiß nicht einmal genau, was sie da drüben tut«, sagte ich. »Was hätten Sie für ein Gefühl, wenn es eines Ihrer Kinder wäre?«

»Das, was ich immer fühle, wenn es um meine Kinder geht. Ich möchte sie nicht im Polizeidienst sehen und auch nicht beim Militär. Ich möchte nicht, dass sie mit Waffen umgehen können. Und doch möchte ich, dass sie an all diesen Dingen teilhaben.«

»Weil Sie wissen, was in unserer Welt los ist«, sagte ich. Und mein Blick traf den seinen erneut und blieb länger auf ihm ruhen, als es hätte sein sollen.

Er zerknüllte seine Serviette und legte sie auf das Tablett. »Lucy liebt das, was sie tut. Und wir auch.«

»Das höre ich gern.«

»Sie ist außerordentlich gut. Die Software, die sie mit uns zusammen für das VICAP entwickelt, wird alles verändern. Es wird gar nicht mehr so lange dauern, bis wir so weit sind, diese Tiere in Menschengestalt über den ganzen Globus zu verfolgen. Stellen Sie sich mal vor, Gault hätte die kleine Steiner in Australien umgebracht. Glauben Sie, wir wüssten darüber Bescheid?«

»Eher nicht«, sagte ich. »Jedenfalls bestimmt nicht so bald. Doch wir wissen ja nicht einmal, ob Gault sie getötet hat.«

»Aber mit Sicherheit wissen wir, dass es mehr Opfer geben wird, je länger wir brauchen.« Er griff nach meinem Tablett und stapelte es auf seines.

Wir standen auf.

»Wir sollten mal bei Ihrer Nichte vorbeischauen«, sagte er.

»Ich denke, ich habe da keinen Zutritt.«

»Stimmt. Geben Sie mir ein bisschen Zeit, dann bringe ich das in Ordnung.«

»Ich würde mich sehr darüber freuen.«

»Mal sehen. Jetzt ist es ein Uhr. Treffen wir uns um halb fünf wieder hier?« Wir verließen den Boardroom.

»Übrigens, wie kommt Lucy in Washington zurecht?« Er meinte damit das kümmerliche Studentenwohnheim mit seinen winzigen Betten und den Handtüchern, die zu klein waren, um auch nur das Nötigste zu bedecken. »Es tut mir Leid, dass wir ihr dort nichts mit einer privateren Atmosphäre bieten konnten.«

»Macht nichts. Mit Zimmer- und Flurgenossinnen zusammenzuwohnen tut ihr gut, wenn sie auch nicht besonders gut mit ihnen auskommt.«

»Begabte Menschen kommen in Arbeit und Freizeit nicht immer gut mit anderen aus.«

»Das einzige Fach, in dem sie immer durchgefallen ist«, sagte ich.

Die nächsten Stunden verbrachte ich am Telefon und versuchte erfolglos, Dr. Jenrette zu erreichen. Offenbar hatte er sich einen Tag freigenommen und war auf dem Golfplatz.

In meinem Büro in Richmond lief erfreulicherweise alles glatt. Die eingegangenen Fälle erforderten bislang nur äußerliche Untersuchungen und Körperflüssigkeitsanalysen. Gott sei Dank war in der Nacht zuvor kein Mord passiert, und für meine beiden noch anstehenden Gerichtsverhandlungen in dieser Woche war alles vorbereitet.

Ich traf mich mit Wesley wie vereinbart. »Stecken Sie das an.« Er reichte mir einen speziellen Gästepass, den ich neben mein Namensschild ans Jackenrevers klemmte.

»Keine Probleme?«, fragte ich.

»Einigen Aufwand hat es gekostet, aber ich habe es geschafft.«

»Ich bin erleichtert, den Sicherheitscheck bestanden zu haben«, sagte ich ironisch.

»Aber nur knapp.«

»Besten Dank.«

Er schwieg und berührte leicht meinen Rücken, als ich vor ihm durch eine Tür ging.

»Kay, ich muss Ihnen ja nicht sagen, dass nichts von dem, was Sie in der ERF hören oder sehen, nach draußen dringen darf.«

»Ganz richtig, Benton. Das brauchen Sie mir nicht zu sagen.«

Der Einkaufsbereich vor dem Boardroom wimmelte von Studenten der National Academy in roten Hemden, die sich Auslagen mit allen nur erdenklichen Dingen ansahen, auf denen das Etikett »FBI« prangte. Auf den Treppen begegneten wir gut durchtrainierten Männern und Frauen, die höflich grüßend in ihre Klassen eilten. Was sie anhatten, war farblich genau reglementiert. Nicht ein einziges blaues Hemd war zu sehen, denn seit über einem Jahr hatte es keine neuen Ausbildungsklassen für Agenten mehr gegeben.

Wir gingen durch einen langen Korridor zur Lobby. Hier machte eine Digitalanzeige über dem Empfang die Gäste darauf aufmerksam, dass ihre Pässe gut erkennbar zu tragen seien. Aus der Ferne rundeten Gewehrschüsse den gelungenen Nachmittag ab.

Die Engineering Research Facility bestand aus drei beigefarbenen Klötzen aus Glas und Beton mit breiten Einfahrtstoren und hohen Maschendrahtzäunen. Die Reihen geparkter Wagen zeugten von der Anwesenheit von Menschen, die ich sonst nie zu Gesicht bekam; die ERF schien ihre Angestellten zu Zeiten zu verschlingen und wieder auszuspeien, in denen wir anderen es nicht bemerkten.

An der Wand neben der Eingangstür blieb Wesley vor einem Modul mit Zahlentastatur und Lesegerät stehen. Er hielt seinen rechten Daumen auf den Scanner. Gleichzeitig forderte ihn ein Display auf, seine persönliche Kennzahl einzugeben. Die biometrische Sperre sprang mit leisem Klicken auf.

»Offensichtlich waren Sie hier schon mal«, bemerkte ich, während er mir die Tür aufhielt.

»Oft genug«, sagte er.

Die Frage war nur, was für besondere Aufträge ihn gerade hierher führten. Wir gingen durch einen Flur mit gedämpftem Licht und einem beigefarbenen Teppichboden, der jedes Geräusch schluckte. Der Gang war doppelt so lang wie ein Football-Feld. Wir kamen an Labors vorbei, wo Wissenschaftler in dunklen Anzügen und Laborkitteln eifrig mit irgendwelchen mysteriösen Dingen beschäftigt waren, die ich auf den ersten Blick auch nicht annähernd hätte einordnen können. Die Männer und Frauen arbeiteten in gläsernen Abteilen an Arbeitstischen, die mit Werkzeug, elektronischen Geräten, Monitoren und mir unbekannten sonstigen Apparaten übersät waren. Hinter einer fensterlosen Doppeltür fraß sich eine Kreissäge durch Holz.

An einem Aufzug wurde erneut Wesleys Daumenabdruck geprüft, bevor wir in die vergeistigte Stille eintreten konnten, in der Lucy ihre Tage verbrachte. Im Wesentlichen glich der erste Stock einer klimatisierten Hirnschale, die ein künstliches Gehirn umschließt. Wände und Teppichboden waren mattgrau, der exakt aufgeteilte Raum erinnerte an einen gläsernen Eiswürfelbehälter. Jede Kabine enthielt zwei Schreibtische aus einem Anbauprogramm mit schnittigen Computern, Laserdruckern und Stapeln von Papieren. Lucy war leicht zu entdecken. Sie trug als Einzige einen FBI-Overall.

Sie saß mit dem Rücken zu uns und telefonierte über einen Kopfhörer mit Mikrofon. Eine Hand glitt mit einem Stift über ein CAD-Zeichenbrett, die andere tippte etwas auf der Tastatur. Hätte ich es nicht besser gewusst, hätte ich gedacht, sie komponiere.

»Nein, nein«, sagte sie, »ein langer Pfeifton, gefolgt von zwei kurzen, bedeutet wahrscheinlich eine Störung im Monitor oder in der Hauptplatine.«

Als sie uns aus dem Augenwinkel sah, schwang sie mit dem Stuhl herum.

»Ja, es ist ein großer Unterschied zu einem einzelnen kurzen Piepton«, erklärte sie der Person am anderen Ende der Leitung. »Hier handelt es sich um ein Problem in einem System-Board. Hör mal, Dave, kann ich dich zurückrufen?« Halb unter Papieren begraben, bemerkte ich auf ihrem Schreibtisch einen biometrischen Scanner. Auf dem Boden und auf einem Regalbrett häuften sich ehrfurchtgebietende Programmierhandbücher, Schachteln voller Disketten und Tonkassetten, Stapel von Computer- und Softwaremagazinen und eine Reihe blassblau gebundener Publikationen mit dem Department-of-Justice-Wappen.

»Ich dachte, ich zeige Ihrer Tante mal, was Sie so treiben«, sagte Wesley.

Lucy zog den Kopfhörer vom Kopf. Ob sie sich freute, uns zu sehen, konnte ich nicht erkennen.

»Im Moment stecke ich bis über die Ohren in Problemen«, sagte sie. »Ein paar unserer 4-86-Geräte melden *error.*« Als Erklärung für mich fügte sie hinzu: »Mit Hilfe unserer PCs entwickeln wir das Crime Artificial Intelligence Network, kurz CAIN genannt.«

»CAIN?«, fragte ich verwundert. »Als Akronym für ein System zur Verfolgung von Gewaltverbrechern klingt das aber reichlich ironisch.«

»Man könnte es vielleicht als Akt tätiger Reue im Hinblick

auf den ersten Mörder der Menschheitsgeschichte bezeichnen«, sagte Wesley. »Oder man hat die Bezeichnung gewählt, weil sie einfach leicht zu behalten ist.«

»Grundsätzlich soll CAIN zu einem vollautomatischen System werden, das die reale Welt möglichst weitgehend nachzeichnet«, fuhr Lucy fort.

»Mit anderen Worten«, sagte ich, »es soll denken und handeln wie wir.«

»Genau.« Sie fing wieder an zu tippen. »Hier haben wir die Verbrechensanalyse, wie du sie kennst.«

Auf dem Monitor erschienen die Fragen des mir wohl bekannten Fünfzehn-Seiten-Formulars, das ich seit Jahren ausfüllte, wenn eine nicht identifizierte Leiche auftauchte oder das Opfer eines Verbrechers, der als Wiederholungstäter in Frage kam.

»Wir haben es ein bisschen komprimiert.« Lucy holte weitere Seiten auf den Bildschirm.

»Das Formular selbst ist nie ein Problem gewesen«, bemerkte ich. »Das Problem liegt eher darin, den Ermittler dazu zu kriegen, das verdammte Ding auszufüllen und weiterzuschicken.«

»Jetzt hat er die Wahl«, sagte Wesley. »Er kann sich entweder ein einfaches Terminal ins Revier stellen, sich davorsetzen und das Formular online ausfüllen. Oder er kann, sollte er der Maschine nicht trauen, echtes Papier benutzen – einen Ausdruck oder das Originalformular, das dann wie gewohnt verschickt oder gefaxt wird.«

»Außerdem arbeiten wir an einer Technik für Schriftanalysen«, fuhr Lucy fort. »Der Ermittler kann damit ein CAD-Zeichenbrett benutzen, wo immer er sich befindet: im Auto, im Revier oder im Gerichtssaal beim Warten auf seine Vernehmung. Und alles, was auf Papier festgehalten ist – handschriftlich oder nicht –, lässt sich in das System scannen. Der interaktive Teil setzt ein, wenn CAIN durch eine Nachricht dazu aufgefordert wird oder es Zusatzinformationen benötigt. Er kommuniziert regelrecht mit dem Ermittler, per Modem oder per sprachliche Mitteilung bzw. E-Mail.«

»Das Potenzial ist enorm«, bekräftigte Wesley.

Mir war klar, warum er mich hergebracht hatte. Dieser Glaskasten schien weit, weit weg von all den Polizeistationen in der Stadt, weg von Banküberfällen und Drogenrazzien. Wesley wollte mich davon überzeugen, dass Lucy sicher war, wenn sie für das Bureau arbeitete. Doch ich wusste es besser, denn ich kannte die Hinterhältigkeit des menschlichen Verstandes.

Die unausgefüllten Seiten, die mir meine junge Nichte auf ihrem jungfräulichen Bildschirm zeigte, würden bald Namen und Personenbeschreibungen enthalten, die Gewalt zur Realität werden lassen. Lucy würde eine Data Base erstellen, die sich zu einem Konglomerat von Körperteilen, Foltermethoden, Waffen und Verletzungen entwickeln würde. Und eines Tages würde sie doch die stummen Schreie hören, würde in einer Menschenmenge Gesichter von Opfern zu erkennen glauben.

»Ich nehme an, das hat nicht nur für die polizeiliche Ermittlungsarbeit Bedeutung, sondern auch für uns«, sagte ich zu Wesley.

»Selbstverständlich sind Gerichtspathologen diesem Netzwerk angeschlossen.«

Am Beispiel anderer Monitore verbreitete sich Lucy über weitere Wunderwerke in einer Sprache, die sogar ich nur schwer verstand. Für mich waren Computer ein modernes Babylon. Je höher der technologische Standard, desto größer die Sprachverwirrung.

»Das hier ist das Programm für die Analyse von Sprachstrukturen«, erklärte sie. »Es heißt Structure Query Language und ist eher beschreibend als navigierend angelegt. Das heißt, der Benutzer spezifiziert, *was* er aus der Datenbasis zugänglich gemacht haben will, nicht *wie* er dorthin gelangt.«

Ich wurde mittlerweile durch eine Frau abgelenkt, die auf uns zukam. Sie war groß und bewegte sich mit anmutigen und zugleich kräftigen Schritten. Ein langer Laborkittel schwang um ihre Knie, während sie langsam mit einem Pinsel in einer kleinen Aluminiumdose rührte.

»Steht schon fest, worunter das einmal laufen wird?« Wesley unterhielt sich weiter mit meiner Nichte. »Unter einer Zentraleinheit?«

»Der Trend geht eindeutig zu großen Rechnern, die Datenbanken verwalten und als Dienstleister den kleineren Rechnern als ihren Klienten Informationen zur Verfügung stellen. Alles wird kleiner.«

Die Frau betrat unseren Glaskasten. Sie sah mir mit durchdringendem Blick einen kurzen Moment direkt ins Gesicht. »Findet hier ein Treffen statt, von dem ich nichts wusste?«, fragte sie mit kühlem Lächeln und stellte die Dose auf ihren Schreibtisch. Ich hatte den deutlichen Eindruck, dass ihr unser Eindringen missfiel.

»Carrie, um unser Projekt müssen wir uns nachher wieder kümmern. Tut mir Leid«, sagte Lucy und fügte dann hinzu: »Ich glaube, Benton Wesley kennst du schon. Das ist Dr. Kay Scarpetta, meine Tante. Und das ist Carrie Grethen.«

»Freut mich, Sie kennen zu lernen«, sagte Carrie Grethen zu mir, aber ihr Blick strafte sie Lügen.

Ich beobachtete, wie sie in ihren Sessel glitt und sich abwesend über das dunkelbraune Haar strich. Es war lang und zu einem altmodischen französischen Knoten gesteckt. Ich schätzte sie auf Mitte dreißig. Ihre glatte Haut, die dunklen Augen und die ebenmäßigen Züge verliehen ihrem Gesicht eine ebenso auffallende wie seltene patrizische Schönheit. Als sie ein Aktenregister aufzog, fiel mir auf, wie ordentlich ihr Arbeitsplatz war im Vergleich zu dem meiner Nichte. Lucy lebte schon viel zu sehr in ihrer abgeschotteten Welt, als dass sie sich noch Gedanken über die Unterbringung eines Buches oder eines Stapels Papiere machen mochte. Trotz ihres schon früh entwickelten Intellekts war sie ganz und gar ein College-Kid, das Kaugummi kaute und im Chaos lebte.

»Lucy?«, sagte Wesley. »Führen Sie Ihre Tante doch mal herum.«

»Gern.« Sie schien zu zögern, dann sicherte sie ihren Text, verließ das Programm und stand auf.

»So, Carrie, nun erzählen Sie mir mal genau, was Sie hier machen«, hörte ich ihn im Weggehen sagen.

Lucy sah zu ihnen zurück. Die Emotionen, die in ihrem Blick aufflackerten, verblüfften mich.

»Was du in dieser Abteilung siehst, erklärt sich weitgehend von selbst«, sagte sie zerstreut und irgendwie verkrampft. »Lauter Leute an ihren Arbeitsplätzen.«

»Und alle arbeiten an VICAP?«

»Von uns hier haben nur drei mit CAIN zu tun. Das meiste, was hier geschieht, hat taktische Bedeutung.« Sie sah sich erneut um. »Verstehst du, taktisch im Sinne einer Benutzung von Computern zur schrittweisen Optimierung von Funktionen. Zum Beispiel beim Einsatz verschiedener elektronischer Aufnahmegeräte, als Schutz vor Krisen, z.B. in der Stromversorgung, und nicht zuletzt zur Logistik bei Geiselbefreiungen.«

Sie war mit ihren Gedanken offensichtlich weit weg, als sie mich zum anderen Ende des Flurs und zu einem Raum mit einer weiteren biometrischen Sicherung führte.

»Nur wenige von uns haben hier Zutritt«, sagte sie, legte den Daumen auf den Scanner und gab ihre Kennzahl ein. Die eisengraue Tür führte in einen Kühlbereich mit verschiedenen Arbeitsstationen, ordentlich aufgereihten Apparaturen, Monitoren und zahlreichen blinkenden Modems in Regalen. Aus den Rückseiten der Geräte hingen Kabelbündel und verschwanden in einem Doppelboden. Von einigen Monitoren leuchtete in hellblauen Schleifen und Spiralen der kühne Schriftzug CAIN. Das künstliche Licht wirkte genauso sauber und kalt wie die Luft.

»Hier sind all unsere Fingerabdrücke gespeichert«, erklärte Lucy.

»Für die Türschlösser?« Ich sah mich im Raum um.

»Für die Scanner, die du überall zur physischen Kontrolle und zum Datenschutz findest.«

»Ist dieses ausgeklügelte Schließsystem eine ERF-Erfindung?«

»Es wird hier bei uns weiterentwickelt und auf Fehlerquellen geprüft. Ich stecke gerade mitten in einem entsprechenden Forschungsprojekt. Gibt noch 'ne Menge zu tun.«

Sie beugte sich über einen Monitor und stellte seine Helligkeit ein.

»Eines Tages werden wir auch von draußen Fingerabdrücke speichern, zum Beispiel bei einer Festnahme«, fuhr sie fort. »Die Cops können die Fingerabdrücke des Täters dann per Scanner abnehmen und direkt in CAIN eingeben. Handelt es sich um einen Wiederholungstäter, dessen Fingerabdrücke bereits in CAIN gespeichert sind, haben wir ihn in wenigen Sekunden.«

»Schließlich wird es dann irgendwie zu einem landesweiten automatischen Fingerabdruckerkennungssystem zusammengefasst, nehme ich an?«

»Landes- und hoffentlich auch weltweit. Und alles wird hier zusammenlaufen.«

»Ist Carrie auch mit CAIN beschäftigt?«

Lucy schien überrascht. »Ja.«

»Also gehört sie zu den drei Personen.«

»Richtig.«

Da sie weiter nichts sagte, meinte ich: »Sie scheint mir ein sehr ungewöhnlicher Mensch zu sein.«

»Ich möchte behaupten, das kann man von jedem hier sagen«, gab meine Nichte zurück.

»Woher kommt sie?«, bohrte ich weiter. Ich empfand eine spontane Abneigung gegen Carrie Grethen; warum, wusste ich nicht.

»Washington State.«

»Ist sie nett?«, wollte ich wissen.

»Sie leistet sehr gute Arbeit.«

»Das beantwortet eigentlich nicht meine Frage.« Ich lächelte.

»Ich versuche, mich hier nicht auf die verschiedenen Persönlichkeiten einzulassen. Warum bist du so neugierig?« Lucy wirkte plötzlich sehr reserviert.

»Ich bin neugierig, weil sie mich neugierig gemacht hat«, antwortete ich schlicht.

»Tante Kay, ich wünschte, du hörtest mit deiner Fürsorglichkeit auf. Andererseits musst du bei deinem Beruf zwangsläufig das Schlechteste über jeden denken.«

»Stimmt. Genauso, wie ich bei meinem Beruf wohl auch in jedem schon den Toten sehen muss«, sagte ich trocken.

»Das ist absurd«, gab meine Nichte zurück.

»Ich hatte einfach nur gehofft, du lernst ein paar nette Leute hier kennen.«

»Es wäre mir sehr lieb, wenn du aufhörtest, dir Gedanken darüber zu machen, ob ich Freunde habe.«

»Lucy, ich will mich nicht in dein Leben einmischen. Ich habe nur eine einzige Bitte: Pass auf dich auf.«

»Nein, das ist nicht das Einzige. Du mischst dich wirklich ein.«

»Das ist nicht meine Absicht«, sagte ich. Lucy konnte mich mehr reizen als jeder andere Mensch.

»Ist es doch. Eigentlich ist es dir gar nicht recht, dass ich hier bin.«

Ich bedauerte meine Antwort schon, bevor ich sie ausgesprochen hatte. »Das ist nicht wahr. Schließlich habe ich dich in dieses verdammte Praktikum vermittelt.«

Sie starrte mich nur an.

»Lucy, es tut mir Leid. Lass uns nicht streiten. Bitte.« Ich dämpfte meine Stimme und legte die Hand auf ihren Arm. Sie zog ihn weg. »Ich muss jetzt was nachchecken.«

Zu meiner Überraschung wandte sie sich abrupt ab und ging hinaus. Ich blieb allein in diesem Raum der höchsten Sicherheitsstufe zurück, und erst jetzt fiel mir auf, dass hier dieselbe nüchtern-frostige Atmosphäre herrschte, die unser Gespräch angenommen hatte. Monitore zeigten ihre Farbenspiele, Kontrolllampen und Digitalziffern leuchteten rot und grün, und das Surren in meinem Kopf glich dem durchdringenden weißen Rauschen in diesem Raum.

Lucy war das einzige Kind meiner einzigen, verantwortungslosen Schwester Dorothy. Ich selbst hatte keine Kinder. Doch das allein erklärte meine Liebe zu meiner Nichte sicherlich nicht. Ich hatte Verständnis für diese Art von Schamgefühl in ihr, das aus Verlassenheit und Einsamkeit entstanden war, denn hinter meiner glatten Fassade litt ich unter dem gleichen Kummer. Wenn ich Lucys Wunden leckte, leckte ich damit meine eigenen. Doch das konnte ich ihr so nicht sagen. Ich ging hinaus und achtete darauf, dass die Tür hinter mir ins Schloss fiel.

Es entging Wesley nicht, dass ich ohne meine Begleiterin von meinem Rundgang zurückkam. Und Lucy erschien auch nicht mehr, um sich von uns zu verabschieden.

»Was ist passiert?«, fragte Wesley, als wir zur Academy zurückgingen.

»Ich fürchte, wir hatten wieder einmal eine unserer Auseinandersetzungen«, antwortete ich.

Er sah mich an. »Irgendwann erzähle ich Ihnen mal von meinen Auseinandersetzungen mit Michele.«

»Sollte es einmal einen Kurs über Mutter- oder Tantenrollen geben, müsste ich ihn wohl besuchen. Eigentlich wäre das schon längst fällig gewesen. Ich habe sie nur gefragt, ob sie hier Freunde gewonnen hat. Schon wurde sie wütend.«

»Was beunruhigt Sie dabei?«

»Sie ist eine Einzelgängerin.«

Er schien verwundert. »Das haben Sie schon einmal angedeutet. Aber ehrlich gesagt, sie macht mir gar nicht den Eindruck einer Einzelgängerin.«

»Wie meinen Sie das?«

Wir hielten an und ließen einige Wagen vorbeifahren. Die Sonne stand jetzt niedrig und wärmte meinen Nacken. Wesley hatte seine Jacke ausgezogen und trug sie über dem Arm.

Als wir die Auffahrt überqueren konnten, berührte er sanft meinen Ellbogen. »Ich war vor ein paar Tagen abends im *Globe and Laurel*. Lucy war mit einer Freundin da. Es könnte Carrie Grethen gewesen sein, aber ich bin nicht ganz sicher. Jedenfalls schienen sie sich recht gut zu amüsieren.«

Hätte Wesley gesagt, Lucy habe ein Flugzeug entführt, wäre meine Überraschung nicht größer gewesen.

»Und im Boardroom ist sie mehrmals bis spätabends gewesen. Sie sehen die eine Seite Ihrer Nichte, Kay. Und es ist immer ein Schock für Eltern oder Personen in ähnlicher Rolle, wenn sie erleben, dass es auch eine andere Seite gibt, die sie nicht kennen.«

»Die Seite, von der Sie da reden, ist mir völlig fremd«, sagte ich. Ich fühlte mich alles andere als erleichtert. Die Vorstellung, dass an Lucy etwas war, das ich nicht kannte, brachte mich nur noch mehr aus der Fassung.

Wir gingen eine Weile schweigend weiter. Als wir die Lobby betraten, fragte ich ganz ruhig: »Benton, trinkt sie?«

»Sie ist alt genug.«

»Das ist mir klar«, sagte ich.

Ich wollte weiterfragen, doch die schweren Gedanken, die mir durch den Kopf gingen, wurden von einer schlichten, schnellen Handbewegung Wesleys beiseite gewischt. Er griff nach dem Piepser an seinem Gürtel und las mit gerunzelter Stirn die Ziffern auf dem Display.

»Gehen wir hinunter«, sagte er, »und schauen nach, was das zu bedeuten hat.«

3

Lieutenant Hershel Mote konnte die Aufregung in seiner Stimme nicht verbergen, als Wesley ihn um 18.29 Uhr zurückrief.

»Sie sind wo?«, fragte Wesley.

»In der Küche.«

»Ganz ruhig, Lieutenant Mote. Sagen Sie mir genau, wo Sie sind.«

»Ich bin in SBI-Agent Max Fergusons Küche. Ich kann das nicht glauben. So etwas habe ich noch nie gesehen.«

»Ist noch jemand da?«

»Ich bin allein hier. Bis auf das dort oben, was ich Ihnen geschildert habe. Ich habe den Polizeiarzt gerufen, und der Einsatzleiter sieht zu, wen er herschicken kann.«

»Immer mit der Ruhe, Lieutenant«, sagte Wesley noch einmal in seiner gewohnten stoischen Ungerührtheit.

Ich hörte Mote schwer atmen. »Lieutenant Mote? Hier ist Dr. Scarpetta«, sagte ich. »Ich möchte, dass Sie alles genau so lassen, wie Sie es vorgefunden haben.«

»Großer Gott«, stieß er hervor. »Ich habe ihn abgeschnitten …«

»Ist schon okay …«

»Als ich hineinkam, konnte ich … mein Gott, ich konnte ihn so nicht hängen lassen.«

»Ist schon in Ordnung«, beruhigte ich ihn. »Aber es ist sehr wichtig, dass ihn jetzt niemand mehr anrührt.«

»Was ist mit dem Polizeiarzt?«

»Nicht einmal der.«

Wesleys Blick war auf mich gerichtet. »Wir kommen hinaus«, sagte er ins Telefon. »Allerspätestens um zehn Uhr sind wir da. Sie rühren sich so lange nicht vom Fleck.«

»Ja, Sir. Ich bleibe hier in diesem Sessel sitzen und warte, bis die Schmerzen in meiner Brust aufhören.«

»Wann haben sie angefangen?«, wollte ich wissen.

»Als ich hier ankam und ihn fand. Da fingen diese Schmerzen in der Brust an.«

»Haben Sie so etwas schon mal vorher gehabt?«

»Ich kann mich nicht erinnern. So nicht.«

»Beschreiben Sie, wo der Schmerz ist.« Langsam machte ich mir Sorgen.

»Direkt in der Mitte.«

»Strahlt er in die Arme oder den Nacken aus?«

»Nein, Ma'am.«

»Ist Ihnen schwindelig? Schweißausbrüche?«

»Ich schwitze ein bisschen.«

»Tut es weh, wenn Sie husten?«

»Ich habe nicht gehustet. Ich kann es also nicht sagen.«

»Hatten Sie schon mal irgendwelche Herzbeschwerden oder hohen Blutdruck?«

»Nicht, dass ich wüsste.«

»Rauchen Sie?«

»Im Moment ja.«

»Lieutenant Mote, hören Sie mir bitte genau zu. Drücken Sie die Zigarette aus, und beruhigen Sie sich. Ich mache mir ernsthafte Sorgen, weil Sie einen schlimmen Schock erlitten haben und weil Sie Raucher sind. Das kann zum Herzinfarkt führen. Sie sind da unten, und ich bin hier oben. Ich möchte, dass Sie jetzt gleich einen Krankenwagen rufen.«

»Der Schmerz lässt ein wenig nach. Und der Polizeiarzt muss jede Minute hier sein.«

»Ist das Dr. Jenrette?«, fragte Wesley.

»Wir haben nur ihn hier.«

»Ich möchte nicht, dass Sie mit Schmerzen in der Brust weiter dort bleiben, Lieutenant Mote«, sagte ich mit Nachdruck.

»Nein, Ma'am, tue ich nicht.«

Wesley notierte Adressen und Telefonnummern. Er hängte ein und wählte erneut.

»Ist Pete Marino in der Nähe?«, fragte er ins Telefon. »Sagen Sie ihm, wir haben eine Notsituation. Er soll sich etwas für die

Nacht einpacken und so schnell wie möglich zu uns zum HRT kommen. Ich erkläre ihm dann alles Weitere.«

»Hören Sie, ich hätte gern noch Katz dabei«, sagte ich, während Wesley von seinem Schreibtisch aufstand. »Für den Fall, dass die Dinge nicht so sind, wie sie scheinen, müssen wir unbedingt die Haut nach Fingerabdrücken absuchen.«

»Gute Idee.«

»Ich bezweifle, dass Katz so spät noch in der Body Farm ist. Vielleicht erreichen Sie ihn per Piepser.«

»Gut. Ich versuche, ihn zu erwischen«, sagte er. Katz war mein Kollege von der Gerichtsmedizin in Knoxville.

Als ich eine Viertelstunde später in die Lobby kam, war Wesley bereits dort, mit einer Tasche über der Schulter. Ich hatte gerade genug Zeit gehabt, in meinem Zimmer die Pumps gegen vernünftigere Schuhe auszutauschen und die allernötigsten Dinge zusammenzusuchen, darunter auch meine Arzttasche.

»Dr. Katz macht sich von Knoxville bereits auf den Weg«, sagte Wesley. »Wir treffen ihn vor Ort.«

Es wurde Nacht, eine schmale Mondsichel stand am Himmel, und das Rauschen der Bäume im Wind klang wie Regen. Wesley und ich gingen die Auffahrt zum Jefferson-Gebäude hinunter und überquerten eine Straße, die den Academy-Komplex von den Außenstellen und Schießständen trennte. Ganz in der Nähe, auf einem Freizeitgelände mit Grillplätzen und Picknicktischen, entdeckte ich unter Bäumen plötzlich eine vertraute Gestalt. Sie passte für mich so wenig dorthin, dass ich einen Moment lang dachte, ich hätte mich geirrt. Dann fiel mir Lucys Bemerkung ein, sie gehe manchmal nach dem Abendessen hier spazieren, um nachzudenken. Ich freute mich, denn möglicherweise hatte ich so die Gelegenheit, etwas gutzumachen.

»Benton«, sagte ich, »ich bin gleich wieder da.«

Als ich mich den Bäumen näherte, hörte ich jemanden leise sprechen, und seltsamerweise war mein erster Gedanke, ob meine Nichte wohl Selbstgespräche führte. Lucy saß auf einem Picknicktisch. Ich ging auf sie zu und wollte sie gerade beim Namen rufen, als ich sah, dass sie mit jemandem sprach, der unter ihr auf einer Bank saß. Es war eine Frau, und die beiden waren sich so nah, dass ihre Umrisse zu einem einzigen verschmolzen. Erstarrt blieb ich im Schatten einer hohen Kiefer mit dichten Ästen stehen.

»Weil du das immer so machst«, sagte Lucy in dem verletzten Ton, den ich sehr gut kannte.

»Nein, sondern weil du das immer von mir glaubst.« Die Stimme der Frau klang besänftigend.

»Na gut, dann gib mir eben keinen Grund.«

»Lucy, können wir damit nicht aufhören? *Bitte.*«

»Zünd mir eine an.«

»Du solltest erst gar nicht damit anfangen.«

»Ich fange nicht an. Ich möchte nur einen Zug.«

Ein Streichholz wurde angerissen. Eine kleine Flamme erhellte die Dunkelheit, beleuchtete für einen Moment das Profil meiner Nichte, wie sie sich zu ihrer Freundin hinabbeugte, doch deren Gesicht konnte ich nicht erkennen. Jetzt sah ich nur noch das glühende Ende der Zigarette, die zwischen ihnen hin- und herwanderte. Ich drehte mich leise um und ging zu Wesley zurück.

Wir setzten unseren Weg fort. »Jemand, den Sie kennen?«, fragte Wesley, der mit langen Schritten neben mir herging. »Ich dachte es«, sagte ich.

Wortlos passierten wir die leeren Schießstände mit den aufgereihten Zielscheibenrahmen und den stählernen Silhouetten, die Tag und Nacht in Habachtstellung dastanden. Es folgten ein Kontrollturm und darunter ein Gebilde, das nur aus alten Reifen bestand. Hier absolvierte das HRT – die Green Berets des FBI – seine Manöver mit scharfer Munition. Ein weißblauer Bell Jet Ranger wartete in der Nähe im Gras wie ein schlafendes Insekt. Daneben standen Marino und der Pilot.

»Sind wir komplett?«, fragte der Pilot, als wir zu ihnen stießen.

»Ja, danke, Whit«, sagte Wesley.

Whit, die personifizierte männliche Fitness in schwarzer Fliegermontur, öffnete die Türen des Hubschraubers und half uns an Bord. Wir schnallten uns an, Marino und ich hinten, Wesley vorn, und setzten Kopfhörer auf, während die Rotorblätter sich zu drehen begannen und der Motor warmlief.

Minuten später lag die dunkle Erde schon weit unter uns, und wir stiegen über den Horizont auf. Die Lüftungsventile waren geöffnet, die Kabinenbeleuchtung war ausgeschaltet. Über die Kopfhörer drangen uns die Stimmen der anderen schrill ans Ohr. Der Hubschrauber trug uns in Richtung Süden, in eine winzige Stadt in den Bergen, wo wieder ein Mensch tot aufgefunden worden war.

»Er kann noch nicht lange zu Hause gewesen sein«, sagte Marino. »Wissen wir …?«

»Nein, war er nicht.« Wesleys Stimme vom Copilotensitz schnitt ihm die Frage ab. »Er hat Quantico gleich nach der Sitzung verlassen. Um eins ist er vom National Airport in Washington abgeflogen.«

»Ist die Ankunftszeit seiner Maschine in Asheville bekannt?«

»Etwa halb fünf. Gegen fünf konnte er zu Hause gewesen sein.«

»In Black Mountain?«

»Genau.«

»Mote hat ihn um sechs gefunden«, sagte ich.

»Mein Gott.« Marino sah mich an. »Ferguson muss gleich angefangen haben, sich einen runterzuholen, als er –«

Der Pilot unterbrach ihn: »Wir haben Musik, wenn jemand möchte …«

»Gern.«

»Welche Richtung?«

»Klassisch.«

»O nein, Benton.«

»Sie sind überstimmt, Pete.«

»Ferguson war noch nicht lange zu Hause zurück. Das jedenfalls ist klar, egal, wer oder was nun schuld an seinem Tod ist«, trug ich zu unserer abgehackten Unterhaltung bei. Im Hintergrund ertönte nun Berlioz.

»Sieht nach Unfall aus. Als ob da eine autoerotische Handlung schief gelaufen wäre. Aber wir wissen es nicht.«

Marino stieß mich an. »Haben Sie Aspirin dabei?«

Ich grub im Dunkeln in meiner Brieftasche, holte dann eine Minitaschenlampe aus meiner Arzttasche und wühlte weiter. Als ich Marino mit Handzeichen bedeutete, dass ich ihm nicht helfen konnte, fluchte er leise. Jetzt fiel mir auf, dass er noch seine Jogginghose trug, ein Sweatshirt mit Kapuze und Schnürstiefel. Das war seine Kleidung für Hogan's Alley. Er sah aus wie der versoffene Coach einer Mannschaft aus der Buschliga, und ich konnte mir nicht verkneifen, mit der Taschenlampe die verräterischen roten Flecken auf seinem Rücken und der linken Schulter auszuleuchten. Marino hatte offenbar einige Treffer kassiert.

»Da hätten Sie erst die anderen Jungs sehen müssen«, dröhnte mir seine Stimme plötzlich in den Ohren. »He, Benton. Haben Sie Aspirin?«

»Luftkrank?«

»Dafür macht es mir zu viel Spaß«, sagte Marino, der das Fliegen hasste.

Wir knatterten mit etwa hundertfünf Knoten durch die klare Nacht. Das Wetter war günstig. Unter uns glitten Wagen wie helläugige Wasserwanzen dahin, und die Lichter der Zivilisation flackerten wie kleine Flammen zwischen den Ästen der Bäume. Die vibrierende Dunkelheit hätte mich vielleicht in den Schlaf gewiegt, wären meine Nerven nicht zum Zerreißen gespannt gewesen. Rasch wechselnde Bilder und Fragen, die nach Antwort schrien, ließen mich nicht zur Ruhe kommen.

Ich sah Lucys Gesicht, sah die sanfte Wölbung ihres Kinns und ihrer Wangen, als sie sich über die Flamme beugte, die ihr die Freundin in den schützend gewölbten Händen entgegenhielt. Ich hörte die erregten Stimmen der beiden und wusste nicht, warum mich das so bedrückte. Ich wusste nicht, warum es mich etwas angehen sollte. Wie viel mochte Wesley wissen? Das Praktikum meiner Nichte in Quantico hatte mit dem Herbstsemester begonnen. Er hatte sie viel häufiger gesehen als ich.

Bevor wir in die Berge kamen, blieb es windstill, und für eine Weile glich die Erde einer pechschwarzen Ebene.

»Wir steigen auf viertausendfünfhundert Fuß«, ertönte die Stimme unseres Piloten durch die Kopfhörer. »Alles in Ordnung dahinten?«

»Rauchen darf man hier drinnen wohl nicht«, sagte Marino. Zehn nach neun. Der tintenschwarze Himmel war jetzt sternenübersät. Vor uns wölbten sich die Blue Ridge Mountains wie ein schwarzer Ozean, schweigend und reglos. Hinter einem tief verschatteten Waldgebiet flogen wir eine leichte Kurve, fast schienen die Rotorblätter ein Backsteingebäude zu berühren, offenbar eine High-School. Ein Footballfeld dahinter war für unsere Landung präpariert. Warnlichter von Polizeiautos blinkten, kupferfarbene Fackeln leuchteten den Landebereich aus. Licht gab es mehr als genug, zumal beim Anflug auch noch die zweitausend Watt des Flutlichtscheinwerfers am Bauch unseres Hubschraubers hinzukamen. Sanft wie ein Vogel setzte Whit an der Fünfzig-Yard-Linie auf.

»Heimat der War Horses«, las Wesley auf einem Transparent am Zaun. »Hoffentlich haben die eine bessere Saison als wir.«

Marino sah aus dem Fenster, während die Rotorblätter langsamer wurden. »Ich habe kein High-School-Footballspiel mehr gesehen, seit ich selbst in so einer Mannschaft war.«

»Ich wusste gar nicht, dass Sie Football gespielt haben«, sagte ich.

»Klar. Als Nummer zwölf.«

»Welche Position?«

»Tight end.«

»Alles klar«, sagte ich.

»Das hier ist Swannanoa«, sagte Whit. »Black Mountain liegt gleich östlich von hier.«

Zwei uniformierte Polizeibeamte aus Black Mountain kamen auf uns zu. Sie wirkten zu jung fürs Streifefahren und Waffentragen. Man sah ihren blassen Gesichtern deutlich an, dass es sie große Mühe kostete, uns nicht anzustarren. Es schien, als wären wir in einem Raumschiff bei ihnen gelandet, umgeben von unirdischer Stille und einem gleißenden Lichterkranz. Die beiden wussten weder, was sie mit uns anfangen sollten, noch, was in ihrer Stadt vorging. Auch während der Fahrt sprachen sie kaum ein Wort.

Einige Augenblicke später hielten wir in einer engen Straße, die von Motorenlärm und Blinklichtern regelrecht vibrierte. Außer unserem parkten hier noch drei Streifenwagen, eine Ambulanz, zwei Feuerwehrwagen, zwei zivile Polizeifahrzeuge und ein Cadillac.

»Na toll«, murmelte Marino vor sich hin, als er die Wagentür schloss. »Hier scheinen sich ja Gott und die Welt versammelt zu haben.«

Ein gelbes Absperrband spannte sich von den Verandapfosten zu den Büschen vor dem Haus und dann rund um das zweigeschossige, beigefarbene, aluminiumverkleidete Gebäude. Auf der Kiesauffahrt parkte ein Ford Bronco, dahinter ein ziviler Skylark mit Polizeiantennen und Warnlicht.

»Sind das Fergusons Wagen?«, fragte Wesley, als wir die Zementstufen hinaufgingen.

»Die in der Auffahrt? Ja, Sir«, antwortete der Polizist. »Da oben das Fenster an der Ecke. Da ist er.«

Zu meiner Bestürzung sah ich Lieutenant Hershel Mote plötzlich in der Eingangstür auftauchen. Offenbar hatte er meinen Rat nicht befolgt.

»Wie geht es Ihnen?«, fragte ich ihn.

»Ich halte durch.«

Bei unserem Anblick schien er so erleichtert, dass ich den Eindruck hatte, er hätte uns am liebsten umarmt. Doch sein Gesicht war grau. Stirn und Nacken und der Kragen seines Jeanshemds waren schweißnass. Er roch nach kaltem Zigarettenrauch.

Im Vorraum blieben wir mit dem Rücken zur Treppe in den ersten Stock stehen.

»Was ist bisher unternommen worden?«, fragte Wesley.

»Doc Jenrette hat Fotos gemacht, 'ne ganze Menge, aber angerührt hat er nichts, wie Sie gesagt haben. Wenn Sie ihn brauchen, er spricht draußen mit den Kollegen vom Einsatzkommando.«

»Wo sind die Leute aus all den Wagen da?«, fragte Marino.

»Ein paar von den Jungs sind in der Küche. Und einer oder zwei stochern im Hof herum und zwischen den Bäumen dahinten.«

»Aber oben sind sie nicht gewesen?«

Mote atmete tief aus. »Also, ich will Sie ja nicht anlügen. Sie sind raufgegangen und haben geschaut. Aber keiner hat etwas angerührt, das garantiere ich. Der Doc ist als Einziger näher rangegangen.«

Er nahm die erste Stufe. »Max ist ... er ist ... ach, verdammt.« Er blieb stehen und sah sich nach uns um, die Augen voller Tränen.

»Wie haben Sie ihn denn gefunden?«, fragte Marino.

Wir stiegen weiter die Treppe hinauf, und Mote rang um Fassung. Der Boden war mit dem gleichen dunkelroten Teppich ausgelegt wie unten, die Wände mit honiggelb lackiertem Kiefernholz verkleidet.

Mote räusperte sich. »Ich bin heute Abend gegen sechs hier vorbeigekommen, um Max zu fragen, ob er mit mir essen ginge. Als er nicht an die Tür kam, vermutete ich, dass er unter der Dusche war oder so, und ging hinein.«

»Hatten Sie irgendeine Vermutung, dass er so etwas schon früher gemacht hat?«, fragte Wesley vorsichtig.

»Nein, Sir«, sagte Mote mit Nachdruck. »Ich kann es mir nicht vorstellen. Ich verstehe es einfach nicht ... Gut, ich habe Leute von den sonderbarsten Tricks reden hören. Aber ich wüsste nicht, wozu das gut sein soll.«

»Man benutzt so eine Schlinge beim Masturbieren, um einen Druck auf die Halsschlagadern auszuüben«, erklärte ich. »Damit reduziert man die Blut- und Sauerstoffzufuhr zum Gehirn, und das verstärkt angeblich den Orgasmus.«

»Man nennt das auch ›Wegtreten beim Kommen‹«, bemerkte Marino auf seine bekannt subtile Art.

Als wir am Ende des Flurs auf eine Tür zugingen, hinter der Licht brannte, blieb Mote zurück.

SBI-Agent Max Fergusons Schlafzimmer war männlich und

schlicht eingerichtet. Mehrere Kiefernholzkommoden, ein Rollpult und darüber ein Gestell mit Schrotflinten und Gewehren. Auf dem Nachttisch neben dem sorgfältig abgedeckten Bett lagen seine Pistole, Brieftasche und Ausweispapiere sowie eine Schachtel mit Rough-Rider-Kondomen. Der Anzug, in dem ich ihn an diesem Morgen in Quantico gesehen hatte, hing ordentlich über einem Stuhl, Schuhe und Socken lagen daneben.

Zwischen Schrank und Badezimmer stand ein hölzerner Barhocker, wenige Zentimeter davon entfernt lag die Leiche unter einer bunten Häkeldecke. Von oben baumelte ein zerrissenes Nylonseil an einem in die Decke geschraubten Rundhaken. Ich holte Handschuhe und ein Thermometer aus meiner Arzttasche. Marino fluchte leise, als ich die Decke wegzog von dem, was Fergusons schlimmster Albtraum gewesen sein musste. Eine Kugel hätte er sicher nur halb so sehr gefürchtet.

Er lag auf dem Rücken. Die Körbchen Größe D der schwarzen Korsage waren mit Socken ausgestopft, die leicht nach Moschus rochen. Der schwarze Nylonslip, den er angezogen hatte, bevor er starb, war zu den behaarten Knien hinuntergeglitten, und an seinem Penis hing noch schlaff ein Kondom. Die Magazine, die auf dem Boden verstreut lagen, verrieten seine Vorliebe für gefesselte Frauen mit gewaltigen Brüsten und untertassengroßen Brustwarzen.

Ich sah mir die Nylonschlinge an, die sich über dem Handtuch, das seinen Hals abpolstern sollte, festgezogen hatte. Es war ein altes, faseriges Seil, und es war genau über der Achterschlinge eines perfekt geknüpften Henkersknotens gerissen. Max' Augen waren fast geschlossen, die Zunge hervorgetreten.

»Passt das in der Länge, wenn er auf dem Hocker saß?« Marino sah zu dem Stück Kordel an der Decke hinauf.

»Ja«, sagte ich.

»Dann hat er sich einen runtergeholt und ist weggerutscht?«

»Oder er ist ohnmächtig geworden und dann abgerutscht«, antwortete ich.

Marino ging ans Fenster und beugte sich über ein Becherglas

mit einer bernsteinfarbenen Flüssigkeit auf der Fensterbank. »Bourbon«, verkündete er. »Pur oder nahezu pur.«

Die Rektaltemperatur betrug 32,8 Grad. Das entsprach in etwa meiner Erwartung, wenn Ferguson seit ungefähr fünf Stunden tot war und zugedeckt in diesem Zimmer gelegen hatte. In den kleineren Muskeln hatte die Leichenstarre bereits eingesetzt. Das Kondom war ein Ding mit Noppen und großem Reservoir, das jedoch trocken war. Ich trat ans Bett und schaute in die Schachtel. Ein Kondom fehlte. Im Badezimmer fand ich dann im Abfallkorb die rote Schutzhülle.

»Das ist interessant!«, rief ich, während Marino die Wäscheschubladen aufzog.

»Was?«

»Eigentlich hätte ich gedacht, dass er das Kondom in erigiertem Zustand übergezogen hat.«

»Leuchtet mir ein.«

»Müsste dann nicht die Schutzhülle in der Nähe der Leiche liegen?« Ich holte sie aus dem Abfall, wobei ich nur eine möglichst kleine Fläche berührte, und tat sie in einen Plastikbeutel.

Da Marino schwieg, fügte ich hinzu: »Also, ich glaube, alles hängt davon ab, wann er den Slip runtergezogen hat. Vielleicht war das, bevor er sich die Schlinge um den Hals legte.«

Ich ging zurück ins Schlafzimmer. Marino hockte neben einer Kommode und starrte auf die Leiche mit einem Gesichtsausdruck, in dem sich Ungläubigkeit und Abscheu mischten.

»Und ich habe immer geglaubt, das Schlimmste, was einem passieren kann, wäre, auf dem Klo abzukratzen«, sagte er.

Der Rundhaken in der Decke interessierte mich. Wie lange er schon dort saß, ließ sich nicht sagen. Ich wollte Marino gerade fragen, ob er sonst noch Pornografisches gefunden habe, als uns ein dumpfer Aufprall im Flur aufschreckte.

»Was, zum Teufel –?«, rief Marino.

Er war schon aus der Tür, ich direkt hinter ihm.

Lieutenant Mote war an der Treppe zusammengebrochen. Er lag reglos mit dem Gesicht nach unten auf dem Teppich. Als ich mich hinkniete und ihn umdrehte, war er schon blau. »Herzstillstand! Holen Sie die Leute!« Ich zog Motes Kinn nach vorn, um die Atemwege freizuhalten.

Während Marino die Stufen hinunterlief, tastete ich nach Motes Halsschlagader. Es war kein Puls zu spüren. Ich gab ihm einen Schlag auf die Brust, aber das Herz reagierte nicht. Also begann ich mit den Wiederbelebungsmaßnahmen, presste den Brustkorb einmal, zweimal, dreimal, viermal zusammen, bog seinen Kopf zurück und beatmete ihn. Der Brustkorb hob sich. Und wieder eins-zwei-drei-vier, Beatmung.

Zwei Minuten behielt ich einen Rhythmus von sechzig Kompressionen pro Minute bei. Der Schweiß rann mir über die Schläfen, mein eigener Puls hämmerte. Die Arme schmerzten und wurden bleischwer. Zu Beginn der dritten Minute hörte ich dann mehrere Sanitäter die Treppe heraufpoltern, auch Polizisten waren dabei. Jemand fasste mich am Ellbogen und zog mich aus dem Weg, während behandschuhte Hände Elektroden anlegten und eine Infusion vorbereiteten. Bellend wurden Befehle erteilt, deren Ausführung bestätigt, und all das geschah mit der konzentrierten Leidenschaftslosigkeit, die für Rettungsmannschaften und Notaufnahmeteams so typisch ist.

Ich lehnte mich an die Wand und versuchte, wieder zu Atem zu kommen. Erst jetzt entdeckte ich einen kleinen, gut aussehenden jungen Mann in völlig unpassender Golfkleidung, der das Geschehen vom Treppenabsatz aus beobachtete. Nach mehreren Blicken in meine Richtung kam er schüchtern näher.

»Dr. Scarpetta?«

Sein ernstes Gesicht war bis zu den Brauen sonnengebräunt. Den Rest hatte offensichtlich eine Mütze verdeckt. Möglicherweise gehörte der Mann zu dem Cadillac draußen.

»Ja?«

»James Jenrette«, sagte er und bestätigte damit meine Vermutung. »Fühlen Sie sich wieder besser?« Er zog ein ordentlich gefaltetes Taschentuch hervor und reichte es mir.

»Ich bin okay, und ich freue mich sehr, dass Sie hier sind«, sagte ich aufrichtig, denn ich wollte meinen neuesten Patienten niemandem überlassen, der nicht Arzt war. »Kann ich Ihnen

Lieutenant Mote anvertrauen?« Meine Arme zitterten, als ich mir Gesicht und Hals abwischte.

»Aber sicher. Ich fahre mit ihm ins Krankenhaus.« Jenrette reichte mir seine Karte. »Wenn Sie heute Abend noch Fragen an mich haben, piepsen Sie mich nur an.«

»Ferguson nehmen Sie sich morgen vor?«, fragte ich.

»Ja. Sie dürfen mir gerne assistieren. Dann können wir auch all das hier besprechen.« Er sah den Flur hinunter.

»Ich werde kommen. Danke.« Ich brachte ein Lächeln zustande.

Jenrette folgte der Krankentrage nach draußen, und ich kehrte zum Schlafzimmer am Ende des Flurs zurück. Vom Fenster aus sah ich die Warnlichter blutrot blinken, als Mote in die Ambulanz geschoben wurde. Ob er es schaffen würde? Ich spürte Fergusons Gegenwart in seiner steifen Korsage und mit dem schlaffen Kondom. Nichts von alldem schien real.

Die Hecktür des Krankenwagens wurde zugeschlagen. Wie unter Protest jaulte die Sirene auf, bevor sie zu heulen begann.

Ich hatte Marinos Eintreten nicht bemerkt, bis er meinen Arm berührte. »Katz ist unten«, informierte er mich.

Ich wandte mich langsam um. »Wir brauchen wohl eine neue Mannschaft«, sagte ich.

4

Theoretisch hält man es schon lange für möglich, dass auch auf der menschlichen Haut Fingerabdrücke zurückbleiben. Doch die Wahrscheinlichkeit, sie sichtbar machen zu können, war bisher so gering, dass es nur selten versucht wurde.

Die Haut hat eine komplizierte Oberfläche. Sie ist plastisch und porös, hinzu kommen Haare, Feuchtigkeit und Fette. Bleibt der Abdruck eines Täters auf der Haut des Opfers zurück, was allein schon selten genug ist, so sind die Einzelheiten der Furchen viel zu fein und fragil, um über längere Zeit und unter Einflüssen von außen Bestand zu behalten.

Dr. Thomas Katz war ein führender Gerichtsmediziner, der sich fast seine ganze wissenschaftliche Laufbahn hindurch geradezu manisch auf derlei flüchtige Beweise konzentriert hatte. Überdies war er Experte für die Bestimmung der Todeszeit, über die er mit derselben Sorgfalt Forschungen anstellte, und zwar mit Methoden, die der Mehrheit seiner Kollegen kaum geläufig waren. Sein Labor, genannt die Body Farm, hatte ich schon häufig besucht. Katz war ein kleiner Mann mit blauen Augen und einem gewinnenden Blick. Eine weiße Mähne umrahmte ein Gesicht, das angesichts all der Scheußlichkeiten, die er schon gesehen hatte, erstaunlich gütig war. Als ich ihm oben an der Treppe begegnete, hatte er einen Ventilator, einen Gerätekoffer und etwas bei sich, das wie ein Stück Staubsaugerschlauch nebst ungewöhnlichem Zubehör aussah. Hinter ihm trug Marino den Rest dessen, was Katz seinen »zyanoacrylitischen Windapparat« nannte, eine Doppelbox aus Aluminium, auf der eine Heizplatte und ein computergesteuertes Gebläse befestigt waren. Hunderte von Stunden hatte er in seiner Garage in East Tennessee zugebracht, um dieses eigentlich simple Gerät zusammenzubasteln.

»Wohin gehen wir?«, fragte mich Katz.

»In das Zimmer am Ende des Ganges.« Ich nahm ihm den Ventilator ab. »Wie war Ihre Fahrt?«

»Mehr Verkehr, als mir lieb war. Erzählen Sie, was mit der Leiche alles angestellt wurde.«

»Man hat sie abgeschnitten und mit einer Wolldecke zugedeckt. Ich habe sie nicht untersucht.«

»Ich halte Sie nicht lange auf. Es geht jetzt viel leichter, weil ich mich nicht mehr mit einem Zelt abmühen muss.«

»Was heißt das, ein *Zelt*?« Marino runzelte die Stirn, als wir ins Schlafzimmer traten.

»Ich habe gewöhnlich ein Plastikzelt über die Leiche gebreitet und sie in dieser Hülle dann mit einer bestimmten Substanz eingenebelt. Die Schicht erinnert nach dem Trocknen an Raureif, aber eine zu dicke Schicht beschädigt die Haut. Stellen Sie den Ventilator bitte dort auf die Fensterbank, Dr. Scarpetta?« Katz sah sich um. »Wahrscheinlich brauche ich eine Schale Wasser. Die Luft ist ein wenig trocken hier.«

Ich berichtete, was wir bis jetzt wussten.

»Haben Sie Anlass zu der Vermutung, dass es sich um etwas anderes handelt als einen unfallbedingten autoerotischen Erstickungstod?«, fragte er.

»Abgesehen von den Umständen, nein«, antwortete ich.

»Er arbeitete doch an dem Fall der kleinen Steiner, oder?«

»Das meinen wir mit den Umständen«, sagte Marino.

»Mein Gott, die Nachrichten waren ja voll davon.«

»Wir haben den Fall heute Morgen auf einer Sitzung in Quantico besprochen«, fügte ich hinzu.

»Kommt von dort direkt nach Hause und dann das.« Katz betrachtete nachdenklich die Leiche. »Wissen Sie, neulich haben wir eine Prostituierte in einer Kloake gefunden. An ihrem Knöchel hatten wir einen deutlichen Handabdruck. Dabei war die Frau schon vier oder fünf Tage tot.«

»Kay?« Wesley kam zur Tür herein. »Kann ich Sie einen Augenblick sprechen?«

»Und Sie haben dabei diesen Apparat hier benutzt?«, hörten wir Marino noch im Gang fragen.

»Ganz recht. Außerdem hatte sie lackierte Fingernägel. Es stellte sich heraus, dass die sich auch sehr gut eignen.«

»Wofür?«

»Für Abdrücke.«

»Und was passiert hier nun?«

»Nichts Besonderes. Ich nebele das ganze Zimmer ein. Ich fürchte, es wird eine kleine Schweinerei.«

»Er wird sich wohl kaum beschweren.«

Unten in der Küche bemerkte ich neben dem Telefon einen Stuhl. Dort hatte Mote wahrscheinlich stundenlang gesessen und auf uns gewartet. Daneben auf dem Boden standen ein Glas Wasser und ein Aschenbecher, randvoll mit Zigarettenkippen.

»Sehen Sie sich das an«, sagte Wesley. Er pflegte an den merkwürdigsten Orten nach den merkwürdigsten Beweisstücken zu suchen.

Diesmal hatte er das Gefrierfach ausgeräumt und die Nahrungsmittel in die Doppelspüle gelegt. Ich stellte mich neben ihn, als er ein kleines, flaches Paket aus einer weißen Tiefkühlfolie wickelte. Es waren geschrumpfte Stücke von gefrorenem Fleisch, das an den Rändern eingetrocknet war und an vergilbtes wächsernes Pergament erinnerte.

»Ob ich wohl das Falsche denke?«, fragte Wesley grimmig.

»Großer Gott, Benton«, sagte ich wie betäubt.

»Sie lagen im Gefrierfach obenauf, auf Rinderhack, Schweinskoteletts, Pizza.« Er stieß mit dem behandschuhten Finger an die Pakete. »Ich hatte gehofft, Sie könnten mir sagen, es sei Geflügelhaut. Oder etwas, das er als Köder beim Angeln benutzt, oder irgendetwas anderes.«

»Man sieht keine Reste von Federkielen, und das Haar ist so fein wie menschliches.«

Er schwieg.

»Wir müssen es in Trockeneis packen und auf dem Rückflug mitnehmen«, sagte ich.

»Heute Abend geht das nicht mehr.«

»Je früher wir es immunologisch testen, desto früher wissen

wir, ob es von einem Menschen stammt. Über die DNS können wir es identifizieren.«

Er legte das Paket in das Gefrierfach zurück. »Wir müssen es auf Fingerabdrücke prüfen.«

»Ich packe das Gewebe in Plastik ein, dann können wir die Tiefkühlfolie ins Labor schicken«, sagte ich.

»Gut.«

Wir gingen wieder die Treppe hinauf. Mein Puls wollte einfach nicht langsamer werden. Marino und Katz standen am Ende des Ganges vor der geschlossenen Tür. Sie hatten einen Schlauch durch das Loch geführt, wo sich der Türknauf befunden hatte, und der Apparat pumpte summend die Dämpfe von Superklebstoff in Fergusons Schlafzimmer. Das allzu Offensichtliche hatte Wesley noch nicht ausgesprochen, also nahm ich es ihm ab. »Benton, ich habe keine Bissspuren entdeckt oder sonst eine Verletzung, die jemand auf diese Weise vielleicht beseitigen wollte.«

»Ich weiß«, sagte er.

»Wir sind gleich fertig«, sagte Katz, als wir bei ihm angelangt waren. »Bei einem Zimmer dieser Größe kommt man mit weniger als hundert Tropfen Super Glue aus.«

»Pete«, sagte Wesley, »wir haben ein unvorhergesehenes Problem.«

»Ich dachte, für heute hätten wir unsere Quote schon erreicht«, sagte er und starrte gleichgültig auf den Schlauch, aus dem jenseits der Tür Katz' Spezialgift strömte.

»Das dürfte reichen«, sagte Katz jetzt. Für Stimmungen in seiner Umgebung hatte er einfach keine Antenne. »Ich muss jetzt nur noch mit dem Ventilator die Dämpfe absaugen. Das dauert eine oder zwei Minuten.«

Er öffnete die Tür, und wir wichen zurück. Der ungeheuere Gestank schien ihm nicht das Geringste auszumachen.

»Wahrscheinlich wird er high von dem Zeug«, murmelte Marino, während Katz ins Zimmer trat.

»Ferguson hat etwas in seinem Gefrierfach, das menschliche Haut sein könnte«, kam Wesley zur Sache.

»Und das soll wieder ich in die Hand nehmen?«, sagte Marino erschrocken.

»Ich weiß nicht, womit wir es hier zu tun haben«, setzte Wesley hinzu, während der Ventilator im Zimmer zu surren begann. »Was wir haben, ist ein toter Polizeibeamter mit belastendem Material, das wir zwischen seinen eingefrorenen Hamburgern und Pizzas gefunden haben. Dann haben wir einen weiteren Beamten mit einer Herzattacke. Und wir haben ein ermordetes elfjähriges Mädchen.«

»Verdammte Scheiße«, sagte Marino mit rot anlaufendem Gesicht.

»Ich hoffe, Sie haben genug Klamotten zum Wechseln mit, um eine Zeit lang hier zu bleiben«, fügte Wesley an uns beide gewandt hinzu.

»Verdammte Scheiße«, sagte Marino noch einmal. »Dieser Hurensohn.«

Er sah mir in die Augen, und ich wusste genau, was er dachte. Zum einen hoffte ich, dass er sich irrte. Aber selbst wenn nicht Gault hier sein übliches heimtückisches Spiel gespielt haben sollte – die Alternative war gewiss nicht besser.

»Hat das Haus einen Keller?«, fragte ich.

»Ja«, antwortete Wesley.

»Und einen großen Kühlschrank?«, fragte ich.

»Ich habe keinen gesehen. Aber im Keller war ich noch nicht.«

Im Zimmer schaltete Katz den Ventilator aus. Er winkte uns herein.

»Mann, sehen Sie zu, dass wir diesen Mist loswerden«, sagte Marino und schaute sich um.

Super Glue trocknet weiß ab und wird hart wie Zement. Alles im Raum war davon überzogen, auch Fergusons Leiche. Katz fuhr mit dem Strahl seiner Taschenlampe über irgendwelche Spuren an Wänden, Möbeln, Fensterbänken und auf den Waffen über dem Schreibtisch. Aber nur eine Fundstelle gefiel ihm. Sie zwang ihn auf die Knie.

»Es ist das Nylon«, sagte unser freundlich-verschrobener

Wissenschaftler hocherfreut, kniete neben der Leiche nieder und beugte sich tief über Fergusons herabgezogenen Slip. »Das dichte Gewebe bietet eine gute Oberfläche für Abdrücke, müssen Sie wissen. Es ist übrigens leicht parfümiert.«

Er zog die Plastikhülle von seiner Magna-Bürste, und die Borsten fielen auseinander wie bei einer Seeanemone. Dann schraubte er den Deckel von einem Glas mit Delta-Orange-Magnetpuder und machte einen sehr guten Abdruck sichtbar, den jemand auf dem glänzend schwarzen Slip des toten Kriminalbeamten hinterlassen hatte. Teilabdrücke fanden sich auch rund um Fergusons Hals. Katz machte sie mit Rußpulver erkennbar, doch es waren nicht genug Furchen vorhanden, um damit etwas anfangen zu können. Durch den seltsamen, an Raureif erinnernden Belag im ganzen Raum hatte man plötzlich den Eindruck, dass es eiskalt war.

»Natürlich wird der Abdruck auf dem Slip von ihm selbst stammen«, sagte Katz nachdenklich und setzte seine Arbeit fort. »Beim Herunterziehen. Vielleicht hatte er etwas an seinen Händen. Auf dem Kondom kann zum Beispiel ein Gleitmittel gewesen sein. Wenn davon etwas an seinen Fingern haften blieb, kann das gute Abdrücke gegeben haben. Sie nehmen den wohl mit, oder?«, sagte er. Er meinte den Slip.

»Ich fürchte ja«, sagte ich.

Er nickte. »Das ist in Ordnung. Fotos reichen mir.« Er zog eine Kamera aus der Tasche. »Aber ich würde ihn gern haben, wenn Sie damit fertig sind. Solange Sie ihn nicht mit einer Schere bearbeiten, wird der Abdruck sich gut halten. Das ist der Vorteil von Super Glue. Kriegt man selbst mit Dynamit nicht weg.«

»Wie lange brauchen Sie heute Abend noch für Ihre Arbeit hier?«, fragte mich Wesley, und ich sah ihm an, wie gern er wegwollte.

»Ich möchte mir alles ansehen, was vielleicht den Transport der Leiche nicht übersteht. Dann ist da noch der Inhalt des Gefrierfachs«, sagte ich. »Außerdem müssen wir uns den Keller anschauen.«

Er nickte und sagte zu Marino: »Könnten Sie den Tatort sichern, während wir das machen?«

Marino schien diese Anweisung nicht gerade zu Begeisterungsstürmen hinzureißen.

»Sagen Sie den Kollegen, wir brauchen eine Sicherung rund um die Uhr«, setzte Wesley mit Nachdruck hinzu.

»Das Problem ist, dass sie in dieser Stadt nicht genug Beamte haben, um irgendetwas rund um die Uhr abzuwickeln«, sagte Marino säuerlich beim Hinausgehen. »Der verdammte Schweinehund hat die Polizeibehörde auf die Hälfte reduziert.«

Katz blickte auf, hielt mit seiner Pinselei inne und sagte: »Scheinbar sind Sie ziemlich sicher, wen Sie suchen.«

»Nichts ist sicher«, sagte Wesley.

»Thomas, ich muss Sie um einen weiteren Gefallen bitten«, richtete ich mich an meinen so engagierten Kollegen. »Ich brauche Ihre und Dr. Shades Hilfe bei einem Experiment in der Farm.«

»Dr. *Shade*?«, fragte Wesley.

»Lyall Shade ist Anthropologe an der Universität von Tennessee«, erklärte ich.

»Wann soll es losgehen?« Katz legte einen neuen Film in seine Kamera ein.

»Sofort, wenn möglich. Es wird eine Woche beanspruchen.«

»Frische Leichen oder alte?«

»Frische.«

»Heißt der Kerl wirklich so?«, wollte Wesley wissen.

Katz übernahm die Antwort, während er ein Foto schoss. »Natürlich. Man buchstabiert ihn L-Y-A-L-L. Geht zurück auf seinen Urgroßvater. Der war Chirurg im Bürgerkrieg.«

5

Max Fergusons Keller war über eine Betontreppe an der Rückseite des Hauses zugänglich. Trockenes Laub auf den Stufen zeigte, dass sie seit längerem nicht mehr betreten worden war. Genaueres ließ sich nicht sagen, da hier in den Bergen der Herbst schon wesentlich weiter fortgeschritten war. Auch als Wesley die Tür zu öffnen versuchte, segelten Blätter in lautlosen Wirbeln zu Boden.

»Ich muss die Scheibe einschlagen«, sagte er und rüttelte im Schein meiner Taschenlampe noch einmal am Türknauf.

Er griff in seine Jacke, zog die Sig Sauer, eine Neun-Millimeter, aus dem Schulterhalfter und schlug kräftig mit dem Griff gegen die Scheibe der Tür. Ich erschrak bei dem Geräusch des splitternden Glases, obwohl ich darauf vorbereitet gewesen war, und fast erwartete ich, dass Polizei aus der Dunkelheit auftauchen würde. Aber weder Schritte noch Stimmen durchbrachen die Stille. Mir kam die abgrundtiefe Angst in den Sinn, die Emily Steiner empfunden haben musste, bevor sie starb. Wo immer es geschehen sein mochte, niemand hatte den auch nur leisesten Hilferuf von ihr gehört. Niemand war gekommen, um sie zu retten.

Winzige glitzernde Glassplitter steckten noch im Fensterrahmen, als Wesley seinen Arm vorsichtig durch die Öffnung schob und innen nach dem Türgriff tastete.

»Verdammt«, sagte er und stieß gegen die Tür. »Der Schnappriegel muss eingerostet sein.«

Er schob den Arm weiter hinein, um besser Halt zu bekommen, und rüttelte an dem widerspenstigen Schloss. Plötzlich gab es nach. Die Tür flog mit solcher Wucht auf, dass Wesley nach vorn stürzte und mir dabei die Taschenlampe aus der Hand schlug. Sie fiel zu Boden und zerschellte am harten Beton. Mir schlug ein Schwall kalter, fauliger Luft entgegen. In der absoluten Dunkelheit hörte ich das zerbrochene Glas unter Wesleys Körper knirschen.

»Alles in Ordnung?« Blind tappte ich zentimeterweise mit ausgestreckten Händen vorwärts. *»Benton?«*

»Himmel.« Seine Stimme zitterte, als er sich aufrichtete.

»Sind Sie okay?«

»Verdammt, das kann ich einfach nicht glauben.« Seine Stimme entfernte sich.

Er tastete sich an der Wand vorwärts. Glas splitterte unter seinen Füßen. Dann trat er gegen etwas, das hohl klang wie ein leerer Farbeimer. Ich kniff die Augen zusammen, als plötzlich über mir eine nackte Birne aufleuchtete. Langsam gewöhnten sich meine Augen an das Licht. Vor mir stand Benton Wesley, schmutzig und blutend.

»Lassen Sie mal sehen.« Sanft fasste ich nach seinem linken Handgelenk. Er sah sich ziemlich benommen um. »Sie müssen ins Krankenhaus, Benton«, sagte ich und untersuchte die zahlreichen Schnitte in seiner Handfläche. »In einigen stecken noch Glassplitter. Außerdem muss genäht werden.«

»Sie sind doch selbst Ärztin.« Das Taschentuch, das er sich um die Hand wickelte, wurde sofort rot.

»Sie müssen ins Krankenhaus«, wiederholte ich und sah, wie durch den zerrissenen Stoff seines linken Hosenbeins dunkel das Blut sickerte.

»Ich hasse Krankenhäuser.« In seinen Augen lag ein fiebriger Glanz, Zeichen für die Schmerzen, die er hinter einer stoischen Miene zu verbergen suchte. »Sehen wir uns um, und dann machen wir, dass wir aus diesem Loch herauskommen. Ich verspreche, inzwischen nicht zu verbluten.«

Wo, zum Teufel, mochte Marino stecken?

Es sah so aus, als habe SBI-Agent Ferguson seinen Keller seit Jahren nicht betreten. Und ich konnte auch keinen Grund erkennen, warum er es hätte tun sollen, es sei denn, er hätte eine Vorliebe für Staub, Spinnweben, rostendes Gartengerät und modernde Teppiche gehabt. Der Betonfußboden und die Schlacksteinwände hatten Wasserflecken. Die Überreste von

Grillen am Boden ließen darauf schließen, dass sie hier unten in Legionen gelebt hatten und verendet waren. Wir gingen an den Wänden entlang, entdeckten aber keinen Hinweis darauf, dass Emily Steiner vorübergehend hier gewesen sein könnte.

»Ich habe genug gesehen«, sagte Wesley. Die hellrote Spur, die er auf dem staubigen Fußboden hinterließ, hatte sich zu einer Pfütze vergrößert.

»Benton, wir müssen etwas gegen die Blutung tun.«

»Was schlagen Sie vor?«

»Schauen Sie mal für einen Moment in die Richtung.« Auf meinen Wink drehte er mir den Rücken zu.

Er fragte nicht, warum, und fügte sich. Ich stieg schnell aus den Schuhen und zog den Rock hoch. Binnen Sekunden hatte ich meine Strumpfhose ausgezogen.

»Okay. Geben Sie Ihren Arm her«, sagte ich dann.

Ich nahm ihn und drückte ihn vorsichtig mit dem Ellbogen an meinen Körper, wie jeder Arzt das unter diesen Umständen wohl getan hätte. Doch als ich die Strumpfhose um die verletzte Hand wickelte, spürte ich Wesleys Blick auf mir, spürte deutlich seinen Atem in meinem Haar und seinen Arm an meiner Brust. Eine Hitzewelle schoss mir so heftig zum Hals hinauf, dass ich fürchtete, Wesley könne sie bemerken. Überrascht und völlig verwirrt beendete ich meine improvisierte Wundversorgung und trat einen Schritt zurück.

»Das müsste wohl reichen, bis ich mich anderswo besser um Sie kümmern kann.« Ich mied seinen Blick.

»Danke, Kay.«

»Die nächste Frage lautet: Wohin jetzt?«, sprach ich in gleichgültigem Ton weiter, den meine Erregung Lügen strafte. »Es sei denn, Sie wollen, dass wir im Hubschrauber schlafen.«

»Ich habe Pete gebeten, sich nach einem Quartier umzusehen.«

»Sie leben wirklich gefährlich.«

»Im Allgemeinen nicht ganz so gefährlich.« Er knipste das Licht aus, und wir gingen hinaus. Wesley unternahm keinen Versuch, die Kellertür wieder abzuschließen.

Der Mond vor dem mitternächtlichen blauen Himmel glich einer halbierten Goldmünze. In der Ferne blinkten die Lichter von Fergusons Nachbarn durch die Baumwipfel. Ob von ihnen jemand bereits wusste, dass er tot war? Draußen auf der Straße fanden wir Marino auf dem Vordersitz eines Streifenwagens der Black Mountain Police. Er rauchte eine Zigarette und hatte auf dem Schoß eine Karte ausgebreitet. Die Innenbeleuchtung war eingeschaltet. Der junge Beamte am Steuer wirkte um keinen Deut entspannter als vor ein paar Stunden bei unserer Ankunft auf dem Footballfeld.

»Was, zum Teufel, ist denn mit Ihnen passiert?«, fragte Marino Wesley. »Haben Sie ein Fenster eingeschlagen?«

»Sozusagen«, gab Wesley zurück.

Marinos Blick wanderte von Wesleys Strumpfhosenbandage zu meinen nackten Beinen. »So geht das also«, murmelte er vor sich hin. »Das hätte man uns beim Erste-Hilfe-Kurs auch ruhig beibringen können.«

Ich ignorierte seine Bemerkung. »Wo ist unser Gepäck?«

»Im Kofferraum, Ma'am«, sagte der Polizist.

»Officer T.C. Baird hier macht uns den guten Samariter und fährt uns zum *Travel-Eze*, wo Ihro Treuergebener bereits für Reservierungen gesorgt hat«, fuhr Marino im selben gereizten Ton fort. »Drei De-Luxe-Zimmer für 39,99 das Stück. Ich habe uns einen Rabatt rausgeholt, weil wir Cops sind.«

Ich sah ihn scharf an. »Ich bin kein Cop.«

Marino schnipste seinen Zigarettenstummel aus dem Fenster. »Machen Sie sich nichts draus, Doc. Wenn Sie einen guten Tag haben, könnten Sie als einer durchgehen.«

»An einem guten Tag Sie auch«, antwortete ich.

»Sollte das eine Beleidigung sein?«

»Nein, aber ich habe gerade eine einstecken müssen. Sie sollten mich besser nicht für irgendwelche Rabatte oder sonst etwas missbrauchen«, sagte ich. Schließlich war ich als Staatsangestellte an sehr klare Regeln gebunden. Marino wusste verdammt gut, dass ich mir nicht den leichtesten Verstoß dagegen leisten konnte. Denn ich hatte Feinde, viele Feinde.

Wesley öffnete die hintere Tür des Streifenwagens. »Nach Ihnen«, forderte er mich ruhig auf. Dann wandte er sich an Officer Baird: »Weiß man, wie es Mote geht?«

»Er liegt auf der Intensivstation, Sir.«

»In welcher Verfassung?«

»Hört sich nicht allzu gut an, Sir. Nicht im Moment.«

Wesley stieg neben mir ein und legte die bandagierte Hand vorsichtig auf seinen Schenkel. »Pete«, sagte er, »wir müssen mit einer Menge Leute hier in der Gegend reden.«

»Na klar. Während Ihrer Doktorspiele im Keller habe ich bereits damit angefangen.« Marino hielt einen Notizblock hoch und blätterte in seinen unleserlichen Aufzeichnungen.

»Können wir los?«, fragte Baird.

»Aber sicher«, antwortete Wesley. Auch seine Geduld mit Marino ging offenbar zu Ende.

Die Innenbeleuchtung erlosch, und der Wagen fuhr los. Eine Zeit lang unterhielten Marino, Wesley und ich uns, als wäre der junge Beamte gar nicht da. Wir fuhren durch unbekannte dunkle Straßen. Kühle Bergluft zog durch die einen Spaltbreit geöffneten Fenster herein. Wir legten unsere Strategie für den nächsten Morgen fest. Ich würde Dr. Jenrette bei der Autopsie von Fergusons Leiche assistieren. Marino sollte mit Emily Steiners Mutter reden. Und Wesley würde mit dem Gewebe aus Fergusons Gefrierfach nach Quantico fliegen. Aus den Ergebnissen dieser Tätigkeiten würden sich dann die weiteren Schritte ergeben.

Es war fast zwei Uhr morgens, als wir vor uns an der U.S. 70 das gelbe Neonschild des *Travel-Eze*-Motels vor dem dunklen Horizont entdeckten. Ich wäre nicht glücklicher gewesen, wenn man uns im *Four Seasons* untergebracht hätte, bis wir dann am Empfang erfuhren, dass das Restaurant geschlossen war, es keinen Zimmerservice mehr gab und auch die Bar zu war. Wir sollten uns zu dieser Stunde besser auf das Frühstück freuen als einem verpassten Dinner nachzuweinen, belehrte uns der junge Mann in breitem North-Carolina-Akzent.

»Machen Sie keine Witze.« In Marinos Gesicht braute sich

ein Gewitter zusammen. »Wenn ich nichts zu essen kriege, dreht sich mein Magen gleich von innen nach außen.«

»Ich bin untröstlich, Sir.« Der Typ an der Rezeption war noch ein Junge mit rosigen Wangen und Haaren, die fast so gelb leuchteten wie das Motelschild. »Aber die gute Nachricht: In allen Gängen stehen Verkaufsautomaten.« Er zeigte nach draußen. »Und keine Meile entfernt gibt es einen *Mr. Zip*.«

»Unser Wagen ist gerade wieder weg.« Marino starrte ihn wütend an. »Und? Meinen Sie, ich marschiere um diese Zeit eine Meile zu einer Klitsche, die sich *Mr. Zip* nennt?«

Dem Jungen gefror das Lächeln auf den Lippen. In seinen Augen flackerte die Furcht auf wie kleine Kerzen, als er Wesley und mich Hilfe heischend ansah. Doch wir waren zu kaputt, um ihm noch eine große Hilfe zu sein. Als Wesley dann noch seine blutige Hand mit der Strumpfhosenbandage auf den Counter legte, stand im Gesicht des Burschen nur noch der reine Horror.

»Sir! Brauchen Sie einen Doktor?« Seine Stimme stieg um eine Oktave und überschlug sich.

»Nein, nur meinen Zimmerschlüssel«, gab Wesley zurück. Der Junge drehte sich um und nahm nervös drei nebeneinander hängende Schlüssel von den Haken. Zwei fielen ihm dabei auf den Teppich, und als er sich bückte, um sie aufzuheben, ließ er einen noch einmal fallen. Schließlich reichte er sie uns. Die Zimmernummern waren in so riesigen Ziffern in die medaillonförmigen Plastikanhänger geprägt, dass man sie auf zwanzig Schritt Entfernung hätte lesen können.

»Habt ihr in dieser Klitsche schon mal was von Sicherheitsmaßnahmen gehört?«, fragte Marino in einem Ton, als hasse er den Jungen seit seiner Geburt. »Sie sollten die Zimmernummern auf ein Blatt Papier schreiben und es dem Gast so *diskret* in die Hand drücken, dass kein Schmarotzer mitkriegen kann, wo er seine Frau und seine Rolex unterbringt. Für den Fall, dass Sie keine Nachrichten mitbekommen: Vor ein paar Wochen erst hat es hier ganz in der Nähe einen Mord gegeben.«

Der Rezeptionist sah Marino in sprachloser Verwirrung an.

Er hielt ihm die Schlüssel nun wie ein belastendes Beweisstück hin.

»Kein Minibarschlüssel? Das bedeutet wohl, dass wir auch den Drink im Zimmer zu dieser Stunde vergessen können, oder?« Marinos Stimme schwoll noch mehr an. »Schon gut. Ich will keine schlechten Nachrichten mehr hören.«

Ein Gehweg führte zum Mittelteil des kleinen Motels. Hinter dünnen Vorhängen und verspiegelten Fenstern flackerte es blau von TV-Bildschirmen, und Schatten bewegten sich hin und her. Die abwechselnd roten und grünen Türen erinnerten mich an die Plastikhotels und -häuser bei Monopoly. Wir stiegen zum ersten Stock hinauf und fanden unsere Zimmer. Meines war ordentlich hergerichtet und gemütlich. Der Fernseher war in die Wand gedübelt, Wassergläser und Eiskübel hygienisch in Plastik verpackt.

Marino begab sich ohne Gutenachtgruß zu seinem Zimmer und schlug die Tür hinter sich zu.

»Zum Teufel, welche Laus ist denn dem über die Leber gelaufen?«, fragte Wesley und folgte mir in mein Zimmer.

Ich wollte mich nicht über Marino unterhalten, zog einen Stuhl an eines der Doppelbetten und sagte: »Bevor ich irgendetwas tue, müssen wir erst einmal Ihre Wunden reinigen.«

»Nicht ohne ein Schmerzmittel.«

Wesley ging hinaus auf den Flur, füllte den Eiskübel und zog eine kleine Flasche Scotch aus seiner Reisetasche. Er goss uns zwei Gläser ein, während ich ein Handtuch auf dem Bett ausbreitete und Pinzette, Betadine-Päckchen und 5-0-Nylonfäden darauflegte.

»Das wird jetzt wehtun, nicht?« Er sah mich an und nahm einen kräftigen Schluck Scotch.

Ich setzte meine Brille auf und antwortete: »Es wird höllisch wehtun. Kommen Sie.« Ich ging ins Badezimmer.

Ein paar Minuten lang standen wir nebeneinander am Waschbecken, während ich ihm die Wunden mit warmem Seifenwasser auswusch. Ich war so vorsichtig wie möglich, und er beklagte sich nicht. Aber ich konnte die feinen Muskeln in seiner Hand zucken spüren. Als ich im Spiegel einen Blick in sein blasses Gesicht warf, sah ich, wie er schwitzte. Seine Handfläche wies fünf klaffende Schnitte auf.

»Sie können nur froh sein, dass Sie nicht die Speichenschlagader getroffen haben«, sagte ich.

»Ich kann Ihnen nicht sagen, wie froh ich bin.«

Ich sah mir sein Knie an und sagte: »Setzen Sie sich hierhin.« Ich klappte den Toilettendeckel herunter.

»Soll ich meine Hosen ausziehen?«

»Entweder das, oder wir schneiden sie ab.«

Er setzte sich. »Ruiniert sind sie ohnehin.«

Mit einem Skalpell schnitt ich den feinen Wollstoff des linken Hosenbeins auf. Wesley saß ganz ruhig mit weit ausgestrecktem Bein da. Der Schnitt an seinem Knie war tief. Ich rasierte die Haare rundherum ab und reinigte die Wunde gründlich. Um das heruntertropfende blutige Wasser aufzusaugen, hatte ich Handtücher auf dem Boden ausgebreitet. Dann führte ich Wesley ins Schlafzimmer zurück. Er humpelte zur Scotch-Flasche und schenkte sich nach.

»Nebenbei gesagt, reizt mich dieser Whisky da drüben schon, aber vor einer Operation trinke ich nicht«, sagte ich.

»Ich sollte Ihnen wohl dankbar sein.«

»Ja, das sollten Sie.«

Er setzte sich auf das Bett, und ich zog den Stuhl heran. Ich riss mehrere der Betadine-Päckchen auf und tupfte die Wunden ab.

»Himmel«, schnaufte er. »Was ist das, Batteriesäure?«

»Es ist desinfizierendes Jod zur örtlichen Behandlung.«

»So etwas haben Sie in Ihrer Arzttasche?«

»Ja.«

»Mir war bisher nicht bewusst, dass für die Mehrzahl Ihrer Patienten erste Hilfe überhaupt noch zur Wahl stand.«

»Leider ist das auch nicht der Fall. Aber ich kann nie wissen, wann ich es mal brauche.« Ich griff nach der Pinzette. »Oder jemand anderer in meiner Nähe – wie Sie zum Beispiel.« Ich zog einen Glassplitter heraus und legte ihn auf das Handtuch. »Ich weiß, es ist möglicherweise ein schwerer Schock für Sie, Special Agent Wesley, aber meine medizinische Karriere habe ich mit lebenden Patienten begonnen.«

»Und seit wann sterben sie Ihnen ständig weg?«

»Von Anfang an.«

Er verkrampfte sich, als ich einen winzig kleinen Splitter herauszog.

»Halten Sie still«, sagte ich.

»Was hat Marino eigentlich für ein Problem? Er benimmt sich in letzter Zeit wie der letzte Arsch.«

Ich legte zwei weitere Splitter auf das Handtuch und stillte die Blutung mit Gaze. »Nehmen Sie lieber noch einen Schluck.«

»Warum?«

»Ich habe jetzt alle Glassplitter heraus.«

»Sie sind also fertig, und wir können feiern.« So erleichtert hatte ich ihn noch nie gehört.

»Noch nicht ganz.« Ich beugte mich dicht über seine Hand und war zufrieden. Ich hatte nichts übersehen. Dann öffnete ich ein Päckchen mit Nähmaterial.

»Ohne Novocain?«, protestierte er.

»Bei den wenigen Stichen, die ich zum Schließen dieser Schnitte machen muss, würde Ihnen eine Betäubungsspritze genauso wehtun wie dies hier«, erklärte ich ruhig und ergriff die Nadel mit der Pinzette.

»Trotzdem wäre ich für Novocain.«

»Na ja, ich habe gar keins. Sie sollten lieber nicht hinsehen. Wollen Sie, dass ich den Fernseher einschalte?«

Wesley sah stoisch in die andere Richtung und antwortete mit zusammengebissenen Zähnen: »Bringen wir es hinter uns.«

Er gab keinen Ton von sich, während ich meine Arbeit tat. Aber wenn ich zufällig seine Hand oder sein Bein berührte, spürte ich, wie er zitterte. Als ich seine Wunden schließlich mit einem Antibiotikum versorgte und mit Gaze abdeckte, atmete er tief durch und entspannte sich sichtlich.

»Sie sind ein guter Patient.« Ich klopfte ihm auf die Schulter und stand auf.

»Meine Frau ist da aber anderer Meinung.«

»Meine Frau« – ich konnte mich nicht erinnern, wann er Connie zum letzten Mal beim Namen genannt hatte. Die wenigen Male, die er sie überhaupt erwähnte, klang es immer wie die flüchtige Erwähnung einer Naturgegebenheit, wie der Schwerkraft zum Beispiel, der er sich plötzlich bewusst zu werden schien.

»Setzen wir uns nach draußen, um noch etwas zu trinken«, sagte er.

Die Zimmer hatten keine einzeln abgetrennten Balkone, vielmehr trat man auf eine Art Außengang, der um den ganzen ersten Stock herumlief. Zu dieser späten Stunde waren jedoch die wenigen eventuell noch wachen Gäste zu weit entfernt, um unser Gespräch hören zu können. Wesley stellte dicht nebeneinander zwei Plastikstühle auf. Da es keinen Tisch gab, musste er Scotch-Flasche und Gläser auf den Boden stellen.

»Möchten Sie noch Eis?«, fragte er.

»Das hier genügt.«

Er hatte das Licht im Zimmer ausgeschaltet. Die Schatten der Bäume über uns schwankten im Wind, und je länger ich hinaufsah, desto mehr schien es mir, als wiegten sie sich im Takt. Ab und zu zogen in der Ferne auf dem Highway kleine Lichtpunkte von Scheinwerfern vorüber.

»Wenn Sie eine Skala von eins bis zehn für Grauenhaftigkeit hätten, wo würden Sie dann den heutigen Tag einordnen?«, fragte er leise in die Dunkelheit.

Ich zögerte, denn ich hatte in meiner beruflichen Laufbahn viele grauenhafte Tage erlebt. »Vermutlich bei der Sieben.«

»Wobei die Zehn das Schlimmste wäre.«

»Die habe ich noch nicht gehabt.«

»Was würde das sein?« Ich spürte seinen Blick auf mir.

»Ich weiß es nicht«, sagte ich abergläubisch, als könnte ich es mit der bloßen Benennung heraufbeschwören.

Er verfiel in Schweigen. Ob er wohl an den Mann dachte, der mein Liebhaber und sein bester Freund gewesen war? Bei Marks Tod vor einigen Jahren in London hatte ich geglaubt, kein Schmerz könne größer sein. Jetzt fürchtete ich, ich könnte mich geirrt haben.

»Sie haben meine Frage noch nicht beantwortet, Kay«, sagte Wesley.

»Ich sagte, ich weiß es nicht.«

»Das meine ich nicht. Ich meine jetzt Marino. Ich fragte Sie, was er wohl für ein Problem hat.«

»Ich glaube, er ist sehr unglücklich«, antwortete ich.

»Er war schon immer unglücklich.«

»Ich sagte, *sehr*.«

Er wartete.

»Marino mag keine Veränderungen«, setzte ich hinzu.

»Seine Beförderung?«

»Die und meine Rolle hier.«

»Die wäre?« Wesley schenkte Scotch nach. Sein Arm streifte mich.

»Die Rolle, die ich in Ihrer Gruppe spiele, hat wesentliche Veränderungen gebracht.«

Er sagte weder ja noch nein, sondern wartete darauf, dass ich weitersprach.

»Ich glaube, er begreift, dass ich meine Bündnispartner gewechselt habe.« Mir war klar, dass ich damit nur noch vager wurde. »Und das ist beunruhigend. Beunruhigend für Marino, meine ich.«

Wesley nahm noch immer nicht Stellung. Die Eiswürfel klirrten sanft, als er einen Schluck trank. Wir beide wussten sehr gut, wo Marinos Problem lag und dass dafür nichts die Ursache war, was Wesley oder ich getan hatten. Eher war es etwas, das er nur spürte.

»Meiner Meinung nach findet Marino sein Privatleben sehr frustrierend«, sagte Wesley. »Er ist einsam.«

»Ja, das auch. Ich glaube, beides trifft zu«, sagte ich.

»Sie wissen, er war gut dreißig Jahre mit Doris zusammen, und dann fand er sich plötzlich als Single wieder. Er fühlt sich entwurzelt und weiß nicht, wie er damit umgehen soll.«

»Er hat sich auch nie mit der Trennung von ihr auseinander

gesetzt. Er hat es verdrängt und wartet darauf, dass von außen etwas kommt, das den Prozess in Gang setzt.«

»Darüber habe ich mir meine Gedanken gemacht. Ich habe mich gefragt, was da von außen kommen könnte.«

»Sie fehlt ihm. Ich glaube, er liebt sie noch immer«, sagte ich. Die späte Stunde und der Alkohol brachten mich dazu, dass Marino mir Leid tat. Ich konnte selten lange verärgert über ihn sein.

Wesley verlagerte sein Gewicht auf dem Stuhl. »Ich glaube, das wäre die Zehn. Jedenfalls für mich.«

»Wenn Connie Sie verließe?« Ich sah ihn an.

»Jemanden zu verlieren, den man liebt. Ein Kind im Streit zu verlieren. Ohne ihn beendet zu haben.« Er starrte geradeaus. Das weiche Mondlicht gab seinem scharfen Profil Tiefe. »Vielleicht mache ich mir selbst etwas vor, aber ich glaube, ich könnte fast alles ertragen, solange es eine Lösung gibt, ein Ende, damit ich frei sein kann von der Vergangenheit.«

»Von der werden wir nie frei sein.«

»Stimmt, ganz werden wir das nie.« Er starrte weiter vor sich hin und sagte: »Kay, Marino empfindet etwas für Sie, und damit wird er nicht fertig. Ich glaube, das war schon immer so.«

»Am besten nimmt man es nicht zur Kenntnis.«

»Das klingt kalt.«

»So meinte ich es nicht«, sagte ich. »Ich möchte auf keinen Fall, dass er sich irgendwann zurückgestoßen fühlt.«

»Woraus schließen Sie, dass das noch nicht der Fall ist?«

»Den Schluss ziehe ich überhaupt nicht«, seufzte ich. »Ich bin mir sogar ziemlich sicher, dass er zur Zeit reichlich frustriert ist.«

»Dazu fällt mir der Begriff *eifersüchtig* ein.«

»Auf Sie.«

»Hat er Sie je gebeten, mit ihm auszugehen?«, fuhr Wesley fort, als habe er mir nicht zugehört.

»Er hat mich auf einen Polizeiball mitgenommen.«

»Hmm. Das klingt sehr nach ernsten Absichten.«

»Benton, wir sollten uns nicht über ihn lustig machen.«

»Ich habe mich nicht über ihn lustig gemacht«, sagte er leise. »Seine Gefühle sind mir sehr wichtig und Ihnen auch, das weiß ich.« Er holte tief Luft. »Ich kann mich wirklich sehr gut in ihn hineindenken.«

»Ich auch.«

Wesley stellte sein Glas auf den Boden.

»Ich sollte jetzt lieber hineingehen und versuchen, noch ein paar Stunden Schlaf zu finden«, sagte ich, ohne mich von der Stelle zu rühren.

Er legte mir seine gesunde Hand auf das Handgelenk. Seine Finger waren noch kühl vom Glas. »Whit fliegt mich morgen bei Sonnenaufgang zurück.«

Ich spürte den Wunsch, seine Hand in meine zu nehmen. Ich spürte den Wunsch, sein Gesicht zu berühren.

»Ich lasse Sie nicht gern allein.«

»Alles, was ich brauche, ist ein Wagen«, sagte ich. Mein Herz schlug stärker.

»Fragt sich, wo man hier einen mieten kann. Vielleicht am Flughafen?«

»Das wird der Grund sein, warum Sie beim FBI sind. Auf so etwas muss man kommen.«

Seine Finger glitten zu meiner Hand hinunter, und er streichelte sie mit dem Daumen. Ich hatte schon immer gewusst, dass wir irgendwann zu diesem Punkt gelangen würden. Schon als er mich bat, als Ärztin mit ihm in Quantico zusammenzuarbeiten, war ich mir dieser Gefahr bewusst gewesen. Damals hätte ich nein sagen können.

»Haben Sie große Schmerzen?«, fragte ich ihn.

»Morgen früh, weil ich einen Kater haben werde.«

»Es ist Morgen.«

Ich lehnte mich zurück und schloss die Augen, als er mein Haar berührte. Ich spürte, wie sich sein Gesicht näherte, wie zuerst seine Finger den Konturen meines Halses folgten, dann seine Lippen. Er berührte mich, als sei das schon immer sein Wunsch gewesen. Dunkelheit breitete sich in den Tiefen meines Inneren aus, und in meinem Blut tanzten tausend Lichter. Unsere Küsse brannten. Ich wusste, das war sie, die unverzeihliche Sünde, die ich nie beim Namen hätte nennen können. Aber es kümmerte mich nicht.

Irgendwo ließen wir unsere Kleider fallen und gingen ins Bett. Wir waren vorsichtig wegen seiner Wunden, aber sie hinderten uns nicht, und wir liebten uns, bis die Morgendämmerung über den Horizont kroch. Danach saß ich auf der Veranda und beobachtete, wie das Sonnenlicht sich über die Berge ergoss und das Laub färbte, und ich stellte mir vor, wie Wesleys Hubschrauber aufstieg und über mir kreiste, ähnlich einem Tänzer in der Luft.

6

Die Niederlassung von Black Mountain Chevrolet lag mitten in der Stadt, direkt gegenüber der Exxon-Tankstelle. Officer Baird setzte Marino und mich dort um 7.45 Uhr ab.

Offenbar hatte die hiesige Polizei in sämtlichen Läden herumerzählt, die »Feds« seien da und wohnten »inkognito« im *Travel-Eze*. Ich fühlte mich in meiner Rolle als Promi weder besonders wohl, noch kam ich mir besonders gut getarnt vor, als wir die Autofirma mit einem neuen silbernen Caprice verließen. Anscheinend stand alles, was auch nur annähernd mit der Autofirma zu tun hatte, vor dem Ausstellungsraum und sah uns nach.

»Irgendwer hat Sie Quincy genannt«, sagte Marino und packte ein Steak-Sandwich von *Hardee's* aus.

»Man hat mir schon Schlimmeres nachgesagt. Haben Sie eine Vorstellung, wie viel Salz und Fett Sie sich gerade einverleiben?«

»Ja. Ungefähr ein Drittel von dem, was ich mir einzuverleiben gedenke. Das hier sind drei Sandwiches, und ich habe vor, eins von diesen verdammten Dingern nach dem anderen zu essen. Um Ihrem Kurzzeitgedächtnis auf die Sprünge zu helfen: Ich habe gestern nicht zu Abend gegessen.«

»Deswegen müssen Sie nicht gleich grob werden.«

»Wenn mir Essen und Schlaf fehlen, werde ich eben grob.«

Ich wollte ihm nicht auf die Nase binden, dass ich noch weniger Schlaf als er bekommen hatte, doch ich vermutete, er wusste es ohnehin. Er sah mir heute Morgen nicht in die Augen, und ich hatte das Gefühl, dass sich hinter seiner Reizbarkeit tiefe Niedergeschlagenheit verbarg.

»Ich habe so gut wie überhaupt nicht geschlafen«, setzte er hinzu. »Die Wände sind verdammt dünn in dem Laden.«

Ich klappte die Sonnenblende herunter, als könnte das mein

Unbehagen mildern, schaltete das Radio ein und drückte die Stationstasten, bis ich bei Bonnie Raitt landete. Marinos Leihwagen wurde gerade mit Polizeifunk und Scanner ausgerüstet und würde erst gegen Abend fertig sein. Ich sollte ihn vor Denesa Steiners Haus absetzen, irgendwer würde ihn dann später dort abholen.

Ich saß also am Steuer, während Marino aß und Anweisungen gab. »Langsamer«, sagte er und sah auf die Karte. »Hier links, das müsste jetzt die Laurel sein. Okay, die Nächste geht es rechts ab.«

Wir bogen nach rechts ab. Direkt vor uns lag ein See, moosgrün und nicht größer als ein Footballfeld. Der Picknickbereich und die Tennisplätze lagen verlassen da, und das gepflegte Clubhaus sah auch nicht so aus, als sei es zur Zeit in Betrieb. Die Bäume, die das Ufer säumten, wurden mit dem Ende des Herbstes braun, und vor meinem inneren Auge erschien ein kleines Mädchen mit einem Gitarrenkasten, das bei hereinbrechender Dämmerung heimwärts eilte. Dann sah ich einen alten Mann, der hier an einem Morgen wie diesem angelte, und ich sah seinen Schrecken über den Fund im Gebüsch.

»Ich fahre später noch einmal her und sehe mir zu Fuß alles an«, sagte ich.

»Biegen Sie hier ab«, sagte Marino. »An der nächsten Ecke ist ihr Haus.«

»Wo liegt Emily begraben?«

»Etwa zwei Meilen von hier in der Richtung.« Er zeigte nach Osten. »Auf dem Gemeindefriedhof.«

»Gehört er zur Kirche, in der die Gruppenstunde stattgefunden hat?«

»Die Dritte Presbyterianische, ja. Stellen Sie sich den See und die Umgebung als die Washington Mall vor, dann befindet sich die Kirche an dem einen Ende und das Steinersche Haus am anderen. Dazwischen liegen zwei Meilen.«

Ich erkannte das Haus von den Fotos wieder, die ich mir am Tag zuvor in Quantico angesehen hatte. Es wirkte kleiner, was bei vielen Gebäuden der Fall ist, wenn man sie in Wirklichkeit sieht. Es lag weit weg von der Straße auf einer Anhöhe, umgeben von einem Dickicht aus Rhododendren, Lorbeersträuchern und Kiefern.

Der Kies auf dem Gehweg und die Veranda vor dem Haus waren frisch geharkt und gekehrt. Am Rand der Auffahrt stand eine Reihe prall mit Laub gefüllter Säcke. Denesa Steiner besaß eine grüne Infiniti-Limousine, ein neuer und teurer Wagen, was mich eher überraschte. Von ihr selbst sah ich, während ich wegfuhr, nur einen Arm in einem langen schwarzen Ärmel, mit dem sie Marino das Fliegengitter aufhielt.

Das Leichenschauhaus im Asheville Memorial Hospital sah nicht anders aus als die meisten anderen. Es lag im untersten Stockwerk und war ein kleiner, kahler Raum mit gekachelten Wänden, allerhand Gerätschaften aus rostfreiem Stahl und einem einzigen Seziertisch, den Dr. Jenrette nahe ans Waschbecken gerollt hatte. Bei meiner Ankunft um kurz nach neun öffnete er gerade Fergusons Leiche. Schon beim ersten Kontakt von Fergusons Blut mit der Luft stieg mir der süßliche, ekelerregende Duft von Alkohol in die Nase.

»Guten Morgen, Dr. Scarpetta«, sagte Dr. Jenrette. Er schien erfreut, mich zu sehen. »Kittel und Handschuhe sind dort drüben im Schrank.«

Ich bedankte mich, obwohl ich sie nicht brauchen würde, denn der junge Arzt würde *mich* nicht brauchen. Von der Autopsie erwartete ich mir sowieso keine besonderen Erkenntnisse, und als ich Fergusons Hals näher betrachtete, hatte ich die erste Bestätigung. Die rötlichen Druckstellen, die ich letzte Nacht entdeckt hatte, waren verschwunden. Im Gewebe und in den Muskeln darunter würden wir keine tiefer liegenden Verletzungen finden. Während ich Dr. Jenrette bei der Arbeit zusah, ging mir wieder einmal durch den Kopf, dass die Pathologie niemals Ermittlungsarbeit ersetzen konnte. Wären uns die Umstände nicht bekannt gewesen, hätten wir keine Anhaltspunkte für die Todesursache gehabt. Wir hätten lediglich gewusst, dass er weder erschossen noch erstochen, noch erschlagen worden und auch keiner Krankheit erlegen war.

»Sie haben sicher den Geruch der Socken bemerkt, die er sich in den Büstenhalter gestopft hatte«, sagte Dr. Jenrette, während er weiterarbeitete. »Haben Sie irgendetwas gefunden, das dazu passt, eine Flasche Parfüm, ein Eau de Cologne?«

Er hob das Organpaket heraus. Ferguson hatte eine leichte Fettleber.

»Nein, haben wir nicht«, antwortete ich. »Und ich würde sagen, dass Duftstoffe in derartigen Szenarien im Allgemeinen nur angewendet werden, wenn mehr als eine Person beteiligt ist.«

Dr. Jenrette sah zu mir hoch. »Wieso?«

»Wozu die Mühe, wenn man allein ist?«

»Das klingt einleuchtend.« Er leerte den Mageninhalt in eine Schale. »Nur ein wenig bräunliche Flüssigkeit«, fügte er hinzu. »Vielleicht ein paar nussartige Partikel. Sie sagten, er sei, kurz bevor er gefunden wurde, mit dem Flugzeug nach Asheville zurückgekommen?«

»Das stimmt.«

»Dann hat er im Flugzeug vielleicht Erdnüsse gegessen. Und dazu getrunken. Sein Blutalkoholgehalt beträgt 1,4 Promille.«

»Wahrscheinlich hat er auch noch zu Hause etwas getrunken«, sagte ich. Mir fiel das Glas Bourbon im Schlafzimmer ein.

»Also, wenn Sie sagen, dass in solchen Situationen mehr als einer dabei ist, läuft das dann homo oder hetero?«

»Häufig homo«, sagte ich. »Die Pornohefte sind hier ein wichtiger Hinweis.«

»Er hat sich nackte Frauen angesehen.«

»Nun, die Magazine, *die wir in der Nähe der Leiche gefunden haben*, zeigten nackte Frauen«, korrigierte ich, denn wir konnten ja nicht wissen, wen oder was Ferguson in Wirklichkeit angeschaut hatte. Wir wussten nur, was wir gefunden hatten. »Auffallend ist auch, dass wir sonst nirgendwo in seinem Haus Pornografie oder Sex-Utensilien gefunden haben«, fügte ich hinzu.

»Ich hätte gedacht, dass mehr davon da ist«, sagte Dr. Jenrette und stöpselte die Vibrationssäge ein.

»Gewöhnlich haben diese Typen ganze Schrankkoffer voll davon«, sagte ich. »Sie werfen nie etwas davon weg. Es macht mich stutzig, dass wir nur vier Magazine gefunden haben, allesamt neuesten Datums.«

»Es sieht aus, als sei er Neuling auf dem Gebiet gewesen.«

»Es weist einiges darauf hin, dass er darin noch unerfahren war«, antwortete ich. »Vor allem aber habe ich eine Reihe von Widersprüchlichkeiten festgestellt.«

»Als da wären?« Er schnitt die Kopfschwarte hinter den Ohren auf und klappte sie weg, um den Knochen freizulegen. Das Gesicht wurde plötzlich zu einer schlaffen, traurigen Maske.

»So wie wir keine Parfümflasche gefunden haben, die zu dem Duft an seinem Körper passt, haben wir im Haus auch keine Frauenkleider gefunden, außer denen, die er anhatte«, sagte ich. »In der Schachtel fehlte nur ein Kondom. Die Schnur war alt, und wir haben nichts gefunden, auch kein weiteres Stück, von dem sie hätte stammen können. Einerseits war Ferguson so vorsichtig, sich ein Handtuch um den Hals zu wickeln, andererseits aber hat er einen äußerst gefährlichen Knoten gebunden.«

»Wie der Name schon sagt«, sagte Dr. Jenrette.

»Ja. Die Schlinge mit einem Henkersknoten zieht sich reibungslos zusammen und lässt sich nicht mehr lockern«, sagte ich. »Den macht man sich nicht, wenn man betrunken auf einem lackierten Barhocker sitzt, von dem man leichter herunterfallen kann als von einem Stuhl.«

»Ich nehme an, ein Henkersknoten ist nicht vielen Leuten bekannt«, sagte Dr. Jenrette nachdenklich.

»Es stellt sich die Frage, warum Ferguson ihn kannte«, sagte ich.

»Er könnte ihn aus einem Buch haben.«

»Wir haben keine Bücher über Knotentechnik gefunden, keine Segelhandbücher oder Ähnliches.«

»Wäre es schwierig, einen Henkersknoten zu knüpfen? Mit einem Lehrbuch, zum Beispiel?«

»Es wäre nicht unmöglich, aber ein wenig Übung braucht man schon.«

»Warum könnte jemand an solch einem Knoten interessiert sein? Wäre ein Laufknoten nicht leichter?«

»Ein Henkersknoten hat etwas Morbides, Unheimliches. Er ist ordentlich und präzise. Ich weiß nicht.« Plötzlich fiel mir siedend heiß etwas ein: »Wie geht es Lieutenant Mote?«

»Sein Zustand ist stabil, aber er wird eine Weile auf der Intensivstation bleiben.«

Dr. Jenrette schaltete die elektrische Säge ein. Wir schwiegen, während er die Schädeldecke abnahm. Er sagte erst wieder etwas, als er das Gehirn entfernt hatte und den Hals untersuchte.

»Also, ich sehe nichts. Keine Blutung an den Halsmuskeln, das Zungenbein ist unverletzt, kein Bruch der oberen Schildknorpelhörner. Die Halswirbel sind nicht gebrochen, aber ich glaube, das passiert ohnehin nur bei Hinrichtungen.«

»Es sei denn, man hat Übergewicht oder arthritische Veränderungen an der Halswirbelsäule, oder man gerät durch einen Unfall auf eine unglückliche Art ins Hängen«, sagte ich.

»Wollen Sie es sich ansehen?«

Ich streifte Handschuhe über und zog eine Lampe heran. »Wie können wir sichergehen, dass er noch lebte, als sich die Schnur um seinen Hals zuzog?«

»Das können wir nicht mit Sicherheit sagen, es sei denn, wir finden eine andere Todesursache«, sagte ich.

»Gift, zum Beispiel.«

»Das Einzige, was mir dazu im Moment noch einfiele. Doch in dem Fall hätte es ein sehr schnell wirkendes sein müssen. Wie wir wissen, war er noch nicht lange zu Hause, als Mote ihn tot auffand. Deswegen sprechen die Zeichen weniger für eine außergewöhnliche Todesursache und umso mehr hingegen für einen Tod durch Ersticken infolge von Erhängen.«

»Und die Art und Weise – wie?«

»Muss noch geklärt werden«, meinte ich.

Nachdem Fergusons innere Organe seziert und in einem Plastikbeutel wieder in seinem Brustraum verstaut waren, half ich Dr. Jenrette sauber machen. Wir spritzten Tisch und Fußboden mit einem Schlauch ab, während ein Assistent Fergusons

Leiche wegrollte und in ein Kühlfach schob. Anschließend, beim Abspülen der Spritzen und Instrumente, sprachen wir noch eine Zeit lang über das, was hier passiert war, und über die Gründe, warum es den jungen Arzt ausgerechnet in diesen Teil der Welt gezogen hatte. Dr. Jenrette sagte, ihn habe vor allem der Wunsch nach Sicherheit getrieben; er habe eine Familie an einem Ort gründen wollen, an dem die Menschen noch an Gott glaubten und an die Unantastbarkeit des Lebens. Er wollte seine Kinder in der Kirche und auf dem Sportplatz sehen, sie fern halten von Drogen, Unmoral und der Gewalt im Fernsehen.

»In Wirklichkeit aber gibt es einen solchen Ort nicht mehr, Dr. Scarpetta«, sagte er. »Nicht einmal hier. Letzte Woche hatte ich mit dem Fall eines elfjährigen Mädchens zu tun, das sexuell missbraucht und ermordet worden war. Und jetzt mit einem SBI-Agenten in Frauenkleidern. Letzten Monat hatte ich ein Kind aus Oteen mit einer Überdosis Kokain. Sie war erst siebzehn. Und dann die betrunkenen Autofahrer. Die landen ständig bei mir, und dazu die Leute, die sie zusammengefahren haben.«

»Dr. Jenrette?«

»Nennen Sie mich doch Jim«, sagte er. Mit deprimiertem Gesichtsausdruck griff er nach ein paar Papieren auf einer Arbeitsplatte.

»Wie alt sind Ihre Kinder?«, fragte ich.

»Na ja, meine Frau und ich versuchen's noch.« Er räusperte sich und sah zur Seite, doch den schmerzlichen Ausdruck in seinem Gesicht hatte ich noch erkennen können. »Und Sie? Haben Sie Kinder?«

»Ich bin geschieden und habe eine Nichte, die für mich wie eine Tochter ist«, sagte ich. »Sie studiert im letzten Semester an der University of Virginia und absolviert gerade ein Praktikum in Quantico.«

»Sie müssen sehr stolz auf sie sein.«

»Das bin ich auch«, antwortete ich, doch meine Stimmung verdüsterte sich, als ich an jene Bilder dachte, jene Stimmen und an meine heimliche Angst um Lucy.

»Jetzt wollen Sie sicher noch etwas über Emily Steiner erfahren. Ihr Gehirn habe ich noch hier, falls Sie es sehen wollen.«

»Ja, auf jeden Fall.«

Es ist nicht ungewöhnlich für einen Pathologen, ein Gehirn in einer zehnprozentigen Formaldehydlösung, Formalin genannt, aufzubewahren. Der chemische Prozess konserviert und festigt das Gewebe. Man kann es auch später noch untersuchen, vor allem bei Traumata an diesem ganz besonderen und am wenigsten erforschten menschlichen Organ.

Diese Prozedur lief so sachlich-kühl ab, dass sie, wenn man es so sehen wollte, fast etwas Entwürdigendes hatte. Jenrette ging zu einem Waschbecken und holte von einer Ablage darunter einen Plastikbehälter mit einem Etikett, auf dem Emilys Name und ihre Fallnummer standen. Kaum hatte Jenrette ihr Gehirn aus dem Formalinbad geholt und auf ein Seziertischchen gelegt, war mir klar, dass schon eine oberflächliche Untersuchung deutlich machen würde, dass an diesem Fall irgendetwas äußerst faul war.

»Es ist absolut keine vitale Reaktion zu erkennen«, wunderte ich mich. Die Formalindämpfe brannten mir in den Augen. Jenrette führte eine Sonde in den Schusskanal ein.

»Keine Blutung, keine Schwellung. Die Kugel geht nicht einmal durch die Hirnbrücke. Sie ist nicht durch die basalen Stammknoten oder andere lebenswichtige Areale gedrungen.« Ich sah zu ihm auf. »Das hier ist keine sofort tödliche Wunde.«

»Unbestritten.«

»Wir müssen nach einer anderen Todesursache suchen.«

»Ich wünschte, Sie könnten mir sagen, nach welcher, Dr. Scarpetta. Ich habe noch toxikologische Untersuchungen laufen. Doch wenn die keine signifikanten Ergebnisse bringen, kann ich mir keine andere Todesursache mehr vorstellen. Nichts, außer dem Kopfschuss.«

»Ich würde mir gern ein Stück von ihrem Lungengewebe ansehen«, sagte ich.

»Kommen Sie mit in mein Büro.«

Ich überlegte, ob das Mädchen vielleicht ertränkt worden war. Doch als ich einige Augenblicke später über Dr. Jenrettes Mikroskop gebeugt saß und mir einen Schnitt ihres Lungengewebes ansah, blieben alle Fragen offen.

»Wäre sie ertrunken«, erklärte ich ihm, »müssten die Lungenbläschen überdehnt sein. In der Lichtung der Lungenbläschen müsste Ödemflüssigkeit sein mit einer unverhältnismäßigen autolytischen Veränderung des Atmungsepithels.« Ich stellte das Mikroskop nach. »Mit anderen Worten, wäre ihre Lunge mit frischem Wasser in Berührung gekommen, wäre der Verwesungsprozess hier weiter fortgeschritten als bei anderem Gewebe. Aber das ist nicht der Fall.«

»Und was ist mit Erstickung oder Strangulation?«, fragte er.

»Das Zungenbein war intakt. Und punktförmige Blutungen lagen auch nicht vor.«

»Das stimmt.«

»Noch wichtiger ist Folgendes«, fuhr ich fort. »Bei einem Versuch der Strangulierung oder des Erstickens wehrt sich das Opfer wie wild. Aber die Nase des Mädchens und die Lippen zeigen keine Verletzungen, und auch sonst gibt es keine Spuren eines Kampfes.«

Er reichte mir die dicke Akte des Falls. »Da finden Sie alles«, sagte er.

Er diktierte seinen Obduktionsbericht zum Fall Max Ferguson, während ich alle Berichte zum Mordfall Emily Steiner sowie alle Laboranfragen und alle Telefonnotizen durchsah. Emilys Mutter Denesa hatte, nachdem die Leiche ihrer Tochter gefunden worden war, ein- bis fünfmal täglich bei Dr. Jenrette angerufen. Das fand ich ziemlich ungewöhnlich.

»Der Tote wurde in einem von der Black Mountain Police versiegelten schwarzen Plastiksack angeliefert. Die Siegelnummer lautet 445337. Das Siegel ist unverletzt«, diktierte Dr. Jenrette gerade.

»Dr. Jenrette?«, unterbrach ich ihn.

Er nahm den Fuß von der Fußtaste seines Diktiergeräts.

»Nennen Sie mich Jim«, sagte er noch einmal.

»Anscheinend hat Emilys Mutter Sie ungewöhnlich häufig angerufen.«

»Ein paarmal war ich nicht da, und dann rief sie wieder an und wieder. Aber es stimmt.« Er nahm die Brille ab und rieb sich die Augen. »Sie hat viel angerufen.«

»Warum?«

»Vor allem war sie einfach fürchterlich außer sich, Dr. Scarpetta. Sie wollte sicher sein, dass ihre Tochter nicht gelitten hat.«

»Und was haben Sie ihr gesagt?«

»Ich sagte ihr, dass das mit so einer Schusswunde eher unwahrscheinlich ist. Ich meine, sie muss bewusstlos gewesen sein ... jedenfalls ist es wahrscheinlich, dass sie es war, als die anderen Dinge passierten.«

Er hielt für einen Moment inne. Wir beide wussten, dass Emily gelitten hatte. Es musste der nackte Terror gewesen sein, und von einem bestimmten Punkt an musste sie gewusst haben, dass sie sterben würde.

»Und das ist alles?«, fragte ich. »Sie hat so oft angerufen, nur um zu erfahren, ob ihre Tochter gelitten hat?«

»Nein, nein. Sie hat Fragen gestellt und uns auch Informationen gegeben. Allerdings keine von besonderer Bedeutung.« Er lächelte traurig. »Ich glaube, sie brauchte einfach jemanden zum Reden. Sie ist eine nette Frau, die alles in ihrem Leben verloren hat. Ich kann Ihnen gar nicht sagen, wie sehr ich mit ihr fühle und wie sehr ich bete, dass dieses entsetzliche Monster gefasst wird, das ihr das angetan hat. Dieses Monster namens Gault, von dem ich gelesen habe. Die Welt ist nicht sicher, solange er frei herumläuft.«

»Die Welt wird nie sicher sein, Dr. Jenrette. Aber ich kann Ihnen gar nicht sagen, wie wichtig es auch für uns ist, ihn zu fassen. Gault zu fassen. Alle zu fassen, die solche Dinge tun«, sagte ich und öffnete gleichzeitig einen dicken Umschlag mit 20x26-Hochglanzfotos.

Nur eines von ihnen war mir nicht bekannt, und ich betrachtete es lange und eingehend, während Dr. Jenrette mit gleichmütiger Stimme sein Diktat fortsetzte. Ich wusste nicht, was das zu bedeuten hatte, denn so etwas hatte ich noch nie gesehen. Meine Reaktion war eine Mischung aus Erregung und Angst. Das Foto zeigte Emily Steiners linke Gesäßbacke mit einem unregelmäßigen bräunlichen Fleck, nicht größer als ein Flaschenverschluss.

»Das Lungenfell weist verstreute Petechien entlang den Interlobärspalten …«

»Was ist das hier?«, unterbrach ich Jenrette erneut bei seinem Diktat.

Er legte das Mikrofon beiseite, als ich zu ihm an den Schreibtisch trat und ihm das Foto vorlegte. Ich deutete auf die Stelle auf Emilys Haut. Old Spice stieg mir in die Nase und erinnerte mich an meinen Ex-Mann Tony, der immer zu viel davon benutzt hatte.

»Dieser Fleck auf dem Gesäß taucht in Ihrem Bericht nicht auf«, sagte ich.

»Ich weiß nicht, was das ist«, erwiderte er ohne eine Spur von Defensive. Er klang bloß müde. »Ich habe lediglich angenommen, dass es sich um eine post mortem entstandene künstliche Veränderung handelt.«

»Solche Artefakte kenne ich nicht. Haben Sie sie reseziert?«

»Nein.«

»Ihr Körper hatte auf einem Gegenstand gelegen, der diesen Fleck hinterlassen hat.« Ich kehrte zu meinem Stuhl zurück, setzte mich und stützte mich auf die Schreibtischkante. »Es könnte wichtig sein.«

»Ja, wenn das der Fall ist, könnte ich feststellen, wie wichtig es sein könnte«, antwortete er. Er wirkte zunehmend niedergeschlagen.

»Sie ist noch nicht lange unter der Erde.« Ich sagte das ruhig, aber nicht gefühllos.

Er starrte mich unbehaglich an.

»Besser wird ihr Zustand jedenfalls nicht mehr werden«, fuhr ich fort. »Ich meine wirklich, wir sollten sie uns noch einmal anschauen.«

Ohne zu blinzeln, befeuchtete er sich die Lippen.
»Dr. Jenrette«, sagte ich, »holen wir sie *jetzt gleich* heraus.«

Dr. Jenrette drehte sein Adressenkarussell und griff nach dem Telefon. Ich sah ihm zu, wie er wählte.

»Hallo, hier ist Dr. James Jenrette«, sagte er in den Hörer. »Ist Richter Begley wohl im Haus?«

Der Ehrenwerte Hal Begley bestellte uns für eine halbe Stunde später in sein Amtszimmer. Ich fuhr, und Dr. Jenrette dirigierte mich. Als ich den Wagen in der College Street parkte, hatten wir noch viel Zeit.

Das Gericht von Buncombe County war ein altes dunkles Backsteingebäude. Ich vermutete, dass es bis vor nicht allzu langer Zeit das höchste in der Innenstadt gewesen war. Es hatte zwölf Stockwerke, und im obersten befand sich das Gefängnis. Beim Anblick der vergitterten Fenster, umrahmt von einem leuchtend blauen Himmel, dachte ich an das überfüllte Gefängnis in Richmond, ein riesiges Areal, dessen einziger Ausblick Rollen von Stacheldraht waren. Auch Städte wie Asheville würden angesichts der alarmierenden Zunahme von Gewalt bald mehr Zellen brauchen.

»Richter Begley ist nicht gerade bekannt für seine Geduld«, warnte Dr. Jenrette mich, als wir die Marmorstufen im alten Gerichtsgebäude hochstiegen. »Und ich kann Ihnen versprechen, dass ihm ganz und gar nicht gefällt, was Sie vorhaben.«

Ich wusste, dass auch Dr. Jenrette mein Plan nicht gefiel. Kein Pathologe liebt es, wenn ein Kollege die Nase in seine Arbeit steckt. Wir beide wussten, dass hinter alldem die unausgesprochene Vermutung steckte, er habe keine gute Arbeit geleistet.

»Hören Sie«, sagte ich, als wir den Flur im zweiten Stock entlanggingen, »mir gefällt das auch nicht, was wir da vorhaben. Ich mag keine Exhumierungen. Ich wünschte, es gäbe einen anderen Weg.«

»Ich hätte gern einfach mehr Erfahrung mit Fällen, wie Sie sie jeden Tag zu sehen bekommen«, setzte er hinzu.

»Ich habe nicht täglich mit derartigen Fällen zu tun«, sagte ich. Seine Bescheidenheit rührte mich. »Gott sei Dank nicht.«

»Also, ich würde lügen, Dr. Scarpetta, wenn ich sagte, es wäre nicht wirklich hart für mich gewesen, als ich zu dem kleinen Mädchen gerufen wurde. Vielleicht hätte ich etwas mehr Zeit dort aufbringen sollen.«

»Ich bin der Meinung, Buncombe County kann sich sehr glücklich schätzen, Sie zu haben«, sagte ich aufrichtig, als wir die Tür zum Vorzimmer des Richters öffneten. »Ich wünschte, ich hätte in Virginia mehr Ärzte wie Sie. Ich würde Sie mit Freuden einstellen.«

Er wusste, dass ich das auch so meinte, und lächelte. Eine Sekretärin, die älteste Angestellte, die ich je in Aktion gesehen hatte, sah uns von unten durch ihre dicken Brillengläser an. Sie benutzte eine elektrische Schreibmaschine statt eines Computers, und angesichts der vielen grauen Stahlschränke an den Wänden mutmaßte ich, dass Akten ihre Stärke waren. Die Sonne drang schwach durch die fast geschlossenen Jalousien, und eine Wolke feinen Staubs schwebte in der Luft. Ich nahm einen zarten Rosenduft wahr, als sie ihre knochigen Hände mit einer Portion Feuchtigkeitscreme einrieb.

»Richter Begley erwartet Sie«, sagte sie, bevor wir uns noch vorstellen konnten. »Gehen Sie nur hinein. Die Tür da.« Sie deutete auf eine Tür genau gegenüber von der, durch die wir gerade eingetreten waren. »Nur damit Sie's wissen, die Verhandlung wurde für die Mittagszeit unterbrochen. Pünktlich um eins muss er wieder dort sein.«

»Danke«, sagte ich. »Wir werden uns bemühen, ihn nicht lange aufzuhalten.«

»Macht keinen Unterschied, ob Sie sich bemühen oder nicht.«

Auf Dr. Jenrettes zaghaftes Klopfen kam von drinnen als Antwort ein zerstreutes »Herein!«. Der Richter saß in Hemdsärmeln hinter einem Chefschreibtisch aufrecht in einem alten roten Ledersessel. Er war ein hagerer, bärtiger Endfünfziger. Als er uns über seinen Notizblock hinweg anschaute, fiel mir eine

Reihe bezeichnender Dinge an ihm auf. Die Ordnung auf seinem Schreibtisch sagte mir, dass er geschäftig und tüchtig war. Und seine unmodische Krawatte und seine Kreppsohlenschuhe ließen auf einen Mann schließen, der sich den Teufel darum scherte, was Leute wie ich über ihn dachten.

»Warum wollen Sie die Ruhe der Toten stören?«, fragte er in langsamem Südstaatentonfall, den sein offenbar schneller Verstand Lügen strafte. Er blätterte seinen Notizblock um.

»Nachdem ich mir Dr. Jenrettes Berichte angeschaut habe«, antwortete ich, »sind wir übereinstimmend zu der Auffassung gelangt, dass bei der ersten Untersuchung der Leiche von Emily Steiner einige Fragen offen geblieben sind.«

»Ich kenne Dr. Jenrette, aber ich glaube, Sie kenne ich nicht«, sagte Richter Begley an mich gewandt und legte den Notizblock auf den Schreibtisch.

»Ich bin Dr. Kay Scarpetta, Chief Medical Examiner von Virginia.«

»Ich habe gehört, Sie hätten etwas mit dem FBI zu tun.«

»Ja, Sir. Ich bin dort als beratende Gerichtsmedizinerin bei der Investigative Support Unit tätig.«

»Ist das so etwas Ähnliches wie die Behavioral Science Unit?«

»Ein und dasselbe. Das Bureau hat vor ein paar Jahren den Namen geändert.«

»Das sind die Leute, die Persönlichkeitsprofile von Serienmördern und anderen anomalen Verbrechern anfertigen, von denen wir bis vor kurzem in dieser Gegend verschont geblieben sind, nicht wahr?« Er sah mich scharf an. Seine Hände lagen verschränkt in seinem Schoß.

»Genau das ist unsere Aufgabe«, sagte ich.

»Euer Ehren«, sagte Dr. Jenrette. »Die Black Mountain Police hat das FBI um Hilfe ersucht. Es wird befürchtet, dass der Mann, der die kleine Steiner ermordet hat, derselbe ist, der in Virginia mehrere Menschen umgebracht hat.«

»Das weiß ich, Dr. Jenrette. Bei Ihrem Anruf haben Sie mir das netterweise schon erklärt. Dennoch behandeln wir hier einzig und allein Ihr Ersuchen, dieses kleine Mädchen wieder ausgraben zu dürfen. Das ist so schwerwiegend und verletzt den Respekt vor den Toten so sehr, dass Sie mir schon einen überwältigend guten Grund nennen müssen, ehe ich das zulasse. Außerdem hätte ich gern, dass Sie beide Platz nehmen und es sich bequem machen. Dafür stehen die Stühle nämlich dort vor meinem Schreibtisch.«

»Sie hat einen Abdruck auf ihrer Haut«, sagte ich und setzte mich.

»Was für einen Abdruck?« Er sah mich interessiert an, während Dr. Jenrette ein Foto aus einem Umschlag zog und es auf das Dienstbuch des Richters legte.

»Er ist auf dem Foto zu erkennen«, sagte Dr. Jenrette.

Der Blick des Richters fiel auf das Foto. Sein Gesicht zeigte keine Regung.

»Wir wissen nicht, um was es sich dabei handelt«, erklärte ich. »Aber vielleicht erfahren wir so, wo der Körper gelegen hat. Es könnte auch eine Art Verletzung sein.«

Er hob das Foto hoch und sah es sich mit zusammengekniffenen Augen aus der Nähe an. »Können Sie das nicht aus dem Foto heraus analysieren? Heute gibt es doch alle möglichen wissenschaftlichen Methoden für so etwas.«

»Die gibt es«, antwortete ich. »Das Problem ist nur, dass solche Analysen dauern. Am Ende ist die Leiche dann, wenn wir sie doch noch exhumieren müssen, in einem so schlechten Zustand, dass wir nichts mehr erkennen können. Je länger wir warten, desto schwieriger wird es, zu unterscheiden, ob es sich um eine Verletzung oder einen anderen Abdruck von Bedeutung auf dem Körper handelt oder um Fäulnis-Artefakte.«

»Es gibt eine Menge Umstände, die diesen Fall sehr merkwürdig erscheinen lassen, Euer Ehren«, sagte Dr. Jenrette. »Wir brauchen einfach jede Unterstützung, die wir bekommen können.«

»Wie ich höre, wurde der SBI-Agent, der an dem Fall arbeitete, gestern erhängt aufgefunden. Das habe ich aus der Morgenzeitung.«

»Ja, Sir«, sagte Dr. Jenrette.

»Zeitigt dieser Fall auch merkwürdige Umstände?«

»Das tut er«, antwortete ich.

»Ich hoffe, Sie stehen nächste Woche nicht wieder hier und wollen dann ihn ausgraben.«

»Das kann ich mir nicht vorstellen«, sagte ich.

»Dieses kleine Mädchen hat eine Mutter. Wie, glauben Sie, wird sie reagieren, wenn sie von Ihrem Vorhaben erfährt?« Weder Dr. Jenrette noch ich antworteten darauf. Der Ledersessel knarrte, als der Richter sich bewegte. Er blickte an uns vorbei auf eine Wanduhr.

»Wissen Sie, das ist mein größtes Problem bei Ihrem Ersuchen«, fuhr er fort. »Ich denke an die arme Frau und an das, was sie alles durchgemacht hat. Ich möchte ihr beim besten Willen nicht noch mehr zumuten.«

»Wir würden nicht darum bitten, wenn wir es nicht im Zusammenhang mit den Ermittlungen um den Tod ihrer Tochter für wichtig hielten«, sagte ich. »Und ich weiß, Mrs. Steiner wird Gerechtigkeit fordern, Euer Ehren.«

»Gehen Sie und bringen Sie die Mutter her«, sagte Richter Begley und erhob sich aus seinem Sessel.

»Wie bitte?« Dr. Jenrette sah ihn verwirrt an.

»Ich möchte, dass die Mutter hergebracht wird«, wiederholte der Richter. »Um halb drei dürfte ich wieder zur Verfügung stehen. Ich erwarte Sie dann hier zurück.«

»Und wenn sie nicht mitkommen will?«, fragte Dr. Jenrette. Wir standen beide auf.

»Daraus könnte ich ihr wahrhaftig keinen Vorwurf machen.«

»Sie brauchen ihre Zustimmung nicht«, sagte ich, nur scheinbar ruhig.

»Nein, Ma'am, die brauche ich nicht«, sagte der Richter und öffnete die Tür.

7

Dr. Jenrette überließ mir freundlicherweise sein Büro, als er ins Krankenhauslabor verschwand. Die nächsten Stunden verbrachte ich am Telefon.

Ausgerechnet die wichtigste Aufgabe ließ sich am leichtesten lösen. Ohne Probleme konnte Marino Mrs. Steiner dazu bewegen, ihn am Nachmittag zum Richter zu begleiten. Schwieriger dagegen gestaltete sich die Frage, wie die beiden dorthin kommen sollten, denn Marino hatte immer noch keinen Wagen.

»Warum die Verzögerung?«, fragte ich ihn.

»Der Scanner, den sie eingebaut haben, funktioniert nicht, dieses Scheißding«, sagte er wütend.

»Geht es denn nicht ohne?«

»Ihrer Meinung nach wohl nicht.«

Ich sah auf die Uhr. »Vielleicht sollte ich Sie abholen.«

»Ja, also, ich werde schon selbst fahren. Sie hat eine ganz passable Kiste. Manche Leute sagen sogar, ein Infiniti sei besser als ein Benz.«

»Da kann man sehr unterschiedlicher Meinung sein. Ich fahre im Moment jedenfalls gerne einen Benz.«

»Sie sagt, ihr Schwiegervater hat lange so einen Benz wie Sie gefahren, und Sie sollten sich überlegen, ob Sie nicht auf einen Infiniti oder einen Legend umsteigen.«

Ich schwieg.

»Nur so ein Gedanke.«

»Kommen Sie her«, sagte ich kurz.

»Mach ich.«

»Gut.«

Wir hängten grußlos ein. Da saß ich nun an Dr. Jenrettes mit Papieren überhäuftem Schreibtisch und fühlte mich erschöpft und ungerecht behandelt. Ich hatte Marinos schlimme Zeiten mit Doris miterlebt. Ich hatte ihm geholfen, als er sich hinterher in die erschreckende Welt kurzlebiger Bekanntschaften stürzte. Und was war Marinos Dank dafür? Ständig hatte er sich ungefragt über mein Privatleben ausgelassen; meinem Ex-Mann stand er negativ gegenüber, und auch über Mark, meinen Ex-Freund, hatte er sich stets kritisch geäußert. An Lucy oder der Art, wie ich mit ihr umging, ließ er kein gutes Haar. Und meine Freunde mochte er auch nicht. Vor allem aber spürte ich, wie kalt er meiner Beziehung zu Wesley gegenüberstand. Er war rasend eifersüchtig, das war mir deutlich bewusst.

Als Dr. Jenrette und ich um halb drei wieder in Begleys Büro erschienen, war Marino noch nicht da. Mein Ärger wuchs mit jeder Minute, die verstrich.

»Wo sind Sie geboren, Dr. Scarpetta?«, wandte sich der Richter über seinen tadellos aufgeräumten Schreibtisch hinweg an mich.

»In Miami«, antwortete ich.

»Sie sprechen aber gar nicht wie eine Südstaatlerin. Ich hätte Sie eher im Norden angesiedelt.«

»Ich bin im Norden aufgewachsen.«

»Vielleicht überrascht Sie das, ich auch«, sagte er.

»Warum haben Sie sich hier niedergelassen?«, fragte ihn Dr. Jenrette.

»Sicherlich aus den gleichen Gründen wie Sie.«

»Aber Sie sind von hier«, sagte ich.

»Meine Familie lebt seit drei Generationen hier. Mein Urgroßvater mütterlicherseits ist hier in der Gegend in einer Blockhütte zur Welt gekommen. Er war Lehrer. Väterlicherseits waren die meisten Schwarzbrenner, bis etwa Mitte unseres Jahrhunderts. Dann gab es auch noch Prediger. Ich glaube, das wär's.«

Die Tür ging auf, und Marino steckte den Kopf herein. Denesa Steiner, die Frau, deren tote Tochter der Grund für unsere Zusammenkunft war, trat hinter ihm ins Zimmer. Marino ging mit ihr ungewöhnlich aufmerksam und liebenswürdig um – ausgerechnet er, der sonst beileibe nicht die Ritterlichkeit in Person war. Der Richter erhob sich, und aus Gewohnheit ich ebenfalls, während Mrs. Steiner uns mit einer Mischung aus Trauer und Neugier ansah.

»Ich bin Dr. Scarpetta.« Ich gab ihr die Hand. Die ihre war kühl und weich. »Die Angelegenheit hier tut mir furchtbar Leid, Mrs. Steiner.«

»Ich bin Dr. Jenrette. Wir kennen uns vom Telefon.«

»Wollen Sie nicht Platz nehmen?«, fragte der Richter in ausgesucht freundlichem Ton zu ihr.

Marino rückte zwei Stühle dicht zusammen, bot ihr den einen an und setzte sich auf den anderen. Mrs. Steiner war Mitte bis Ende dreißig und ganz in Schwarz gekleidet. Der weite Rock reichte ihr über die Knie, die Strickjacke war bis zum Kinn hinauf zugeknöpft. Sie trug kein Make-up und als einzigen Schmuck einen schlichten goldenen Trauring. Ein wenig wirkte sie wie eine altjüngferliche Missionsschwester, doch je länger ich sie ansah, desto mehr erkannte ich von dem, was sie hinter ihrer puritanischen Attitüde nicht zu verbergen vermochte.

Mit ihrer glatten blassen Haut, einem vollen Mund, hohen Backenknochen und honigfarbenen Locken war Denesa Steiner eine Schönheit. Ihre Nase hatte etwas Vornehmes, und unter den Falten ihrer schauderhaften Kleidung verbarg sich ein wohlgeformter, sinnlicher Körper. Auch keinem männlichen Wesen im Raum waren diese Attribute entgangen. Vor allem Marino konnte den Blick nicht von ihr lassen.

»Mrs. Steiner«, eröffnete der Richter das Gespräch, »der Grund, warum ich Sie heute Nachmittag zu mir gebeten habe, ist ein Ersuchen dieser beiden Ärzte, das Sie sich anhören sollten.

Außerdem möchte ich nicht versäumen, Ihnen zu sagen, wie sehr ich es zu schätzen weiß, dass Sie gekommen sind. Sie haben in dieser für Sie unbeschreiblich schweren Zeit größten Mut und Würde gezeigt, und ich habe ganz gewiss nicht die Absicht, Sie unnötigerweise noch mehr zu belasten.«

»Danke, Sir«, sagte sie ruhig. Ihre schmalen blassen Hände ruhten fest verschränkt in ihrem Schoß.

»Also, diese beiden Ärzte haben auf den Fotos, die nach dem Tod der kleinen Emily gemacht wurden, ein paar Dinge entdeckt, die ihnen Rätsel aufgeben. Deswegen möchten sie sie sich noch einmal ansehen.«

»Wie soll das gehen?«, fragte Mrs. Steiner unschuldig mit fester und zugleich sanfter Stimme, die keinen North-Carolina-Akzent hatte.

»Also, sie möchten sie exhumieren«, antwortete der Richter.

Mrs. Steiner fuhr nicht auf, sie wirkte nur verwirrt, und mein Herz fühlte ihren Schmerz, als ich sah, wie sie gegen die Tränen ankämpfte.

»Bevor ich ja oder nein dazu sage«, fuhr Begley fort, »wollte ich wissen, wie Sie dazu stehen.«

»Sie wollen sie wieder ausgraben?« Mrs. Steiner sah zuerst Dr. Jenrette an und dann mich.

»Ja«, übernahm ich die Antwort. »Wir würden sie gern umgehend noch einmal untersuchen.«

»Was könnten Sie denn jetzt noch finden, was Sie vorher nicht gesehen haben?« Ihre Stimme zitterte.

»Vielleicht nichts von Bedeutung«, sagte ich. »Aber die Fotos zeigen ein paar Details, die ich mir gern näher ansehen würde, Mrs. Steiner. Diese ungeklärten Dinge könnten uns helfen, den Täter zu finden, der Emily das angetan hat.«

»Mrs. Steiner, wollen Sie uns helfen, den verdammten Kerl zu schnappen, der Ihr Kind umgebracht hat?«, fragte der Richter.

Sie nickte heftig unter Tränen, und Marino sagte wütend: »Sie helfen uns, und ich verspreche Ihnen, wir kriegen den verfluchten Bastard.«

»Es tut mir Leid, Ihnen das zumuten zu müssen«, sagte Dr. Jenrette, von dem ich wusste, dass er für immer das Gefühl haben würde, versagt zu haben, ganz gleich, welches Ergebnis die Exhumierung bringen würde.

»Dann können wir es also in Angriff nehmen?« Begley beugte sich in seinem Sessel vor, wie zum Sprung bereit. Wie alle im Raum spürte er, welch schrecklichen Verlust diese Frau erlitten hatte, spürte ihre tiefe Verletzlichkeit. Ich war mir sicher, seine Betrachtungsweise von Tätern, die auf der Anklagebank mit schlimmen Kindheitsgeschichten und sonstigen Ausreden aufwarteten, würde nie mehr dieselbe sein wie vorher.

Weil sie keine Worte fand, nickte Denesa Steiner noch einmal. Dann führte Marino sie aus dem Raum und ließ Dr. Jenrette und mich mit dem Richter allein.

»Es wird früh dunkel, und es ist noch einiges vorzubereiten«, sagte Begley.

»Wir müssen eine ganze Reihe von Leuten zusammentrommeln«, pflichtete ich bei.

»Welches Beerdigungsunternehmen hat die Beisetzung durchgeführt?«, fragte Begley Dr. Jenrette.

»Wilbur's.«

»Aus Black Mountain?«

»Ja, Euer Ehren.«

»Der Name des Geschäftsführers?« Der Richter machte sich Notizen.

»Lucias Ray.«

»Was ist mit dem Detective, der den Fall bearbeitet?«

»Er liegt im Krankenhaus.«

»Ach, das habe ich ja gehört.« Richter Begley sah auf und seufzte.

Ich wusste nicht genau, warum ich direkt hinfuhr, aber ich hatte es sowieso vorgehabt, und außerdem war ich wütend auf Marino. Vor allem sein blöder Vergleich meines Mercedes mit einem Infiniti hatte mich auf irrationale Weise gekränkt.

Ob er damit nun Recht hatte oder nicht, war gar nicht der springende Punkt, sondern seine offenkundige Absicht, mich zu ärgern und zu provozieren. Selbst wenn ich hätte befürchten müssen, es mit Loch-Ness-Ungeheuern, furchterregenden Alligatoren oder den ruhelosen Seelen Verstorbener zu tun zu bekommen, hätte ich Marino jetzt nicht gebeten, mich zu begleiten. Und wenn er es seinerseits angeboten hätte, hätte ich abgelehnt – trotz meiner Angst vor Wasserschlangen, denn vor Schlangen graust es mir wirklich, ob vor großen oder kleinen.

Es war gerade noch hell genug am Lake Tomahawk, um Emilys wahrscheinlich letzte Schritte nachzuvollziehen. Während ich den Wagen an einem Picknickplatz abstellte, blickte ich die Uferlinie entlang und fragte mich, warum ein kleines Mädchen bei Einbruch der Dunkelheit ausgerechnet diesen Weg gewählt haben mochte. Ich selbst hatte während meiner Kindheit in Miami gerade vor dem nahen Wasser große Angst gehabt. Jedes Stück Holz konnte in Wirklichkeit ein Alligator sein, und böse Menschen lauerten an abgelegenen Ufern.

Beim Aussteigen fragte ich mich, warum Emily keine Angst gehabt hatte. Oder hatte es etwa noch einen anderen Grund dafür gegeben, dass sie gerade hier entlanggegangen war? Die Karte, die Ferguson bei unserem Einsatzgespräch in Quantico verteilt hatte, zeigte, dass Emily an jenem frühen Abend des 1. Oktober, nachdem sie die Kirche verlassen hatte, an der Stelle von der Straße abgebogen war, an der ich jetzt stand. Sie hatte dann hinter den Picknicktischen rechts einen Pfad eingeschlagen, der mehr ein Trampelpfad war als ein angelegter Weg. An manchen Stellen war er deutlich erkennbar, an anderen wieder nicht. Er führte durch Unkraut und Gebüsch am Ufer entlang.

Rasch bahnte ich mir einen Weg durch hohe, wild wuchernde Gräser und Sträucher. Die Schatten der Bergkette senkten sich über das Gewässer, und der Wind frischte auf, ein eisiger Vorbote des Winters. Unter meinen Füßen raschelte trockenes Laub, als ich zu der kleinen freien Stelle kam, die auf der Karte mit dem winzigen Umriss eines Körpers gekennzeichnet war. Inzwischen war es fast ganz dunkel geworden.

Ich suchte in meiner Tasche nach der Taschenlampe, bis mir einfiel, dass sie zerbrochen in Fergusons Keller lag. Alles, was ich fand, war ein halb leeres Päckchen Streichhölzer aus meinen Rauchertagen.

»Mist«, sagte ich ein wenig atemlos, und Furcht kroch in mir hoch.

Ich zog meine .38er heraus, schob sie in eine Außentasche

meiner Jacke und starrte, die Hand locker am Knauf, auf die schlammige Landzunge im Wasser, auf der Emily Steiners Leiche gefunden worden war. Gemessen an den Schatten auf den Fotos, an die ich mich erinnerte, musste das Gebüsch in diesem Bereich kürzlich zurückgeschnitten worden sein. Doch was es sonst noch an Spuren geben mochte, hatte die Natur gnädig zugedeckt, und die hereinbrechende Nacht tat ein Übriges. Eine dicke Laubschicht lag auf dem Boden. Ich schob sie mit den Füßen beiseite in der Hoffnung, etwas zu entdecken, das die Polizei übersehen hatte. Die vielen Gewaltverbrechen, die mir in meiner beruflichen Laufbahn begegnet waren, hatten mir eine besonders wichtige Erkenntnis beschert. Ein Tatort ist wie ein stummer Zeuge. Es gibt immer Spuren am Boden: Abdrücke im Erdreich, Insekten, die sich durch die Aufnahme von Körperflüssigkeit verändert haben, zertretene Pflanzen. Wie auch jeder menschliche Zeuge verliert der Platz durch die Tat sein Eigenleben, denn kein Stein bleibt an seinem Ort, und der Strom der Neugierigen reißt nicht ab, gerade weil es keine Fragen mehr zu stellen gibt.

Es ist bekannt, dass es Menschen noch an einen Tatort zieht, wenn es schon lange keinen Grund mehr dafür gibt. Sie machen Fotos und nehmen Souvenirs mit. Sie hinterlassen Briefe, Karten und Blumen. Sie kommen ebenso heimlich, wie sie auch wieder gehen, denn es ist beschämend, einen solchen Ort ohne Grund zu besuchen. Selbst eine Rose niederzulegen ist wie die Entweihung einer heiligen Stätte.

An diesem Tatort fand ich keine Blumen, als ich das Laub beiseite schob, doch mit dem Zeh stieß ich plötzlich gegen ein paar kleine, harte Gegenstände. Ich ließ mich auf die Knie und Hände nieder und versuchte zu erkennen, worum es sich handelte. Nach einigem Suchen entdeckte ich etwas, das wie vier noch in Plastikfolie verpackte Gummikugeln aussah. Erst als ich sie dicht an ein angezündetes Streichholz hielt, erkannte ich, dass es Plombenzieher, zähe Karamellbonbons, waren – Fireballs, wie Emily sie in ihrem Tagebuch genannt hatte. Ich stand keuchend auf.

Verstohlen schaute ich mich um und lauschte auf jedes Geräusch. Das Rascheln meiner Schritte im Laub kam mir erschreckend laut vor. Ich folgte dem Pfad weiter, wenngleich ich kaum mehr etwas erkennen konnte. Nur die Sterne und der Halbmond schenkten mir etwas Licht, meine Streichhölzer hatte ich längst aufgebraucht. Von der Karte wusste ich jedoch, dass ich nicht weit von der Straße entfernt war, an der die Steiners wohnten. Es war jetzt näher, dorthin zu gehen, als zurück zu meinem Wagen.

Ich schwitzte unter meiner Jacke und hatte Angst zu stolpern, zumal ich neben einer Taschenlampe auch mein Handy vergessen hatte, mit dem ich bei einem Unfall hätte Hilfe holen können. Mir wurde bewusst, dass ich mich im Moment besser von keinem meiner Kollegen sehen ließ. Und sollte ich mich irgendwo verletzen, musste ich mir wohl irgendeine Lügengeschichte ausdenken.

Schon nach zehn Minuten auf diesem schrecklichen Marsch hatten mir die Sträucher die Strümpfe zerrissen und die Beine zerkratzt. Einmal stieß ich mir den Zeh an einer Wurzel, dann versank ich bis zu den Knöcheln im Matsch. Als mich auch noch ein Zweig ins Gesicht stach und knapp das Auge verfehlte, blieb ich abrupt stehen, schnappte nach Luft und war vor Frust den Tränen nahe. Die Situation war ziemlich verfahren: Rechts trennte mich ein dichter Gehölzstreifen von der Straße, links lag das Wasser.

»Scheiße«, sagte ich ziemlich laut.

Mich direkt am Wasser entlangzutasten schien mir weniger gefährlich, und als ich meinen Marsch fortsetzte, kam ich tatsächlich mit meiner Umgebung etwas besser zurecht. Meine Augen hatten sich daran gewöhnt, mit dem spärlichen Mondlicht auszukommen, sodass meine Schritte sicherer wurden, und bald konnte ich an Veränderungen von Temperatur und Luftfeuchtigkeit erkennen, ob ich mich auf trockeneren oder feuchteren Boden zu bewegte oder zu weit vom Weg abkam. Es war, als sei ich, nur um meine Art zu erhalten, plötzlich zu einem Nachtlebewesen mutiert.

Endlich sah ich Straßenlaternen vor mir. Ich hatte das Seeufer erreicht, das meinem Parkplatz direkt gegenüberlag. Hier war das Gelände für die Anlage von Tennis- und Parkplätzen gerodet worden, und wie Emily ein paar Wochen zuvor verließ auch ich jetzt den Trampelpfad und stand wieder auf der Straße. Im Weitergehen merkte ich, dass ich zitterte.

Ich erinnerte mich daran, dass das Haus der Steiners das zweite links war. Während ich darauf zuging, wurde mir klar, dass ich gar nicht genau wusste, was ich Emilys Mutter sagen sollte. Wo ich gewesen war und warum, wollte ich ihr lieber nicht erzählen, denn weitere Aufregungen konnte sie gewiss nicht gebrauchen. Andererseits kannte ich sonst niemanden in der Gegend, und bei wildfremden Leuten anzuklopfen, um ihr Telefon zu benutzen, konnte ich mir nur schlecht vorstellen. Trotz aller Gastfreundlichkeit in Black Mountain würde man mich doch fragen, warum ich aussähe, als hätte ich mich in der Wildnis verlaufen, und möglicherweise würde ich jemandem auch noch einen Schrecken einjagen, vor allem dann, wenn ich erklären müsste, welchem Beruf ich nachging.

Meine Befürchtungen wurden jedoch hinfällig, als unerwartet ein Retter aus der Dunkelheit auftauchte und mich beinahe überfuhr.

In dem Moment, als ich in die Auffahrt der Steiners einbog, kam Marino in einem mitternachtsblauen Chevrolet, offenbar seinem neuen Polizeiwagen, herausgefahren. Ich winkte, als mich das Licht der Scheinwerfer traf. Marino machte ein verständnisloses Gesicht, trat abrupt auf die Bremse und sah mich zuerst ungläubig, dann wütend an.

»Herrgott noch mal, mich hätte glatt der Schlag treffen können. Beinahe hätte ich Sie überfahren.«

Ich stieg ein, legte den Sicherheitsgurt an und schloss die Tür.

»Was, zum Teufel, machen Sie hier draußen? Scheiße!«

»Ich bin froh, dass Sie endlich Ihren Wagen haben und dieser Scanner funktioniert. Ich brauche ganz dringend einen anständigen starken Scotch, aber ich habe nicht die geringste Ahnung, wo man den in dieser Gegend kriegt«, sagte ich. Mittlerweile war ich so durchgefroren, dass mir die Zähne klapperten. »Wie stellt man die Heizung an?«

Marino zündete sich eine Zigarette an, und ich hätte verdammt gerne auch eine gehabt, doch ich hatte mir vorgenommen, nicht mehr zu rauchen. Und diesen Schwur wollte ich niemals brechen.

Marino drehte die Heizung hoch. »Meine Güte, Sie sehen aus, als kämen Sie vom Schlamm-Catchen«, sagte er. Ich konnte mich nicht erinnern, ihn jemals so außer Fassung erlebt zu haben. »Was, zum Teufel, haben Sie getrieben? Ich meine, sind Sie okay?«

»Mein Wagen steht am Clubhaus.«

»Welchem Clubhaus?«

»Am See.«

»Am See? Was? Sie waren nach Einbruch der Dunkelheit *da draußen*? Herrgott noch mal, haben Sie denn vollkommen den Verstand verloren?«

»Verloren habe ich nur meine Taschenlampe. Doch als mir das wieder einfiel, war es ein bisschen spät.« Während ich das sagte, zog ich die .38er aus der Jackentasche und steckte sie zurück in die Handtasche, eine Bewegung, die Marino natürlich nicht entging. Seine Laune wurde von Minute zu Minute schlechter.

»Wissen Sie, ich habe keine Ahnung, wo Ihr verdammtes Problem ist. Ich glaube, Sie sind fertig, Doc. Ich glaube, Sie haben sich verrannt und verblöden wie eine Scheißhausratte. Vielleicht sind das die Wechseljahre.«

»Wenn es das wäre oder sonst etwas sehr Persönliches, würde ich es ganz bestimmt nicht mit Ihnen besprechen, denn das geht Sie einen feuchten Dreck an. Und sei es nur wegen Ihrer unbeschreiblichen männlichen Dummheit beziehungsweise der Tatsache, dass Sie die Sensibilität eines Besenstiels haben – die, das muss ich fairerweise hinzufügen, geschlechtsspezifisch sein kann, aber nicht muss. Schließlich möchte ich nicht unterstellen, dass alle Männer sind wie Sie. Wäre das nämlich so, würde ich sie komplett aufgeben.«

»Vielleicht sollten Sie das.«

»Vielleicht werde ich's.«

»Na prima! Dann können Sie's halten wie diese Göre, Ihre Nichte! Oder glauben Sie etwa, es sei nicht offensichtlich, was für eine die ist?«

»Und auch das geht Sie, verflucht und zugenäht, einen Dreck an«, sagte ich zornbebend. »Ich kann nicht glauben, dass Sie so tief gesunken sind, Lucy nur deswegen so herunterzumachen, weil sie sich weigert, sich in Ihre Klischeevorstellungen einzufügen.«

»Ach ja? Vielleicht tut sie ja exakt das, was ich tue. Ich gehe mit Frauen aus.«

»Sie haben nicht die leiseste Ahnung von Frauen«, sagte ich und bemerkte plötzlich, was für eine Bullenhitze im Wagen herrschte. Auch hatte ich nicht die geringste Ahnung, wohin wir fuhren. Ich drehte die Heizung herunter und sah aus dem Fenster.

»Immerhin weiß ich genug über Frauen, um zu begreifen, dass Sie jeden zum Wahnsinn treiben können. Und ich kann es einfach nicht glauben, dass Sie nach Einbruch der Dunkelheit einfach um den See marschieren. *Allein.* Was, zum Teufel, hätten Sie denn gemacht, wenn *er* auch da draußen gewesen wäre?«

»Wer?«

»Verdammt, ich habe Hunger. Auf dem Weg hierher habe ich an der Tunnel Road ein Steakhouse gesehen. Ich hoffe, sie haben noch auf.«

»Es ist erst Viertel vor sieben, Marino.«

»Warum sind Sie gegangen?«, fragte er noch einmal, und wir beruhigten uns beide wieder.

»Jemand hat Süßigkeiten am Fundort der Leiche verloren, Fireballs«, sagte ich in die Stille hinein. Als er schwieg, setzte ich hinzu: »Die gleichen Süßigkeiten, die sie auch in ihrem Tagebuch erwähnt.«

»Daran erinnere ich mich nicht.«

»Der Junge, in den sie verknallt war. Ich glaube, er hieß Wren.

Sie schrieb, sie habe ihn in der Kirche beim Gemeinschaftsessen getroffen, und er habe ihr einen Fireball gegeben. Sie hat ihn in ihre Geheimschachtel gelegt.«

»Man hat es nie herausbekommen.«

»Was?«

»Was für eine Geheimschachtel das war. Denesa hat sie auch nicht gefunden. Also könnte auch Wren die Fireballs am See verloren haben.«

»Wir müssen mit ihm reden«, sagte ich. »Sieht ganz so aus, als entwickelte sich ein gutes Verhältnis zwischen Ihnen und Mrs. Steiner.«

»So etwas hätte ihr niemals zustoßen dürfen.«

»So etwas hätte *niemandem* zustoßen dürfen.«

»Da, ein Restaurant. Ein *Western Sizzler*.«

»Nein, danke.«

»Wie wäre es mit dem *Bonanza*?« Er wollte den Blinker betätigen.

»Kommt überhaupt nicht in Frage.«

Marino fuhr prüfend an den hell erleuchteten Restaurants der Tunnel Road entlang und rauchte dazu die nächste Zigarette. »Doc, ich will Sie ja nicht kränken, aber Sie haben einen Dünkel.«

»Gehen Sie mir nicht mit Ihrer ›Ich-will-Sie-ja-nicht-kränken‹-Floskel auf die Nerven, Marino. Mit der kündigen Sie doch nur die nächste Beleidigung an.«

»Ich weiß, dass es hier auch ein *Peddler* gibt. Ich habe es in den Gelben Seiten entdeckt.«

»Wieso haben Sie in den Gelben Seiten nach Restaurants gesucht?«, wunderte ich mich, denn ich wusste, er wählte die Restaurants nach denselben Regeln aus wie die Lebensmittel im Supermarkt. Er machte sich keine Einkaufsliste, sondern kurvte mit dem Wagen herum und lud ein, was einfach, billig und sättigend war.

»Ich wollte wissen, was es hier gibt, für den Fall, dass ich mal was Nettes suche. Rufen wir an und fragen, wie wir hinkommen.«

Ich griff nach dem Autotelefon und dachte an Denesa Steiner, denn nicht ich war es, die Marino an diesem Abend zu *Peddler* auszuführen gehofft hatte.

»Marino«, sagte ich ruhig. »Bitte passen Sie auf sich auf.«

»Kommen Sie mir bloß nicht schon wieder damit, dass ich mich falsch ernähre.«

»Das macht mir die geringsten Sorgen«, sagte ich.

8

Der Friedhof hinter der Third Presbyterian Church war ein hügeliges Gelände mit Grabsteinen aus poliertem Granit, umgeben von einem Maschendrahtzaun und einer dichten Reihe von Bäumen.

Als ich ankam, war es Viertel nach sechs. Die Morgendämmerung kroch gerade über den Horizont, und es war so kalt, dass ich meinen Atem sehen konnte. Spinnennetze hingen schimmernd über dem feuchten Gras. Marino und ich waren auf dem Weg zu Emily Steiners Grab.

Die Grabstätte befand sich in einer Ecke am Rand des Friedhofs, ganz in der Nähe der Bäume. Kornblumen mischten sich hier hübsch mit Klee und wilden Möhren. Emilys Stein war ein kleiner Marmorengel, und um ihn zu finden, brauchten wir nur dem scharrenden Geräusch von Schaufeln in Erde zu folgen. Neben dem Grab stand mit laufendem Motor ein Lastwagen mit Winde, seine Scheinwerfer beleuchteten zwei hagere alte Männer in Overalls bei der Arbeit. Die Schaufelblätter glänzten im Licht, das Gras in der Nähe war strohig und blass, und ich roch die feuchte Erde, die am Fußende des Grabes aufgehäuft wurde.

Marino knipste seine Taschenlampe an. Der Grabsteinengel stand traurig im Dämmerlicht, die Flügel nach hinten geschlagen, den Kopf im Gebet geneigt. Die Inschrift am Sockel lautete:

Niemanden sonst gibt es auf der Welt –
mein war die Einzige.

»Oje. Haben Sie eine Ahnung, was das bedeuten soll?«, fragte Marino nah an meinem Ohr.

»Vielleicht können wir den da fragen«, gab ich zurück. Ein riesiger Mann mit dichtem weißem Haar kam auf uns zu.

Sein langer dunkler Mantel flatterte beim Gehen um die Knöchel, was aus der Entfernung fast ein wenig unheimlich aussah, so als schwebe er ein paar Zentimeter über dem Boden. Als er schließlich vor uns stand, registrierte ich einen Black-Watch-Schal um seinen Hals, schwarze Lederhandschuhe an den gewaltigen Händen und Gummiüberschuhe an den Füßen. Er war an die zwei Meter zehn groß und hatte einen Brustkorb vom Umfang einer Tonne.

»Mein Name ist Lucias Ray«, sagte er und schüttelte uns zur Begrüßung enthusiastisch die Hände.

»Wir fragten uns gerade, was die Grabinschrift wohl zu bedeuten hat«, sagte ich.

»Mrs. Steiner hat ihr kleines Mädchen eben sehr geliebt. Es ist ein Jammer«, sagte der Beerdigungsunternehmer in einer schweren, gedehnten Sprechweise, die sich eher nach Georgia anhörte als nach North Carolina. »Wir haben ein ganzes Buch voller Sprüche, das man durchsehen kann, wenn man eine Inschrift sucht.«

»Dann hat Emilys Mutter ihn aus Ihrem Buch?«, fragte ich.

»Um die Wahrheit zu sagen, nein. Ich glaube, sie sagte, er sei von Emily Dickinson.«

Die Totengräber hatten ihre Schaufeln zur Seite gelegt. Es war jetzt hell genug, dass ich ihre Gesichter erkennen konnte, schweißnass und zerfurcht wie ein Acker. Klirrend rollte die schwere Kette von der Winde ab. Dann stieg einer der Männer ins Grab. Er befestigte die Kette an Haken in der Grabkammer aus Beton, in die man Emilys Sarg eingelassen hatte, während Ray uns erzählte, dass zu der Beerdigung mehr Menschen gekommen seien als je zuvor zu einer Beisetzung in dieser Gegend.

»Sie standen vor der Kirche, auf dem Rasen, und es dauerte fast zwei Stunden, bis alle am Sarg vorbeigezogen waren und der Toten die letzte Ehre erwiesen hatten.«

»War der Sarg denn offen?«, fragte Marino völlig überrascht.

»Nein, Sir.« Ray blickte zu seinen Männern. »Mrs. Steiner

wollte es zwar, aber ich habe ihr davon abgeraten. Ich sagte ihr, sie sei jetzt zu aufgewühlt, um eine solche Entscheidung zu treffen, und sie werde es mir später danken, dass ich ihr abgeraten hätte. Ihr kleines Mädchen war nämlich nicht in dem Zustand, der so etwas zugelassen hätte. Ich wusste, eine Menge Leute würden nur herkommen, um das ermordete Kind anzustarren. Aber auch bei geschlossenem Sarg gab es natürlich viele Gaffer, nachdem die Nachrichten so viel darüber gebracht hatten.«

Der Dieselmotor des Lkw dröhnte los, und die Winde kreischte, als die Grabkammer langsam aus dem Boden gehievt wurde. Mit jeder Kurbeldrehung ruckte sie höher ins Freie. Erdbrocken rieselten an den Seiten hinab. Einer der Männer stand da wie ein Lotse auf der Rollbahn und dirigierte mit den Händen.

Fast im selben Moment, in dem die Kammer ganz aus der Grube herausgehoben und auf den Rasen abgesenkt worden war, kam Bewegung in die Szene. Von allen Seiten strömten Menschen herbei – Kamerateams, Reporter und Fotografen. Sie drängten sich um die offene Wunde im Boden und um die Kammer, an der glänzender, blutroter Lehm klebte.

»Warum exhumieren Sie Emily Steiner?«, wollte einer wissen.

»Stimmt es, dass die Polizei einen Verdächtigen hat?«, rief ein anderer.

»Dr. Scarpetta?«

»Warum wurde das FBI hinzugezogen?«

»Dr. Scarpetta?« Eine Frau schob mir ein Mikrofon dicht unter die Nase. »Es sieht so aus, als müssten Sie dem Leichenbeschauer von Buncombe County Nachhilfeunterricht geben.«

»Warum entweihen Sie das Grab des kleinen Mädchens?«

Plötzlich brüllte Marino über das Stimmengewirr hinweg, so laut, als wäre er verwundet: »Haut ab von hier, verdammt noch mal! Ihr behindert eine Ermittlung! Hört ihr mich, ihr gottverdammten Arschlöcher?« Er stampfte mit den Füßen auf. »Verschwinden Sie *augenblicklich*!«

Die Reporter blieben wie angewurzelt stehen und starrten ihn erschrocken an. Mit hochrotem Gesicht und hektischen Flecken am Hals tobte er weiter.

»*Die Einzigen, die hier etwas entweihen, seid ihr Ärsche! Und wenn ihr hier nicht auf der Stelle verschwindet, zerschlage ich euch die Kameras und alles, was mir in die Hände kommt, einschließlich eurer gottverdammten dreckigen Schädel!*«

»Marino«, sagte ich und legte ihm die Hand auf dem Arm. Er war angespannt und hart wie Eisen.

»*Meine ganze Polizistenlaufbahn lang habe ich mit euch Arschlöchern zu tun, und ich habe es satt! Hört ihr? Ich habe es verdammt noch mal satt, ihr arschfickendes Hurenpack von BLUTSAUGENDEN PARASITEN!*«

»Marino!« Ich zog ihn am Handgelenk weg, denn langsam bekam ich es mit der Angst zu tun. Noch nie hatte ich ihn in einer derartigen Rage gesehen. Mein Gott, dachte ich, lass es nicht zu, dass er auch noch auf jemanden schießt.

Ich baute mich vor ihm auf, damit er mich ansehen musste, doch sein wilder Blick kam nicht zur Ruhe. »Marino, hören Sie! Sie gehen ja schon. Bitte beruhigen Sie sich. Marino, ganz sachte. Sehen Sie, auch der Letzte ist jetzt auf dem Rückzug. Sie haben es wirklich geschafft. Sie rennen fast.«

Die Presseleute waren so plötzlich weg, wie sie gekommen waren, ähnlich einer Bande von Marodeuren, die aus dem Nebel aufgetaucht und wieder in ihm verschwunden war. Marino starrte auf die leere, sanft abfallende Rasenfläche mit ihren Plastikblumenbüschen und den perfekten Reihen von Grabsteinen. Mit Hammer und Meißel erbrachen die Totengräber das Teersiegel der Grabkammer und legten den Deckel gerade auf dem Boden ab, als Marino in die Büsche rannte. Wir taten so, als überhörten wir das unterdrückte Würgen und Husten hinter den Lorbeerbüschen, als er sich übergab.

»Haben Sie noch eine Flasche von der Einbalsamierungsflüssigkeit, die Sie benutzt haben?«, fragte ich Lucias Ray, der den Ansturm der Medientruppe und Marinos Ausbruch wohl eher komisch als lästig gefunden hatte.

»Wahrscheinlich schon. Eine halbe Flasche müsste noch da sein«, sagte er.

»Ich muss sie toxikologisch untersuchen«, erklärte ich.

»Es ist nur Formaldehyd und Methanol mit einer Spur Lanolin – eine absolut gebräuchliche Mischung. Allerdings habe ich wegen Emilys geringer Körpergröße eine nicht so hohe Konzentration verwendet. Ihr Kollege sieht aber gar nicht gut aus«, fügte er hinzu, als Marino wieder aus den Büschen hervorkam. »Wissen Sie, zur Zeit grassiert hier die Grippe.«

»Ich glaube nicht, dass er die Grippe hat«, sagte ich. »Wie haben die Reporter erfahren, dass wir hier sind?«

»Aha, jetzt wollen Sie mich dafür verantwortlich machen. Aber Sie wissen ja, wie die Leute sind.« Er spuckte aus. »Irgendeiner muss immer quasseln.«

Emilys stählerner Sarg war so weiß wie die Blüten der wilden Karotten, die um ihr Grab wuchsen. Um ihn aus der Kammer zu heben und sanft im Gras abzustellen, brauchten die Totengräber die Winde nicht, denn er war so klein wie der Körper, der in ihm lag.

Lucias Ray zog ein Funkgerät aus der Manteltasche und sprach hinein.

»Ihr könnt jetzt kommen«, sagte er. »Okay«, antwortete eine Stimme. »Keine Reporter mehr, will ich sehr hoffen.«

»Sie sind alle weg.«

Ein glänzend schwarzer Leichenwagen glitt durch das Friedhofstor und fuhr, teils im Gras, teils durch das Gehölz, auf das Grab zu, wobei er wie durch ein Wunder weder ein Grab noch einen Baum streifte. Ein fetter Mann mit Trenchcoat und flachem Filzhut auf dem Kopf stieg aus und öffnete die Hecktür. Die Totengräber schoben den Sarg hinein. Marino sah aus einiger Entfernung zu und wischte sich mit einem Taschentuch über das Gesicht.

Als der Leichenwagen hinausfuhr, trat ich zu ihm und sagte ruhig: »Wir müssen miteinander reden.«

»Im Augenblick muss ich gar nichts.« Sein Gesicht war blass.

»Ich fahre jetzt zu Dr. Jenrette ins Leichenschauhaus. Kommen Sie mit?«

»Nein«, sagte er. »Ich fahre zurück ins *Travel-Eze*. Da trinke ich Bier, bis ich wieder kotzen muss, und dann gehe ich zu Bourbon über. Danach rufe ich das Arschloch von Wesley an und frage ihn, wann wir endlich aus dieser dreckigen Scheißstadt wegkönnen. Ich muss Ihnen nämlich sagen, dass ich kein anständiges Hemd mehr dabeihabe. Und dieses hier habe ich gerade ruiniert. Ich habe nicht einmal eine Krawatte.«

»Gehen Sie ins Hotel und legen Sie sich hin, Marino.«

»Ich lebe aus einer so großen Tasche.« Er streckte die Hände aus, nicht allzu weit entfernt voneinander.

»Nehmen Sie Aspirin, trinken Sie so viel Wasser wie möglich, und essen Sie ein bisschen Toast. Ich sehe nach Ihnen, wenn wir im Krankenhaus fertig sind. Wenn Benton anruft, sagen Sie ihm, ich habe mein Handy bei mir, oder er kann mich anpiepsen.«

Marino wischte sich noch einmal über das Gesicht und sah mich über das Taschentuch hinweg an. Einen Moment lang sah ich den Schmerz in seinem Blick, dann war wieder eine Wand zwischen uns beiden.

9

Dr. Jenrette saß über seinen Papieren, als ich kurz vor zehn, zugleich mit dem Wagen des Bestattungsinstituts, am Leichenschauhaus ankam. Er lächelte mich nervös an. Ich legte meine Kostümjacke ab und zog eine Plastikschürze über.

»Haben Sie eine Ahnung, wie die Presse von der Exhumierung erfahren haben könnte?«, fragte ich und faltete einen Chirurgenkittel auseinander.

Er sah mich überrascht an. »Was ist passiert?«

»Ungefähr ein Dutzend Reporter sind auf dem Friedhof aufgetaucht.«

»Das ist wirklich eine Schande.«

»Wir müssen unbedingt dafür sorgen, dass nicht noch mehr durchsickert«, sagte ich, bemüht um einen ruhigen Tonfall, und band den Kittel am Rücken zu. »Was hier passiert, muss in diesen vier Wänden bleiben, Dr. Jenrette.«

Er sagte nichts.

»Ich weiß, ich bin nur zu Besuch hier, und ich könnte es durchaus verstehen, wenn Sie über meine Gegenwart verdammt ärgerlich wären. Sie müssen also nicht glauben, ich hätte kein Gespür für die Situation oder würde Ihre Autorität nicht anerkennen. Aber Sie können sicher sein, dass der Mörder dieses kleinen Mädchens, wer immer das auch sein mag, nicht lockerlassen wird, um alle Neuigkeiten zu erfahren. Wenn irgendetwas durchsickert, wird er es herausbekommen.«

Dr. Jenrette hörte mir aufmerksam zu. Liebenswürdig, wie er war, schien er nicht im mindesten gekränkt. »Ich denke gerade darüber nach, wer alles von der Exhumierung gewusst hat«, sagte er. »Wenn es einmal nach außen gedrungen ist, könnte das eine große Anzahl von Personen sein.«

»Wir müssen dafür sorgen, dass sich nichts von dem, was wir hier heute möglicherweise herausfinden, herumspricht«, sagte ich. Im selben Moment hörte ich, wie Emilys Leiche herangeschafft wurde.

Lucias Ray kam als Erster herein, direkt hinter ihm der Mann mit dem Filzhut, der die Rollbahre mit dem weißen Sarg hinter sich herzog. Sie schoben den Sarg durch die Tür und stellten ihn neben dem Seziertisch ab. Ray zog eine Metallkurbel aus der Manteltasche und steckte sie in eine kleine Öffnung am Kopfende des Sargs. Dann kurbelte er am Verschluss.

»Das müsste reichen«, sagte er, zog die Kurbel ab und ließ sie in seine Tasche zurückgleiten. »Ich hoffe, Sie haben nichts dagegen, wenn ich hier warte und mir mein Werk noch einmal ansehe. Eine solche Gelegenheit bekomme ich sehr selten, da wir normalerweise die Leute, die wir beerdigt haben, nicht wieder ausgraben.«

Er wollte den Deckel schon anheben, als Dr. Jenrette die Hände auf den Sarg legte, um ihn daran zu hindern. Ich hätte es ebenso getan.

»Normalerweise wäre das kein Problem, Lucias«, sagte Dr. Jenrette. »Aber es wäre wirklich nicht gut, wenn außer uns noch jemand hier anwesend wäre.«

»Ich finde das ziemlich übertrieben.« Rays Lächeln gefror. »Schließlich habe ich dieses Kind auch vorher schon gesehen. Ich kenne es von innen wie von außen besser als seine eigene Mama.«

»Lucias, bitte gehen Sie jetzt, damit Dr. Scarpetta und ich das hier hinter uns bringen können«, sagte Dr. Jenrette in traurig-sanftem Ton. »Ich rufe Sie an, wenn wir fertig sind.«

»Dr. Scarpetta«, Ray fixierte mich, »ich muss schon sagen, seit die Feds in der Stadt sind, scheinen alle Leute ein bisschen weniger freundlich zu sein.«

»Es handelt sich hier um Ermittlungen in einem Mordfall, Mr. Ray«, sagte ich. »Am besten wäre es vielleicht, die Dinge nicht persönlich zu nehmen, denn das ist gewiss nicht beabsichtigt.«

»Komm, Billy Joe«, sagte der Direktor des Beerdigungsinstituts zu dem Mann mit dem Filzhut. »Gehen wir etwas essen.«

Sie gingen hinaus, und Dr. Jenrette schloss die Tür ab.

»Es tut mir Leid«, sagte er und streifte sich Handschuhe über. »Lucias ist manchmal etwas anmaßend, aber er ist ein wirklich netter Mensch.«

Fast rechnete ich damit, dass Emily nicht ordnungsgemäß einbalsamiert worden war oder die Ausstattung nicht dem entsprach, was die Mutter bezahlt hatte, doch als Jenrette und ich den Sargdeckel anhoben, sah ich auf den ersten Blick nichts, was nicht in Ordnung war. Das weiße Satinfutter war über dem Körper zusammengeschlagen, darauf lag ein Päckchen in weißem Seidenpapier mit einer rosa Schleife. Ich machte die ersten Aufnahmen.

»Hat Ray das erwähnt?« Ich reichte Dr. Jenrette das Päckchen.

»Nein.« Er sah es verblüfft an und drehte es nach allen Seiten.

Als ich das Futter auseinander schlug, strömte mir der starke Geruch der Balsamierungsflüssigkeit entgegen. Emily Steiner war gut erhalten. Sie trug ein langärmeliges, hochgeschlossenes Kleid aus blassblauem Cordsamt, in ihr Haar waren Bänder aus demselben Material eingeflochten. Ein weißlicher Flaum, typisch für kürzlich Bestattete, bedeckte ihr Gesicht wie eine Maske und breitete sich auch schon auf ihren Handrücken aus. Die Hände lagen in Taillenhöhe fest um ein weißes Neues Testament gepresst. Sie trug weiße Kniestrümpfe und schwarze Lackschuhe. Nichts von dem, was sie anhatte, schien neu zu sein.

Ich machte weitere Aufnahmen. Dann hoben Dr. Jenrette und ich sie aus dem Sarg und legten sie auf den Tisch aus rostfreiem Stahl, wo wir sie auszogen. Unter dem niedlichen Kleinmädchenkleid traf den Betrachter das schreckliche Geheimnis ihres Todes umso heftiger. Menschen, die in Würde sterben, haben keine solchen Wunden.

Jeder aufrichtige Pathologe wird zugeben, dass die künstlichen Veränderungen, die nach einer Autopsie entstehen, etwas Scheußliches sind. Die Chirurgie kennt keine Eingriffe am lebenden Patienten wie den T-förmigen Schnitt, der genauso aussieht, wie er heißt. Das Skalpell wird von beiden Schlüsselbeinen zum Brustbein geführt und dann, unter Umgehung des Nabels, senkrecht den Bauch entlang zum Schambein. Der Schnitt am Hinterkopf von einem Ohr zum anderen und das anschließende Aufsägen der Hirnschale sind genauso wenig ein Vergnügen.

Da Wunden bei einem Toten natürlich nicht mehr heilen können, müssen sie mit hochgeschlossenen Spitzenkragen und entsprechenden Frisuren verdeckt werden. Mit dem dicken Make-up des Leichenbestatters und der breiten Naht in der ganzen Länge ihres schmalen Körpers sah Emily aus wie eine traurige Stoffpuppe, die, ihrer Rüschenkleider beraubt, von ihrer herzlosen Besitzerin einfach in einer Ecke vergessen worden war.

Laut trommelte das Wasser in das Edelstahlbecken, als Dr. Jenrette und ich den Hautbelag, das Make-up und die fleischfarbene Füllmasse abwuschen, die die Schusswunde an ihrem Hinterkopf abgedeckt hatte. Außerdem reinigten wir die Stellen an den Schenkeln, dem oberen Teil der Brust und den Schultern, an denen vom Mörder Hautteile herausgeschnitten worden waren. Wir entfernten die Augenkappen unter den Lidern und zogen Nähte. Aus der Brusthöhle stiegen scharfe Dämpfe auf, die unsere Augen tränen ließen, und unsere Nasen begannen zu laufen. Dann wurden die Organe, die dick mit Balsamierungspuder eingestäubt waren, herausgenommen und abgewaschen. Bei der Untersuchung des Halses fand ich nichts, was nicht schon mein Kollege festgehalten hatte. Dann schob ich einen dünnen Meißel zwischen die Backenzähne, um den Mund zu öffnen.

»Er lässt sich nicht bewegen«, sagte ich frustriert. »Wir müssen die Kaumuskeln durchtrennen. Ich möchte mir die Zunge in ihrer anatomischen Position ansehen, bevor wir durch die Rachenhöhle zu ihr vordringen. Aber vielleicht gelingt uns das gar nicht.«

Dr. Jenrette setzte eine neue Klinge an seinem Skalpell ein. »Wonach suchen wir dort?«

»Ich möchte mich vergewissern, dass sie sich nicht auf die Zunge gebissen hat.«

Wenige Minuten später wusste ich, dass das doch der Fall gewesen war.

»Dort am Rand sind die Abdrücke.« Ich zeigte sie ihm. »Könnten Sie sie wohl ausmessen?«

»Drei bis sechs Millimeter.«

»Und die Stellen, an denen die Blutungen aufgetreten sind, haben eine Tiefe von etwa sechs Millimetern. Es sieht aus, als habe sie sich mehrmals gebissen. Was halten Sie davon?«

»Ja, das könnte sein.«

»Also wissen wir, dass sie in der letzten Phase ihres Lebens einen Anfall hatte.«

»Er könnte durch die Kopfverletzung ausgelöst worden sein«, sagte er und griff nach der Kamera.

»Möglich, doch warum zeigt das Gehirn dann nicht, dass sie noch lange genug für einen Anfall weitergelebt hatte?«

»Ich glaube, wir stehen wieder vor derselben offenen Frage.«

»Ja«, sagte ich. »Es ist noch immer sehr rätselhaft.«

Wir drehten den Körper um, und ich studierte eingehend den seltsamen Abdruck, der Anlass unseres so unerfreulichen Unternehmens war. Inzwischen war der Gerichtsfotograf eingetroffen und baute seine Geräte auf. Fast den ganzen Nachmittag lang belichteten wir mit Hilfe der verschiedensten Spezialfilter und -linsen ganze Rollen von Infrarot-, Ultraviolett-, Farb-, Schwarzweiß- und Kontrastfilmen.

Dann griff ich in meine Arzttasche und holte ein halbes Dutzend schwarzer Ringe aus Acrylnitril-Butadien-Styrol-Plastik heraus oder, schlichter gesagt, aus dem Material, das man gewöhnlich als Dichtungen für Wasser- und Abwasserrohre verwendet. Alle Jahre wieder brachte ich einen für die Gerichtsmedizin tätigen Zahnarzt, den ich kannte, dazu, mir mit einer Bandsäge die neun Millimeter dicken Stücke verschiedenen Durchmessers zu schneiden und glatt zu schmirgeln. Glücklicherweise musste ich nicht oft solche merkwürdigen Hilfsmittel aus der Tasche holen, weil selten eine Bissspur oder ähnliche Abdrücke an einem Mordopfer zu sichern waren.

Ich entschied mich für einen Ring mit 7,5 Zentimeter Durchmesser. Mit einem Prägestempel kennzeichnete ich ihn auf beiden Seiten mit Emily Steiners Fallnummer sowie Ort und Zeit. Die menschliche Haut ist gespannt wie eine Malerleinwand, und um eine exakte anatomische Konfiguration des Abdrucks auf Emilys linker Gesäßhälfte zu erhalten, brauchte ich eine feste Unterlage.

»Haben Sie Super Glue zur Hand?«, fragte ich Dr. Jenrette.

»Natürlich.« Er reichte mir eine Tube.

»Machen Sie bitte Aufnahmen von jedem Schritt unseres Vorgehens«, wies ich den Fotografen an, einen schmächtigen Japaner, der ständig in Bewegung war.

Ich legte den Ring über die Abdruckstelle, klebte ihn mit dem Klebstoff fest und legte zur Sicherheit noch eine Naht. Dann schnitt ich die Haut rund um den Ring auf und legte ihn *en bloc* in Formalin. Währenddessen überlegte ich unablässig, was der Abdruck wohl zu bedeuten hatte. Es war ein unregelmäßiger Kreis, nicht ganz ausgefüllt von einer fremdartigen bräunlichen Verfärbung. Ich hielt sie für den Abdruck eines Musters. Aber ich fand nicht heraus, von welcher Art Gegenstand, so viele Polaroidaufnahmen aus den verschiedensten Blickwinkeln wir uns auch ansahen.

An das Päckchen im weißen Seidenpapier dachten wir erst wieder, als der Fotograf gegangen war und wir dem Bestattungsunternehmen Bescheid gesagt hatten, dass wir fertig waren.

»Und was machen wir damit?«, fragte Dr. Jenrette.

»Wir müssen es öffnen.«

Er breitete trockene Handtücher auf einer Rollbahre aus und legte die Grabbeigabe darauf. Mit dem Skalpell schlitzte er vorsichtig das Papier auf und enthüllte eine alte Schuhschachtel für ein Paar Damenslipper Größe 36. Sie war mit einer dicken Schicht aus Tesafilmstreifen verschlossen. Er schnitt sie auf und hob den Deckel ab.

»Meine Güte«, sagte er leise und starrte entgeistert auf das, was sich da jemand als Grabbeigabe für ein kleines Mädchen hatte einfallen lassen.

In der Schachtel lag, verpackt in zwei Gefrierbeutel, ein totes

Kätzchen, das nur wenige Monate alt gewesen sein konnte. Es war steif wie ein Brett, als ich es heraushob. Die zarten Rippen traten hervor. Es war ein Weibchen, schwarz mit weißen Pfoten und ohne Halsband. Von außen war nicht zu erkennen, woran es eingegangen war. Also brachte ich es in den Röntgenraum. Kurz darauf steckte ich die Aufnahmen vor den Lichtkasten.

»Die Halswirbelsäule ist gebrochen«, sagte ich und spürte, wie sich mir die Nackenhaare aufstellten.

Dr. Jenrette kam stirnrunzelnd zum Lichtkasten. »Sieht aus, als wäre die Wirbelsäule an dieser Stelle da ausgerenkt.« Er berührte die Aufnahme mit dem Fingerknöchel.

»Das ist seltsam. Seitlich verschoben? Durch ein Auto, das sie angefahren hat, kann das nicht passiert sein.«

»Sie ist von keinem Auto angefahren worden«, sagte ich. »Der Hals wurde um neunzig Grad nach rechts verdreht.«

Als ich abends um kurz vor sieben ins *Travel-Eze* zurückkam, verzehrte Marino in seinem Zimmer gerade einen Cheeseburger. Er lag auf dem einen Bett, auf dem anderen hatte er Pistole, Brieftasche und Wagenschlüssel ausgebreitet. Schuhe und Socken lagen auf dem Boden verstreut, als sei er einfach aus ihnen ausgestiegen. Ganz offensichtlich war er noch nicht lange da. Er folgte mir mit den Augen, als ich zum Fernseher ging und ihn ausschaltete.

»Kommen Sie«, sagte ich. »Wir müssen los.«

Lucias Ray hatte »hoch und heilig« geschworen, dass Denesa Steiner das Päckchen in Emilys Sarg gelegt habe. Er hatte angenommen, dass das Päckchen mit dem Geschenkpapier ein Lieblingsspielzeug oder eine Puppe enthielt.

»Wann hat sie es hineingelegt?«, fragte Marino, als wir über den Motel-Parkplatz eilten.

»Direkt vor der Beerdigung«, antwortete ich. »Haben Sie Ihre Wagenschlüssel?«

»Ja.«

»Dann fahren Sie auch.«

Ich hatte scheußliches Kopfweh von den Formalindämpfen

und weil ich zu wenig gegessen und geschlafen hatte. »Haben Sie von Benton gehört?«, fragte ich so beiläufig wie möglich.

»An der Rezeption muss doch ein ganzer Haufen Notizen für Sie gelegen haben.«

»Ich bin direkt in Ihr Zimmer gekommen. Woher wissen Sie denn, dass ich so viele Notizen bekommen habe?«

»Der Typ unten wollte sie mir geben. In seinen Augen bin von uns beiden ich der Doktor.«

»Das liegt daran, dass Sie wie ein Mann aussehen.« Ich rieb mir die Schläfen.

»Welche Anerkennung von einer weißen Frau!«

»Marino, reden Sie nicht wie ein Rassist, denn ich glaube wirklich nicht, dass Sie einer sind.«

»Wie gefällt Ihnen mein fahrbarer Untersatz?«

Sein mitternachtsblauer Chevrolet Caprice war voll ausgestattet mit Blau- und Rotlicht, Funkgerät, Telefon, Scanner. Dazu kamen noch eine fest montierte Videokamera und ein Zwölf-Millimeter-Winchester-Marine-Gewehr, rostfreier Stahl, halbautomatisch, sieben Schuss. Das gleiche Modell wurde vom FBI benutzt.

»Mein Gott«, sagte ich ungläubig, als ich einstieg. »Seit wann braucht man denn in Black Mountain, North Carolina, Waffen für den Straßenkampf?«

»Seit neuestem.« Er warf den Motor an. »Haben Sie das alles angefordert?«

»Nee.«

»Können Sie mir bitte erklären, wieso eine Zehn-Mann-Polizeitruppe besser ausgerüstet sein muss als die Drogenfahnder?«

»Vielleicht, weil die Leute hier wirklich kapiert haben, wie wichtig eine ordentliche Polizei für die Gemeinde ist. Hier gibt es zur Zeit ein großes Problem, da kommt es eben vor, dass Kaufleute aus der Gegend und besorgte Bürger jede Menge springen lassen, um zu helfen. Autos zum Beispiel, Telefone, das Gewehr. Einer der Cops sagte mir, gerade heute Morgen habe eine alte Dame angerufen und wissen wollen, ob die FBI-Agenten, die als

Helfer in die Stadt gekommen seien, wohl am Sonntag bei ihr zu Abend essen würden.«

»Das ist ja sehr nett«, sagte ich verblüfft.

»Außerdem denkt der Gemeinderat daran, die Polizei erheblich zu verstärken, und ich nehme an, das erklärt einiges.«

»Und was wäre das?«

»Black Mountain braucht einen neuen Polizeichef.«

»Was ist mit dem alten passiert?«

»Mote sollte es werden.«

»Ich weiß noch immer nicht, worauf Sie hinauswollen.«

»He, Doc, vielleicht lande ich geradewegs in dieser Stadt. Sie suchen einen erfahrenen Polizeichef und behandeln mich wie 007 persönlich. Ich kann doch wohl noch zwei und zwei zusammenzählen.«

»Um Gottes willen, was ist mit Ihnen los, Marino?«, fragte ich ganz ruhig.

Er zündete sich eine Zigarette an. »Was los ist? Erst sehe ich für Sie nicht aus wie ein Doktor. Und jetzt auch nicht wie ein Polizeichef? In Ihren Augen bin ich wohl nichts anderes als ein Spaghetti fressender Dorftrottel aus Jersey, der mit Frauen in engen Pullis und mit hochtoupierten Frisuren ausgeht.«

Wütend stieß er den Rauch aus. »He, nur weil ich gern Bowling spiele, bin ich schließlich noch kein tätowierter Redneck-Prolo. Und nur weil ich keine dieser Eliteschulen besucht habe wie Sie, müssen Sie mich noch lange nicht für 'nen Vollidioten halten.«

»Sind Sie fertig?«

»Außerdem«, er ließ sich nicht stoppen, »gibt es eine Menge wirklich guter Angelplätze hier in der Gegend. Den Bee Tree und den Lake James, und bis auf Montreat und Biltmore sind die Immobilienpreise wirklich niedrig. Vielleicht bin ich einfach die Schmarotzer leid, die auf Schmarotzer schießen, und die Serienmörder, die uns im Knast lebendig mehr Unterhalt kosten, als ich dafür kriege, diese Arschlöcher zu fangen und einzubuchten. *Wenn* diese Ärsche überhaupt eingebuchtet bleiben. Das ist das größte Wenn überhaupt.«

Wir standen jetzt schon seit fünf Minuten in der Auffahrt der Steiners. Ich sah zu den erleuchteten Fenstern hinüber und fragte mich, ob Mrs. Steiner wusste, dass wir hier waren, und wenn ja, warum.

»Aber jetzt sind Sie fertig?«, fragte ich ihn.

»Nein, ich bin immer noch nicht fertig. Ich habe bloß keine Lust mehr zu reden.«

»Also, erstens habe ich keine Eliteschule besucht ...«

»Ach, wie nennen Sie dann die Johns Hopkins und die Georgetown?«

»Verdammt, Marino, halten Sie die Klappe.«

Er starrte aus dem Fenster und zündete sich die nächste Zigarette an.

»Ich war eine arme Italienerin, aufgewachsen genau wie Sie in einem armen Italienerviertel«, sagte ich. »Der Unterschied ist, dass ich in Miami war und Sie in New Jersey. Ich habe nie vorgegeben, besser zu sein als Sie, und ich habe Sie nie als beschränkt bezeichnet. Tatsächlich sind Sie alles andere als beschränkt, auch wenn Sie äußerst brutal mit der englischen Sprache umgehen und nie in der Oper gewesen sind. Mein Klagelied über Sie setzt immer an demselben Punkt ein. Sie sind starrsinnig und an besonders schlechten Tagen selbstgerecht und intolerant. Mit anderen Worten, Sie gehen mit anderen Menschen so um, wie Sie glauben, dass *sie* es mit *Ihnen* tun.«

Marino griff heftig nach der Türklinke. »Ich habe nicht nur keine Zeit für Ihre Lektionen, sondern auch nicht das geringste Interesse daran.« Er warf die Zigarette auf den Boden und trat sie aus.

Wir gingen schweigend zu Denesa Steiners Haustür, und ich hatte das Gefühl, sie spürte, dass Marino und ich gestritten hatten, als sie uns öffnete. Marino ließ mich völlig links liegen, als sie uns in ein Wohnzimmer führte, das mir von Fotos schon allzu bekannt war. Es war im Countrystil eingerichtet, mit gerüschten Vorhängen, dicken Kissen, Hängepflanzen und Makrameegegenständen. In einem Kamin mit Glastüren brannte ein Gasfeuer, und die zahllosen Uhren gingen, wie sie wollten. Mrs. Steiner sah sich gerade einen alten Bob-Hope-Film im Kabelfernsehen an.

Sie wirkte sehr erschöpft, als sie den Apparat ausschaltete und sich in einen Schaukelstuhl niederließ. »Heute war kein besonders guter Tag«, sagte sie.

»Nein, Denesa, ganz bestimmt nicht.« Marino setzte sich in einen Ohrensessel und widmete ihr seine ganze Aufmerksamkeit.

»Sind Sie gekommen, um mir zu sagen, was Sie herausgefunden haben?«, fragte sie, natürlich auf die Exhumierung bezogen.

»Wir haben noch eine Menge Untersuchungen durchzuführen«, sagte ich.

»Dann haben Sie also nichts entdeckt, was zur Ergreifung dieses Mannes führen kann.« Mrs. Steiner sprach ruhig, doch ihre Verzweiflung war deutlich zu erkennen. »Ärzte reden immer von Untersuchungen, wenn sie nichts wissen. So viel habe ich gelernt, nach allem, was ich durchgemacht habe.«

»Diese Dinge brauchen ihre Zeit, Mrs. Steiner.«

»Hören Sie, Denesa«, sagte Marino. »Es tut mir wirklich Leid, Sie belästigen zu müssen, aber wir müssen Ihnen noch ein paar Fragen stellen, vor allem die Frau Doktor hier.«

Mrs. Steiner sah mich an und schaukelte in ihrem Sessel vor und zurück.

»Mrs. Steiner. In Emilys Sarg lag ein Päckchen in Geschenkpapier, von dem der Bestattungsunternehmer sagt, Sie wollten, dass es in den Sarg kommt«, sagte ich.

»Ach, Sie meinen Socks«, sagte sie nüchtern.

»Socks?«, fragte ich.

»Ein junges Kätzchen, das hier herumstreunte. Das ist etwa einen Monat her. Und Emily, mitfühlend, wie sie war, fing einfach an, es zu füttern. Das war alles. Sie liebte diese kleine Katze.« Mrs. Steiner lächelte, und ihre Augen füllten sich mit Tränen. »Sie hat sie Socks genannt, weil sie völlig schwarz war, bis auf diese perfekt gezeichneten weißen Pfoten.« Sie streckte die Hände aus und spreizte die Finger. »Es sah aus, als hätte sie Socken an.«

»Wie ist Socks umgekommen?«, fragte ich vorsichtig.

»Das weiß ich wirklich nicht.« Mrs. Steiner griff nach einem Papiertaschentuch und tupfte sich die Augen ab. »Ich habe sie eines Morgens vor der Tür gefunden. Das war, direkt nachdem Emily ... Ich habe einfach angenommen, dass das arme kleine Ding an gebrochenem Herzen gestorben ist.« Sie hielt sich das Taschentuch vor den Mund und schluchzte.

»Ich hole Ihnen etwas zu trinken.« Marino stand auf und ging hinaus.

Die offensichtliche Vertrautheit Marinos mit dem Haus und seiner Besitzerin kam mir äußerst ungewöhnlich vor, und mein Unbehagen wuchs.

»Mrs. Steiner«, sagte ich vorsichtig und beugte mich vor. »Emilys Kätzchen ist nicht an gebrochenem Herzen gestorben. Jemand hat ihm den Hals umgedreht.«

Sie ließ die Hände sinken und holte tief und unter Schluchzen Luft. Mit weit aufgerissenen, rot geränderten Augen sah sie mich an. »Was soll das heißen?«

»Die Katze ist eines gewaltsamen Todes gestorben.«

»Ja, dann ist sie wohl von einem Auto überfahren worden. Es ist so traurig. Ich habe Emily gesagt, dass ich so etwas befürchtete.«

»Sie ist nicht überfahren worden.«

»Nehmen Sie an, es war einer der Hunde aus der Nachbarschaft?«

»Nein«, sagte ich. Marino kam mit etwas an, das wie ein Glas Weißwein aussah. »Das Kätzchen ist von einem Menschen umgebracht worden. Vorsätzlich.«

»Woher wissen Sie das denn?« Sie sah mich erschrocken an. Ihre Hände zitterten, als sie nach dem Weißwein griff und ihn auf den Tisch neben ihrem Sessel stellte.

»Es gibt eindeutige anatomische Hinweise darauf, dass der Katze der Hals umgedreht wurde«, erklärte ich in sehr ruhigem Ton weiter. »Ich weiß, wie schrecklich es für Sie ist, solche Dinge hören zu müssen, Mrs. Steiner. Aber es ist unbedingt notwendig, dass Sie die Wahrheit kennen, wenn Sie uns bei der Suche nach dem Täter helfen wollen.«

»Haben Sie eine Idee, wer der Katze Ihres kleinen Mädchens so etwas antun konnte?« Marino rutschte in seinem Sitz nach hinten und stützte die Unterarme auf die Knie, als wolle er ihr zeigen, dass sie sich sicher fühlen und auf ihn verlassen konnte.

Wortlos rang Mrs. Steiner um Fassung. Sie griff nach dem Weinglas und trank hastig ein paar Schlucke. »Ich weiß nur, dass ich ein paar Anrufe bekommen habe.« Sie holte tief Luft. »Sehen Sie her, meine Fingernägel sind ganz blau. Ich bin nur noch ein Wrack.« Sie streckte eine Hand aus, um zu zeigen, wie stark sie zitterte. »Ich kann nicht zur Ruhe kommen. Ich kann nicht mehr schlafen. Ich weiß nicht, was ich tun soll.« Sie brach wieder in Tränen aus.

»Es ist schon gut, Denesa«, sagte Marino mit warmer Stimme. »Lassen Sie sich nur Zeit. Wir haben es nicht eilig. Erzählen Sie mir von den Anrufen.«

Sie wischte sich über die Augen und fuhr fort. »Meistens waren es Männer, eine Frau war aber wohl auch dabei. Sie sagte, wenn ich ein Auge auf meine Kleine gehabt hätte, wie eine gute Mutter, dann wäre das nicht ... Eine der Stimmen klang jung, wie von einem Jungen, der mir einen Streich spielen wollte. Er sagte etwas ... was war das noch? Er habe Emily auf dem Fahrrad gesehen. Das war, nachdem ... Also konnte sie es gar nicht gewesen sein. Doch der andere, der war älter. Er sagte, er sei noch nicht fertig.« Sie trank einen Schluck.

»Er sei noch nicht fertig?«, fragte ich. »Hat er sonst noch etwas gesagt?«

»Ich erinnere mich nicht.« Sie schloss die Augen.

»Wann war das?«, fragte Marino.

»Gleich nachdem man sie gefunden hatte. Am See.« Sie griff erneut nach dem Weinglas und stieß es um.

»Ich kümmere mich darum.« Marino stand abrupt auf. »Ich brauche eine Zigarette.«

»Wissen Sie, was er damit meinte?«, fragte ich sie.

»Er bezog sich auf das, was passiert war. Und auf den Täter. Ich hatte das Gefühl, er wollte damit sagen, dass es mit den furchtbaren Dingen noch nicht vorbei sei. Und tags darauf, glaube ich, fand ich Socks.«

»Captain«, wandte sie sich an Marino, »könnten Sie mir wohl einen Toast mit Erdnussbutter oder Käse machen? Ich spüre, wie mein Blutzuckerspiegel sinkt.« Das Glas und die Weinlache auf dem Tisch neben sich schien sie vergessen zu haben.

Er ging wieder hinaus.

»Hat der Mann überhaupt etwas gesagt, als er in Ihr Haus eingebrochen war und Ihre Tochter entführen wollte?«, fragte ich.

»Er sagte, er würde mich umbringen, wenn ich nicht genau täte, was er sagte.«

»Seine Stimme haben Sie also gehört.«

Sie nickte und schaukelte in ihrem Sessel, ohne den Blick von mir zu wenden.

»Klang sie so wie die Stimme am Telefon, von der Sie gerade sprachen?«

»Ich weiß nicht. Möglich wäre es. Aber es ist schwer zu sagen.«

»Mrs. Steiner –«

»Nennen Sie mich Denesa.« Ihr Blick war angespannt.

»An was erinnern Sie sich noch bei ihm, bei dem Mann, der in Ihr Haus eingedrungen ist und Sie fesselte?«

»Sie fragen sich, ob es der Mann gewesen sein könnte, der in Virginia den kleinen Jungen ermordet hat.«

Ich antwortete nicht.

»Ich erinnere mich an die Fotos von dem Kleinen und seiner Familie im *People*-Magazin. Ich erinnere mich daran, dass ich das damals so entsetzlich fand, dass ich mir nicht vorstellen konnte, an der Stelle seiner Mutter zu sein. Es war schon schrecklich genug, als Mary Jo starb. Ich glaubte, es nie verwinden zu können.«

»War es Mary Jo, die am plötzlichen Kindstod gestorben ist?«

Hinter Mrs. Steiners tiefem Schmerz blitzte plötzlich Interesse auf, als sei sie beeindruckt oder überrascht darüber, dass ich von dieser Sache wusste. »Sie ist in unserem Bett gestorben. Ich wachte auf, und sie lag tot neben Chuck.«

»Chuck war Ihr Mann?«

»Zuerst fürchtete ich, er könnte sich nachts auf sie gerollt und sie erdrückt haben. Aber die Ärzte sagten, das sei es nicht gewesen, sondern plötzlicher Kindstod.«

»Wie alt war Mary Jo?«, fragte ich.

»Sie war gerade ein Jahr alt geworden.« Mrs. Steiner blinzelte unter Tränen.

»War Emily da schon geboren?«

»Sie kam ein Jahr später, und ich wusste schon bald nach der Geburt, dass ihr dasselbe passieren könnte. Sie neigte zu Krämpfen und war so zart. Die Ärzte fürchteten, es könne zu einem Atemstillstand kommen, und daher musste ich sie ständig im Auge behalten, wenn sie schlief, und kontrollieren, ob sie atmete. Ich weiß noch, dass ich damals wie ein Gespenst herumgelaufen bin, weil ich nie eine Nacht durchschlafen konnte. Immer wieder aufstehen, Nacht für Nacht. Mit dieser entsetzlichen Angst zu leben.«

Für einen Moment schloss sie die Augen und schaukelte mit schmerzverzerrtem Gesicht, die Hände fest um die Armlehnen geklammert, in ihrem Sessel.

Mir wurde klar, dass Marino in seiner Wut auf mich nicht mit anhören wollte, wenn ich Mrs. Steiner diese Fragen stellte, und deshalb die meiste Zeit nicht im Zimmer war. In diesem Moment wusste ich, dass er sich völlig in seinen Gefühlen verstrickt hatte, was bedeuten konnte, dass er in diesem Fall nur noch sehr bedingt einsetzbar war.

Mrs. Steiner öffnete die Augen und sah mir gerade ins Gesicht. »Er hat eine Menge Leute umgebracht, und jetzt ist er hier«, sagte sie.

»Wer?«

»Temple Gault.«

»Wir wissen nicht mit Sicherheit, dass er hier ist«, sagte ich.

»Ich weiß es.«

»Woher?«

»Bedenken Sie, was meiner Emily angetan wurde. Es ist genau das Gleiche.« Eine Träne rollte ihre Wange herab. »Ich glaube, ich sollte darauf gefasst sein, dass ich als Nächste dran bin. Aber das ist mir gleichgültig. Was habe ich noch zu verlieren?«

»Es tut mir sehr Leid«, sagte ich so herzlich, wie ich konnte. »Können Sie mir noch etwas über jenen Sonntag sagen? Sonntag, den 1. Oktober?«

»Wir gingen wie immer morgens zur Kirche. Und zur Sonntagsschule. Anschließend haben wir zu Mittag gegessen, dann ging Emily in ihr Zimmer. Sie übte eine Zeit lang Gitarre. Eigentlich habe ich nicht sehr viel von ihr gesehen.« Sie sagte es mit dem abwesenden Blick eines Menschen, der sich erinnert.

»Wissen Sie noch, ob sie früher als gewöhnlich zu ihrer Jugendgruppe aufgebrochen ist?«

»Sie kam in die Küche. Ich backte Bananenbrot. Sie sagte, sie müsse so früh gehen, weil sie noch Gitarre zu üben habe, und ich gab ihr wie immer etwas Kleingeld für die Kollekte.«

»Was geschah, als sie wieder zu Hause war?«

»Wir haben zu Abend gegessen.« Mrs. Steiner sah mich an, ohne zu blinzeln. »Sie war unglücklich. Und sie wollte Socks ins Haus holen. Ich sagte nein.«

»Wie kommen Sie darauf, dass sie unglücklich war?«

»Emily war ein schwieriges Kind. Sie wissen doch, wie Kinder sein können, wenn sie ihre Launen haben. Sie war noch eine Weile in ihrem Zimmer und ging dann ins Bett.«

»Erzählen Sie mir etwas von Emilys Essgewohnheiten«, sagte ich. Mir war eingefallen, dass Ferguson sie nach seiner Rückkehr aus Quantico danach hatte fragen wollen, aber dazu hatte er wohl keine Gelegenheit mehr gehabt.

»Sie war heikel. Wählerisch.«

»Hat sie am Sonntagabend nach der Rückkehr von der Jugendgruppe aufgegessen?«

»Das gehörte zu den Dingen, über die wir an dem Abend Streit hatten. Sie hat ihr Essen auf dem Teller nur hin und her geschoben. Und dazu einen Flunsch gezogen.« Ihre Stimme versagte. »Es war jedes Mal ein Kampf … Immer war es schwer für mich, sie zum Essen zu bewegen.«

»Litt sie an Durchfall oder Übelkeit?«

Sie fixierte mich. »Sie war häufig krank.«

»Krank kann viel bedeuten, viele verschiedene Dinge, Mrs. Steiner«, sagte ich geduldig. »Litt sie häufig an Durchfall oder Übelkeit?«

»Ja, das habe ich Max Ferguson bereits gesagt.« Und wieder flossen die Tränen. »Ich verstehe nicht, warum ich immer wieder dieselben Fragen beantworten muss. Das reißt es nur wieder auf. Reißt die Wunden auf.«

»Es tut mir Leid«, sagte ich mit einer Freundlichkeit, die meine Überraschung Lügen strafte. Wann hatte sie Ferguson das gesagt? Hatte er sie nach seinem Abflug aus Quantico angerufen? Wenn ja, musste sie einer der letzten Menschen gewesen sein, die vor seinem Tod noch mit ihm gesprochen hatten.

»Das Ganze ist ihr doch nicht passiert, weil sie kränkelte«, sagte Mrs. Steiner und weinte heftiger. »Man sollte Fragen stellen, die zu *seiner Ergreifung* führen.«

»Mrs. Steiner – ich weiß, die Frage werden Sie nur schwer verstehen – aber wo haben Sie gewohnt, als Mary Jo starb?«

»O Gott, bitte, hilf mir.«

Sie vergrub das Gesicht in den Händen, weinte mit zuckenden Schultern, und ich sah, wie sie um Fassung rang. Während ich reglos dasaß, beruhigte sich ihr Körper schließlich wieder. Langsam hob sie den Blick, und aus ihren verweinten Augen glänzte mir ein fremdes, kaltes Licht entgegen, das mich seltsamerweise an den nächtlichen See denken ließ, an Wasser, so dunkel wie Metall.

Sie sprach mit leiser Stimme. »Eines möchte ich wissen, Dr. Scarpetta. Kennen Sie diesen Mann?«

»Welchen Mann?«, fragte ich. Im selben Moment kam Marino mit einem getoasteten Erdnussbuttersandwich, einem Geschirrtuch und einer Flasche Chablis zurück.

»Den Mann, der den kleinen Jungen umgebracht hat. Haben Sie jemals mit Temple Gault geredet?«, fragte sie, während Marino ihr Glas wieder aufstellte, nachfüllte und das Sandwich dazustellte.

»Ich helfe Ihnen.« Ich nahm ihm das Geschirrtuch ab und wischte den verschütteten Wein auf.

»Sagen Sie mir, wie er aussieht.« Wieder schloss sie die Augen.

Ich sah Gault vor mir, seinen stechenden Blick und das hellblonde Haar. Er hatte scharf geschnittene Gesichtszüge, war klein und flink. Doch vor allem waren es die Augen, die ich nie vergessen würde. Ich wusste, dass er einem Menschen die Kehle aufschneiden konnte, ohne mit der Wimper zu zucken. Und ich wusste, er hatte sie alle mit demselben starr blauen Blick angesehen, als er sie umbrachte.

»Entschuldigen Sie«, sagte ich, als ich merkte, dass Mrs. Steiner noch immer mit mir redete.

»Warum haben Sie ihn freigelassen?«, wiederholte sie ihre Frage, und es klang wie eine Anklage. Sie fing wieder an zu weinen.

Marino sagte ihr, sie solle sich ausruhen und wir würden jetzt sowieso gehen. Als wir in den Wagen stiegen, war er in einer schrecklichen Laune.

»Gault hat die Katze getötet«, sagte er.

»Das wissen wir nicht mit Sicherheit.«

»Ich habe keine Lust, Sie wie eine Anwältin reden zu hören.«

»Ich bin Anwältin«, sagte ich.

»Ach ja. Verzeihen Sie, ich vergaß, dass Sie auch dieses Examen haben. Mir kam gerade in den Sinn, dass Sie *wirklich* so eine Mischung aus Doktor, Anwalt und Indianerhäuptling sind.«

»Wissen Sie, ob Ferguson Mrs. Steiner angerufen hat, nachdem er Quantico verlassen hatte?«

»Nein, zum Teufel, woher soll ich das wissen?«

»Während der Besprechung dort kündigte er an, er wolle ihr ein paar medizinische Fragen stellen. Nach den Angaben von

Mrs. Steiner muss er das wohl getan haben. Das heißt, er muss noch kurz vor seinem Tod mit ihr gesprochen haben.«

»Vielleicht hat er sie gleich nach seiner Rückkehr vom Flughafen angerufen.«

»Und dann geht er geradewegs nach oben und legt sich eine Schlinge um den Hals?«

»Nein, Doc. Er geht geradewegs nach oben, um sich einen runterzuholen. Vielleicht hatte ihn das Gespräch mit ihr in Stimmung gebracht.«

Das war möglich.

»Marino, wie hieß der kleine Junge mit Nachnamen, den Emily so mochte? Sein Vorname ist Wren.«

»Wieso?«

»Ich möchte ihn kennen lernen.«

»Für den Fall, dass Sie sich mit Kids nicht so auskennen: Es ist fast neun Uhr abends, und morgen ist Schule.«

»Marino«, sagte ich, »ich habe Sie etwas gefragt.«

»Soviel ich weiß, wohnt er nicht weit vom Haus der Steiners weg.« Er fuhr an den Straßenrand und schaltete die Innenbeleuchtung an. »Sein Nachname ist Maxwell.«

»Bringen Sie mich dorthin.«

Er blätterte in seinem Notizblock. Dann schaute er mich an. Was ich da hinter seinem müden Blick sah, war mehr als Groll. Marino litt entsetzliche Qualen.

Die Maxwells wohnten in einem modernen Blockhaus, wahrscheinlich ein Fertighaus. Es stand zwischen Bäumen mit Blick auf den See.

Wir bogen in eine Kiesauffahrt, die von gelbem Flutlicht erhellt war. Es war so kühl, dass die Rhododendronblätter sich vor Feuchtigkeit einrollten und unser Atem dampfte. Wir läuteten und warteten auf der Veranda. Die Tür ging auf, und ein junger, hagerer Mann mit schmalem Gesicht und schwarz gefasster Brille stand vor uns. Er trug einen dunklen Hausmantel und Slipper. Ich fragte mich, ob in dieser Stadt nach zehn Uhr abends überhaupt noch jemand wach war.

»Ich bin Captain Marino, und das ist Dr. Scarpetta«, sagte Marino in dem amtlichen Polizeiton, der jeden Bürger einschüchtern musste. »Wir arbeiten zusammen mit der örtlichen Polizei am Mordfall Emily Steiner.«

»Sie sind also die Beamten, die von draußen hinzugezogen wurden«, konstatierte der Mann.

»Sind Sie Mr. Maxwell?«, fragte Marino.

»Lee Maxwell. Bitte, treten Sie ein. Ich nehme an, Sie wollen mit mir über Wren sprechen.«

Als wir hineingingen, kam eine übergewichtige Frau in pinkfarbenem Jogginganzug die Treppe herunter. Ihrem Blick nach wusste sie genau, weshalb wir da waren.

»Er ist oben in seinem Zimmer. Ich habe ihm vorgelesen«, sagte sie.

»Darf ich wohl mit ihm sprechen?«, sagte ich so wenig bedrohlich wie möglich, denn die Beunruhigung der Maxwells war deutlich sichtbar.

»Ich kann ihn holen«, sagte der Vater.

»Wenn ich darf, gehe ich lieber zu ihm hinauf«, sagte ich.

Mrs. Maxwell zupfte abwesend am Saum ihres Sweatshirt-Ärmels, der offenbar lose war. Sie trug kleine silberne Kreuze als Ohrringe, die zu ihrer Halskette passten.

»Während Doc Scarpetta oben ist«, sagte Marino, »kann ich vielleicht mit Ihnen beiden reden?«

»Der Polizist, der gestorben ist, hatte schon mit Wren gesprochen«, sagte der Vater.

»Ich weiß.« Marino sagte das in einem Ton, der deutlich machte, wie gleichgültig es ihm war, wer mit ihrem Sohn geredet hatte. »Wir versprechen Ihnen, Sie nicht allzu lange in Anspruch zu nehmen«, fügte er hinzu.

»In Ordnung«, sagte Mrs. Maxwell zu mir.

Langsam und schwerfällig stieg sie vor mir her die nackten Stufen zum ersten Stock hinauf. Hier gab es nur wenige Räume, aber alles war so hell ausgeleuchtet, dass es einem in den Augen wehtat. Anscheinend gab es auf dem Anwesen der Maxwells weder drinnen noch draußen eine einzige Ecke, die nicht lichtdurchflutet war. Wir betraten Wrens Schlafzimmer. Der Junge stand im Pyjama mitten im Raum. Er starrte uns an, als hätten wir ihn gerade bei etwas erwischt, das wir nicht sehen sollten.

»Warum bist du nicht im Bett, Sohn?« Die Frage klang eher müde als streng.

»Ich hatte Durst.«

»Soll ich dir noch ein Glas Wasser holen?«

»Nein, ist schon okay.«

Mir war sofort klar, warum Emily Wren Maxwell so süß gefunden hatte. Er war schneller in die Höhe gewachsen, als seine Muskeln mithalten konnten, und sein sonnengebleichtes Haar betonte die dunkelblauen Augen. Schlaksig und struppig stand er da, mit seinem vollkommen geformten Mund und einem erstaunlich makellosen Teint. Die Fingernägel waren bis zum Fleisch abgekaut. An den Armen trug er geflochtene Lederarmbänder, die nur mit einem Schnitt mit dem Messer zu entfernen gewesen wären. Er war wohl sehr beliebt in der Schule, besonders bei den Mädchen, die er allerdings wahrscheinlich recht rüde behandelte.

»Wren, das ist Dr. ...«, Mrs. Maxwell sah mich an, »tut mir Leid, aber Sie müssen mir Ihren Namen noch einmal nennen.«

»Ich bin Dr. Scarpetta.« Ich lächelte Wren zu, der mich jetzt verblüfft ansah.

»Ich bin nicht krank«, sagte er schnell.

»So eine Ärztin ist sie nicht«, klärte Mrs. Maxwell ihren Sohn auf.

»Was dann für eine?« Seine Neugier hatte seine Scheu überwunden.

»Also, sie ist eine Art Doktor wie Lucias Ray.«

»Der ist kein Doktor.« Wren sah seine Mutter finster an. »Er ist Totengräber.«

»Jetzt geh mal wieder zurück in dein Bett, Sohn, sonst erkältest du dich noch. Ziehen Sie sich den Stuhl da heran, Dr. Scarletti. Ich bin dann unten.«

»Sie heißt *Scarpetta*«, bellte der Junge seiner Mutter nach, die schon fast aus der Tür war.

Wren kletterte in sein Bett und deckte sich mit einer Wolldecke zu, die die Farbe von Bubblegum hatte. Die Vorhänge waren mit Baseballmotiven bedruckt. Dahinter sah man die Umrisse von Trophäen. An der Kiefernholztäfelung hingen die Poster diverser Sportheroen, aber ich erkannte keinen außer Michael Jordan, der wie üblich in der Luft schwebte, seine Nikes an den Füßen, und wie ein überirdisches Wesen wirkte. Ich zog einen Stuhl nah ans Bett und kam mir plötzlich schrecklich alt vor.

»Welchen Sport treibst du?«, fragte ich Wren.

»Ich spiele bei den Yellow Jackets«, antwortete er mit strahlendem Gesicht. Offenbar sah er in mir eine Verbündete, die ihm dazu verhalf, noch eine Weile aufzubleiben.

»Die Yellow Jackets?«

»Das ist mein Team in der Little League. Wir schlagen hier alle rundherum, müssen Sie wissen. Es wundert mich, dass Sie noch nie von uns gehört haben.«

»Ganz sicher hätte ich von euch gehört, wenn ich hier wohnte, Wren. Aber das ist nicht der Fall.«

Er betrachtete mich wie ein exotisches Lebewesen in einem Zoo. »Ich spiele auch Basketball. Ich kann zwischen den Beinen dribbeln. Ich wette, das können Sie nicht.«

»Stimmt genau. Das kann ich nicht. Sag, Wren, kannst du mir ein bisschen über deine Freundschaft mit Emily Steiner erzählen?«

Er sah auf seine Hände hinunter, die nervös am Zipfel seiner Decke zupften.

»Kanntest du sie schon lange?«, hakte ich nach.

»Ich habe ihr alles gezeigt. Wir sind in derselben Jugendgruppe unserer Kirche.« Er sah mich an. »Außerdem sind wir beide in der sechsten Klasse, haben aber verschiedene Klassenlehrer. Ich habe Mrs. Winters.«

»Hast du Emily gleich kennen gelernt, als sie mit ihren Eltern hierher zog?«

»Ich glaube ja. Sie kamen aus Kalifornien. Meine Mom sagte, dort gibt es Erdbeben, weil die Menschen nicht an Jesus glauben.«

»Scheinbar hat Emily dich sehr gemocht«, sagte ich. »Besser gesagt, sie war wohl mächtig verknallt in dich. Hast du das gemerkt?«

Er nickte und schlug wieder die Augen nieder.

»Wren, kannst du mir das letzte Mal schildern, als du sie gesehen hast?«

»Es war in der Kirche. Sie hatte ihre Gitarre mitgebracht, weil sie dran war.«

»Dran womit?«

»Mit der Musik. Normalerweise spielen Owen oder Phil Klavier, aber manchmal war Emily mit der Gitarre an der Reihe. Besonders gut war sie nicht.«

»Wolltet ihr beide euch an dem Nachmittag in der Kirche treffen?«

Seine Wangen liefen rot an, und er sog nervös an seiner Unterlippe, als wollte er sie am Zittern hindern.

»Ist schon in Ordnung, Wren. Du hast nichts Schlimmes getan.«

»Ich hatte sie gefragt, ob wir uns vorher dort treffen«, sagte er leise.

»Wie hat sie reagiert?«

»Sie hat ja gesagt, aber ich sollte es keinem sagen.«

»Warum wolltest du sie vorher sehen?«, bohrte ich nach.

»Ich wollte wissen, ob sie kommt.«

»Warum?«

Jetzt war sein Gesicht hochrot, und er kämpfte gegen die aufkommenden Tränen. »Ich weiß nicht«, sagte er nur.

»Wren, sag mir, was passiert ist.«

»Ich fuhr mit dem Rad zur Kirche, nur um zu sehen, ob sie da war.«

»Um welche Uhrzeit war das?«

»Ich weiß nicht, aber es war mindestens eine Stunde vor Beginn des Gruppentreffens«, sagte er. »Und ich habe sie durch das Fenster gesehen. Sie saß drinnen auf dem Boden und übte Gitarre.«

»Und dann?«

»Ich fuhr wieder weg und kam um fünf mit Paul und Will zurück. Die wohnen da drüben.« Er zeigte in die Richtung.

»Hast du etwas zu Emily gesagt?«, fragte ich.

Tränen rannen ihm jetzt über die Wangen. Er wischte sie ungeduldig weg. »Ich habe nichts gesagt. Sie starrte mich dauernd an, aber ich tat, als sähe ich sie nicht. Sie war aufgeregt. Jack hat sie gefragt, was mit ihr los sei.«

»Wer ist Jack?«

»Der Gruppenleiter. Er geht aufs Montreat Anderson College. Er ist enorm fett und hat einen Bart.«

»Was hat sie auf Jacks Frage geantwortet?«

»Sie sagte, sie glaubt, sie kriegt die Grippe. Dann ist sie gegangen.«

»Wie lange vor dem Ende der Gruppenstunde war das?«

»Es war, als ich den Korb vom Klavier nahm. Ich war nämlich mit der Kollekte dran.«

»Das war also fast am Ende der Stunde?«

»In dem Moment rannte sie raus. Sie hat dann eine Abkürzung genommen.« Er biss sich auf die Unterlippe und verkrampfte sich so sehr in die Decke, dass die zarten Knöchel deutlich hervortraten.

»Woher weißt du, dass sie die Abkürzung nahm?«, fragte ich.

Er sah mich an und zog laut die Nase hoch. Ich reichte ihm ein Taschentuch, und er schnäuzte sich.

»Wren«, beharrte ich, »hast du wirklich *gesehen*, dass Emily die Abkürzung nahm?«

»Nein, Ma'am«, sagte er kleinlaut.

»Hat irgendjemand gesehen, wie sie die Abkürzung nahm?« Er zuckte mit den Schultern.

»Warum glaubst du dann, dass sie sie nahm?«

»Alle sagen das«, antwortete er bloß.

»So, wie alle auch sagen, wo die Leiche gelegen hat?«, fragte ich in freundlichem Ton. Als er nicht antwortete, fügte ich etwas nachdrücklicher hinzu: »Und du kennst die Stelle auch genau, Wren, nicht wahr?«

»Ja, Ma'am«, sagte er fast flüsternd.

»Kannst du sie mir beschreiben?«

Er starrte noch immer auf seine Hände und antwortete: »Es ist genau dort, wo die ganzen Farbigen hier aus der Umgebung fischen. Da gibt es jede Menge Schlamm und Unkraut und riesige Ochsenfrösche, und Schlangen hängen von den Bäumen. Da hat sie gelegen. Ein Farbiger hat sie gefunden. Sie hatte nur ihre Socken an, sonst nichts, und er hat so einen Schreck gekriegt, dass er so weiß wurde wie Sie. Danach hat Dad all die Lampen angebracht.«

»Lampen?«

»Er hat all diese Scheinwerfer in den Bäumen und sonst wo angebracht. Es ist so hell, dass ich nur ganz schlecht einschlafe, und Mom macht es verrückt.«

»Hat dein Vater dir von der Stelle am See erzählt?«

Wren schüttelte den Kopf.

»Wer dann?«, fragte ich.

»Creed.«

»Creed?«

»Er ist Hausmeister an unserer Schule. Er macht so 'ne Art Lutscher auf Zahnstochern, die wir ihm für einen Dollar abkaufen. Zehn für 'nen Dollar. Es gibt sie in Pfefferminz oder Zimt, aber ich mag die mit Zimt am liebsten, die schmecken wirklich so geil wie Fireballs. Manchmal verkaufe ich für ihn Süßigkeiten, wenn mir das Geld für den Lunch ausgeht. Aber das dürfen Sie keinem sagen.« Er machte ein besorgtes Gesicht.

»Wie sieht Creed aus?«, fragte ich, während es in meinem Hinterkopf leise Alarm läutete.

»Ich weiß nicht«, sagte Wren. »Er hat Pomade im Haar und trägt immer Stiefel und weiße Socken. Ich glaube, er ist ziemlich alt.« Er seufzte.

»Kennst du seinen Nachnamen?«

Wren schüttelte den Kopf.

»War er schon immer an eurer Schule?«

Er schüttelte wieder den Kopf. »Er hat Alberts Posten übernommen. Albert ist vom Rauchen krank geworden. Sie mussten ihm die Lunge rausschneiden.«

»Wren«, sagte ich, »haben Creed und Emily einander gekannt?«

Jetzt sprach er immer schneller. »Wir haben sie aufgezogen und gesagt, Creed sei ihr Freund. Er hat ihr nämlich mal ein paar Blumen geschenkt, die er gepflückt hatte. Und Bonbons hat er ihr gegeben, weil sie keine Zahnstocherlutscher mochte. Wissen Sie, viele Mädchen mögen lieber Bonbons als Zahnstocherlutscher.«

»Ja«, antwortete ich mit einem wissenden Lächeln, »das kann ich mir vorstellen.«

Zum Schluss fragte ich Wren, ob er an der Stelle gewesen sei, wo Emilys Leiche gefunden wurde. Er behauptete, nein.

»Ich glaube ihm«, sagte ich kurz darauf zu Marino, als wir Maxwells' hell erleuchtetes Haus hinter uns ließen.

»Ich nicht. Ich glaube, er lügt einem die Hucke voll, damit sein alter Herr ihm nicht die Scheiße aus dem Leib prügelt.« Er schob den Heizungsregler zurück. »Diese Karre heizt schneller auf als alle, die ich bisher hatte. Fehlen nur noch beheizte Sitze wie in Ihrem Benz.«

Die letzte Bemerkung ignorierte ich. »So wie er die Stelle am See beschreibt«, fuhr ich fort, »kann er nie da gewesen sein. Ich glaube nicht, dass er die Süßigkeiten dort verloren hat, Marino.«

»Wer dann?«

»Was wissen Sie von einem Hausmeister namens Creed?«

»Ganz und gar nichts, verdammt noch mal.«

»Gut«, sagte ich, »dann sollten Sie ihn suchen. Und ich muss Ihnen noch etwas sagen. Ich glaube nicht, dass Emily die Abkürzung um den See genommen hat, als sie von der Kirche nach Hause ging.«

»Mist«, nörgelte er. »Ich hasse es, wenn Sie diese Tour fahren. Gerade wenn alle Dinge sich zu ordnen anfangen, schütteln

Sie sie wieder durcheinander wie so ein blödes Puzzle in einer Schachtel.«

»Marino, ich bin den Weg am See selber entlanggegangen. Es ist unmöglich, dass ein kleines elfjähriges Mädchen – oder sonst wer – das tut, wenn es dunkel wird. Und gegen sechs Uhr, als Emily nach Hause ging, war es fast völlig dunkel.«

»Dann hat sie ihre Mutter angelogen«, sagte Marino.

»Scheint so. Aber warum?«

»Vielleicht, weil Emily etwas vorhatte.«

»Und was?«

»Ich weiß nicht. Haben Sie Scotch in Ihrem Zimmer? Nach Bourbon muss ich Sie ja wohl erst gar nicht fragen.«

»Stimmt«, sagte ich. »Ich habe keinen Bourbon.«

Im *Travel-Eze* erwarteten mich fünf Mitteilungen. Drei davon von Benton Wesley. Das Bureau wollte mich bei Tagesanbruch mit einem Hubschrauber abholen.

Als ich Wesley am Apparat hatte, meinte er kryptisch: »Unter anderem stecken wir in einer kritischen Situation mit deiner Nichte. Wir holen dich auf direktem Weg nach Quantico.«

»Was ist passiert?«, fragte ich, und der Magen zog sich mir zusammen. »Geht es Lucy gut?«

»Kay, das hier ist keine abhörsichere Leitung.«

»Aber es geht ihr gut?«

»Körperlich geht es ihr gut«, sagte er.

10

Als ich am nächsten Morgen aufwachte, herrschte Nebel, und die Berge waren nicht zu sehen. Mein Rückflug wurde auf den Nachmittag verschoben. Ich machte mich auf eine Joggingrunde an der frischen, feuchten Luft.

Mein Weg führte an behaglichen Häusern und bescheidenen Wagen vorbei. Lächelnd beobachtete ich einen winzigen Collie, der hinter einem Maschendrahtzaun von einem Ende seines Hofs zum anderen rannte und wütend die herabfallenden Blätter anbellte. Die Besitzerin trat aus dem Haus, als ich vorbeilief.

»He, Shooter, ruhig!«

Die Frau trug einen gesteppten Morgenmantel, zerfetzte Pantoffeln und Lockenwickler. Es schien ihr nicht das geringste auszumachen, sich so draußen sehen zu lassen. Sie hob die Zeitung auf, schlug sie gegen die Handfläche und rief noch einmal nach dem Hund. Vor Emily Steiners Tod hatte man in diesem Teil der Welt wohl nur ein Verbrechen gefürchtet, nämlich dass ein Nachbar einem die Zeitung stibitzte oder aus Jux Toilettenpapier in die Bäume hängte.

Zikaden zirpten das gleiche Konzert wie in der Nacht zuvor, und Robinien, Gartenwicken und Purpurwinden glänzten taufeucht. Gegen elf setzte ein kalter Regen ein, und schlagartig fühlte ich mich wie auf hoher See inmitten von aufgewühlten Wogen. Die Sonne erschien mir wie ein Bullauge, durch das ich nur hindurchzuschauen brauchte, um vielleicht das Ende dieses grauen Tages zu entdecken.

Es wurde halb drei, bis sich das Wetter so weit gebessert hatte, dass ich starten konnte. Diesmal konnte der Hubschrauber nicht neben der High-School landen, weil die Warhorses und ihre Cheergirls gerade probten. Stattdessen sollte Whit auf einer Rasenfläche hinter einer winzigen Stadt namens Montreat landen. Montreat war so presbyterianisch, wie man es sich nur vorstellen konnte, und lag nur wenige Meilen vom *Travel-Eze* entfernt.

Da ich mit der Polizei von Black Mountain dort schon einige Zeit vor dem verabredeten Termin eintraf, blieb ich noch im Streifenwagen sitzen, der auf einer Schotterstraße parkte, und sah Kindern beim Flag-Football zu. Jungen rannten hinter Mädchen, Mädchen hinter Jungen her, und alle kämpften um den kleinen Triumph, dem Spieler der Gegenseite einen roten Fetzen vom Gürtel zu reißen. Der Wind wehte die jungen Stimmen zu mir herüber, und manchmal fing er sich den Ball und trug ihn hinauf in die Zweige der Bäume am Spielfeldrand. Landete er in den Dornen oder auf der Straße, ruhte das Spiel, bis der Ball wiedergefunden war.

Es tat mir Leid, dieses unschuldige Herumtollen unterbrechen zu müssen. Aus der Ferne war schon das unverkennbare hackende Geräusch der Rotoren zu hören. Die Kinder blieben wie angewurzelt stehen und bewunderten den Bell JetRanger, der sich in einem Luftwirbel röhrend mitten auf das Feld herabsenkte. Ich stieg ein und winkte den Kindern zu, als wir über die Bäume hinweg aufstiegen.

Die Sonne sank schnell, und der Himmel wurde undurchdringlich schwarz. Als wir die Academy erreichten, leuchtete kein einziger Stern über uns. Benton Wesley war über Funk über unsere jeweilige Position auf dem Laufenden gehalten worden und erwartete uns am Landeplatz. Kaum war ich aus der Maschine geklettert, fasste er mich auch schon am Arm und führte mich weg.

»Komm her«, sagte er. »Es ist schön, dich zu sehen, Kay«, fügte er flüsternd hinzu, und der Druck seiner Hand auf meinem Arm brachte mich fast noch mehr durcheinander als seine Worte.

»Der Fingerabdruck auf Fergusons Slip stammt von Denesa Steiner.«

»Wie bitte?«

Er schob mich rasch durch die Dunkelheit weiter. »Und die

Blutgruppe des Gewebes, das wir in seinem Gefrierfach gefunden haben, ist Null positiv. Emily Steiner hatte Null positiv. Wir warten noch auf die DNS-Analyse, aber es scheint, Ferguson hat die Damenwäsche aus dem Steiner-Haus mitgehen lassen, als er dort einbrach, um Emily zu entführen.«

»Du meinst, als *jemand* einbrach und Emily entführte.«

»Stimmt. Gault könnte uns an der Nase herumführen.«

»Um Himmels willen, Benton, du sprachst von einer Krise. Wo ist Lucy?«

»Ich vermute, in ihrem Zimmer«, antwortete er, als wir die Jefferson-Lobby betraten.

In dem hellen Licht musste ich blinzeln, und die Digitalleuchtschrift WILLKOMMEN IN DER FBI-ACADEMY hinter der Information munterte mich auch nicht auf. An diesem Abend fühlte ich mich ganz und gar nicht willkommen.

»Was hat sie angestellt?«, wollte ich wissen, während er mit seiner Magnetkarte mehrere Glastüren mit den Wappen DEPARTMENT OF JUSTICE und NATIONAL ACADEMY öffnete.

»Warte, bis wir unten sind«, sagte er.

»Was macht deine Hand? Und dein Knie?«, fiel mir ein.

»Es geht ihnen viel besser, seit ich beim Arzt war.«

»Vielen Dank«, sagte ich spitz.

»Ich meinte dich. Du warst mein einziger Arzt in letzter Zeit.«

»Vielleicht sollte ich die Nähte reinigen, wenn ich schon hier bin.«

»Das ist nicht nötig.«

»Ich brauche Wasserstoffperoxid und Tupfer. Keine Sorge.«

Der intensive Duft von Polieröl hing in dem Raum, in dem die Waffen gereinigt wurden. »Es wird kaum wehtun.«

Wir nahmen den Fahrstuhl zum Untergeschoss, wo die Investigative Support Unit als eigentlicher Motor des FBI untergebracht war. Hier war Wesley Chef von elf Profilern, die allerdings zu dieser Zeit bereits Feierabend gemacht hatten. Mir hatte Wesleys Arbeitsbereich schon immer gefallen; hier spürte man, dass er ein Mann mit Gefühl und einer Neigung zum Understatement war, was man ihm ansonsten, wenn man ihn nicht näher kannte, nicht sofort anmerkte.

Die meisten Menschen, die mit Recht und Gesetz zu tun haben, schmücken ihre Wände und Regale mit Belobigungen und Erinnerungsstücken aus ihrem Krieg gegen die dunkle Seite der menschlichen Natur. Wesley dagegen zog Gemälde vor, und er besaß ein paar sehr schöne. Mein Lieblingsbild zeigte eine weitläufige Landschaft von Valoy Eaton, in meinen Augen ein Künstler vom Rang eines Remington. Eines Tages würde er auch die gleichen Preise erzielen. Ich selbst hatte mehrere Ölbilder von Eaton zu Hause; diesen Künstler hatten Wesley und ich seltsamerweise unabhängig voneinander entdeckt.

Das hieß nicht, dass Wesley nicht hier und da eine exotische Trophäe besaß, doch er stellte nur die zur Schau, die eine besondere Bedeutung hatten. Die weiße Polizeimütze aus Wien, die Bärenfellmütze von einer Cold Stream Guard und die silbernen Gaucho-Sporen aus Argentinien zum Beispiel hatten nichts mit Serienmördern oder sonstigen Abscheulichkeiten aus Wesleys täglicher Arbeit zu tun. Vielmehr waren es Mitbringsel von weit gereisten Freunden, zu denen auch ich mich zählte. Tatsächlich besaß Wesley schon eine kleine Sammlung von Erinnerungen an unsere Beziehung, denn wenn mir die Worte fehlten, sprach ich in Symbolen. Auf diese Weise war er an eine Degenscheide aus Italien, eine Pistole mit Elfenbeinschnitzereien am Knauf und einen Mont-Blanc-Füller gekommen, den er in der Jackentasche über dem Herzen trug.

»Was ist passiert? Du siehst furchtbar aus«, sagte ich und nahm einen Stuhl.

»Ich fühle mich auch furchtbar.« Er lockerte seine Krawatte und fuhr sich mit den Fingern durch das Haar. »Himmel! Kay«, er sah mich an, »ich weiß nicht, wie ich es dir sagen soll.«

»Sag es einfach«, sagte ich ganz ruhig, aber das Blut gefror mir dabei in den Adern.

»Es sieht so aus, als sei Lucy in die ERF eingebrochen und habe die Sicherheitsvorschriften verletzt.«

»Warum sollte sie denn da einbrechen?«, fragte ich ungläubig. »Sie hat doch Zugang zu diesem Bereich, Benton.«

»Aber nicht um drei Uhr früh. Und genau zu der Zeit wurde ihr Daumenabdruck in das biometrische Sperrsystem gescannt.«

Ich sah ihn ungläubig an.

»Und deine Nichte ist ganz bestimmt nicht berechtigt, sich Zugang zu geheimen Unterlagen über geheime Projekte zu verschaffen, an denen dort gearbeitet wird.«

»Was für Projekte?«, wagte ich zu fragen.

»Es scheint, als habe sie sich Unterlagen über elektro-optische Verfahren, thermische Überwachungsmethoden und audiovisuelle Verstärkungsverfahren vorgenommen. Und offensichtlich hat sie Programme der elektronischen Version von Fallbearbeitungen kopiert, an denen sie für uns arbeitete.«

»Du meinst von CAIN?«

»Ganz richtig.«

»Und was hat sie *ausgelassen*?«

»Das ist genau der Punkt. Sie hat sich praktisch alles vorgenommen, und das bedeutet, dass es sehr schwierig sein wird, herauszufinden, was sie wirklich gesucht hat und für wen.«

»Sind die Projekte, an denen die Ingenieure arbeiten, denn wirklich so geheim?«

»Einige schon und die Technologien allemal, vom Sicherheitsstandpunkt aus. Es soll nicht bekannt werden, dass wir in der einen Situation diese Technologie anwenden, in der anderen jene.«

»Das *kann* sie nicht getan haben«, sagte ich.

»Wir wissen es mit Sicherheit. Die Frage ist nur, warum.«

»Gut. Warum also?« Ich kämpfte mit den Tränen.

»Geld. Das ist jedenfalls meine Vermutung.«

»Das ist lächerlich. Sie weiß, wenn sie Geld braucht, kann sie zu mir kommen.«

»Kay«, Wesley beugte sich vor und legte die gefalteten Hände vor sich auf den Tisch, »hast du überhaupt eine Ahnung, welchen Wert einige dieser Informationen besitzen?«

Ich gab keine Antwort.

»Stell dir zum Beispiel vor, die ERF hätte ein Überwachungsgerät entwickelt, das Hintergrundgeräusche wegfiltert, dann könnten wir praktisch überall in der Welt jedes für uns interessante Gespräch abhören. Stell dir vor, wer alles da draußen nur zu gern Details von der schnellen Entwicklung unserer Modelle oder unserer taktischen Satellitensysteme hätte oder, in diesem Fall, die Software zu der künstlichen Intelligenz, an der Lucy arbeitet ...«

Ich hob die Hand, um ihn zu unterbrechen. »Das reicht«, sagte ich und holte zitternd tief Luft.

»Dann sag du mir, warum«, sagte Wesley. »Du kennst Lucy besser als ich.«

»Ich bin mir nicht mehr sicher, ob ich sie überhaupt kenne. Und ich weiß nicht, wie sie so etwas tun konnte, Benton.« Er sagte nichts und starrte für einen Moment in die Ferne, ehe sich unsere Blicke wieder trafen. »Du hast angedeutet, du machst dir Sorgen wegen ihrer Trinkerei. Kannst du etwas genauer werden?«

»Ich nehme an, es geht ihr mit dem Trinken wie mit allen Dingen – für sie gibt es nur Extreme. Lucy ist entweder sehr brav oder sehr ungezogen, und der Alkohol ist nur ein Beispiel.«

Ich wusste, dass ich mit diesen Worten Wesleys Verdacht nur verstärkte.

»Ich verstehe«, sagte er. »Gibt es in ihrer Familie Fälle von Alkoholismus?«

»Langsam glaube ich, dass es die in jeder Familie gibt«, sagte ich bitter. »Aber es stimmt. Ihr Vater war Alkoholiker.«

»Also dein Schwager.«

»Das war er nur sehr kurze Zeit. Dorothy hat viermal geheiratet.«

»Weißt du eigentlich, dass es Nächte gab, in denen Lucy nicht in ihr Zimmer zurückgekehrt ist?«

»Davon weiß ich nichts. War sie denn in der Nacht des Einbruchs in ihrem Zimmer? Sie hat doch Mitbewohnerinnen und eine Zimmergenossin.«

»Sie könnte sich hinausgeschlichen haben, als alles schlief. Wir wissen es also nicht. Kommt ihr gut miteinander aus, du und deine Nichte?«, fragte er dann.

»Nicht besonders.«

»Kay, könnte sie so etwas getan haben, um dich irgendwie zu strafen?«

»Nein«, sagte ich. Ich merkte, dass ich langsam ärgerlich wurde. »Und es gefällt mir gar nicht, dass du mich benutzt, um ein Profil meiner Nichte zu erstellen.«

»Kay«, sagte Benton mit weicher werdender Stimme, »ich wünschte genauso sehr wie du, dass es nicht wahr ist. Schließlich habe ich sie der ERF empfohlen, und ich war es auch, der sie nach ihrem Universitätsabschluss für uns anheuern wollte. Glaubst du, ich fühle mich besonders gut bei dieser Sache?«

»Es muss eine andere Erklärung dafür geben, dass das passiert ist.«

Er schüttelte langsam den Kopf. »Selbst wenn jemand Lucys PIN herausbekommen hätte, wäre er nicht weitergekommen. Das biometrische System verlangt ja auch den entsprechenden Fingerabdruck.«

»Dann wollte sie ertappt werden«, erwiderte ich. »Lucy wusste besser als irgendjemand sonst, dass jede Ein- und Ausschaltzeit sowie die Dauer der Bearbeitung einer bestimmten Datei und so weiter registriert werden.«

»Das stimmt. Sie wusste das besser als jeder andere. Und gerade darum interessiert mich das mögliche Motiv. Mit anderen Worten, was versuchte sie zu beweisen? Wen wollte sie treffen?«

»Benton«, sagte ich. »Was passiert jetzt mit ihr?«

»Das OPR wird eine offizielle Ermittlung gegen sie einleiten«, antwortete er. Er meinte damit das Office of Professional Responsibility des FBI, vergleichbar mit den Abteilungen für Innere Angelegenheiten der Polizei.

»Und wenn sie schuldig ist?«

»Das hängt davon ab, ob wir ihr einen Diebstahl nachweisen können. Wenn ja, ist es ein schweres Vergehen.«

»Und wenn sie keinen Diebstahl begangen hat?«

»Das hängt wieder davon ab, was das OPR herausfindet. Eines jedoch kann ich mit Bestimmtheit sagen: In jedem Falle hat Lucy unser Sicherheitssystem missbraucht und daher keine Zukunft beim FBI«, sagte er.

Mein Mund war so trocken, dass ich kaum noch sprechen konnte. »Das wird sie vernichten.«

Müdigkeit und Enttäuschung lagen in Wesleys Blick. Ich wusste, wie sehr er meine Nichte mochte.

»Während dieser Zeit«, fuhr er in dem ausdruckslosen Tonfall fort, in dem er sonst Kriminalfälle besprach, »kann sie nicht in Quantico bleiben. Ihr wurde mitgeteilt, dass sie ihre Sachen packen soll. Vielleicht kann sie bei dir in Richmond wohnen, bis unsere Ermittlungen abgeschlossen sind.«

»Natürlich, aber du weißt, dass ich nicht immer dort sein werde.«

»Wir stellen sie nicht unter Hausarrest, Kay«, sagte er. Für einen Augenblick wurde sein Blick wärmer, und ganz kurz erhaschte ich einen Funken von dem, was sich in der kühlen, dunklen Tiefe seiner Augen abspielte.

Er stand auf.

»Ich nehme sie heute Abend mit nach Richmond.« Auch ich stand auf.

»Ich hoffe, du bist in Ordnung«, sagte er. Ich wusste, was er meinte, und ich wusste auch, dass ich darüber jetzt nicht nachdenken konnte.

»Danke«, antwortete ich. Gedanken schossen mir kreuz und quer durch den Kopf, wie ein heftiges Trommelfeuer, dem ich hilflos ausgeliefert war.

Lucy zog gerade ihr Bett ab, als ich kurze Zeit später in ihr Zimmer trat. Sie stand mit dem Rücken zu mir.

»Kann ich dir helfen?«, fragte ich.

Sie stopfte die Laken in den Kopfkissenbezug. »Nein«, sagte sie. »Ich komme schon allein zurecht.«

Das Zimmer war schlicht eingerichtet, mit je zwei Einheitsbetten, Schreibtischen und Stühlen, alles aus Eichenfurnier. An

Yuppie-Standards gemessen waren die Zimmer im Washington-Wohnheim öde, aber verglichen mit einer Kaserne waren sie gar nicht so schlecht. Wo mochten Lucys Wohn- und Zimmergenossinnen sein? Ob sie überhaupt wussten, was passiert war?

»Vielleicht kannst du nur mal eben im Kleiderschrank nachsehen, ob ich auch alles habe«, sagte Lucy. »Es ist der da rechts. Und schau auch in die Schublade.«

»Alles leer, bis auf die Kleiderbügel. Sind das deine? Diese hübsch überzogenen?«

»Es sind Mutters.«

»Dann nimmst du sie wohl mit.«

»Nein. Lass sie für den nächsten Idioten hängen, der in diesem Loch endet.«

»Lucy«, sagte ich, »es ist doch nicht Schuld des Bureau.«

»Es ist nicht fair.« Sie kniete sich auf den Koffer, um die Schlösser zuzudrücken. »Unschuldig bis zum Beweis der Schuld?«

»Vor dem Gesetz bist du unschuldig bis zum Beweis der Schuld. Doch bis diese Verletzung des Sicherheitssystems geklärt ist, kannst du der Academy keinen Vorwurf machen, dass sie dich nicht mehr in geschützten Bereichen arbeiten lässt. Außerdem bist du nicht verhaftet. Man hat dich einfach nur gebeten, für eine Weile Urlaub zu nehmen.«

Sie wandte sich um und sah mich an. Ihre Augen waren gerötet, ihr Blick müde. »Für eine Weile heißt für immer.«

Wir machten uns auf den Weg nach Richmond. Als ich auf der Fahrt versuchte, mehr von ihr zu erfahren, schwankte sie zwischen Tränenausbrüchen und fahrigen Blicken, die sich in alles einbrannten, was in Reichweite war. Dann schlief sie ein, und ich wusste nicht mehr als zuvor. Draußen fiel ein kalter Regen. Ich schaltete die Nebelscheinwerfer ein und folgte den hellen Rücklichtern der Autos vor mir, die sich auf der Fahrbahn spiegelten. Ab und zu, in Kurven und Senken, verdichteten sich Regen und Nebelschwaden so sehr, dass man fast nichts mehr sah. Aber statt an den Straßenrand zu fahren und zu warten, bis es aufklarte, schaltete ich nur in einen langsameren Gang zurück und fuhr weiter in meinem fahrbaren Untersatz aus Blech, Leder und edlem Wurzelholz.

Ich wusste nicht genau, warum ich mir meinen schwarzen Mercedes 500 E gekauft hatte, außer dass es mir nach Marks Tod wichtig erschienen war, einen neuen Wagen zu fahren. Vielleicht wollte ich dadurch meinen Erinnerungen entgehen, denn in dem früheren hatten wir uns verzweifelt geliebt und gestritten. Vielleicht war es aber auch nur, weil das Leben mit dem Älterwerden schwerer wurde und ich das Gefühl hatte, einen stärkeren Motor zu brauchen, um es zu bewältigen.

Ich hörte, wie Lucy sich rührte, als ich nach Windsor Farms einbog, dem alten Viertel von Richmond, wo ich inmitten von stattlichen Häusern im georgianischen und im Tudorstil lebte, nicht weit vom Ufer des James. Direkt vor uns fuhr ein Junge auf einem Fahrrad, und meine Scheinwerfer erfassten die kleinen Katzenaugen an seinen Fußgelenken, aber ich kannte weder ihn noch das Paar, an dem wir vorbeifuhren. Die beiden hielten Händchen und hatten einen Hund an der Leine. Die Tupelobäume auf meinem Grundstück hatten wieder eine Schicht stacheliger Samen ausgestreut. Auf der Veranda lagen zusammengerollt ein paar Zeitungen, und die Mülltonnen standen noch draußen an der Straße. Ich brauchte gar nicht lange von zu Hause fort zu sein, und schon fühlte ich mich wie eine Außenseiterin, und meinem Haus sah man gleich an, dass niemand daheim war.

Lucy schleppte ihr Gepäck ins Haus, und ich zündete im Wohnzimmer das Gas hinter den Holzscheitattrappen im Kamin an und goss eine Kanne Darjeeling-Tee auf. Ein Weile saß ich allein vor dem Feuer und hörte zu, wie meine Nichte sich einrichtete und duschte, wobei sie sich in allem reichlich Zeit nahm. Wir hatten ein Gespräch vor uns, das uns beiden im Magen lag.

»Hast du Hunger?«, fragte ich sie, als sie hereinkam.

»Nein, aber hast du Bier im Haus?«

Ich zögerte und antwortete dann: »Im Kühlschrank in der Bar.«

Ich lauschte noch ein wenig, ohne mich umzudrehen, denn

wenn ich Lucy ansah, dann würde ich sie so sehen, wie ich sie sehen *wollte*. Gleich war es so weit, dass ich dieser erschreckend schönen und brillanten Frau entgegentreten musste, mit der mich immerhin ein paar genetische Codeschnipsel verbanden, und während ich an meinem Tee nippte, wusste ich, dass ich dafür meine ganze Kraft brauchen würde. Nach all den Jahren wurde es Zeit, dass wir uns kennen lernten.

Sie kam zum Kamin, setzte sich auf den Boden, lehnte sich an die steinerne Einfassung und trank ihr Icehouse-Bier aus der Flasche. Sie hatte sich einen schreiend bunten Jogginganzug von mir ausgeliehen, den ich hin und wieder trug, wenn ich zum Tennis ging. Ihre Füße waren nackt, das nasse Haar zurückgekämmt. Bestimmt hätte ich mich, wenn ich sie nicht gekannt hätte, im Vorbeigehen nach ihr umgedreht. Das lag nicht nur an ihrem schönen Gesicht und ihrer guten Figur. Man spürte förmlich die Leichtigkeit, mit der Lucy sich bewegte, sprach und wie sie Körper und Augen bis ins Kleinste zu steuern wusste. Alles schien ihr leicht zu fallen, und das mochte auch dazu beitragen, dass sie nicht viele Freunde hatte.

»Lucy«, begann ich unser Gespräch, »hilf mir, dass ich es verstehe.«

»Verdammt noch mal, ich bin aufs Kreuz gelegt worden«, sagte sie und nahm einen Schluck Bier.

»Wenn das stimmt, wie?«

»Was meinst du mit ›wenn‹?« Sie starrte mir ins Gesicht, und ihre Augen füllten sich mit Tränen. »Wie kannst du auch nur einen Augenblick lang glauben … Ach, Scheiße! Worum geht's?« Sie sah weg.

»Ich kann dir nicht helfen, wenn du mir nicht die Wahrheit sagst«, erwiderte ich und beschloss, ebenfalls keinen Hunger zu haben. Ich ging zur Bar und goss mir einen Scotch über zerstoßenes Eis.

»Beginnen wir mit den Fakten«, schlug ich vor und kehrte zu meinem Sessel zurück. »Wir wissen, dass letzten Dienstag jemand um drei Uhr morgens die ERF betreten hat. Wir wissen, dass dabei deine PIN benutzt und dein Daumen gescannt wurde. Das System hat außerdem festgehalten, dass diese Person – noch einmal, mit *deiner* PIN und *deinem* Abdruck – sich in eine Reihe von Dateien eingeschaltet hat. Genau um 4.38 Uhr hat diese Person die ERF wieder verlassen.«

»Ich bin hereingelegt worden. Es war Sabotage«, sagte Lucy.

»Wo warst du, als es passiert ist?«

»Ich habe geschlafen.« Sie goss wütend das restliche Bier hinunter und holte sich ein neues.

Ich nippte langsam an meinem Scotch, denn einen Dewar's Mist kann man einfach nicht schnell trinken. »Es soll Nächte gegeben haben, in denen dein Bett unbenutzt war«, sagte ich ruhig.

»Und soll ich dir was sagen? Das geht niemanden etwas an.«

»Doch, das tut es, und du weißt das. Warst du in der Einbruchsnacht in deinem Bett?«

»Es ist allein meine Sache, in welchem Bett ich bin, wann und wo. Niemandes sonst«, sagte sie.

Wir schwiegen, und ich dachte an Lucy, wie sie im Dunkeln auf dem Picknicktisch gesessen hatte, das Gesicht von einem Streichholz in den Händen einer anderen Frau beleuchtet. Ich hörte sie mit ihrer Freundin sprechen und wusste von den Gefühlen, die hinter ihren Worten steckten. Denn die Sprache der Intimität kannte ich gut. Ich wusste, wann Liebe in der Stimme eines Menschen mitschwingt, und ich wusste, wann nicht.

»Wo genau warst du, als in die ERF eingebrochen wurde?«, fragte ich noch einmal. »Oder soll ich lieber die Person fragen, bei der du warst?«

»Ich frage dich auch nicht, mit wem du zusammen bist.«

»Das würdest du, wenn du wüsstest, dass du mir damit eine Menge Probleme ersparen kannst.«

Sie blieb hart. »Mein Privatleben ist irrelevant.«

»Nein, ich glaube, du fürchtest die Ablehnung«, sagte ich.

»Ich weiß nicht, wovon du redest.«

»Ich habe dich neulich abends am Picknickplatz gesehen. Zusammen mit einer Freundin.«

Sie sah weg. »Du spionierst mir also auch noch nach.« Ihre

Stimme zitterte. »Jetzt bitte keine Predigten. Und versuch mir bloß keine Schuldgefühle einzureden, denn ich glaube nicht an diesen katholischen Kram.«

»Lucy, ich will dich nicht verurteilen«, sagte ich, obwohl ich es in gewisser Weise natürlich doch tat. »Hilf mir, dich zu verstehen.«

»Du meinst, dass ich mich unnatürlich und anormal verhalte, sonst müsstest du dich ja nicht um Verständnis bemühen. Ich möchte einfach ohne Hintergedanken so akzeptiert werden, wie ich bin.«

»Kann deine Freundin bestätigen, wo du am Dienstag um drei Uhr früh warst?«, fragte ich.

»Nein«, war Lucys Antwort.

»Ich verstehe.« Dass ich Lucys Haltung akzeptierte, war das Eingeständnis, dass es das Mädchen, das ich gekannt hatte, nicht mehr gab. Von dieser Lucy wusste ich nichts, und ich fragte mich, was ich falsch gemacht hatte.

»Was hast du nun vor?«, wollte sie wissen. Die Anspannung zwischen uns war um keinen Deut geringer geworden.

»Ich arbeite an diesem Fall in North Carolina. Ich habe das Gefühl, dass ich häufiger dort sein werde«, sagte ich.

»Und dein Dienst hier?«

»Fielding hält die Stellung. Morgen früh muss ich, glaube ich, vor Gericht aussagen. Ich muss Rose noch anrufen und sie nach der Zeit fragen.«

»Was ist das für ein Fall?«

»Ein Mord.«

»Das habe ich mir schon gedacht. Kann ich mitkommen?«

»Wenn du möchtest.«

»Na ja, vielleicht fahre ich auch nach Charlottesville.«

»Und tust dort was?«, fragte ich.

Lucy sah mich ängstlich an. »Ich weiß nicht. Ich weiß nicht einmal, wie ich dahin komme.«

»Du kannst gern meinen Wagen nehmen, wenn ich ihn nicht brauche. Oder du gehst bis zum Semesterende nach Miami und dann wieder an die UVA.«

Sie trank den letzten Schluck Bier und stand auf. Wieder glänzten Tränen in ihren Augen. »Gib es schon zu, Tante Kay. Du glaubst, dass ich es getan habe, nicht wahr?«

»Lucy«, sagte ich ehrlich, »ich weiß nicht, was ich glauben soll. Du und die Beweise sprechen verschiedene Sprachen.«

»Ich habe dir immer vertraut.« Sie sah mich an, als hätte ich ihr das Herz gebrochen.

»Ich würde mich freuen, wenn du Weihnachten hier verbringst«, sagte ich.

11

Das Mitglied der North Richmond Gang, das am nächsten Morgen vor Gericht stand, trug einen zweireihigen Marineanzug und eine italienische Seidenkrawatte mit perfektem Windsorknoten; das weiße Hemd war frisch gebügelt. Der Angeklagte war frisch rasiert und hatte seinen Ohrring herausgenommen.

Tod Coldwell, sein Verteidiger, hatte für den guten Aufzug gesorgt, weil er wusste, dass die Geschworenen nur äußerst schlecht der Versuchung widerstehen können, den äußeren Anschein für bare Münze zu nehmen. Natürlich glaubte auch ich an diesen Grundsatz, und deswegen legte ich so viele Farbfotos von der Autopsie des Opfers als Beweismittel vor wie möglich. Es konnte kein Zweifel daran bestehen, dass Coldwell mich nicht besonders mochte.

Es war ein kühler Herbsttag. »Stimmt es nicht, Mrs. Scarpetta«, Coldwell baute sich großspurig vor dem Gericht auf, »dass ein Mensch unter dem Einfluss von Kokain äußerst gewalttätig werden und übermenschliche Kräfte entwickeln kann?«

»Gewiss kann Kokain den Konsumenten in Erregung versetzen und wahnhafte Vorstellungen in ihm hervorrufen«, fuhr ich mit meinen Ausführungen, an die Jury gerichtet, fort. »Übermenschliche Kräfte, wie Sie es nennen, kann man oft in Verbindung mit Kokain oder PCP beobachten – was übrigens ein Beruhigungsmittel für Pferde ist.«

»Und im Blut des Opfers ist beides gefunden worden, Kokain und Benzoylecgonin«, ergänzte Coldwell, als hätte ich ihn gerade bestätigt.

»Das stimmt.«

»Mrs. Scarpetta, könnten Sie dem Gericht wohl erklären, was das bedeutet?«

»Ich möchte dem Gericht zunächst einmal erklären, dass ich Doktor der Medizin bin und ein juristisches Examen abgelegt habe. Ich habe eine Fachausbildung in Pathologie mit besonderer Berücksichtigung der Gerichtsmedizin, wie Sie ja auch selbst bereits erwähnten, Mr. Coldwell. Deswegen würde ich es begrüßen, wenn Sie mich Dr. Scarpetta und nicht Mrs. Scarpetta nennen würden.«

»Ja, Ma'am.«

»Würden Sie bitte Ihre Frage wiederholen?«

»Könnten Sie dem Gericht erklären, was es heißt, wenn jemand Kokain«, er sah auf seine Notizen, »und Benzoylecgonin im Blut hat?«

»Benzoylecgonin ist das Abfallprodukt von Kokain. Das heißt, wenn das Opfer beides im Blut hatte, dann war ein Teil des Kokains bereits metabolisiert und ein Teil nicht«, erwiderte ich und entdeckte Lucy hinten in einer Ecke, das Gesicht zum Teil von einer Säule verdeckt. Sie sah jammervoll aus.

»Was darauf hinweist, dass er chronisch rauschgiftsüchtig war, was auch die zahlreichen Einstiche bestätigen. Hieraus lässt sich folgern, dass mein Mandant in der Nacht zum 3. Juli einem äußerst gereizten, erregten und gewalttätigen Menschen gegenüberstand und ihm gar keine andere Wahl blieb, als sich selbst zu verteidigen.« Coldwell ging auf und ab, und sein geschniegelter Mandant beobachtete mich wie eine Katze vor dem Sprung.

»Mr. Coldwell«, sagte ich, »das Opfer – Jonah Jones – wurde von sechzehn Kugeln aus einer sechsunddreißigschüssigen Neun-Millimeter-Tec-Nine durchsiebt. Sieben Schüsse haben ihn im Rücken getroffen, drei aus nächster Nähe beziehungsweise aus aufgesetztem Lauf in den Hinterkopf. Meiner Meinung nach widerspricht das der Einlassung des Angeklagten, er habe zur Selbstverteidigung geschossen, zumal Mr. Jones auch noch einen Blutalkoholgehalt von 2,9 Promille hatte, beinahe das Dreifache des in Virginia gesetzlich zulässigen Wertes. Mit anderen Worten, die Motorik des Opfers und seine Einsichtsfähigkeit waren stark beeinträchtigt, als es angegriffen wurde. Offen gesagt wundert es mich, dass Mr. Jones sich überhaupt noch auf den Beinen halten konnte.«

Coldwell drehte sich zu Richter Poe um. Man nannte ihn den »Raben«, und diesen Spitznamen hatte er schon, als ich nach Richmond kam. Auf seine alten Tage war er sie ziemlich leid, die Drogenhändler, die sich gegenseitig umlegten, die Kinder, die mit Waffen zur Schule gingen und im Bus aufeinander schossen.

»Euer Ehren«, sagte Coldwell dramatisch, »ich beantrage, Mrs. Scarpettas letzte Bemerkung aus dem Protokoll zu streichen. Sie ist sowohl spekulativ als auch dazu angetan, die Jury negativ zu beeinflussen. Zudem liegt sie ohne Zweifel außerhalb ihrer Kompetenz.«

»Also, Mr. Coldwell, ich weiß nicht, ob das, was Dr. Scarpetta vorzutragen hat, außerhalb ihrer Kompetenz liegt. Außerdem hat sie Sie höflich gebeten, sie angemessen und korrekt *Dr.* Scarpetta zu nennen. Übrigens rauben mir Ihre Tricks und Spitzfindigkeiten langsam die Geduld ...«

»Aber, Euer Ehren –«

»Tatsache ist, dass Dr. Scarpetta schon häufig in von mir geleiteten Verfahren ausgesagt hat und mir das Ausmaß ihrer Erfahrung durchaus bekannt ist«, fuhr der Richter in seinem weich gedehnten Südstaatenakzent fort.

»Euer Ehren –«

»Ich habe den Eindruck, dass diese Dinge Alltagsaufgaben für sie sind ...«

»Euer Ehren?«

»Mr. Coldwell«, donnerte der Rabe, und seine Glatze lief rot an, »wenn Sie mich auch nur noch ein einziges Mal unterbrechen, verurteile ich Sie wegen Missachtung des Gerichts. Dann können Sie ein paar Nächte in unserem gottverdammten Staatsgefängnis zubringen! Haben wir uns verstanden?«

»Ja, Sir.«

Ich sah, wie Lucy den Hals verdrehte, um etwas zu sehen, und die Geschworenen waren allesamt hellwach.

»Ich verfüge, dass die Einlassungen von Dr. Scarpetta exakt ins Protokoll aufgenommen werden«, fuhr der Richter fort.

»Keine weiteren Fragen«, sagte Coldwell knapp.

Richter Poe beendete die Sitzung mit einem gewaltigen Hammerschlag und weckte damit eine alte Frau in der letzten Reihe, die fast den ganzen Vormittag unter ihrem schwarzen Strohhut verschlafen hatte. Sie schreckte hoch und saß kerzengerade auf ihrem Platz. »Was ist?«, stieß sie hervor. Dann fiel ihr ein, wo sie war, und sie fing an zu weinen.

»Ist schon in Ordnung, Mama«, hörte ich eine andere Frau zu ihr sagen. Indessen wurde die Sitzung bis nach der Lunchpause vertagt.

Bevor ich in Richtung Innenstadt fuhr – Lucy ging ihrer eigenen Wege –, schaute ich bei der Gesundheitsabteilung im Standesamt vorbei. Eine alte Freundin und Kollegin führte dort das Register. Ohne Gloria Lovings Unterschrift konnte in Virginia niemand legal geboren oder begraben werden, und obwohl sie an ihrer Stadt hing wie eine Klette, kannte sie doch sämtliche Kolleginnen und Kollegen in den anderen Bundesstaaten. Im Laufe der Jahre hatte ich mich schon viele Male an Gloria gewandt, um zu erfahren, ob eine bestimmte Person je auf diesem Planeten existiert hatte, ob sie verheiratet war, geschieden oder adoptiert.

Ich hörte, dass sie zum Lunch in der Cafeteria des Madison Building sei. Um Viertel nach eins fand ich Gloria allein an einem Tisch vor einer Tasse Tee, einem Vanillejoghurt und einem Fruchtcocktail aus der Dose. In erster Linie aber war sie mit der Lektüre eines dicken Taschenbuchthrillers beschäftigt, einem Bestseller laut *New York Times*, wie der Umschlag verkündete.

»Wenn ich so etwas essen müsste, würde ich es genauso machen«, sagte ich und zog einen Stuhl unter dem Tisch hervor.

Sie sah mich zunächst ausdruckslos, dann erfreut an. »Gütiger Gott! So ein Zufall. Was treibst du denn hier, Kay?«

»Ich arbeite da gegenüber, falls du das vergessen hast.«

Sie lachte amüsiert. »Möchtest du einen Kaffee, meine Liebe? Du siehst müde aus.«

Gloria Lovings Name hatte sie von Geburt an geprägt, und sie hatte ihm stets alle Ehre gemacht. Sie war eine große, großzügige Person in den Fünfzigern, der jede Urkunde, die über ihren Schreibtisch ging, am Herzen lag. Dokumente waren für sie mehr als nur Papier, und sie würde für jeden einzelnen Fall Gott und die Welt in Bewegung setzen, wenn es galt, jemandem zu helfen.

»Nein, danke, keinen Kaffee«, sagte ich.

»Also, ich habe gehört, du arbeitest drüben gar nicht mehr.«

»Es freut mich immer wieder, wie einen die Leute gleich abschreiben, wenn man sich mal ein paar Wochen nicht blicken lässt. Ich bin jetzt Beraterin beim FBI, und ich bin viel unterwegs.«

»Unterwegs in North Carolina. Das weiß ich aus den Nachrichten. Sogar Dan Rather hat kürzlich abends über die kleine Steiner gesprochen. Und CNN hatte sie auch drin. Mein Gott, ist das kalt hier.«

Ich sah mich in der zugigen Cafeteria um, deren wenige Besucher alles andere als einen zufriedenen Eindruck machten. Die meisten hockten tief gebeugt über ihren Tabletts, die Jacken und Pullover bis zum Kinn zugeknöpft. »Stell dir vor, sie mussten alle Thermostate auf siebzehn Grad herunterschrauben, um Energie zu sparen – wenn das nicht der größte Witz aller Zeiten ist«, fuhr Gloria fort. »Wir werden nämlich mit *Fernwärme* aus dem Medical College von Virginia versorgt, und deswegen spart das Runterdrehen der Thermostate kein einziges Watt Elektrizität.«

»Es fühlt sich hier kälter an als siebzehn Grad«, meinte ich dazu.

»Weil wir in Wirklichkeit knapp zwölf Grad haben, ungefähr so viel wie draußen.«

»Du kannst gern zu mir rüberkommen und mein Büro benutzen«, sagte ich mit einem verschmitzten Lächeln.

»Nun ja, das wird wohl der wärmste Platz der ganzen Stadt sein. Was kann ich für dich tun, Kay?«

»Es geht um einen Fall von plötzlichem Kindstod, der angeblich vor etwa zwölf Jahren in Kalifornien passiert ist. Das Kind hieß Mary Jo Steiner, die Eltern Denesa und Charles.« Sie schaltete natürlich gleich, war aber zu professionell, um nachzufragen. »Kennst du den Mädchennamen von Denesa Steiner?«

»Nein.«

»Wo war das in Kalifornien?«

»Auch das weiß ich nicht«, sagte ich.

»Gibt es eine Möglichkeit, das herauszufinden? Je mehr Informationen ich habe, desto besser.«

»Mir wäre es lieber, wenn du erst einmal mit meinen Angaben versuchtest, etwas in Erfahrung zu bringen. Erst wenn du damit nicht weiterkommst, werde ich zusehen, was ich noch herausbekomme.«

»Du sagst *angeblicher* Kindstod. Gibt es einen Verdacht, dass es sich vielleicht nicht darum gehandelt hat? Das muss ich wissen, denn dann könnte es anders registriert sein.«

»Angeblich war das Kind ein Jahr alt, als es starb. Und das stört mich doch sehr. Wie du weißt, liegt im Allgemeinen das Alter für den so genannten Krippentod bei drei bis vier Monaten. Bei Kindern über sechs Monate ist er unwahrscheinlich. Nach einem Jahr muss man fast immer von einer anderen verborgenen Ursache für einen plötzlichen Tod ausgehen. So gesehen, könnte er durchaus unter einem anderen Stichwort registriert sein.«

Gloria spielte mit ihrem Teebeutel. »Wenn es sich um Idaho handeln würde, müsste ich nur Jane anrufen. Die könnte dann die Krankenblätter zum Stichwort plötzlicher Kindstod durchgehen, und in neunzig Sekunden hätte ich eine Antwort. Aber Kalifornien hat zweiunddreißig Millionen Einwohner. Es ist einer der schwierigsten Staaten. Könnte sein, dass ich da eine Sonderanfrage durchgeben muss. Komm, ich begleite dich hinaus. Das ist dann mein heutiger Trainingslauf.«

»Sitzt das Hauptstandesamt in Sacramento?« Wir kämpften uns durch einen trostlosen Gang mit langen Schlangen verzweifelter Bürger, die auf soziale Unterstützung angewiesen waren.

»Ja. Ich rufe den Kollegen dort an, sobald ich oben bin.«

»Du kennst ihn also?«

»Ja, sicher.« Sie lachte. »Wir sind im Ganzen nur fünfzig und haben sonst niemanden, an den wir uns wenden müssen.«

Am Abend führte ich Lucy ins *La Petite France* aus, wo wir uns genüsslich den Ratschlägen Pauls, des Küchenchefs, beugten, der uns zu einem köstlichen Lammspieß in Fruchtmarinade und einem 1986er Château Gruaud Larose verurteilte. Für zu Hause versprach ich Lucy eine *Crema al cioccolato*, eine herrliche Schokoladenmousse mit Pistazien und Marsala. Die hatte ich für kulinarische Notfälle immer im Gefrierfach.

Vorher fuhren wir jedoch noch nach Shocko Bottom, einem Stadtbezirk, in dessen Nähe ich mich vor noch nicht allzu langer Zeit nie gewagt hätte, und wanderten beim milden Schein von altmodischen Laternen durch kopfsteingepflasterte Straßen. Man befand sich hier ganz in der Nähe des Flusses, und der mitternachtsblaue Himmel war mit Sternen übersät. Ich dachte an Benton und dann, jedoch aus völlig anderen Gründen, an Marino.

»Tante Kay«, sagte Lucy, als wir auf einen Cappuccino bei *Chetti's* vorbeischauten, »kann ich einen Anwalt bekommen?«

»Wozu?«, fragte ich, obwohl ich es wusste.

»Selbst wenn das FBI die Vorwürfe gegen mich nicht beweisen kann, bin ich für den Rest meines Leben unten durch.« Ihre Stimme klang entschlossen, doch ihren Schmerz konnte sie nicht verbergen.

»Sag mir, was du möchtest.«

»Einen einflussreichen Menschen, der mir hilft.«

»Ich besorge dir einen«, sagte ich.

Eigentlich wollte ich am Montag nach North Carolina zurückkehren, stattdessen flog ich nach Washington. Ich hatte ein paar Runden im FBI-Hauptquartier zu absolvieren, doch vor allem musste ich dringend einen alten Freund sprechen. Senator Frank Lord und ich hatten dieselbe katholische High-School in Miami besucht, wenn auch nicht zur selben Zeit. Er war um einiges älter als ich. Unsere Freundschaft rührte aus der Zeit, als ich im Medical Examiner's Office im Dade County arbeitete und er dort Bezirksstaatsanwalt war. Als er dann Gouverneur und später Senator wurde, hatte ich meine Heimatstadt im Süden längst verlassen. Wir begegneten uns erst wieder, als er Vorsitzender des Rechtsausschusses im Senat wurde.

Lord hatte mich als Beraterin hinzugezogen, als er für die bedeutungsvollste Strafgesetzvorlage in der Geschichte dieses Landes kämpfte, und auch ich hatte ihn schon einmal um Hilfe gebeten. Lucy wusste nicht, dass er seine Hand über sie gehalten hatte, denn ohne seine Intervention hätte sie wahrscheinlich nicht die Erlaubnis und auch nicht das positive akademische Gutachten für ihr Praktikum in diesem Herbst bekommen. Wie ich ihm nun die neueste Entwicklung beibringen sollte, war mir absolut schleierhaft.

Kurz vor zwölf Uhr saß ich in einem Empfangszimmer mit roten Wänden, Perserteppichen und einem prächtigen Kristalllüster auf einer Couch aus gechintztem Baumwollstoff und wartete auf ihn. Draußen auf dem mit Marmor ausgelegten Korridor hallten Stimmen, und ab und zu wagte ein Tourist einen Blick herein in der Hoffnung, einen Blick auf einen Politiker oder eine andere wichtige Persönlichkeit im Senatsspeisesaal werfen zu können. Lord erschien pünktlich. Er wirkte energiegeladen und umarmte mich schnell und steif. Er war immer schon ein freundlicher und bescheidener Mensch gewesen, der eine deutliche Scheu hatte, Gefühle zu zeigen.

»Jetzt haben Sie Lippenstift abbekommen.« Ich wischte die Spur von seinem Kinn.

»Ach, lassen Sie ihn drauf, dann haben meine Kollegen was zu reden.«

»Ich nehme an, das haben sie auch so reichlich.«

»Schön, Sie zu sehen, Kay«, sagte er und führte mich in den Speisesaal.

»Na, so schön vielleicht auch wieder nicht«, sagte ich.

»Doch, ganz bestimmt.«

Wir suchten uns einen Tisch an einem Fenster mit Glasmalerei, das George Washington auf einem Pferd zeigte. Die Speisekarte sah ich mir gar nicht erst an, denn sie änderte sich ohnehin nie.

Senator Lord war ein Mann von vornehmer Erscheinung mit

dichtem, grauem Haar und dunkelblauen Augen. Er war groß und schlank und hatte ein Faible für elegante Seidenkrawatten und so altmodische Dinge wie Westen, Manschettenknöpfe, Taschenuhren und Krawattennadeln.

»Was führt sie nach D.C.?«, fragte er und legte sich die Leinenserviette auf den Schoß.

»Ich muss mit dem FBI-Labor einige Beweismittel besprechen«, sagte ich.

Er nickte. »Sie sind an diesem schrecklichen Fall in North Carolina.«

»Ja.«

»Diesem Psychopathen muss das Handwerk gelegt werden. Glauben Sie, er ist noch da?«

»Ich weiß nicht.«

»Ich frage mich nämlich, warum er noch dort sein sollte«, fuhr Lord fort. »Es läge doch näher, anderswohin zu gehen und für eine Weile unterzutauchen. Aber wahrscheinlich hat die Handlungsweise eines so abscheulichen Menschen nicht viel mit Logik zu tun.«

»Frank, Lucy steckt in großen Schwierigkeiten.«

»Ich sehe es Ihrem Gesicht an, dass etwas nicht in Ordnung ist«, sagte er nüchtern.

Eine halbe Stunde lang erzählte ich ihm alle Einzelheiten, und er hörte zu. Ich war ihm sehr dankbar für seine Geduld, denn ich wusste, dass er an diesem Tag eine Reihe von Abstimmungen hatte. Außerdem gab es mit Sicherheit noch andere Leute, die seine Zeit in Anspruch nehmen wollten.

»Sie sind ein guter Mensch«, sagte ich mit Nachdruck. »Und ich habe Sie enttäuscht. Ich habe Sie um einen Gefallen gebeten, was bei mir sehr selten vorkommt. Und jetzt ist alles schief gelaufen.«

»Hat sie es denn getan?«, fragte er. Er hatte sein Grillgemüse kaum angerührt.

»Ich weiß nicht«, erwiderte ich. »Die Beweise sind erdrückend.« Ich räusperte mich. »Sie sagt, sie hat es nicht getan.«

»Hat sie Ihnen immer die Wahrheit gesagt?«

»Das habe ich angenommen. Aber ich habe auch kürzlich erst erfahren, dass es viele Facetten an ihr gibt, von denen sie mir nie erzählt hat.«

»Haben Sie sie danach gefragt?«

»Sie hat mir sehr deutlich gemacht, dass es Dinge gibt, die mich nichts angehen, und dass ich nicht über sie urteilen solle.«

»Wenn Sie befürchten, sie zu verurteilen, Kay, dann haben Sie es vielleicht schon getan. Und Lucy würde es spüren, was immer Sie auch sagen.«

»Es hat mir niemals Spaß gemacht, diejenige zu sein, die sie kritisiert und korrigiert«, sagte ich niedergeschlagen. »Aber Dorothy, ihre Mutter und meine einzige Schwester, ist zu sehr auf Männer fixiert und zu ichbezogen, um mit den Problemen einer Tochter umgehen zu können.«

»Und nun steckt Lucy in Schwierigkeiten, und Sie fragen sich, wie weit das Ihr Fehler ist.«

»Dessen bin ich mir gar nicht bewusst.«

»Wir sind uns selten solcher primitiven Ängste in uns bewusst, die unterhalb der Vernunftschwelle angesiedelt sind. Der einzige Weg, mit ihnen fertig zu werden, ist, sie ans Licht zu bringen. Halten Sie sich für stark genug, das zu tun?«

»Ja.«

»Denken Sie daran, wenn Sie Fragen stellen, müssen Sie auch in der Lage sein, mit den Antworten zu leben.«

»Ich weiß.«

»Nehmen wir zunächst einmal an, Lucy sei unschuldig«, sagte Senator Lord.

»Und dann?«, fragte ich.

»Wenn nicht Lucy das Sicherheitssystem verletzt hat, muss es jemand anders gewesen sein. Dann lautet meine Frage: Warum?«

»Meine lautet: *Wie?*«, sagte ich.

Er winkte der Kellnerin und bestellte Kaffee. »In erster Linie müssen wir das Motiv einkreisen. Welches könnte Lucys Motiv gewesen sein, und welches das einer anderen Person?«

»Geld« wäre eine nahe liegende Antwort, aber an die glaubte ich nicht, und das sagte ich ihm auch.

»Geld bedeutet Macht, Kay, und um Macht dreht sich alles. Und davon können wir armen Sünder nie genug kriegen.«

»Ja, ja, die verbotene Frucht.«

»Gewiss. Jedes Verbrechen leitet sich davon ab«, sagte er. »Jeden Tag wird diese tragische Wahrheit auf einer Bahre zu mir hereingefahren«, pflichtete ich ihm bei.

»Und was sagt Ihnen das über unser aktuelles Problem?« Er rührte den Zucker in seinem Kaffee um.

»Es zeigt mir ein Motiv auf.«

»Genau. Es ist die Macht. Sagen Sie mir bitte, was ich für Sie tun kann.«

»Lucy wird nicht angeklagt, solange nicht erwiesen ist, dass sie in der ERF einen Diebstahl begangen hat. Doch wie gesagt, ihre Zukunft ist ruiniert – zumindest, was eine Karriere in der Verbrechensbekämpfung angeht, und natürlich auch jede Tätigkeit, die eine Überprüfung ihrer Person erfordert.«

»Konnte man ihr denn nachweisen, dass sie es war, die um drei Uhr morgens dort eingedrungen ist?«

»Beweise haben sie genug, Frank. Und genau da liegt das Problem. Ich bin mir nicht sicher, wie intensiv man sich bemühen wird, ihren Ruf wiederherzustellen, falls sie unschuldig ist.«

»Falls?«

»Ich bemühe mich, offen zu bleiben.« Ich griff nach meiner Kaffeetasse, ließ sie aber dann doch stehen, weil mir klar wurde, dass eine weitere Anregung meines Kreislaufs das Letzte war, was ich gebrauchen konnte. Mein Herz raste, und ich konnte die Hände nicht ruhig halten.

»Ich könnte mit dem Direktor sprechen«, sagte Lord.

»Das Einzige, was ich mir wünsche, ist jemand, der aus dem Hintergrund für eine sorgfältige Ermittlung in dieser Geschichte sorgt. Da Lucy nun einmal fort ist, könnte die Auffassung entstehen, es wäre nicht mehr so wichtig, vor allem, weil es so viele andere Dinge gibt, mit denen man sich zu beschäftigen hat. Sie ist doch nur eine Collegestudentin, Himmel noch mal. Warum sollten sie sich also besondere Mühe geben?«

»Ich hoffe doch, dass das Bureau etwas sorgfältiger ist«, sagte Lord mit grimmig verzogenem Mund.

»Ich kenne mich aus in der Bürokratie. Mein ganzes Leben lang hatte ich damit zu tun.«

»Ich auch.«

»Dann wissen Sie, wovon ich rede.«

»Ich weiß.«

»Man wünscht, dass sie bis zum Anfang des nächsten Semesters bei mir in Richmond bleibt«, sagte ich.

»Dann ist das das Urteil.« Er griff wieder nach seinem Kaffee.

»Genau. Für sie ist das ganz einfach. Aber was ist mit meiner Nichte? Sie ist gerade erst einundzwanzig, und plötzlich ist ihr Lebenstraum zerplatzt. Was soll sie jetzt tun? Nach Weihnachten zurück an die UVA gehen und so tun, als sei nichts passiert?«

»Hören Sie.« Er fasste mich mit einer Zärtlichkeit am Arm, die schon immer den Wunsch in mir geweckt hatte, er wäre mein Vater. »Ich werde tun, was ich kann, ohne mich unbefugt in eine administrative Angelegenheit einzumischen. Vertrauen Sie mir so weit?«

»Das tue ich.«

»Darf ich Ihnen inzwischen einen kleinen persönlichen Rat geben?« Er sah auf die Uhr und winkte nach der Bedienung. »Ich bin spät dran.« Er sah mich wieder an. »Ihr größtes Problem ist familiärer Art.«

»Da bin ich aber ganz anderer Meinung«, sagte ich mit Nachdruck.

»Das können Sie, so viel Sie wollen.« Er lächelte der Kellnerin zu, als sie ihm die Rechnung reichte. »Sie sind für Lucy so gut wie eine Mutter. Wie wollen Sie ihr durch diese Geschichte hindurchhelfen?«

»Ich dachte, ich wäre gerade dabei.«

»Und ich dachte, Sie wären gekommen, um mich zu sehen.

Hallo!« Er winkte die Kellnerin zurück, die sich bereits wieder entfernt hatte. »Ich glaube, das ist nicht unsere Rechnung. Wir hatten keine vier Hauptgerichte.«

»Darf ich mal? Meine Güte. Ach, das tut mir Leid, Senator Lord. Das ist der Tisch da drüben.«

»Wenn das so ist, soll Senator Kennedy gleich für beide Tische bezahlen. Für seinen und meinen.« Er reichte ihr beide Rechnungen. »Er wird nichts dagegen haben. Er glaubt an das Prinzip ›Steuergelder eintreiben – Steuergelder ausgeben‹.«

Die Kellnerin war eine große Frau mit schwarzem Pagenkopf, und sie trug ein schwarzes Kleid mit weißer Schürze. Sie lächelte. Ihr Fehler machte ihr jetzt sogar Spaß. »Ja, Sir! Das werde ich dem Senator gleich so sagen.«

»Und, Missouri, fügen Sie hinzu, er soll ein großzügiges Trinkgeld geben«, rief er ihr nach. »Sagen Sie ihm, das hätte ich gesagt.«

Missouri Rivers hatte gute siebzig Jahre auf dem Buckel, und nachdem sie ihre Heimatstadt Raleigh vor Jahrzehnten verlassen hatte und in einen Zug nach Norden gestiegen war, hatte sie Senatoren schlemmen und fasten sehen, antreten und abtreten, hatte gesehen, wie die einen ihr Herz verloren und die anderen ihren Posten. Sie wusste, wann sie ihre Gäste unterbrechen durfte, um ihnen das Essen zu servieren, wann sie Tee nachschenken oder einfach verschwinden musste. Genau hier, in diesem hübschen Raum, zeigten ihre Gäste ihr wahres Gesicht, denn ein untrüglicher Maßstab für den Charakter eines Menschen ist die Art und Weise, wie er, wenn er sich unbeobachtet glaubt, mit Menschen ihres Schlages umgeht. Den Senator Lord jedenfalls mochte sie. Ich sah es an dem sanften Glanz ihrer Augen, wenn sie ihn ansah oder seinen Namen hörte.

»Ich möchte Sie einfach dazu ermuntern, einige Zeit mit Lucy zu verbringen«, fuhr er fort. »Und lassen Sie sich nicht dazu verleiten, anderen Leuten die Kastanien aus dem Feuer zu holen, vor allem nicht Lucy.«

»Ich fürchte, dass sie es nicht allein schafft, diese speziellen Kastanien aus dem Feuer zu holen.«

»Es ist mir wichtig, dass Lucy nichts von unserem heutigen Gespräch erfährt. Sie brauchen ihr auch nicht zu sagen, dass ich in ihrer Angelegenheit gleich zum Telefon greifen werde, wenn ich wieder in meinem Büro bin. Wenn ihr jemand etwas sagt, dann möchte ich das sein.«

»Einverstanden«, sagte ich.

Ein paar Minuten später winkte ich mir vor dem Russell Building ein Taxi herbei und traf Benton pünktlich um Viertel nach drei an der verabredeten Stelle. Er saß auf einer Bank im Amphitheater, vor dem FBI-Hauptquartier. Obwohl er in einen Roman vertieft schien, hörte er mich schon kommen und sah auf, noch bevor ich seinen Namen rufen konnte. Eine Besuchergruppe, die vorüberkam, nahm keine Notiz von uns. Wesley klappte sein Buch zu, steckte es in die Manteltasche und stand auf.

»Wie war die Reise?«, fragte er.

»Wenn man die Zeit einrechnet, die ich zum National Airport brauche und wieder zurück, dann dauert die Autofahrt nicht länger als der Flug.«

»Du bist geflogen?« Er hielt mir die Tür zur Lobby auf.

»Ich habe Lucy meinen Wagen gegeben.«

Er nahm die Sonnenbrille ab und besorgte uns Besucherpässe. »Kennst du Jack Cartwright, den Leiter des Labors?«

»Ja.«

»Wir sind in seinem Büro zu einer kurzen, aber eher unangenehmen Besprechung verabredet«, sagte er. »Dann möchte ich dich noch anderswohin bringen.«

»Und wo wäre das?«

»Es ist schwer hinzukommen.«

»Benton, wenn du kryptisch werden willst, bleibt mir als Revanche nichts anderes übrig, als lateinisch zu sprechen.«

»Und du weißt genau, wie ich das hasse.«

Wir entriegelten mit unseren Besucherpässen ein Drehkreuz und gingen durch einen langen Gang zu einem Fahrstuhl. Jedes Mal, wenn ich ins Hauptquartier kam, fiel mir auf, wie wenig ich diesen Ort mochte. Kaum ein Mensch sah einen an oder lächelte, alles und jeder schien sich hinter einem weißen oder grauen Vorhang zu verbergen. Endlose Gänge verbanden ein Labyrinth von Laboratorien, und ich fand nie das richtige, wenn ich mich auf mich selbst verlassen musste. Noch schlimmer, die Menschen, die hier arbeiteten, schienen selbst nicht zu wissen, wie man wohin kam.

Jack Cartwright hatte ein Büro mit Ausblick. Die Sonne fiel durch die Fenster, und ich dachte voller Wehmut an all die herrlichen Tage der letzten Zeit, die ich durch harte Arbeit und durch all die Dinge, die mir Sorgen machten, versäumt hatte.

»Hallo, Benton. Kay, guten Tag.« Cartwright schüttelte uns die Hand. »Nehmen Sie bitte Platz. Das sind George Kilby und Seth Richards vom Labor. Kennen Sie sich schon?«

»Nein. Wie geht's?«, sagte ich zu Kilby und Richards. Beide waren jung, unauffällig gekleidet und machten ernste Gesichter.

»Möchte jemand Kaffee?«

Niemand meldete sich, und Cartwright schien bestrebt, schnell zur Sache zu kommen. Er war ein attraktiver Mann, dessen gewaltiger Schreibtisch Zeugnis davon ablegte, wie er die Dinge erledigte. Jedes Dokument, jedes Kuvert und jede Telefonnotiz lagen ordentlich an ihrem Platz. Auf einem Notizblock ruhte ein alter silberner Parker-Füllfederhalter, wie ihn nur ein Purist benutzt. Auf den Fensterbänken standen Blumentöpfe, dazwischen Fotos von seiner Frau und seinen Töchtern. Draußen spiegelte sich die Sonne in den Windschutzscheiben der vorbeifahrenden Autoschlangen, und fliegende Händler boten T-Shirts, Eiscreme und Getränke feil.

»Wir haben an der Steiner-Sache gearbeitet«, begann Cartwright seine Ausführungen, »und bislang haben sich einige interessante Entwicklungen ergeben. Ich fange mit dem wohl wichtigsten Punkt an, und das ist die Bestimmung der Haut aus dem Gefrierfach. Unsere DNS-Analyse ist zwar noch nicht ganz fertig, aber wir können schon mit Sicherheit sagen, dass es sich um menschliches Gewebe handelt, mit der Blutgruppe Null positiv. Wie Sie sicherlich wissen, war auch das Opfer, Emily Steiner, Null positiv. Größe und Form der Gewebestücke stimmen zudem mit ihren Wunden überein.«

Ich machte Notizen. »Konnten Sie auch feststellen, mit was für einem Schneideinstrument die Stücke herausgetrennt wurden?«, fragte ich.

»Ein einschneidiges scharfes Instrument.«

»Das könnte also jede Art von Messer sein«, sagte Wesley.

»Es ist die Stelle zu erkennen«, fuhr Cartwright fort, »an der der Täter die Spitze angesetzt und zu schneiden begonnen hat. Also reden wir von einem einschneidigen Messer mit Spitze. So weit können wir es eingrenzen. Übrigens«, er sah Wesley an, »haben wir an keinem der Messer, die Sie uns geschickt haben, menschliches Blut entdeckt. Das heißt an den Sachen aus dem Haus von Ferguson.«

Wesley nickte. Sein Gesicht zeigte keine Regung.

»Okay, nun zur Spurensicherung«, nahm Cartwright den Faden wieder auf. »Und jetzt wird es interessant. Wir haben einiges ungewöhnliche Material mikroskopiert, das von Emily Steiners Körper und Haar und von ihren Schuhsohlen stammt. Wir haben ein paar blaue Acrylfasern gefunden, die zu ihrer Bettdecke passen, außerdem grüne Baumwollfasern, die mit dem grünen Kordmantel übereinstimmen, den sie bei dem Gruppentreffen in ihrer Kirche trug. Dann sind da noch ein paar weitere Wollfasern, deren Herkunft wir nicht kennen. Außerdem haben wir Staubmilben gefunden, die von überallher stammen können. Aber was nicht von überallher stammen kann, ist das hier.«

Cartwright schwenkte in seinem Stuhl herum und schaltete ein Videogerät ein, das hinter ihm auf einer Anrichte stand. Der Bildschirm zeigte Zellmaterial, das an Honigwaben erinnerte. Aber es hatte eigentümliche Flecken, die an Bernstein mit Einschlüssen erinnerten.

»Was Sie hier sehen«, sagte Cartwright, »sind Teile einer Pflanze namens *Sambucus simpsonii*. Das ist schlicht und einfach ein Holunderstrauch, der an den Küstenstreifen und in den Lagunen des südlichen Florida beheimatet ist. Das Faszinierende sind diese dunklen Punkte hier.« Er zeigte auf die gefleckten

Bereiche. »George«, er sah einen der beiden jungen Wissenschaftler an, »das ist Ihr Spezialgebiet.«

»Das sind Tannin-Vesikel.« George Kilby trat näher heran. »Man kann sie besonders gut in diesem Querschnitt erkennen.«

»Was genau ist ein Tannin-Vesikel?«, wollte Wesley wissen.

»Es ist ein Gefäß, in dem Material den Stängel hinauf- und hinabtransportiert wird.«

»Was für Material?«

»Im Allgemeinen Abfallprodukte, die beim Zellstoffwechsel anfallen. Und wissen Sie, was das hier ist? Das ist Mark von der Pflanze, die diese Tannin-Vesikel enthält.«

»Sie haben also bei der Spurensicherung Mark gefunden?«, fragte ich.

Spezialagent George Kilby nickte. »Stimmt. Der handelsübliche Name ist Holundermark, wenn es auch technisch so etwas gar nicht gibt.«

»Wozu verwendet man Holundermark?«, fragte Wesley.

Cartwright übernahm die Antwort. »Man benutzt es oft zum Fixieren kleiner mechanischer Teile oder Teilstücke von Schmuck. Zum Beispiel steckt ein Juwelier einen kleinen Ohrring oder das Zubehörteil einer Uhr in eine Holundermarkscheibe, damit es ihm nicht vom Tisch rollt oder er es mit dem Ärmel wegwischt. Heute benutzt man zu dem Zweck meist Styropor.«

»Befanden sich viele Holundermarkspuren auf dem Körper?«, fragte ich.

»Eine ganze Menge, größtenteils an den blutigen Stellen, wo sich überhaupt die meisten Spuren fanden.«

»Wenn man Holundermark haben will«, fragte Wesley, »wo bekommt man es?«

»In den Everglades könnte man sich so einen Strauch einfach abschneiden«, antwortete Kilby. »Sonst kann man es bestellen.«

»Wo?«

»Ich kenne eine Firma in Silver Springs, Maryland.«

Wesley sah mich an. »Wir müssen wohl in Black Mountain nach jemandem suchen, der Schmuck repariert.«

»Das würde mich wundern«, sagte ich, »wenn es in Black Mountain einen Juwelier gäbe.«

Cartwright meldete sich wieder zu Wort. »Zusätzlich zu den bereits erwähnten Spuren haben wir noch mikroskopisch kleine Insektenteile gefunden. Von Käfern, Grillen, Schaben – tatsächlich nichts Besonderes. Und weiße und schwarze Farbtupfer. Außerdem hatte sie Sägemehl im Haar.«

»Von was für einem Holz?«, fragte ich.

»Größtenteils Nussbaum, aber wir haben auch Mahagoni identifiziert.« Cartwright sah Wesley an, der aus dem Fenster schaute. »Auf der Haut, die Sie im Gefrierfach entdeckt haben, hat sich von all dem Material dagegen nichts gefunden, nur in den Wunden.«

»Das heißt, diese Verletzungen wurden ihr zugefügt, bevor ihr Körper in Berührung mit dem kam, was diese Spuren hinterlassen hat?«, sagte Wesley.

»Davon kann man ausgehen«, sagte ich. »Doch wer immer ihr die Haut herausgeschnitten und sie dann aufbewahrt hat, dürfte sie abgewaschen haben. Sonst wäre Blut daran gewesen.«

»Könnte etwas auf das Innere eines Wagens schließen lassen?«, fuhr Wesley fort. »Zum Beispiel auf einen Kofferraum?«

»Wäre möglich«, sagte Kilby.

Ich wusste, worauf Wesley hinauswollte. Gault hatte den dreizehn Jahre alten Eddie Heath in einem alten, klapprigen Kombi ermordet. In dem Wagen wurde eine erstaunliche Menge der diversesten Spuren gefunden. Kurz gesagt, Mr. Gault, der psychopathische Sohn des wohlhabenden Besitzers einer Pekannussplantage in Georgia, machte sich ein besonderes Vergnügen daraus, Spuren zu hinterlassen, die keinen Sinn zu ergeben schienen.

»Und nun zu dem orangefarbenen Gewebeband«, sagte Cartwright und war damit beim letzten Punkt angelangt. »Stimmt es, dass eine dazugehörige Rolle nicht gefunden wurde?«

»Wir sind noch auf nichts dergleichen gestoßen«, antwortete Wesley.

Special Agent Richards blätterte in seinen Notizen, als Cartwright zu ihm sagte: »Also, konzentrieren wir uns darauf. Ich persönlich glaube nämlich, es wird sich zum wichtigsten Indiz in diesem Fall entwickeln.«

Richards antwortete in ernstem Ton. Wie alle, die ich als eingeschworene Wissenschaftler in der Gerichtsmedizin kennen gelernt hatte, hatte auch er eine Leidenschaft für sein Spezialgebiet. Die Handbibliothek des FBI bot zum Stichwort Gewebeband über hundert Kriterien, die zu seiner Bestimmung im Zusammenhang mit einem Verbrechen relevant sein konnten. Tatsächlich wurde das Zeug so gern und oft missbraucht, dass ich in keinem Haushaltswarenladen oder Supermarkt an einer solchen Rolle vorbeigehen konnte, ohne mich an diese schrecklichen Verwendungsmöglichkeiten zu erinnern.

Ich hatte Leichenteile von Menschen zusammengesucht, die von Bomben zerfetzt worden waren, welche mit Hilfe von Gewebeband zusammengebaut worden waren. Ich hatte es als Fessel von Opfern sadistischer Killer entfernt und von Leichen, die, mit Steinen beschwert, aus Flüssen und Seen geborgen wurden. Die Zahl der Fälle, in denen ich es vom Mund von Menschen gezogen hatte, die nicht schreien durften, bis sie tot waren, weiß ich nicht mehr. Erst in meinem Leichenschauhaus durften die Toten sich frei äußern. Erst dort befragte sie jemand nach all den schrecklichen Dingen, die man ihnen angetan hatte.

»Diese Art Gewebeband habe ich noch nie gesehen«, sagte Richards. »Wegen der hohen Fadendichte bin ich fest davon überzeugt, dass der Käufer, wer immer das war, es nicht aus einem Laden hat.«

»Woher wissen Sie das so genau?«, fragte Wesley.

»Das hier hat Industriequalität, 62er Kettfaden und 56er Schussfaden. Die normal käufliche Ausführung, die man für ein paar Dollar bei Walmart oder Safeway bekommt, hat die Stärke 20/10. Industriequalität kostet leicht an die zehn Dollar die Rolle.«

»Wissen Sie, wer der Hersteller des Bandes ist?«, fragte ich.

»Shuford Mills in Hickory, North Carolina. Sie gehören zu den größten Herstellern im Lande. Ihre bekannteste Marke ist Shurtape.«

»Hickory liegt nur etwa sechzig Meilen östlich von Black Mountain«, sagte ich.

»Haben Sie schon mit jemandem von Shuford Mills gesprochen?«, fragte Wesley Richards.

»Ja. Sie sind noch dabei, der Sache nachzugehen. Doch ein Punkt steht bereits fest: Das grell orangefarbene Gewebeband war eine Spezialanfertigung von Shuford Mills ausschließlich für einen privaten Sonderkunden. Das war Ende der achtziger Jahre.«

»Was verstehen Sie unter einem Sonderkunden?«, fragte ich.

»Jemanden, der ein ganz besonderes Band haben will, und davon vielleicht nur die Mindestmenge von, sagen wir, fünfhundert Schachteln. Das bedeutet, dass irgendwo noch Hunderte von Rollen existieren können, die wir nie zu Gesicht bekommen, es sei denn durch Zufall, wie bei diesem orangefarbenen Band.«

»Haben Sie ein Beispiel dafür, aus welchem Personenkreis jemand kommen könnte, der ein solches Band in Auftrag gibt?«, fragte ich.

»Ich weiß von einigen Stock-Car-Rennfahrern«, antwortete Richards. »Das Band, das sich Richard Petty für seine Boxenmannschaft machen lässt, ist zum Beispiel rotblau, und das von Daryl Waltrip ist gelb. Bei Shuford Mills gab es auch mal vor einigen Jahren eine Baufirma als Kunden, die es leid war, dass ihre Arbeiter dieses kostspielige Band häufig mitgehen ließen. Also ließ sie sich ihr eigenes, hellrotes anfertigen. Wenn dann jemand zu Hause seine Rohre damit flickte oder das Loch im Kinderplanschbecken, war ziemlich klar, dass es gestohlen war.«

»Könnte das auch der Zweck des orangefarbenen Bandes gewesen sein? Die Arbeiter vom Stehlen abzuhalten?«, fragte ich.

»Möglicherweise«, sagte Richards. »Übrigens ist es schwer entflammbar.«

»Ist das ungewöhnlich?«, fragte Wesley.

»Sogar sehr«, antwortete Richards. »Bei feuerfesten Bändern denke ich an Flugzeuge und Unterseeboote. Aber beide brauchen keine so auffallende Farbe – nehme ich wenigstens an.«

»Wozu könnte jemand ein orangefarbenes Band benötigen?«, fragte ich.

»Die Eine-Million-Dollar-Frage«, sagte Cartwright. »Ich assoziiere mit dieser Farbe Jagd- oder Verkehrsabsperrungen.«

»Kommen wir zurück zum Mörder, der Mrs. Steiner und ihre Tochter damit gefesselt hat«, sagte Wesley. »Was können Sie uns dazu noch sagen?«

»Wir haben an einigen der Enden Spuren gefunden, die von Möbelpolitur stammen können«, sagte Richard. »Außerdem waren die einzelnen Stücke, die Mrs. Steiner um die Hand- und Fußgelenke geklebt waren, nicht auch in der gleichen Reihenfolge von der Rolle abgerissen worden. Das würde bedeuten, der Täter hat so viele Stücke vom Band abgerissen, wie er zu benötigen glaubte, und sie wahrscheinlich an eine Möbelkante geklebt. So war das Band bereits stückweise für die Fesselung von Mrs. Steiner vorbereitet.«

»Allerdings hat er die Reihenfolge durcheinander gebracht«, sagte Wesley.

»Ja«, sagte Richards. »Ich habe sie in der Reihenfolge nummeriert, wie sie der Mutter und der Tochter als Fesseln angelegt worden waren. Wollen Sie es sich ansehen?«

Wir wollten.

Den Rest des Nachmittags verbrachte ich mit Wesley in der Abteilung für Materialanalysen mit ihren Gaschromatografen, Massenspektrometern, Differential-Scanning-Kalorimetern und anderen einschüchternden Instrumenten, mit denen Materialien und Schmelzpunkte bestimmt werden. Ich blieb neben einem tragbaren Sprengstoffdetektor stehen, und Richards fuhr mit seinen Erläuterungen zu dem sonderbaren Band fort, mit dem Emily und ihre Mutter gefesselt worden waren.

Er habe das Band, das ihm die Polizei von Black Mountain übergeben hatte, mit Heißluft abgelöst und siebzehn Stücke mit einer Länge zwischen zwanzig und fünfzig Zentimetern gezählt. Diese Stücke habe er auf dickes, transparentes Vinyl geklemmt und zweimal durchnummeriert – einmal in der Reihenfolge, in der sie von der Rolle abgerissen worden waren, und einmal so, wie sie der Täter seinen Opfern als Fesseln angelegt hatte.

»Bei der Mutter ist die Reihenfolge vollkommen durcheinander geraten«, sagte er. »Dieses Stück hier hätte das erste sein müssen. Aber es war das letzte. Und dieses ist als zweites abgerissen worden, wurde aber als fünftes benutzt. Das kleine Mädchen wurde wiederum genau in der richtigen Reihenfolge gefesselt. Er hat sieben Stücke benutzt und eines nach dem anderen um ihre Gelenke gewickelt, so, wie sie von der Rolle kamen.«

»Sie wird sich weniger gewehrt haben«, bemerkte Wesley.

»Das könnte man annehmen«, sagte ich und fragte dann Richards: »Haben Sie an Emilys Leiche etwas von der polituratigen Substanz gefunden, die an dem Klebeband war?«

»Nein«, antwortete er.

»Das ist interessant«, sagte ich. Es kam mir merkwürdig vor. Die Schmutzstreifen auf dem Band waren der letzte Punkt. Man hatte sie als Kohlenwasserstoffe identifiziert, eine etwas euphemistische Umschreibung für Schmierfett. Das brachte uns keinen Schritt weiter, denn leider ist Schmierfett eben nichts als Schmierfett. Es konnte von jedem x-beliebigen Auto stammen, ob das nun ein Mack-Truck in Arizona war oder ein Chevrolet in Kalifornien.

12

Um halb fünf gingen Wesley und ich ins *Red Sage*. Für einen Drink war das reichlich früh. Aber wir fühlten uns beide nicht besonders gut.

Jetzt, wo ich allein mit ihm war, fiel es mir schwer, ihm in die Augen zu schauen. Ich wünschte, er würde auf das zu sprechen kommen, was neulich Nacht zwischen uns gewesen war. Ich mochte nicht glauben, dass es nur mir etwas bedeutete.

»Sie haben Fassbier aus der Privatbrauerei«, sagte Wesley, während ich die Karte studierte. »Es ist sehr gut, falls du Biertrinkerin bist.«

»Nur wenn ich zwei Stunden in der Mittagshitze Sport getrieben habe, sehr durstig bin und Heißhunger auf eine Pizza habe«, sagte ich ein wenig gekränkt, weil er das offenbar nicht von mir wusste. »Bier habe ich noch nie gemocht. Ich trinke es nur, wenn es sonst absolut nichts anderes gibt, und selbst dann kann ich nicht beurteilen, ob es gut schmeckt.«

»Na gut, das ist doch kein Grund, ärgerlich zu werden.«

»Ich bin überhaupt nicht ärgerlich.«

»Du klingst aber so. Und du siehst mich nicht an.«

»Mir geht es gut.«

»Mein ganzes Leben lang habe ich die Menschen studiert, und ich sage dir, es geht dir nicht gut.«

»Psychopathen hast du dein Leben lang studiert«, sagte ich. »Nicht aber weibliche Gerichtsmediziner, die auf der richtigen Seite des Gesetzes stehen und nach einem langen, arbeitsreichen Tag, an dem sie sich hauptsächlich mit ermordeten Kindern beschäftigt haben, bloß ein bisschen relaxen wollen.«

»Ist ziemlich schwer, in diesem Restaurant einen Platz zu bekommen.«

»Das sehe ich. Danke, dass du dir solche Mühe gemacht hast.«

»Ich musste meinen Einfluss geltend machen.«

»Natürlich.«

»Trinken wir Wein zum Dinner. Erfreulicherweise haben sie einen Opus One auf der Karte. Vielleicht fühlst du dich danach besser.«

»Der Preis dafür ist überhöht, finde ich, und außerdem ähnelt er einem Bordeaux, was mir für jetzt zu schwer ist. Ich wusste auch nicht, dass wir hier zu Abend essen. In weniger als zwei Stunden muss ich in meinem Flugzeug sitzen. Ich trinke nur ein Glas Cabernet.«

»Ganz, wie du magst.«

Ich wusste im Moment überhaupt nicht, was ich mochte oder wollte.

»Ich bin morgen wieder in Asheville«, fuhr Wesley fort. »Wenn du heute Nacht hier bleibst, könnten wir zusammen fliegen.«

»Warum musst du wieder hin?«

»Wir wurden schon vor Fergusons Tod und Motes Herzattacke um Unterstützung gebeten. Glaub mir, die Polizei von Black Mountain ist uns aufrichtig dankbar und wirklich in Panik. Ich habe ihnen erklärt, dass wir für sie tun, was wir können. Sollte sich herausstellen, dass wir noch mehr Beamte brauchen, dann werde ich dafür sorgen.«

Wesley hatte die Angewohnheit, sich den Namen des Kellners zu merken und ihn damit anzusprechen, wenn er uns bediente. Unserer hieß Stan, und so ging es die ganze Zeit Stan hier und Stan da, als Wesley sich mit ihm über Weine und Extras verständigte. Es war wirklich Wesleys einzige dumme Angewohnheit, die einzige Verschrobenheit, die ich bisher an ihm entdeckt hatte, aber an diesem Abend ging sie mir verdammt auf die Nerven.

»Weißt du, Benton, für den Kellner bedeutet das keineswegs, dass er sich von dir akzeptiert fühlt. Es wirkt eher ein bisschen von oben herab, so, wie das jemand vom Radio mit seinen Interviewpartnern macht.«

»Wie wer was macht?« Er hatte nichts kapiert.

»Sie beim Namen nennen. Immer wieder, meine ich.«

Er sah mich an.

»Na ja, ich will dich gar nicht kritisieren«, sagte ich und machte die Sache damit nur noch schlimmer. »Ich sage dir das nur aus Freundschaft, und das weißt du auch. Unter Freunden muss man so ehrlich sein, meine ich. Unter *wirklichen* Freunden.«

»Bist du jetzt fertig?«, fragte er.

»In etwa.« Ich zwang mir ein Lächeln ab.

»Möchtest du mir nicht sagen, was dir wirklich im Magen liegt, oder soll ich mich mutig in dieses Rätsel stürzen?«

»Mir liegt absolut nichts im Magen«, sagte ich und fing an zu weinen.

»Mein Güte, Kay.« Er reichte mir seine Serviette.

»Ich habe selber eine.« Ich trocknete mir die Augen.

»Es ist wegen neulich Nacht, nicht?«

»Vielleicht sagst du mir mal, was du mit ›neulich Nacht‹ meinst. Vielleicht gibt es dieses *neulich Nacht* ja pausenlos bei dir.«

Wesley bemühte sich, ein Lachen zu unterdrücken, aber es gelang ihm nicht. Beide konnten wir minutenlang nichts sagen, denn er lachte, und ich schwankte zwischen Lachen und Weinen.

Der Kellner brachte uns die Drinks, und ich nahm ein paar Schlucke, bevor ich wieder sprach.

»Hör mal«, sagte ich schließlich. »Es tut mir Leid, aber ich bin furchtbar müde. Dieser Fall reibt mich auf, Marino und ich kommen nicht zurecht miteinander, und Lucy sitzt in der Klemme.«

»Das reicht, um jedem die Tränen in die Augen zu treiben«, sagte Wesley, und offenbar beunruhigte es ihn, nicht auch auf der Negativliste zu stehen. Perverserweise freute mich das.

»Ja, und zudem beschäftigt mich, was in North Carolina passiert ist«, setzte ich hinzu.

»Bedauerst du es?«

»Wozu soll es gut sein, wenn ich ja oder nein sage?«

»Gut für mich, wenn ich höre, du bedauerst es nicht.«
»Ich kann es nicht sagen«, sagte ich.
»Dann bedauerst du es.«
»Nein, das tue ich nicht.«
»Dann bedauerst du es also nicht.«
»Verdammt, Benton, lass es gut sein.«
»Das werde ich nicht«, sagte er. »Ich war schließlich auch dabei.«
»Wie bitte?«
Das verwirrte mich.
»In der Nacht, in der es passierte. Erinnerst du dich? Genaugenommen war es früher Morgen. Für das, was wir taten, brauchte es zwei. Ich war da. Und du bist nicht der einzige Mensch, der tagelang darüber nachdenken musste. Warum fragst du nicht mich, ob ich es bedaure?«
»Nein«, sagte ich. »Von uns beiden bist du der Verheiratete.«
»Wenn ich mich des Ehebruchs schuldig gemacht habe, dann auch du. *Dazu brauchte es zwei*«, wiederholte er.
»Meine Maschine geht in einer Stunde. Ich muss gehen.«
»Darüber hättest du nachdenken sollen, bevor du dieses Gespräch begonnen hast. Jetzt kannst du nicht mittendrin rausmarschieren.«
»Natürlich kann ich das.«
»Kay?« Er sah mich an und senkte die Stimme. Über den Tisch hinweg griff er nach meiner Hand.

Ich nahm mir für die Nacht ein Zimmer im *Willard*. Wesley und ich hatten ein sehr langes Gespräch und klärten die Dinge weit genug, um die gleiche Sünde noch einmal zu begehen. Als wir früh am anderen Morgen aus dem Aufzug in die Lobby traten, waren wir sehr leise und höflich, als hätten wir uns gerade erst kennen gelernt, aber doch schon viele Gemeinsamkeiten entdeckt. Wir nahmen zusammen ein Taxi zum National Airport und bekamen eine Maschine nach Charlotte. Dort saß ich eine Stunde im USAir Club am Telefon und sprach mit Lucy. »Ja«, sagte ich. »Ich werde jemanden suchen, ich bin sogar schon dabei«, versicherte ich ihr.

»Ich muss etwas tun«, sagte sie noch einmal.

»Hab bitte Geduld.«

»Nein. Ich weiß, wer mir das hier antut, und ich habe vor, etwas dagegen zu unternehmen.«

»Wer denn?«, fragte ich, aufmerksam geworden.

»Wenn es so weit ist, sage ich Bescheid.«

»Lucy, wer hat dir was angetan? Bitte, sag mir, wovon du sprichst.«

»Im Augenblick geht das nicht. Ich muss vorher noch etwas erledigen. Wann kommst du nach Hause?«

»Ich weiß nicht. Ich rufe dich aus Asheville an, sobald ich absehen kann, wie die Dinge laufen.«

»Also kann ich deinen Wagen noch benutzen?«

»Aber sicher.«

»In den nächsten Tagen brauchst du ihn dann wohl nicht, oder?«

»Ich glaube nein. Was hast du denn vor?« Ich wurde zunehmend nervös.

»Vielleicht muss ich nach Quantico fahren, und wenn ja, bleibe ich über Nacht, aber ich wollte sichergehen, dass es dir nichts ausmacht.«

»Nein, es macht mir nichts aus«, sagte ich. »Solange du vorsichtig bist, Lucy. Das nämlich macht mir etwas aus.«

Wesley und ich bestiegen eine Propellermaschine, die so laut war, dass wir uns nicht unterhalten konnten. Wesley verschlief den Flug, während ich einfach nur ruhig dasaß, mit geschlossenen Augen, und die Wärme der Sonne genoss, die durchs Fenster schien. Ich ließ meinen Gedanken freien Lauf, und aus verborgenen Winkeln tauchten so manche Bilder auf, die ich längst vergessen hatte. Ich sah meinen Vater vor mir, mit dem Weißgoldring an der linken Hand, wo eigentlich der Ehering hätte stecken müssen. Den hatte er am Strand verloren, und einen neuen konnte er sich nicht leisten.

Mein Vater hatte nie ein College besucht. Ich erinnerte mich daran, dass sein High-School-Ring einen roten Stein hatte und dass es immer mein Wunsch gewesen war, es wäre ein Rubin, weil wir so arm waren und ich dachte, wir könnten ihn dann verkaufen und ein besseres Leben haben. Ich wusste auch immer noch, wie enttäuscht ich war, als mein Vater mir eines Tages erklärte, der Ring sei das Benzin nicht wert, um bis South Miami zu fahren. Bei der Art, wie er das sagte, wurde mir nämlich klar, dass er seinen Ehering nicht wirklich verloren hatte. Er hatte ihn verkauft, als er nicht mehr ein noch aus wusste, doch hätte er das Mutter gestanden, hätte es sie umgebracht. Viele Jahre hatte ich nicht mehr an jenen Ring mit dem roten Stein gedacht, aber ich nahm an, dass meine Mutter ihn noch irgendwo hatte, es sei denn, sie hatte ihn Vater mit ins Grab gegeben. Das wäre möglich. Genaueres wusste ich jedoch nicht, denn ich war erst zwölf, als er starb.

Meine Gedanken wanderten hierhin und dorthin. Menschen, die ich einmal gekannt hatte, tauchten vor meinem inneren Auge auf wie stumme, ungeladene Gäste. Es war seltsam, und ich wusste nicht, was es zu bedeuten hatte, warum zum Beispiel Schwester Martha, meine Lehrerin in der dritten Klasse, plötzlich etwas mit Kreide auf die Tafel schrieb oder warum ein Mädchen namens Jennifer durch eine Tür hinausging, während draußen auf dem Friedhof ein Hagelschauer wie aus tausend kleinen weißen Murmeln niederging.

Und so erschienen diese Menschen aus meiner Vergangenheit und verschwanden wieder, während ich in einer Art Halbschlaf vor mich hindöste.

Erst ein dumpfes Gefühl des Kummers, das in mir aufstieg, holte mich in die Gegenwart zurück. Auf einmal spürte ich Wesleys Arm neben mir, der mich ganz leicht berührte, und während ich mich auf diese Berührung konzentrierte, nahm ich den Geruch seiner von der Sonne erwärmten Wolljacke wahr, stellte mir die langen Finger an seinen gepflegten Händen vor, die mich an Klavierspiel denken ließen, an Füllfederhalter und Cognacschwenker am Kaminfeuer.

Ich glaube, genau an diesem Punkt wurde mir bewusst, dass

ich mich in Benton Wesley verliebt hatte. Die Tatsache, dass ich alle Männer, die ich vor ihm geliebt hatte, wieder verloren hatte, wollte ich wenigstens ein paar kostbare Minuten lang noch verdrängen, und so öffnete ich die Augen erst wieder, als die Stewardess uns bat, zur Landung die Sitzlehnen aufrecht zu stellen.

»Werden wir abgeholt?«, fragte ich Wesley, als hätte ich während der Stunde im Flugzeug allein daran gedacht.

Er sah mich lange an. Seine Augen glänzten wie Bernstein, wenn Sonnenstrahlen sie in einem bestimmten Winkel trafen, und haselnussbraun mit goldenen Flecken, wenn schwere Gedanken sie verdüsterten. Wurden diese Gedanken unerträglich, sah er einfach weg.

»Wir gehen wohl wieder ins *Travel-Eze*?«, war meine nächste Frage. Wesley nahm seine Aktentasche vom Boden auf und öffnete den Sicherheitsgurt, bevor die Leuchtanzeige es erlaubte, doch die Stewardess tat, als bemerke sie es nicht, denn Wesley hatte eine Art an sich, die den meisten Leuten ein wenig Furcht einjagte.

»Du hast in Charlotte sehr lange mit Lucy gesprochen«, sagte er.

»Ja.« Wir rollten an einem Windsack vorbei, der schlaff an seinem Pfosten hing.

»Und?« Seine Augen wurden wieder hell, als er sie der Sonne zuwandte.

»Ja, sie glaubt zu wissen, wer hinter der ganzen Sache steckt.«

»Was heißt das, wer *dahintersteckt*?« Er runzelte die Stirn.

»Ich meine, das liegt auf der Hand«, sagte ich. »Zumindest, solange man nicht von vornherein schon davon ausgeht, dass nur *Lucy* die Schuldige sein kann.«

»Ihr Daumenabdruck wurde um drei Uhr morgens vom Scanner registriert, Kay.«

»Das ist klar.«

»Und genauso klar ist, dass der Scanner ihren Daumenabdruck nicht ohne ihre physische Präsenz nehmen konnte – nicht ohne ihre Hand, ihren Arm und den ganzen Rest, der zu der Zeit physisch anwesend war, die der Computer aufgezeichnet hat.«

»Ich bin mir durchaus bewusst, welch einen Eindruck das macht«, sagte ich.

Wesley setzte die Sonnenbrille auf. Wir standen auf. »Und genau daran möchte ich dich erinnern«, sagte er mir ins Ohr, während wir durch den Mittelgang gingen.

Wir hätten in Asheville statt des *Travel-Eze* ein luxuriöseres Quartier beziehen können. Aber wo wir uns aufhielten, schien uns beiden nicht wichtig bis zu dem Augenblick, als wir Marino im *Coach House* trafen, einem Restaurant, für dessen Berühmtheit im Übrigen wir keinen rechten Grund entdecken konnten.

Bereits als uns der Polizeibeamte aus Black Mountain, der uns vom Flughafen abgeholt hatte, auf dem Parkplatz des Restaurants aussteigen ließ und schweigend davonfuhr, überkam mich ein eigentümliches Gefühl. Marinos hypermoderner Chevrolet stand nahe am Eingang, und Marino selbst saß allein an einem Ecktisch mit Blick auf die Kasse, wie es wohl jeder tut, der im Dienst von Recht und Ordnung steht.

Marino stand nicht auf, als wir eintraten, sondern musterte uns kühl und rührte in einem hohen Glas Eistee. Ich hatte den deutlichen Eindruck, dass sich der Marino, mit dem ich seit Jahren zusammengearbeitet hatte, dieser sonst so patente und alerte Verächter aller Wichtigtuer und aller Förmlichkeiten, anschickte, uns eine Audienz zu gewähren. Auch Wesleys kühle Zurückhaltung signalisierte mir, dass etwas Außergewöhnliches in der Luft lag. Und dann trug Marino auch noch einen dunklen, sichtlich neuen Anzug.

»Pete«, sagte Wesley und nahm sich einen Stuhl.

»Hallo«, sagte ich und nahm einen anderen.

»Es gibt hier wirklich gute gebratene Hähnchenbrust«, sagte Marino, ohne einen von uns anzusehen. »Außerdem Chefsalat, falls Sie nichts zu Schweres wollen«, fügte er hinzu, was offensichtlich an meine Adresse ging.

Die Kellnerin schenkte uns Wasser ein, reichte die Speisekarte und ratterte bereits die Spezialangebote herunter, bevor jemand auch nur die Chance hatte, den Mund aufzumachen. Als sie mit unseren beiläufig genannten Bestellungen davonzog, war die Spannung an unserem Tisch fast unerträglich geworden.

»Wir haben ein ganzes Paket Informationen aus der Gerichtsmedizin, die sicher interessant für Sie sind«, begann Wesley. »Aber berichten Sie uns erst mal vom neuesten Stand der Dinge?«

Marino sah so todunglücklich aus, wie ich ihn noch nie erlebt hatte. Er griff nach seinem Eistee und stellte ihn wieder ab, ohne einen Schluck zu trinken. Er klopfte die Taschen nach seinen Zigaretten ab, holte das Päckchen heraus und legte es auf den Tisch. Noch immer wortlos, zündete er sich eine an. Dabei schaute er uns nicht einmal an, was ich besonders beunruhigend fand, und gab sich so distanziert, als würden wir uns gar nicht kennen. Immer wenn ich ein solches Verhalten bei einem Mitarbeiter erlebt hatte, wusste ich, was es bedeutete. Marino steckte in Schwierigkeiten. Er hatte sein Inneres gegen uns abgeschottet, denn er wollte nicht, dass man sah, was sich darin abspielte.

»Ein neuer Knalleffekt in unserem Fall ist der Hausmeister von Emily Steiners Schule«, fing er an, blies Rauch aus und klopfte nervös die Asche ab. »Nun, äh, der Name des Kerls ist Creed Lindsey, er ist weiß, männlich, vierunddreißig und arbeitet seit zwei Jahren als Hausmeister an der Grundschule. Davor war er Hausmeister in der Stadtbücherei von Black Mountain, und davor hatte er den gleichen verdammten Job an einer Grundschule in Weaverville. Ich möchte hinzufügen, dass es zu der Zeit, als der Kerl in Weaverville war, dort einen Unfall mit Fahrerflucht mit einem zehnjährigen Jungen als Opfer gab. Lindsey stand im Verdacht, darin verwickelt gewesen zu sein …«

»Augenblick mal«, sagte Wesley.

»Ein Unfall mit Fahrerflucht?«, fragte ich. »Was heißt das, er war darin verwickelt?«

»Moment«, sagte Wesley. »Moment, Moment, Moment. Haben Sie mit Creed Lindsey gesprochen?« Er sah Marino an, der seinen Blick nur flüchtig erwiderte.

»Das ist es ja, worauf ich hinauswill. Der Schuft ist abgehauen. Genau in dem Augenblick, als er erfuhr, dass wir mit ihm reden wollten, ist er abgehauen – und ich will verdammt noch mal wissen, wer da sein fettes Maul aufgerissen hat. Aber einer muss es ja getan haben. Er ist nicht zur Arbeit erschienen, und in seiner Bude ist er auch nicht.«

Er zündete sich die nächste Zigarette an. Als die Kellnerin plötzlich neben ihm stand, um Tee nachzuschenken, schickte er sie mit einer Kopfbewegung weg. Es war die Geste eines Stammgastes, der immer ein gutes Trinkgeld hinterließ.

»Erzählen Sie von dem Unfall«, sagte ich.

»Im November vor vier Jahren hat irgendein Arschloch einen zehnjährigen Jungen, der mit dem Fahrrad unterwegs war, umgefahren. Der Wagen war in einer Kurve über die Mittellinie geraten. Das Kind war auf der Stelle tot. Alles, was die Cops herausbekommen haben, war, dass in der Gegend zur Zeit des Unfalls ein weißer Pick-up gesehen wurde, der mit überhöhter Geschwindigkeit fuhr. An den Jeans des Jungen wurde weiße Farbe gefunden. Creed Lindsey fuhr damals einen alten weißen Pick-up, einen Ford. Es ist bekannt, dass er damals auf der Straße unterwegs war, auf der der Unfall passiert ist, und auch, dass er sich am Zahltag im Schnapsladen eingedeckt hatte. Und das war zufällig derselbe Tag, an dem es den Jungen erwischt hat.«

Marinos Blick wanderte ständig hin und her, während er redete und redete. Wesley und ich wurden immer unruhiger.

»Als die Cops ihn damals verhören wollten, bumms, war er weg«, fuhr Marino fort. »Fünf Wochen lang kommt er nicht zurück – sagt, er hat einen kranken Verwandten besucht oder irgend so was. Inzwischen war der beschissene Pick-up natürlich so blau wie ein Rotkehlchenei. Jeder wusste, dass der Schweinehund es getan hat, aber man konnte es ihm nicht nachweisen.«

»Okay.« Wesleys Ton ließ Marino verstummen. »Das ist sehr interessant, und vielleicht hatte der Hausmeister mit dem Unfall zu tun. Aber worauf wollen Sie damit hinaus?«

»Das sollte doch einigermaßen klar sein.«

»Ist es nicht, Pete. Helfen Sie mir auf die Sprünge.«

»Lindsey mag Kinder, ganz einfach. Er sucht sich Jobs, in denen er Kontakt zu Kindern bekommt.«

»Für mich hört sich das so an, als suche er sich solche Jobs aus, weil er nichts anderes kann als den Boden aufwischen.«

»Blödsinn. Das könnte er auch im Lebensmittelladen, im Altersheim oder sonst wo. Wo er gearbeitet hat, waren immer jede Menge Kinder.«

»Okay. Lassen wir es mal dabei. Er wischt also die Fußböden dort, wo es Kinder gibt. Und weiter?« Wesley musterte Marino, der sichtlich eine Theorie hatte, von der er nicht abzubringen sein würde.

»Vor vier Jahren tötet er dann sein erstes Kind, und ich will ganz sicher nicht behaupten, dass er das mit Absicht getan hat. Aber er hat es getan, und er lügt, und er hat sich verdammt schuldig gemacht, und er dreht völlig durch, weil er dieses furchtbare Geheimnis mit sich herumschleppen muss. Das ist es, was dann in den Leuten andere Dinge auslöst.«

»Andere Dinge?«, fragte Wesley sehr ruhig. »Was für andere Dinge, Pete?«

»Er fühlt sich schuldig Kindern gegenüber. Er sieht sie jeden Tag und will ihnen die Hand reichen, sucht Vergebung, Nähe, will es ungeschehen machen. Ach, Scheiße, ich weiß nicht. Doch dann verschwinden diese Gefühle, und er sieht dieses kleine Mädchen. Er verguckt sich in sie, möchte sie bei der Hand nehmen. Vielleicht hat er ihr an dem Abend aufgelauert, als sie von der Kirche nach Hause gegangen ist. Vielleicht spricht er sie sogar an. Zum Teufel, es ist natürlich auch nicht schwierig für ihn, herauszubekommen, wo sie wohnt. Ist ja eine beschissen kleine Stadt. Und dann kommt er endlich zum Zug.«

Er nahm einen Schluck Tee und zündete sich die nächste Zigarette an.

»Er schnappt sie sich, weil er denkt, wenn er sie eine Weile bei sich hat, kann er ihr klar machen, dass er nie jemandem wehtun wollte, dass er ein guter Kerl ist. Er möchte ihr Freund sein. Er möchte geliebt werden, weil sie durch ihre Liebe das Schreckliche ungeschehen macht, das er damals getan hat. Aber so geht es nicht. Sie macht nicht mit. Sie hat Angst. Die Grenze ist erreicht. Wie sie reagiert, passt nicht in seine Phantasien. Da flippt er aus und bringt sie um. Jetzt hat er es wieder getan. Zwei Kinder hat er jetzt umgebracht.« Wesley wollte etwas sagen, aber da kam auf einem großen braunen Tablett unser Essen.

Die Kellnerin, eine ältere Frau mit dicken, müden Beinen, war sehr langsam. Sie gab sich alle Mühe, dem wichtigen Mann aus der großen Welt in seinem neuen marineblauen Anzug zu gefallen, murmelte ein »Ja, Sir« nach dem anderen und schien sich richtig zu freuen, als ich mich für meinen Salat bedankte, den ich nicht zu verzehren gedachte. Mir war jeglicher Appetit vergangen, den ich vielleicht vor unserer Ankunft im *Coach House* noch verspürt hatte. Im Moment jedenfalls konnte ich den Anblick von fein geschnittenen Schinkenstreifen, Pute und Cheddar-Käse und vor allem von gekochtem Ei in Scheiben nicht ertragen. Mir war einfach schlecht.

»Noch einen Wunsch?«

»Nein, danke.«

»Das sieht richtig gut aus, Dot. Könnten Sie uns wohl noch etwas Butter bringen?«

»Ja, Sir, sofort. Und Sie Ma'am? Wollen Sie vielleicht noch etwas Dressing?«

»O nein, danke. Das ist perfekt so.«

»Vielen Dank auch. Sie sind sehr nett, und wir freuen uns sehr über Ihren Besuch. Wissen Sie, wir haben jeden Sonntag nach der Kirche ein Büfett.«

»Wir werden es uns merken.« Wesley lächelte sie an.

Ich wusste, ich würde ihr mindestens fünf Dollar Trinkgeld dafür geben, dass sie mir verzieh, mein Essen nicht angerührt zu haben.

Wesley überlegte indessen, was er Marino antworten sollte. Ich hatte noch nie ein Gespräch wie dieses zwischen den beiden erlebt.

»Ich frage mich, ob Sie Ihre ursprüngliche Theorie völlig aufgegeben haben«, sagte Wesley.

»Welche Theorie?« Marino versuchte, sein Steak mit der Gabel zu zerteilen. Als ihm das nicht gelang, griff er nach dem Pfeffer und der A.1-Sauce.

»Temple Gault«, sagte Wesley. »Es scheint, als suchten Sie den nun gar nicht mehr.«

»Das habe ich nicht gesagt.«

»Marino«, mischte ich mich ein. »Was ist denn an dieser Unfallgeschichte mit Fahrerflucht?«

Er hob die Hand und winkte nach der Kellnerin. »Dot, ich werde wohl ein scharfes Messer brauchen. – Der Unfall ist wichtig, weil dieser Kerl eine Vorgeschichte hat und als gewalttätig gilt. Die Leute hier sind deswegen ziemlich nervös, und auch weil er Emily Steiner so viel Aufmerksamkeit geschenkt hat. Ich sage Ihnen also nur, was hier los ist.«

»Wie erklären Sie mit Ihrer Theorie denn die menschliche Haut in Fergusons Gefrierfach?«, fragte ich. »Nebenbei gesagt, sie hat Emilys Blutgruppe. Wir warten nur noch auf die DNS-Analyse.«

»Wäre überhaupt nicht zu erklären.«

Dot kam mit einem Messer mit Sägeschliff an den Tisch. Marino bedankte sich und säbelte ein Stück von seinem Steak ab. Wesley stocherte in seiner gedünsteten Flunder und starrte immer wieder lange auf den Teller, während sein VICAP-Kollege weiterredete. »Hören Sie, soviel wir wissen, hat Ferguson das Kind umgebracht. Aber wir können natürlich auch nicht ausschließen, dass Gault hier in der Stadt ist, und ich meine, das sollten wir auch nicht.«

»Was wissen wir noch über Ferguson?«, fragte Wesley. »Und ist Ihnen klar, dass der Fingerabdruck auf dem Slip, den er anhatte, von Denesa Steiner stammt?«

»Das liegt daran, dass der Slip in der Nacht aus ihrem Haus gestohlen wurde, als dieser Verrückte bei ihr einstieg und sich das Kind schnappte. Erinnern Sie sich? Sie sagte, als sie im Schrank steckte, habe sie gehört, wie er die Schubladen durchwühlte. Später hatte sie dann den Verdacht, dass er Kleidungsstücke von ihr mitgenommen hat.«

»Das und die Haut aus dem Gefrierfach sind für mich jedenfalls Grund genug, sich diesen Kollegen einmal ganz genau anzusehen«, sagte Wesley. »Besteht die Möglichkeit, dass Ferguson in der Vergangenheit Kontakt zu Emily gehabt hat?«

»Von Berufs wegen«, warf ich ein, »hat er sicher von den Fällen in Virginia und von Eddie Heath Kenntnis gehabt. Er könnte versucht haben, den Mord an Emily analog aussehen zu lassen. Vielleicht ist er durch die Ereignisse von Virginia auch erst auf die Idee gekommen.«

»Ferguson hatte einen Dachschaden, das jedenfalls steht fest«, sagte Marino und sägte das nächste Stück Fleisch ab. »Aber niemand hat hier offenbar auch nur das Geringste geahnt.«

»Wie lange war er beim SBI?«, fragte ich.

»An die zehn Jahre. Davor ist er bei der Staatspolizei Streife gefahren, und davor war er in der Army.«

»Er war geschieden, nicht?«, fragte Wesley.

»Gibt es überhaupt noch jemanden, der das nicht ist?«

Wesley schwieg.

»Zweimal geschieden. Hat eine Ex-Frau in Tennessee und eine in Enka. Vier erwachsene Kinder, die weiß Gott wo leben.«

»Was sagt seine Familie über ihn?«, fragte ich.

»Na, wissen Sie, ich bin schließlich nicht schon seit einem halben Jahr hier.« Marino griff noch einmal nach der A.1-Sauce. »Ich kann pro Tag nur mit soundso vielen Leuten reden und auch das nur, wenn ich Glück habe und sie gleich beim ersten oder zweiten Mal erwische. Zudem waren Sie beide nicht hier, und ich musste alles allein machen. Da hoffe ich, Sie nehmen es nicht persönlich, wenn ich sage, dass ein Tag eben nur verdammte vierundzwanzig Stunden hat.«

»Das verstehen wir doch, Pete«, sagte Wesley verbindlich. »Darum sind wir ja hier. Wir wissen sehr gut, dass es noch eine Menge zu ermitteln gibt. Vielleicht sogar mehr, als ich ursprünglich annahm, denn es passt nichts richtig zusammen. Es scheint, als entwickle sich dieser Fall in mindestens drei verschiedene Richtungen, und ich sehe noch nicht viele Zusammenhänge. Abgesehen davon, dass ich Ferguson genauestens unter die Lupe nehmen werde. Wir haben rechtsmedizinische Ergebnisse, die auf ihn hinweisen. Die Haut im Gefrierfach. Denesa Steiners Unterwäsche.«

»Es gibt eine gute Kirschpastete hier«, sagte Marino und blickte sich nach der Kellnerin um. Sie stand neben der Küchentür, sah ihn an und wartete auf das kleinste Zeichen.

»Wie oft haben Sie hier schon gegessen?«, fragte ich ihn.

»Irgendwo muss ich ja essen, nicht wahr, Dot?« Marino hatte die Stimme gehoben, und die stets wachsame Kellnerin steuerte auf unseren Tisch zu.

Wesley und ich bestellten Kaffee.

»Oh, meine Liebe, war Ihr Salat nicht in Ordnung?« Sie war aufrichtig enttäuscht.

»Er war gut«, versicherte ich ihr. »Mein Hunger ist nur nicht so groß, wie ich dachte.«

»Soll ich ihn Ihnen einpacken?«

»Nein, danke.«

Sie ging, und Wesley berichtete Marino, was wir an rechtsmedizinischen Erkenntnissen hatten. Wir unterhielten uns eine Weile über das Holundermark und das Gewebeband. Als Marino seine Pastete bekommen und verzehrt und sich die nächste Zigarette angezündet hatte, gab es praktisch nichts mehr zu besprechen. Marino hatte genauso wenig wie wir eine Idee, was es mit dem orangefarbenen, schwer entflammbaren Gewebeband oder mit dem Holundermark auf sich haben konnte.

»Scheiße«, fluchte er. »Das Ganze ist verdammt komisch. Ich bin auf keine einzige Sache gestoßen, die zu einer anderen passen will.«

»Also«, sagte Wesley, dessen Aufmerksamkeit offenbar nachließ, »das Band ist so ungewöhnlich, dass es jemandem hier in der Gegend aufgefallen sein müsste. Vorausgesetzt, es stammt aus dieser Gegend. Und wenn nicht, können wir es sicherlich zurückverfolgen.« Er schob seinen Stuhl zurück.

»Ich mache das schon.« Ich griff nach der Rechnung.

»Sie nehmen hier keine American-Express-Karte«, sagte Marino.

»Es ist jetzt zehn vor zwei.« Wesley stand auf. »Wir treffen uns um sechs im Hotel und arbeiten einen Plan aus.«

»Ich erinnere dich nicht gern daran«, sagte ich zu ihm. »Aber es ist ein Motel und kein Hotel, und im Moment haben wir beide keinen Wagen.«

Marino nahm das »Du« zwischen uns zur Kenntnis, ohne mit der Wimper zu zucken. »Ich nehme Sie zum *Travel-Eze* mit. Ihr Wagen müsste eigentlich schon dort auf Sie warten. Und für Sie, Benton, können wir auch einen besorgen, wenn Sie glauben, Sie brauchen einen«, sagte er, als sei er der neue Polizeichef oder gar der Bürgermeister von Black Mountain.

»Ich weiß im Augenblick noch nicht, was ich brauchen werde«, sagte Benton.

13

Lieutenant Mote war in ein Einzelzimmer verlegt worden, als ich ihn noch am selben Tag besuchte. Sein Zustand war stabil, doch er wurde ständig überwacht. Um nicht mit leeren Händen zu kommen, hatte ich vorher einen Abstecher in den Geschenkladen des Krankenhauses gemacht. Die gläserne Kühlbox dort bot allerdings nur eine sehr kleine Auswahl von Blumensträußen.

»Lieutenant Mote?« Ich zögerte ein wenig an der Tür.

Er saß im Bett, ein Kissen im Rücken, und döste bei laut laufendem Fernseher.

»Hallo«, sagte ich ein wenig lauter.

Er öffnete die Augen und wusste einen Moment lang nicht, wer ich war. Dann fiel es ihm ein, und er lächelte so selig, als hätte er seit Tagen von mir geträumt.

»Gütiger Gott, Dr. Scarpetta. Ich hätte nie gedacht, dass Sie hier noch rumhängen.«

»Es tut mir Leid wegen der Blumen. Da unten hat man keine große Auswahl.« Ich stopfte einen jämmerlichen Strauß aus Chrysanthemen und Margeriten in eine bauchige grüne Vase. »Hier passen sie ganz gut her, oder?«

Ich fand einen Platz auf der Kommode und stellte mit Bedauern fest, dass der einzige andere Blumenstrauß im Zimmer noch jämmerlicher aussah als meiner.

»Wenn Sie einen Moment Zeit haben, dort drüben ist ein Stuhl.«

»Wie geht es Ihnen?«, fragte ich.

Er war blass und hatte abgenommen. In seinen Augen lag ein müder, kränklicher Ausdruck, als er aus dem Fenster in den schönen Herbsttag hinausstarrte.

»Na ja, ich versuche mich gewissermaßen über Wasser zu halten«, sagte er. »Man weiß so wenig, was der nächste Tag bringt.

Aber dafür denke ich ans Angeln und an meine Holzarbeiten. Das sind Dinge, die ich gern tue. Wissen Sie, schon seit Jahren würde ich mir gern irgendwo eine kleine Blockhütte bauen. Außerdem schnitze ich gern Wanderstöcke aus Lindenholz.«

»Lieutenant Mote«, sagte ich zögernd, denn ich wollte ihn nicht aufregen. »Hat Sie mal jemand aus Ihrem Revier besucht?«

»Ja, sicher«, antwortete er und starrte weiter hinaus in den wunderbar blauen Himmel. »Ein paar Kumpel sind vorbeigekommen oder haben angerufen.«

»Wie finden Sie die Entwicklung im Fall Steiner?«

»Nicht allzu gut.«

»Warum?«

»Also, zum einen, weil ich selbst nicht dabei bin. Zum andern, weil jeder in eine andere Richtung zu tendieren scheint. Das beunruhigt mich irgendwie.«

»Sie haben den Fall von Anfang an bearbeitet«, sagte ich. »Sie müssen Max Ferguson recht gut gekannt haben.«

»Wohl doch nicht so gut, wie ich dachte.«

»Wissen Sie, dass er in Verdacht steht?«

»Ich weiß. Ich weiß alles.«

Die Sonne, die durch das Fenster fiel, ließ seine Augen blass, fast wässrig erscheinen. Er blinzelte ein paar Tränen weg, wobei ich nicht hätte sagen können, ob ihn nur das helle Licht blendete oder einfach seine Gefühle mit ihm durchgingen. Dann sprach er weiter. »Ich weiß auch, dass Sie sich Creed Lindsey vornehmen wollen. Für beide ist es eine Schande!«

»In welcher Hinsicht?«

»Nun ja, Dr. Scarpetta, Max ist nun einmal nicht hier, um sich zu verteidigen.«

»Ja, das ist richtig«, stimmte ich zu.

»Und Creed wüsste nicht einmal, wie er sich verteidigen sollte, selbst wenn er da wäre.«

»Wo ist er denn?«

»Wie ich hörte, ist er irgendwo untergetaucht, und das nicht zum ersten Mal. Als er diesen kleinen Jungen überfahren und getötet hatte, war es dasselbe. Alle hielten Creed eindeutig für schuldig. Darum verschwand er und tauchte irgendwann wieder auf, so plötzlich, wie er verschwunden war. Das macht er immer wieder mal, dass er ins Schwarzenviertel abhaut und sich die Hucke voll säuft.«

»Wo wohnt er?«

»In einer Seitenstraße der Montreat Road, drüben in Rainbow Mountain.«

»Ich fürchte, da finde ich nicht hin.«

»Wenn Sie zum Montreat-Tor fahren, ist es die Straße, die rechts den Berg hinaufführt. Da oben lebten früher nur Bergbewohner. Sie würden sie wahrscheinlich Hinterwäldler nennen. Aber in den letzten zwanzig Jahren sind viele von ihnen von dort weggezogen, und Leute wie Creed sind an ihre Stelle gerückt.«

Er schwieg einen Augenblick, holte tief Luft und sah nachdenklich in die Ferne. »Man kann sein Haus schon von unten, von der Straße aus, sehen. Auf der Veranda steht eine alte Waschmaschine, und seinen Abfall schmeißt er größtenteils nach hinten in den Wald.« Er seufzte. »Tatsache ist leider, dass Creed nicht gerade der Hellste ist.«

»Was heißt das?«

»Das heißt, er hat Angst vor allem, was er nicht versteht. Und was hier so passiert, versteht er eben nicht.«

»Das hieße also, Sie glauben auch nicht, dass er etwas mit dem Tod der kleinen Steiner zu tun hat«, sagte ich.

Lieutenant Mote schloss die Augen. Der Monitor über seinem Bett zeigte eine konstante Pulsfrequenz von 66. Er wirkte sehr müde. »Nein, Ma'am, nicht eine Minute habe ich das geglaubt. Aber er ist weggelaufen, und dafür muss er einen Grund haben. Das geht mir nicht aus dem Kopf.«

»Sie sagten, er hatte Angst. Das scheint mir Grund genug.«

»Aber ich habe das Gefühl, dass da noch etwas ist. Doch soviel ich auch brüte, ich komme nicht darauf. Ich kann absolut nichts tun. Jedenfalls nicht, solange sich nicht alle der Reihe nach draußen vor meiner Tür aufstellen und von mir nach

Strich und Faden ausfragen lassen. Und das wird wohl sicher nicht passieren.«

Ich hatte das Gespräch eigentlich nicht auf Marino kommen lassen wollen, aber es musste wohl sein. »Was ist mit Captain Marino? Hat er sich oft sehen lassen?«

Mote blickte mich direkt an. »Er war kürzlich da und hat mir eine Flasche Wild Turkey mitgebracht. Sie steht da drüben im Schrank.« Er hob einen Arm von der Decke und zeigte hin.

Wir schwiegen einen Augenblick.

»Ich soll eigentlich nichts trinken«, fügte er hinzu.

»Dann hören Sie auch auf die Ärzte, Lieutenant Mote. Sie müssen mit der ganzen Geschichte leben, und das heißt, Sie sollten nichts tun, was Ihnen schadet.«

»Ich weiß. Ich werde auch das Rauchen aufgeben müssen.«

»Das geht dann schon. Ich habe auch geglaubt, ich schaffe das nie.«

»Fehlt es Ihnen noch?«

»Mir fehlt nicht das Gefühl, das ich dabei hatte.«

»Das gilt bei mir für jede schlechte Angewohnheit, aber das habe ich nicht gemeint.«

Ich lächelte. »Ja, es fehlt mir. Aber immer weniger.«

«Ich habe Pete gesagt, ich will nicht, dass er so endet wie ich hier, Dr. Scarpetta. Aber er ist ein Dickschädel.«

Ich erinnerte mich gar nicht gern daran, wie Mote da auf dem Boden gelegen hatte, blau angelaufen, und ich mich bemüht hatte, sein Leben zu retten. Für mich war es nur eine Frage der Zeit, bis Marino die gleiche Erfahrung machte. Ich dachte an das fette gebratene Steak zu Mittag, seine neuen Klamotten, den Wagen, sein seltsames Benehmen, das mir den Eindruck vermittelt hatte, als wolle er mich nicht mehr kennen. Und der einzige Weg dorthin war eine Verwandlung in einen Menschen, den *ich* so nicht mehr kannte.

»Gewiss, Marino hat sich sehr in die Sache hineingehängt. Der Fall ist entsetzlich aufreibend«, sagte ich ohne rechte Überzeugung.

»Mrs. Steiner kann an kaum etwas anderes denken, und daraus mache ich ihr auch gar keinen Vorwurf. Ich an ihrer Stelle würde auch alles nur Erdenkliche tun, um den Mord an der Kleinen aufzudecken.«

»Was hat sie denn alles getan?«, fragte ich.

»Sie besitzt eine Menge Geld«, sagte Mote.

»Darüber habe ich mir auch schon Gedanken gemacht.« Mir fiel Mrs. Steiners Wagen ein.

»Sie hat die Ermittlungsarbeit sehr unterstützt.«

»Unterstützt?«, fragte ich. »Auf welche Weise genau?«

»Mit neuen Wagen. Wie der, den Pete fährt. Irgendwer muss all das schließlich bezahlt haben.«

»Ich dachte, das war eine Spende hiesiger Geschäftsleute.«

»Also, dazu muss ich sagen, was Mrs. Steiner gemacht hat, hat andere angeregt, es ihr nachzutun. Sie hat erreicht, dass jeder in der Umgebung sich mit dem Fall beschäftigt und mit ihr fühlt. Keine Menschenseele will schließlich, dass so etwas noch einmal passiert, weder dem eigenen Kind noch einem fremden. Zweiundzwanzig Jahre bin ich jetzt bei der Polizei, aber einen solchen Fall habe ich noch nie erlebt.«

»Hat sie tatsächlich den Wagen bezahlt, den ich fahre?« Es kostete mich große Anstrengung, nicht lauter zu werden oder die Ruhe zu verlieren.

»Sie hat für beide Wagen das Geld hingelegt, und ein paar Geschäftsleute haben für die anderen Dinge draufgelegt, für das Blaulicht, die Funkgeräte und die Scanner.«

»Lieutenant Mote«, sagte ich, »welche Summe hat Mrs. Steiner der Polizei gespendet?«

»Ich denke, an die fünfzig.«

»Fünfzig?« Ich sah ihn ungläubig an. »Fünfzigtausend Dollar?«

»Genau.«

»Und das macht niemanden stutzig?«

»Für mich ist das nicht anders als bei dem Wagen, den uns vor ein paar Jahren ein Kraftwerk gestiftet hat, damit wir ein Auge auf einen ihrer Transformatoren haben. Und bei *Quick Stop* und *7-Eleven* bekommen wir immer Kaffee, wenn wir vorbeischauen. Die Leute helfen uns, ihnen zu helfen. Das klappt prima, solange niemand einen Vorteil daraus zu ziehen versucht.« Er sah mich fest an, die Hände noch immer auf der Decke. »Ich nehme an, in einer großen Stadt wie Richmond ist das alles fester geregelt.«

»Jede Spende an die Polizei von Richmond, die über zweihundertfünfzig Dollar hinausgeht, muss per ›O and R‹ genehmigt werden«, sagte ich.

»Was bedeutet das?«

»Ordinance and Resolution. Es kommt als Beschlussvorlage vor den Stadtrat.«

»Klingt mächtig kompliziert.«

»Muss es auch sein, aus Gründen, die auf der Hand liegen.«

»Ja, sicher«, sagte Mote. Er wirkte mittlerweile völlig erschöpft, wozu wohl auch die Erkenntnis, dass er sich nicht mehr auf seinen Körper verlassen konnte, entscheidend beitrug.

»Können Sie mir sagen, wofür diese fünfzigtausend Dollar verwendet werden sollen, abgesehen von den zusätzlichen Wagen?«, fragte ich.

»Wir brauchen einen Polizeichef. Ich war so ziemlich der einzige Kandidat, aber jetzt sieht es nicht mehr allzu gut für mich aus, um ehrlich zu sein. Selbst wenn ich wieder ein paar leichtere Aufgaben übernehmen kann, braucht die Stadt jetzt doch einen Mann mit Erfahrung auf diesem Posten. Nichts ist mehr so, wie es mal war.«

»Ich verstehe«, bemerkte ich dazu, und erst jetzt wurde mir auf sehr beunruhigende Weise klar, wie Recht er hatte. »Ich sollte Ihnen jetzt etwas Ruhe gönnen.«

»Ich bin mächtig froh, dass Sie vorbeigekommen sind.«

Er drückte mir die Hand so fest, dass es schmerzte. Ich spürte seine tiefe Verzweiflung, die er wohl auch nicht hätte erklären können, wenn er sich ihrer voll bewusst gewesen wäre. Ist man dem Tod erst einmal so nahe gewesen, weiß man, dass er einen eines Tages tatsächlich ereilen wird und dass man nie wieder auf die gleiche Weise empfinden wird wie zuvor.

Vor meiner Rückkehr ins *Travel-Eze* fuhr ich zum Montreat-

Tor und wendete kurz dahinter. Beim Zurückstoßen überlegte ich, was zu tun war. Es herrschte geringer Verkehr, und ich blieb eine Weile am Straßenrand stehen. Vorüberkommende Passanten hielten mich wahrscheinlich für eine Touristin, die sich verfahren hatte oder auf der Suche nach Billy Grahams Haus war. Von meinem Standplatz aus hatte ich einen hervorragenden Überblick über die Gegend, in der Creed Lindsey lebte. Auch sein Haus mit der alten Waschmaschine auf der Veranda konnte ich erkennen.

Den Namen Rainbow Mountain musste die Gegend an einem Oktobernachmittag wie diesem bekommen haben. Die Blätter leuchteten rot, orange und gelb, glühend im Licht und satt im Schatten. Mit sinkender Sonne kroch Dunkelheit tiefer und tiefer in Bodensenken und Felsspalten. In einer Stunde würde es finster sein. Plötzlich bemerkte ich, dass aus Creeds schiefem Kamin dünne Rauchwölkchen aufstiegen.

Ich überquerte die Straße und bog in die schmale, ausgefahrene Schotterstraße ein. Hinter dem Wagen wirbelte roter Staub auf, während es in eine Gegend hinaufging, wie ich sie abweisender noch nicht erlebt hatte. Die Straße führte bis auf den Bergrücken und endete dort. Links und rechts standen verstreut ein paar alte bucklige Wohnwagen und verfallene Häuser aus rohen Brettern oder Stämmen. Die einen waren mit Teerpappe gedeckt, die anderen mit Blech, und die wenigen Fahrzeuge, die ich sah, waren alte Pick-ups und ein in ungewöhnlichem Minzgrün lackierter Kombi.

Vor Creed Lindseys Haus war ein freier Platz unter Bäumen, auf dem er offensichtlich seinen Wagen zu parken pflegte. Ich bog hinein und stellte den Motor ab. Eine Weile blieb ich sitzen und sah mir seine Hütte mit der schiefen, verfallenden Veranda an. Drinnen schien Licht zu brennen, es konnte aber auch ein Reflex der tief stehenden Sonne in einem Fenster sein. Ich dachte an den Mann, der den Kindern Zahnstocherlutscher verkaufte und für Emily Wildblumen pflückte, der in ihrer Schule die Böden putzte und den Müll wegräumte, und ich fragte mich, ob es überhaupt klug war, was ich hier tat.

Ursprünglich hatte ich vor allem sehen wollen, wie die Lage von Creed Lindseys Haus zur Presbyterianerkirche und zum Lake Tomahawk war. Nun wusste ich das, und andere Fragen tauchten auf. Ich konnte nicht einfach von einem angeblich unbewohnten Haus wegfahren, in dem ein Feuer im Herd brannte. Mir gingen immer wieder Motes Worte durch den Kopf. Und dann waren da noch die Fireballs, die ich gefunden hatte. Sie waren eigentlich der Hauptgrund, warum ich mit diesem Creed reden musste.

Ich klopfte lange an die Tür und hatte den Eindruck, dass sich drinnen jemand bewegte, außerdem fühlte ich mich beobachtet. Doch keiner ließ mich herein oder antwortete auf mein Rufen. Das Fenster links war verschmutzt und ohne Drahtgitter. Hinter der Scheibe sah ich ein Stück dunklen Holzfußboden und eine kleine Tischlampe, die die Beine eines Holzstuhls beleuchtete.

Zwar musste eine eingeschaltete Lampe nicht bedeuten, dass auch jemand daheim war, doch ich roch den Rauch von verbrennendem Holz, und der hohe Stapel Anzündholz sah so aus, als wäre er frisch gespalten. Als ich noch einmal klopfte, hatte ich das Gefühl, dass die Holztür schon nach einem leichten Stoß nachgeben würde.

»Hallo!«, rief ich. »Ist jemand zu Hause?«

Die einzige Antwort war das Rauschen der Bäume im Wind. Hier im Schatten war die Luft kühl, und es roch schwach nach Schimmel und Fäulnis. Die Hütte mit ihrem rostenden Dach und der verbogenen Fernsehantenne setzte sich offenbar aus einem oder zwei Räumen zusammen und stand mitten in einem schäbigen Wäldchen. Teils gnädig von Laub bedeckt, schien sich hier der Abfall vieler Jahre angesammelt zu haben, hauptsächlich verrottendes Papier, Milchbehälter aus Plastik und Colaflaschen, die schon so lange dort herumlagen, dass die Etiketten ausgebleicht waren.

Aus der letzten Beobachtung folgerte ich, dass der Besitzer dieses Anwesens seine ungehörige Angewohnheit, den Abfall einfach aus der Tür zu werfen, aufgegeben hatte, denn frischen Müll entdeckte ich nicht. Plötzlich spürte ich, dass jemand hinter mir war und mich beobachtete. Der auf mich gerichtete Blick war so intensiv, dass sich mir die Haare auf den Armen aufstellten, als ich mich langsam umdrehte.

Nicht weit von meiner hinteren Stoßstange entfernt stand da ein Mädchen auf der Straße, völlig reglos, und starrte mich an wie ein Tier, das in der heraufziehenden Dämmerung aus dem Wald tritt. Das braune Haar hing ihr strähnig in das schmale, blasse Gesicht, und sie schielte ein bisschen. Ihre Glieder waren lang und schlaksig, und ich spürte, dass sie sich sofort davonmachen würde, wenn ich auch nur die kleinste Bewegung machte oder einen Laut von mir gab. Die ganze Zeit starrte sie mich weiter an, und ich erwiderte ihren Blick, als akzeptiere ich die Notwendigkeit dieser seltsamen Begegnung. Als sie ihre Haltung ein wenig veränderte, wieder Luft zu holen und zu blinzeln schien, wagte ich, sie anzusprechen.

»Könntest du mir wohl helfen?«, sagte ich freundlich und ohne Scheu.

Sie schob die bloßen Hände in die Taschen eines dunklen Wollmantels, der ihr um einiges zu klein war. Darunter trug sie eine zerknitterte Popelinehose, die sie an den Knöcheln aufgerollt hatte, und braune, abgetragene Lederschuhe. Ich schätzte sie auf etwas über zehn, aber genau ließ sich das nicht sagen.

»Ich bin nicht von hier«, versuchte ich es noch einmal, »und es ist sehr wichtig, dass ich Creed Lindsey finde. Das ist der Mann, der in dem Haus hier wohnt, zumindest glaube ich das. Kannst du mir helfen?«

»Was willste denn von ihm?« Sie hatte eine helle Stimme, deren Klang mich an ein Banjo erinnerte. Es würde nicht leicht werden, auch nur ein Wort von dem, was sie sagte, zu verstehen.

»Ich brauche seine Hilfe«, sagte ich ganz langsam.

Sie kam ein paar Schritte näher, behielt mich dabei aber immer im Blick. Ihre Augenfarbe war blassblau, was mit dem Silberblick irgendwie an eine Siamkatze erinnerte.

»Ich weiß, er glaubt, die Leute suchen ihn«, fuhr ich so ruhig wie möglich fort.

»Aber zu denen gehöre ich nicht. Überhaupt nicht. Ich bin nicht hier, um ihm irgendwelchen Ärger zu machen.«

»Wie heißte denn?«

»Mein Name ist Dr. Kay Scarpetta«, antwortete ich.

Sie starrte mich noch intensiver an, so als hätte ich ihr gerade das sonderbarste Geheimnis verraten. Falls sie wusste, was ein Doktor ist, dann war ihr wohl noch nie ein weiblicher begegnet.

»Weißt du, was ein Medizin-Doktor, ein Arzt, ist?«, fragte ich sie.

Sie starrte auf meinen Wagen, als stünde er in Widerspruch zu dem, was ich eben gesagt hatte.

»Es gibt Ärzte, die helfen der Polizei, wenn Menschen verletzt worden sind. Das ist das, was ich tue«, sagte ich. »Ich helfe der hiesigen Polizei. Deswegen habe ich so einen Wagen. Die Polizei hat ihn mir zur Verfügung gestellt, solange ich hier bin. Ich wohne nämlich woanders. Ich bin aus Richmond in Virginia.«

Mir stockte die Stimme, als sie weiter schweigend den Wagen ansah, und ich hatte plötzlich das entmutigende Gefühl, zu viel gesagt und damit meine Chance vertan zu haben. Ich würde Creed Lindsey nie finden. Es war unglaublich dumm von mir gewesen, mir auch nur einen Augenblick lang einzubilden, ich könnte Kontakt zu Leuten finden, die ich nicht kannte und auch nicht verstehen würde.

Als ich schon zu meinem Wagen zurückgehen und wegfahren wollte, kam das Mädchen plötzlich auf mich zu, fasste mich an der Hand und zog mich zu meinem Wagen. Es deutete durch das Fenster auf meine schwarze Arzttasche auf dem Beifahrersitz.

»Das ist meine Arzttasche«, sagte ich. »Soll ich sie holen?«

»Ja, hol se mal«, sagte das Mädchen.

Ich schloss auf und nahm die Tasche heraus. Gerade fragte ich mich, ob die Kleine vielleicht nur neugierig war, als sie mich schon aus dem Wagen und die Schotterstraße hinauf zog, wo ich sie zum ersten Mal bemerkt hatte. Wortlos führte sie mich bergauf. Ihre Hand fühlte sich rau an, trocken wie Spreu und hielt die meine entschlossen fest.

»Sagst du mir, wie du heißt?«, fragte ich, während wir eilig weitergingen.

»Deborah.«

Sie hatte schlechte Zähne, war unterernährt und wirkte vorzeitig gealtert. Ein typischer Fall von chronisch schlechter Ernährung, wie ich ihn oft in Gesellschaftsschichten erlebt habe, in denen vom Essen nicht viel Aufhebens gemacht wird. Ich vermutete, dass Deborahs Familie sich wie so viele, die ich aus den einschlägigen Großstadtvierteln kannte, nur von magenfüllenden Sattmachern ernährte, wie man sie auf Essensmarken bekam.

»Deborah – und weiter?«, fragte ich. Wir gingen jetzt auf eine winzige Bretterbude zu, die offenbar aus dem Abfallholz eines Sägewerks zusammengezimmert war. Das Dach war mit Teerpappe gedeckt, und an manchen Stellen erkannte man noch den ursprünglich roten Anstrich, der einmal ein Ziegeldach vortäuschen sollte.

»Deborah Washburn.«

Über wackelige Holzstufen ging es auf eine verwitterte Veranda, leer bis auf einen Stapel Kaminholz und die Überreste eines ausgeblichenen, einst grünen Schaukelstuhls. Deborah öffnete eine Tür, von der längst alle Farbe abgeblättert war, und zog mich hinein. Der Grund dieser Aktion wurde im selben Moment deutlich.

Zwei winzige, viel zu alte Gesichter sahen von einer nackten Matratze auf dem Fußboden zu mir auf. Daneben saß ein Mann, der einen Schnitt am rechten Daumen zu nähen versuchte. Das Blut tropfte ihm dabei auf einen Stofffetzen, den er über seinen Schoß gebreitet hatte. Neben ihm stand ein Krug, halb voll mit einer klaren Flüssigkeit, die mir nicht unbedingt nach Wasser aussah. Einen oder zwei Stiche hatte er offenbar bereits geschafft, wohlgemerkt mit einer normalen Nadel und Faden. Für einen Moment sahen wir uns im Licht einer nackten Glühbirne an, die von der Decke hing.

»Die is 'n Doktor«, sagte Deborah zu ihm.

Er sah mich noch immer an. Blut tropfte von seinem Daumen. Ich hielt ihn für Ende zwanzig oder Anfang dreißig. Das lange schwarze Haar hing ihm in die Augen. Die Haut war ungesund blass, als habe er noch nie die Sonne gesehen. Er war groß, hatte einen Bauch und roch nach altem Schmierfett, Schweiß und Alkohol.

»Woher hast du sie?«, fragte der Mann das Kind.

Die anderen Kinder starrten mit leerem Blick in den Fernseher, der auf den ersten Blick neben der Glühbirne das einzige elektrische Gerät im Haus zu sein schien.

»Hat dich gesucht«, sagte Deborah zu ihm. Die Begrenztheit ihres Wortschatzes war erschütternd.

Dieser Mann musste also Creed Lindsey sein. »Warum bringst du sie her?«, fragte er, schien aber weder besonders beunruhigt noch ängstlich.

»Bist verletzt.«

»Wie ist das passiert?«, fragte ich ihn und öffnete meine Arzttasche.

»Mit meinem Messer.«

Ich sah mir die Wunde genauer an. Es war ein flacher, aber recht großflächiger Einschnitt.

»Nähen ist hier nicht das Optimale«, sagte ich und holte Antiseptika, Pflaster und Benzoin-Kleber heraus. »Wann ist es passiert?«

»Heute Nachmittag. Ich kam nach Hause und versuchte, eine Dose zu öffnen.«

»Wissen Sie, wann Sie das letzte Mal eine Tetanusspritze bekommen haben?«

»Nee.«

»Lassen Sie sich morgen eine geben. Ich würde es auch tun, aber ich habe so etwas nicht bei mir.«

Er sah mich nach Papiertüchern suchen. Die Küche bestand praktisch aus nichts als einem mit Holz befeuerten Herd und einem Becken, in das das Wasser mit einem Schwengel hochgepumpt werden musste. Ich wusch mir die Hände und schüttelte sie trocken, so gut es ging. Dann kniete ich mich neben ihn auf die Matratze und nahm mir seine Hand vor. Sie war muskulös und schwielig, mit schmutzigen, abgebrochenen Nägeln.

»Das tut jetzt ein bisschen weh«, sagte ich. »Und ich habe nichts gegen Schmerzen dabei. Wenn Sie etwas haben, nehmen Sie es.« Ich sah zum Krug mit der klaren Flüssigkeit hinüber.

Er folgte meinem Blick und griff dann mit der unverletzten Hand danach. Er nahm einen Schluck, und der weiße Fusel, Korn oder weiß der Teufel, was, trieb ihm Tränen in die Augen. Ich wartete einen weiteren Schluck ab, ehe ich die Wunde reinigte und den Hautlappen mit Flüssigverband und Heftpflaster fixierte. Als ich fertig war, entspannte er sich. Ich verband den Daumen mit Gaze und hätte gern eine Ace-Bandage zur Hand gehabt.

»Wo ist deine Mutter?«, fragte ich Deborah, während ich Verpackungen und Nadel in meine Tasche zurücksteckte. Ich sah nämlich keinen Mülleimer.

»Ist in der *Burger Hut*.«

»Arbeitet sie dort?«

Sie nickte. Eines ihrer Geschwister stand auf und schaltete auf einen anderen Kanal.

»Sind Sie Greed Lindsey?«, fragte ich meinen Patienten beiläufig.

»Warum wollen Sie das wissen?« Er näselte genau wie die Kleine. Ich hielt ihn nicht für so geistig unterbelichtet, wie Lieutenant Mote hatte anklingen lassen.

»Ich muss mit ihm reden.«

»Wozu?«

»Weil ich glaube, dass er mit Emily Steiners Tod nichts zu tun hat. Aber ich glaube, er weiß etwas, das uns weiterhelfen könnte, den Täter zu finden.«

Er griff nach dem Schnapskrug. »Was soll er denn wissen?«

»Das würde ich ihn gern fragen«, sagte ich. »Ich glaube, er hat Emily gemocht und ist entsetzt über das, was passiert ist. Und ich glaube auch, dass er vor den Leuten davonläuft, wenn er über etwas entsetzt ist, wie zum Beispiel jetzt. Vor allem, wenn er meint, er könnte in irgendwelchen Schwierigkeiten stecken.«

Er starrte auf den Krug und schwenkte den Inhalt langsam hin und her.

»Er hat ihr an dem Abend überhaupt nichts getan.«

»An dem Abend?«, fragte ich. »Meinen Sie den Abend, an dem sie verschwand?«

»Er hat sie mit der Gitarre gehen sehen und angehalten, um ihr Hallo zu sagen. Aber er hat ihr nichts getan. Er hat sie auch nicht mitgenommen oder so.«

»Hat er es ihr angeboten?«

»Hat er nicht, weil er wusste, sie hätte sein Angebot abgelehnt.«

»Warum?«

»Sie mag ihn nicht. Sie mag Creed nicht, obwohl er ihr Geschenke macht.« Seine Unterlippe zitterte.

»Ich habe gehört, dass er sehr nett zu ihr war. Ich habe gehört, er gab ihr Blumen in der Schule. Und Süßigkeiten.«

»Er hat ihr nie Süßigkeiten gegeben, weil sie sie nicht angenommen hätte.«

»Sie hätte sie nicht genommen?«

»Nein. Nicht einmal die, die sie mochte. Habe gesehen, wie sie sie von anderen genommen hat.«

»Fireballs?«

»Wren Maxwell hat sie bei mir gegen Zahnstocherlutscher getauscht, und ich sah, wie er ihr die Süßigkeiten gab.«

»War sie allein, als sie an dem Abend mit der Gitarre nach Hause ging?«

»Ja.«

»Wo?«

»Auf der Straße. Ungefähr eine Meile von der Kirche.«

»Dann ist sie also gar nicht den Weg gegangen, der um den See führt?«

»Sie war auf der Straße. Es war dunkel.«

»Wo waren die anderen Kinder aus der Jugendgruppe?«

»Sie waren weit hinter ihr. Die, die ich gesehen habe. Ich habe aber nur drei oder vier gesehen. Sie ging schnell und weinte. Ich bremste, als ich sah, dass sie weinte. Aber sie ging weiter, und ich fuhr weiter. Ich habe ihr einige Zeit nachgeschaut, weil ich Angst hatte, dass was nicht stimmte.«

»Wie kamen Sie darauf?«

»Weil sie weinte.«

»Haben Sie sie beobachtet, bis sie zu Hause war?«

»Ja.«

»Sie wissen, wo sie wohnte?«

»Das weiß ich.«

»Was ist dann passiert?«, fragte ich. Ich wusste ja sehr gut, warum die Polizei nach ihm suchte. Ihr Verdacht war nicht weit hergeholt, und mir wurde klar, dass er sich noch verstärken würde, wenn sie hörten, was er mir hier erzählte.

»Ich hab sie ins Haus gehen sehen.«

»Hat sie Sie gesehen?«

»Nee. 'ne Zeit lang hatte ich die Scheinwerfer aus.«

Großer Gott, dachte ich. »Creed, begreifen Sie, warum Sie wichtig für die Polizei sind?«

Wieder schwenkte er den Schnaps. Eine Weile starrte er vor sich hin, und ich sah, dass seine Augenfarbe eine ungewöhnliche Mischung aus Braun und Grün war.

»Ich habe ihr nichts getan«, sagte er. Ich glaubte ihm.

»Sie hatten nur ein Auge auf sie, weil Sie sahen, dass sie durcheinander war«, sagte ich. »Und Sie haben sie gemocht.«

»Ich sah, dass sie durcheinander war. Wirklich.« Er nahm einen Schluck aus dem Krug.

»Wissen Sie, wo man sie gefunden hat? Wo der Angler sie gefunden hat?«

»Ich weiß es.«

»Sie waren an der Stelle.«

Er gab keine Antwort.

»Sie waren an der Stelle und haben ihr Süßigkeiten hingelegt. Nachdem sie tot war.«

»'ne Menge Leute sind da gewesen. Sie haben sich's angeguckt. Nur ihre Verwandtschaft ging nicht hin.«

»Ihre Verwandtschaft? Meinen Sie ihre Mutter?«

»Sie war nicht dort.«

»Hat jemand Sie hingehen sehen?«

»Nee.«

»Sie haben dort Süßigkeiten hingelegt. Ein Geschenk an sie.«

Die Unterlippe zitterte erneut, und seine Augen wurden feucht. »Ich habe ihr Fireballs hingelegt.«

»Warum dort? Warum nicht auf ihr Grab?«

»Ich wollte nicht, dass mich jemand sah.«

»Warum?«

Er starrte in den Krug, und ich wusste, warum, er musste es mir nicht sagen. Ich konnte mir vorstellen, welche Namen ihm die Schulkinder nachriefen, wenn er mit seinem Besen durch die Gänge fuhr. Ich konnte mir die grinsenden Gesichter und das Gelächter vorstellen, die schrecklichen Hänseleien dafür, dass Creed Lindsey zu allen lieb und nett sein wollte. Und er war lieb und nett zu Emily Steiner gewesen, und sie zu Wren.

Als ich ging, war es völlig dunkel. Deborah folgte mir wie eine leise Katze zu meinem Wagen. Mir tat das Herz physisch weh, als zögen sich die Muskeln in meiner Brust zusammen. Ich wollte ihr Geld geben, aber ich wusste, dass ich das besser nicht tat.

»Pass auf, dass er vorsichtig ist mit seiner Hand und sie sauber hält«, sagte ich und öffnete die Tür meines Chevrolet. »Und du musst ihn zu einem Arzt bringen. Gibt es hier einen?«

Sie schüttelte den Kopf.

»Deine Mutter soll sich darum kümmern. In der *Burger Hut* kann ihr jemand einen nennen. Kümmerst du dich darum?« Sie sah mich an und griff nach meiner Hand.

»Deborah, du kannst mich im *Travel-Eze* anrufen. Ich habe die Nummer nicht, aber sie steht im Telefonbuch. Hier hast du meine Karte, damit du weißt, wie ich heiße.«

»Ha'm kein Telefon«, sagte sie und sah mich fest an, während sie noch immer meine Hand hielt.

»Ich weiß. Aber wenn du anrufen musst, kannst du dir ein Münztelefon suchen, nicht?«

Sie nickte.

Ein Wagen kam den Berg herauf.

»Mutter.«

»Wie alt bist du, Deborah?«

»Elf.«

»Gehst du hier in Black Mountain in die Hauptschule?«, fragte ich. Dass sie so alt war wie Emily, fiel mir erst jetzt auf. Sie nickte wieder.

»Kanntest du Emily Steiner?«

»War weiter als ich.«

»Ihr wart nicht in derselben Klasse?«

»Nein.« Sie ließ meine Hand los.

Der Wagen, ein alter, klappriger Ford mit einem kaputten Scheinwerfer, rumpelte vorbei. Ich konnte nur einen kurzen Blick auf eine Frau werfen, die zu uns herüberschaute. Nie werde ich den erschöpften Ausdruck in diesem aufgeschwemmten Gesicht vergessen, die heruntergezogenen Mundwinkel. Über dem Haar trug sie ein Netz. Deborah sprang ihrer Mutter nach. Ich schloss meine Tür.

Im Motel nahm ich ein langes heißes Bad. Danach überlegte ich, ob ich mir etwas zu essen bestellen sollte, und betrachtete abwesend die Speisekarte des Zimmerservice, beschloss dann aber, lieber eine Weile zu lesen. Um halb elf riss mich das Telefon aus dem Schlaf.

»Ja?«

»Kay?« Es war Wesley. »Ich muss dich sprechen. Es ist sehr wichtig.«

»Ich komme in dein Zimmer.«

Ich ging direkt hin und klopfte an die Tür. »Ich bin's, Kay«, sagte ich.

»Moment«, hörte ich ihn von drinnen.

Eine kleine Pause, dann öffnete er die Tür. Seinem Gesicht war anzusehen, dass etwas Schreckliches passiert war. »Was ist?« Ich trat ins Zimmer.

»Es geht um Lucy.«

Er schloss die Tür. Dem Schreibtisch nach zu urteilen, hatte er den Nachmittag größtenteils am Telefon verbracht. Überall lagen Notizzettel herum. Die Krawatte lag auf dem Bett, sein Hemd stand offen.

»Sie hatte einen Unfall«, sagte er.

»Wie bitte?«

Mir gefror das Blut in den Adern.

Er schien sehr besorgt.

»Wie geht es ihr?« Ich konnte keinen vernünftigen Gedanken fassen.

»Es ist am frühen Abend passiert, nördlich von Richmond auf der 95. Sie war wohl in Quantico gewesen, dann essen gegangen und anschließend zurückgefahren. Gegessen hat sie im *Outback*, du kennst doch dieses australische Steakhaus in Nordvirginia? Wir wissen, dass sie in Hanover in einem Waffengeschäft war – bei *Green Top* – und danach den Unfall hatte.« Er ging beim Reden auf und ab.

»Benton, *wie geht es ihr?*« Ich war wie angewurzelt.

»Sie liegt in Richmond auf der Unfallstation des Medical Center of Virginia. Es war ziemlich schlimm, Kay.«

»Oh, mein Gott.«

»Offenbar ist sie an der Auffahrt Atlee/Elmon von der Fahrbahn abgekommen und hat zu heftig gegengesteuert. Über das Kennzeichen hat man dich gefunden, die Staatspolizei hat in deinem Büro angerufen, und das FBI hat dann Fielding beauftragt, dich ausfindig zu machen. Er rief mich an, weil er nicht wollte, dass du es am Telefon erfährst. Na ja, und weil er auch Leichenbeschauer ist, fürchtete er deine erste Reaktion, wenn ausgerechnet er dir sagte, dass Lucy gerade einen Unfall hatte –«

»Benton!«

»Tut mir Leid.« Er legte mir die Hände auf die Schultern. »Herrgott, ich bin alles andere als gut im Überbringen von schlechten Nachrichten, wenn es um jemanden geht, den ich … wenn es um dich geht. Sie hat ein paar Schnittwunden und eine Gehirnerschütterung. Es ist ein verdammtes Wunder, dass sie noch lebt. Der Wagen hat sich ein paarmal überschlagen. Dein Wagen. Er hat einen Totalschaden. Sie mussten sie herausschneiden und mit dem Rettungshubschrauber ins Krankenhaus fliegen. Ehrlich gesagt, beim Anblick des Wracks glaubte keiner, dass das jemand hätte überleben können. Es ist fast unglaublich, aber sie ist okay.« Ich schloss die Augen und setzte mich auf die Bettkante.

»Hatte sie getrunken?«, fragte ich.

»Ja.«

»Erzähl mir alles.«

»Die Anklage lautet auf Fahren unter Alkoholeinfluss. Sie haben im Krankenhaus eine Blutprobe genommen, und der Alkoholgehalt war hoch. Ich weiß nicht genau, wie hoch.«

»Sonst wurde keiner verletzt?«

»Es war kein anderer Wagen beteiligt.«

»Gott sei Dank.«

Er setzte sich neben mich und massierte mir den Nacken. »Es ist ein Wunder, dass sie überhaupt ohne Zwischenfall so weit gekommen ist. Sie hatte wohl eine Menge zum Dinner getrunken.« Er legte den Arm um mich und zog mich an sich. »Ich habe dir schon einen Flug gebucht.«

»Was hat sie denn im *Green Top* gesucht?«

»Sie hat eine Pistole gekauft. Eine Sig Sauer P230. Sie haben sie im Wagen gefunden.«

»Ich muss sofort zurück nach Richmond.«

»Vor morgen früh gibt es keine Möglichkeit, Kay. Bis dahin hat es Zeit.«

»Mir ist kalt«, sagte ich.

Er nahm sein Jackett und legte es mir über die Schultern. Ich fing an zu zittern. Mein Entsetzen, als ich Wesleys Gesicht gesehen und den angespannten Ton in seiner Stimme gehört hatte, erinnerte mich an die Nacht, in der er mich wegen Mark angerufen hatte.

Als ich damals Wesleys Stimme am Telefon hörte, wusste ich sofort, dass er eine ganz schlimme Nachricht für mich hatte. Dann hatte er von dem Bombenanschlag in London berichtet und von Mark, der sich genau zum Zeitpunkt der Explosion im Bahnhof aufgehalten hatte. Er hatte nichts damit zu tun gehabt, der Anschlag war nicht gegen ihn gerichtet gewesen, doch er war tot. Der Schmerz, der mit der Nachricht über mich hereinbrach, hatte mich geschüttelt wie ein Sturm. Ich war so kraftlos wie nie zuvor, noch mehr als beim Tod meines Vaters. Damals war ich noch jung gewesen und unfähig, darauf zu reagieren, dass meine Mutter tagelang weinte und alles verloren schien.

»Es wird alles gut werden«, sagte Wesley. Er stand auf und goss mir einen Drink ein.

»Was weißt du sonst noch darüber?«

»Weiter nichts, Kay. Hier, der wird dir helfen.« Er reichte mir einen kräftigen Scotch pur.

Hätte ich jetzt eine Zigarette greifbar gehabt, ich hätte sie mir zwischen die Lippen geschoben und angezündet. Ich hätte meiner Abstinenz ganz einfach ein Ende gesetzt und meine guten Vorsätze schlicht vergessen.

»Weißt du, wer sie behandelt? Wo hat sie die Schnitte? Sind die Airbags aufgegangen?«

Er knetete wieder meinen Nacken und antwortete nicht. Schließlich hatte er schon gesagt, dass er mehr nicht wusste.

Ich goss den Scotch schnell hinunter, weil ich seine Wirkung fühlen wollte.

»Ich fliege also morgen früh.«

Seine Finger arbeiteten sich bis in meine Haare vor. Es war ein wunderbares Gefühl.

Mit geschlossenen Augen erzählte ich ihm vom Nachmittag. Von meinem Besuch bei Lieutenant Mote im Krankenhaus. Von den Leuten in Rainbow Mountain, dem Mädchen, das immer nur in halben Sätzen redete, und von Creed, der wusste, dass Emily Steiner nach dem Gruppentreffen in der Kirche nicht die Abkürzung um den See genommen hatte. »Es ist so traurig, weil ich es genau vor mir sah, als er davon sprach«, fuhr ich fort und dachte an ihr Tagebuch. »Sie wollte sich vorher mit Wren treffen, und der ließ sich natürlich nicht blicken. Während der Gruppenstunde hat er sie völlig ignoriert, und deswegen hat sie das Ende nicht abgewartet. Sie brach vor allen anderen auf. Sie rannte davon, weil sie verletzt war und sich gedemütigt fühlte, und sie wollte nicht, dass die anderen es merkten. Creed kam zufällig mit seinem Truck vorbei und sah sie. Er wollte sichergehen, dass sie wohlbehalten zu Hause ankam, denn er merkte, wie aufgewühlt sie war. Er mochte sie aus der Ferne, so, wie Emily Wren aus der Ferne mochte. Und dann hat sie diesen schrecklichen Tod gefunden. Es scheint, als drehe sich hier alles um Menschen, die jemanden lieben, ohne wiedergeliebt zu werden. Es geht um den Schmerz, nicht beachtet zu werden.«

»Mord hat eigentlich immer mit Nichtachtung zu tun.«

»Wo ist Marino?«

»Ich weiß nicht.«

»Er macht momentan alles falsch. Dabei weiß er es besser.«

»Ich glaube, er hat etwas mit Denesa Steiner.«

»Das weiß ich.«

»Ich kann mir vorstellen, wie es dazu kommen konnte. Er ist einsam, hatte nie besonderes Glück mit Frauen, und seit Doris ihn verlassen hat, weiß er gar nicht mehr, was er von ihnen halten soll. Denesa Steiner ist am Boden zerstört, hilflos und schmeichelt natürlich seinem angeknacksten männlichen Ego.«

»Offensichtlich besitzt sie eine Menge Geld.«

»Ja.«

»Wie kommt sie dazu? Ich denke, ihr verstorbener Mann war Lehrer?«

»Soviel ich weiß, hatte seine Familie viel Geld. Sie haben es drüben im Westen mit Öl oder so verdient. Du wirst die Einzelheiten deines Gesprächs mit Creed Lindsey wohl weitergeben müssen. Es sieht nicht allzu gut für ihn aus.«

Das wusste ich.

»Ich kann mir denken, wie du dich dabei fühlst, Kay. Aber ich weiß nicht einmal genau, ob mir selbst ganz wohl bei dem ist, was du erzählt hast. Es gefällt mir gar nicht, dass er ihr mit seinem Wagen gefolgt ist und dabei die Scheinwerfer ausgeschaltet hatte. Es gefällt mir auch nicht, dass er wusste, wo sie wohnte, und dass er sich in der Schule so um sie bemüht hat. Und am allerwenigsten gefällt mir, dass er die Stelle aufgesucht hat, wo ihre Leiche gefunden wurde, und dort Süßigkeiten hingelegt hat.«

»Warum war die Haut in Fergusons Gefrierfach? Wie passt Creed Lindsey in den Zusammenhang?«

»Die Haut hat entweder Ferguson hineingetan oder eine andere Person. So einfach ist das. Und ich glaube nicht, dass es Ferguson war.«

»Warum nicht?«

»Sein Persönlichkeitsprofil passt nicht so recht ins Bild. Das weißt du selber.«

»Und Gault?«

Wesley antwortete nicht.

Ich sah zu ihm hoch, denn ich kannte sein Schweigen. Es umfing mich wie der kühle Hauch in einer Höhle. »Du verschweigst mir etwas«, sagte ich.

»Wir haben gerade einen Anruf aus London bekommen. Wir glauben, dass er wieder getötet hat, diesmal dort.«

Ich schloss die Augen. »Lieber Gott, nein.«

»Diesmal war es ein Junge. Vierzehn. Es ist nur wenige Tage her.«

»Die gleichen Merkmale wie bei Eddie Heath?«

»Abgeschälte Bissspuren. Schuss in den Kopf, Leiche einfach irgendwohin geworfen. Genügend Parallelen.«

»Das heißt aber nicht, dass Gault nicht in Black Mountain gewesen sein kann«, sagte ich. Die Skepsis in mir wuchs.

»Im Augenblick können wir nicht sagen, dass es das nicht heißt. Gault könnte überall sein. Aber ich weiß immer weniger über ihn. Zwischen den Fällen Eddie Heath und Emily Steiner gibt es zahlreiche übereinstimmende Merkmale, aber auch viele Unterschiede.«

»Es gibt Unterschiede, weil dieser Fall ein anderer ist«, sagte ich. »Und ich glaube nicht, dass Creed Lindsey die Haut in Fergusons Gefrierfach gelegt hat.«

»Hör mal, wir wissen nicht, warum sie dort lag. Wir wissen

nicht, ob nicht jemand sie vor seine Haustür gelegt hat und Ferguson sie fand, als er vom Flugplatz kam. Er legte sie in das Gefrierfach, wie das jeder gute Kriminalpolizist getan hätte, lebte aber nicht mehr lange genug, um es jemandem mitzuteilen.«

»Du vermutest, Creed habe Fergusons Rückkehr abgewartet und sie dann hingelegt?«

»Ich vermute, die Polizei wird in Betracht ziehen, dass Creed es war.«

»Warum hätte er das tun sollen?«

»Gewissensbisse.«

»Wohingegen Gault es getan hätte, um uns an der Nase herumzuführen.«

»Ganz genau.«

Ich schwieg einen Moment.

»Wenn Creed der Täter war«, sagte ich, »wie erklärst du dir dann Denesa Steiners Fingerabdrücke auf dem Höschen, das Ferguson anhatte?«

»Wenn ihm bei seinen Selbstbefriedigungsaktionen weibliche Wäsche als Fetisch diente, könnte er sie gestohlen haben. Während seiner Beschäftigung mit Emilys Fall ist er in ihrem Haus ein und aus gegangen. Er hätte sehr leicht an die Unterwäsche gelangen können. Und gerade ihre Wäsche beim Masturbieren zu tragen könnte seiner Phantasie einen weiteren Kick gegeben haben.«

»Glaubst du das wirklich?«

»Ich weiß nicht, was ich glaube. Ich werfe das nur in die Diskussion, weil ich weiß, was geschehen wird. Ich weiß, was Marino denken wird. Creed Lindsey ist ein Verdächtiger. Seine Aussage dir gegenüber, dass er Emily Steiner gefolgt ist, liefert uns wahrscheinlich die Begründung für einen Durchsuchungsbefehl für sein Haus und seinen Wagen. Wenn wir etwas finden und wenn Mrs. Steiner glaubt, sein Aussehen und seine Stimme glichen denen des Mannes, der in jener Nacht bei ihr eingebrochen ist, dann kommt Creed wegen Mordes vor Gericht.«

»Und was ist mit den rechtsmedizinischen Ergebnissen?«, sagte ich. »Ist noch etwas aus den Labors gekommen?«

Wesley stand auf und stopfte sich das Hemd in die Hose. »Wir haben die Herkunft des orangefarbenen Gewebebands bis zu einem Gefängnis zurückverfolgt, der Attica Correctional Facility in New York. Offenbar war es ein Gefängnisverwalter leid, dass dauernd Gewebeband verschwand, und beschloss, sich ein Spezialband anfertigen zu lassen, das sich nicht so bequem stehlen ließ. Also wählte er das grell orangefarbene aus, das die gleiche Farbe hatte wie die Gefängniskleidung. Da es im Gefängnis zum Beispiel für das Reparieren von Matratzen benutzt wurde, musste es unbedingt schwer entflammbar sein. Die Shuford Mills haben 1986 eine Serie davon produziert – ich glaube, etwa achthundert Rollen.«

»Das ist sehr sonderbar.«

»Was die Spuren auf der Klebefläche der Streifen angeht, mit denen Denesa Steiner gefesselt wurde, so sind es Reste der Politur von der Kommode in ihrem Schlafzimmer. Genau das war auch zu erwarten gewesen, denn er hat sie in ihrem Schlafzimmer gefesselt. Damit ist die Information aber relativ nutzlos.«

»In Attica hat Gault nie gesessen, oder?«, fragte ich.

Wesley band sich vor dem Spiegel die Krawatte um. »Nein. Aber das schließt nicht aus, dass er sich das Band auf anderem Wege besorgt hat. Irgendjemand könnte es ihm gegeben haben. Er war eng befreundet mit dem Direktor des Staatsgefängnisses, als dieses noch in Richmond war – dem Direktor, den er später ermordet hat. Es könnte sich lohnen, zu ergründen, ob von diesem Band vielleicht dort etwas gelandet ist.«

»Wollen wir ausgehen?«, fragte ich, als er sich ein frisches Taschentuch in die Hosentasche steckte und die Pistole in das Halfter am Gürtel.

»Ich führe dich zum Dinner aus.«

»Was ist, wenn ich nicht mag?«

»Du magst.«

»Du bist ganz schön selbstsicher.«

Er beugte sich zu mir herab und küsste mich, während er mir die Jacke von den Schultern nahm. »Ich möchte nicht, dass du jetzt allein bist.« Er zog die Jacke an. Er sah sehr gut aus, so korrekt und melancholisch zugleich.

Wir fanden einen hell erleuchteten Truck-Stop, der alles bot – vom T-Bone-Steak bis zum chinesischen Buffet. Ich nahm nur eine Suppe mit Eierstich und Reis, weil mir nicht besonders gut war. Rundum schaufelten sich Männer in Jeans und Stiefeln Spareribs, Schweinefleischstreifen und Shrimps in dicken orangefarbenen Soßen auf die Teller und starrten uns an, als kämen wir von einem anderen Stern. Mein Glückskeks warnte mich vor Gut-Wetter-Freunden, der von Wesley versprach ihm eine Heirat.

Als wir kurz nach Mitternacht ins Motel zurückkamen, wartete Marino auf uns. Wir setzten uns in Wesleys Zimmer, und ich berichtete Marino, was ich wusste. Er war nicht glücklich darüber.

»Ich wünschte, Sie wären nicht da hinausgefahren«, sagte er. »Es ist keine Gegend, in der Sie Leute befragen sollten.«

»Ich habe das Recht, bei jedem gewaltsamen Todesfall umfassende Ermittlungen anzustellen und jede Frage zu stellen, die ich stellen möchte. Ihre Bemerkung ist einfach lächerlich, Marino. Schließlich arbeiten wir beide schon seit Jahren zusammen.«

»Wir sind ein Team, Pete«, warf Wesley ein. »Ohne Teamarbeit geht gar nichts. Darum sind wir hier. Übrigens, ich will zwar nicht lästig sein, aber ich möchte nicht, dass Sie in meinem Zimmer rauchen.«

Marino schob Zigarettenschachtel und Feuerzeug in die Tasche zurück. »Von Denesa weiß ich, dass Emily sich immer wieder über Creed beklagt hat.«

»Weiß sie, dass die Polizei nach ihm sucht?«, fragte Wesley.

»Sie ist nicht in der Stadt«, antwortete er ausweichend.

»Wo ist sie?«

»Sie besucht für ein paar Tage eine kranke Schwester in Maryland. Ich meine, Creed hat Emily Angst gemacht.«

Ich hatte Creed vor Augen, wie er sich auf der Matratze selbst den Daumen nähte. Ich dachte an seinen schiefen Blick und sein teigiges Gesicht, und es wunderte mich nicht, dass sich ein kleines Mädchen vor ihm fürchtete.

»Es gibt noch eine Menge unbeantworteter Fragen«, sagte ich.

»Na gut, aber eine Menge ist auch schon beantwortet», gab Marino zurück.

»Die Vorstellung von Creed Lindsey als Täter ergibt keinen Sinn«, sagte ich.

»Sie ergibt jeden Tag mehr Sinn«, konterte er.

»Hat er einen Fernseher in seinem Haus?«, fragte Wesley.

Ich dachte einen Moment nach. »Sicher. Die Leute da oben haben nicht viel, aber einen Fernseher haben sie wohl.«

»Creed könnte die Einzelheiten über Eddie Heath aus dem Fernsehen haben«, sagte Wesley. »Einige dieser Reality-Shows über Kriminalfälle und auch die Nachrichten haben den Fall gebracht.«

»Beschissenerweise ist in der ganzen Welt über den Fall berichtet worden«, sagte Marino.

»Ich gehe jetzt ins Bett«, sagte ich.

»Davon will ich Sie nicht abhalten.« Marino starrte uns beide an und stand auf. »Ganz bestimmt nicht.«

»Ich habe die Nase voll von Ihren versteckten Anspielungen«, sage ich. Ärger kochte in mir hoch.

»Ich mache nicht die geringsten Andeutungen. Ich sage nur, was Sache ist.«

»Wir wollen das nicht noch vertiefen«, sagte Wesley ruhig.

»Doch.« Ich war müde, gestresst und spürte den Scotch. »Gleich hier und jetzt, in diesem Zimmer, wir drei gemeinsam. Weil es uns alle drei angeht.«

»Tut es nicht, verdammt noch mal«, sagte Marino. »Hier in diesem Zimmer gibt es nur eine Beziehung, und ich gehöre nicht dazu. Meine Meinung dazu ist meine Angelegenheit, und zu der habe ich ein Recht.«

»Ihre Meinung dazu ist selbstgerecht und verbohrt«, sagte

ich wütend. »Sie benehmen sich wie ein verknallter Dreizehnjähriger.«

»Wenn das nun nicht der größte Mist ist, den ich je gehört habe!« Marino lief dunkelrot an.

»Mit Ihrer Eifersucht und Ihrem verdammt besitzergreifenden Gehabe treiben Sie mich zum Wahnsinn.«

»Sie träumen wohl?«

»Hören Sie auf, Marino. Sie machen unser Verhältnis kaputt.«

»Ich wusste gar nicht, dass wir eines hatten.«

»Natürlich haben wir das.«

»Es ist spät«, warnte Wesley. »Wir stehen alle unter gewaltigem Stress. Wir sind müde. Es ist jetzt nicht der passende Zeitpunkt, Kay.«

»Jetzt oder nie«, sagte ich. »Himmel noch mal, Marino, mir liegt an Ihnen, aber Sie schieben mich beiseite. Sie machen hier Sachen, die mich zu Tode erschrecken. Ich bin mir nicht sicher, ob Sie überhaupt wissen, was Sie tun.«

»Also, eines möchte ich Ihnen sagen.« Marino sah mich mit einem Blick an, in dem offener Hass lag. »Ich glaube nicht, dass Sie mir in Ihrer Lage überhaupt etwas sagen können. Erstens haben Sie keine Ahnung. Und zweitens penne ich jedenfalls nicht mit einer Verheirateten.«

»Pete, jetzt reicht's«, bellte Wesley.

»Da haben Sie verdammt Recht.« Marino stürmte aus dem Zimmer und schlug die Tür so krachend zu, dass es sicher im ganzen Motel zu hören war.

»Mein Gott«, sagte ich. »Ist das entsetzlich.«

»Du hast ihn zurückgewiesen, Kay. Deshalb ist er so außer sich.«

»Ich habe ihn nicht zurückgewiesen.«

Wesley ging erregt auf und ab. »Ich weiß, dass er an dir hing. All die Jahre habe ich gewusst, dass du ihm wirklich viel bedeutest. Nur hatte ich keine Ahnung, wie tief es bei ihm ging. *Ich hatte absolut keine Ahnung.*«

Ich wusste nicht, was ich sagen sollte.

»Der Kerl ist nicht blöd. Es war nur eine Frage der Zeit, bis er eins und eins zusammengezählt hatte. Aber wie konnte ich denn wissen, dass es ihm so unter die Haut gehen würde?«

»Ich gehe ins Bett«, sagte ich noch einmal und tat es auch. Ich schlief eine Weile, doch dann war ich plötzlich hellwach, starrte ins Dunkel und dachte an Marino und an meine eigene Situation. Ich hatte eine Affäre mit einem verheirateten Mann und machte mir seltsamerweise keine Sorgen deswegen. Marino wusste von der Affäre und war maßlos eifersüchtig. Dass ich ihm niemals irgendwelche Gefühle entgegenbringen könnte, musste ich ihm wohl irgendwann sagen, aber bei welcher Gelegenheit ein solches Gespräch stattfinden könnte, war mir schleierhaft.

Um vier Uhr stand ich auf, setzte mich auf die Veranda in die Kälte und sah zu den Sternen hinauf. Der Große Bär, den wir in Amerika auch den Großen Schöpflöffel nennen, war fast genau über mir, und ich dachte daran, wie Lucy als kleines Kind Angst hatte, er könne Wasser auf sie herabgießen, wenn sie allzu lange unter ihm stehe. Ich dachte an ihren wunderbaren Körperbau, ihre makellose Haut und die unglaublich grünen Augen. Ich dachte daran, wie sie Carrie Grethen angesehen hatte, und ich war sicher, dass das ein Teil dessen war, was schief gelaufen war.

14

Lucy lag mit anderen Frauen in einem Zimmer, und ich lief zuerst an ihrem Bett vorbei. Ich hatte sie einfach nicht erkannt. Ihr Haar war dunkelrot von Blut und stand strähnig vom Kopf ab, ihre Augen waren schwarzblau unterlaufen. Sie lag von Kissen gestützt im Bett und stand ganz offensichtlich unter dem Einfluss von Schmerzmitteln. Ich trat näher und nahm ihre Hand.

»Lucy?«

Sie konnte kaum die Augen öffnen. »Hi«, sagte sie schwach.

»Wie geht es dir?«

»Ganz gut. Es tut mir Leid, Tante Kay. Wie bist du hergekommen?«

»Ich habe mir einen Wagen geliehen.«

»Was für einen?«

»Einen Lincoln.«

»Ich wette, einen mit Seiten-Airbags.« Sie lächelte matt.

»Lucy, was ist passiert?«

»Ich erinnere mich nur noch, dass ich in dem Restaurant war. Dann hat mir jemand in der Notaufnahme den Kopf genäht.«

»Du hast eine Gehirnerschütterung.«

»Man nimmt an, dass ich mit dem Kopf gegen das Wagendach geschlagen bin, als das Auto sich überschlug. Es tut mir so Leid um deinen Wagen.« Tränen stiegen ihr in die Augen.

»Mach dir darum keine Sorgen. Das ist unwichtig. Hast du irgendeine Erinnerung an den Unfall?«

Sie schüttelte den Kopf und griff nach einem Taschentuch.

»Hast du irgendeine Erinnerung an das Dinner im *Outback* oder an deinen Besuch im *Green Top*?«

»Woher weißt du das? Ach, ja.« Sie sackte für einen Augenblick weg. Ihre Lider wurden schwer. »Ich bin gegen vier beim Restaurant angekommen.«

»Mit wem warst du verabredet?«

»Nur mit einer Freundin. Um sieben bin ich aufgebrochen und dann hier gelandet.«

»Du hast viel getrunken«, sagte ich.

»Ich glaube, so viel war das gar nicht. Ich weiß nicht, warum ich von der Straße abgekommen bin, aber irgendetwas muss passiert sein.«

»Wie meinst du das?«

»Ich weiß nicht. Ich kann mich nicht erinnern, aber mir scheint, irgendetwas ist passiert.«

»Was ist mit dem Waffenladen? Erinnerst du dich, dass du dort warst?«

»Ich erinnere mich nicht, wieder weggefahren zu sein.«

»Du hast dir eine halbautomatische Pistole gekauft, eine .380er. Erinnerst du dich daran?«

»Ich weiß, dass ich deswegen da war.«

»Du bist also in einen Waffenladen gefahren, nachdem du etwas getrunken hattest? Kannst du mir sagen, was da in deinem Kopf vorging?«

»Ich wollte nicht ohne einen Schutz in deinem Haus wohnen. Pete hat mir die Waffe empfohlen.«

»Marino?«, fragte ich erschrocken.

»Ich habe ihn neulich angerufen. Er sagte, ich soll mir eine Sig kaufen und dass er immer ins *Green Top* in Hanover geht.«

»Er ist in North Carolina«, sagte ich.

»Ich weiß nicht, wo er sich aufhielt. Ich habe seinen Piepser angewählt, und er hat zurückgerufen.«

»Ich besitze doch auch Waffen. Warum hast du nicht mich gefragt?«

»Ich will meine eigene haben, und ich bin alt genug.« Lucy konnte ihre Augen nicht länger offen halten.

Als ich fortging, begegnete ich auf derselben Etage ihrem Stationsarzt. Er war sehr jung und sprach mit mir wie mit einer besorgten Tante oder Mutter, die nicht die geringste Ahnung von medizinischen Zusammenhängen hat. Er erklärte mir ziemlich kurz angebunden, eine Gehirnerschütterung sei quasi eine Prellung des Gehirns, die Folge eines schweren Schlags gegen den Kopf, was ich, kommentarlos und ohne eine Miene zu verziehen, hinnahm. Als mich ein Medizinstudent, der einmal meinen Rat gesucht hatte, im Vorübergehen mit Namen grüßte, lief der junge Arzt rot an.

Vom Krankenhaus fuhr ich in mein Büro, das ich seit über einer Woche nicht mehr gesehen hatte. Mein Schreibtisch sah aus, wie ich es befürchtet hatte, und ich verbrachte die nächsten Stunden damit, alles aufzuarbeiten. Gleichzeitig versuchte ich den Kollegen von der Staatspolizei zu erreichen, der Lucys Unfall aufgenommen hatte. Vergeblich. Schließlich hinterließ ich ihm eine Nachricht und rief dann Gloria Loving vom Standesamt an.

»Etwas gefunden?«, fragte ich.

»Ich fasse es nicht, dass ich dich zweimal innerhalb von zehn Tagen zu sprechen bekomme. Bist du wieder gegenüber?«

»Bin ich.« Ich musste lächeln.

»Bisher noch kein Glück gehabt, Kay«, sagte sie. »In Kalifornien haben wir keine Unterlagen über eine Mary Jo Steiner gefunden, die am plötzlichen Kindstod gestorben ist. Wir versuchen es jetzt auf anderem Wege. Könntest du wohl Ort und Datum ihres Todes in Erfahrung bringen?«

»Ich werde sehen, was ich tun kann«, sagte ich.

Als ich noch darüber nachdachte, ob ich Denesa Steiner anrufen sollte, kam der Rückruf von State Police Officer Reed, dem Kollegen von der Staatspolizei, den ich zu erreichen versucht hatte.

»Könnten Sie mir Ihren Bericht wohl durchfaxen?«, fragte ich ihn.

»In Hanover passiert so einiges.«

»Ich dachte, der Unfall sei auf der 95 passiert«, sagte ich. Die Interstate fiel in den Geltungsbereich der Staatspolizei und nicht der örtlichen.

»Officer Sinclair kreuzte dort gleichzeitig mit mir auf. Er hat mir geholfen. Als wir über das Kennzeichen auf Sie stießen, hielt ich es für besser, die Sache selbst weiterzuverfolgen.«

Seltsamerweise war ich bis jetzt noch nicht auf den Gedanken gekommen, dass meine Identifizierung über das Kennzeichen einigen Wirbel auslösen würde.

»Wie heißt Officer Sinclair mit Vornamen?«, fragte ich.

»Seine Initialen sind A.D., glaube ich.«

Ich hatte großes Glück und traf Officer Andrew D. Sinclair in seinem Büro an, als ich ihn gleich darauf anrief. Er sagte mir, Lucy habe einen Unfall gehabt, an dem kein anderer Wagen beteiligt gewesen sei. Sie sei mit hoher Geschwindigkeit auf der 95 in südlicher Richtung gefahren, und direkt hinter der Grenze zum Henrico County sei der Unfall dann passiert.

»Wie hoch war die Geschwindigkeit?«, fragte ich.

»Siebzig Meilen die Stunde.«

»Bremsspuren?«

»Wir haben eine 9,60 Meter lange an der Stelle gefunden, wo sie offenbar abgebremst hatte, bevor sie von der Straße abgekommen ist.«

»Warum mag sie gebremst haben?«

»Sie fuhr mit hoher Geschwindigkeit und stand unter Alkoholeinfluss, Ma'am. Könnte eingeschlafen sein, und plötzlich hing sie jemandem an der Stoßstange.«

»Officer Sinclair, man braucht eine fast hundert Meter lange Bremsspur, um daraus eine Geschwindigkeit von siebzig Meilen pro Stunde ableiten zu können. In diesem Fall haben Sie eine knapp zehn Meter lange Spur. Ich verstehe nicht, wie Sie daraus die siebzig Meilen errechnen.«

»Die erlaubte Höchstgeschwindigkeit auf dem Teilstück liegt bei fünfundsechzig«, das war alles, was er dazu sagen konnte.

»Wie hoch war der Blutalkoholgehalt?«

»1,2.«

»Könnten Sie mir wohl Ihre Unterlagen und den Bericht so schnell wie möglich herüberfaxen und mir sagen, wohin mein Wagen abgeschleppt wurde?«

»Er steht bei Covey's Texaco in Hanover. An der Route 1. Er hat einen Totalschaden, Ma'am. Geben Sie mir Ihre Faxnummer, dann bekommen Sie sofort die Berichte.«

Innerhalb einer Stunde hatte ich sie vor mir liegen. Mit der Schablone löste ich die Kennziffern im Berichtsschema auf. Demnach ging Sinclair grundsätzlich von der Annahme aus, dass Lucy betrunken am Steuer eingeschlafen war. Als sie plötzlich aufwachte, trat sie auf die Bremse, geriet ins Schleudern, verlor die Kontrolle über den Wagen, kam von der Fahrbahn ab und steuerte zu heftig gegen. Dadurch schleuderte sie auf die Straße zurück, quer über zwei Fahrbahnen, und landete an einem Baum auf dem Dach. Diese Vermutungen machten mich stutzig, denn da gab es einen wichtigen Punkt zu beachten: Mein Mercedes hatte ABS. Allein durch Bremsen konnte Lucy nicht so ins Schleudern geraten sein, wie Officer Sinclair es beschrieben hatte.

Ich verließ mein Büro und ging nach unten ins Leichenschauhaus. Fielding, mein Stellvertreter, und zwei junge Gerichtsmedizinerinnen, die ich letztes Jahr eingestellt hatte, standen an Edelstahltischen und arbeiteten an drei Fällen. Vor dem Hintergrundgeräusch trommelnden Wassers in den Becken, dem Summen der Klimaanlage und der Generatoren kreischte Stahl auf Stahl. Die große Stahltür zum Kühlraum öffnete sich mit einem lauten saugenden Schmatzen, als einer der Assistenten eine weitere Leiche herausrollte.

»Können Sie sich das mal ansehen, Dr. Scarpetta?« Dr. Wheat stammte aus Topeka. Ihre klugen grauen Augen sahen hinter einem Plastikgesichtsschutz voller Blutspritzer hervor.

Ich trat an ihren Tisch.

»Sieht das hier nicht nach Schmauchspuren in der Wunde aus?« Ihr blutiger behandschuhter Finger deutete auf eine Schusswunde im Nacken.

Ich beugte mich darüber. »Die Wundränder sind angesengt. War die Wunde von einem Kleidungsstück überdeckt?«

»Er trug kein Hemd. Es ist in seiner Wohnung passiert.«

»Also, eindeutig ist das nicht. Wir brauchen eine mikroskopische Untersuchung.«

»Eintritt oder Austritt des Geschosses?«, fragte mich Fielding, der eine Wunde an seinem eigenen Fall untersuchte. »Da Sie gerade hier sind, hätte ich gern Ihre Meinung dazu.«

»Eintritt«, sagte ich.
»Das denke ich auch. Bleiben Sie jetzt hier?«
»Ich komme und gehe.«
»Aus dem Haus oder wieder aus der Stadt?«
»Beides. Über meinen Piepser bin ich auch in der Luft zu erreichen.«
»Läuft alles gut?«, fragte er. Sein gewaltiger Bizeps schwoll an, als er der Leiche ein paar Rippen durchtrennte.
»Es ist ein wahrer Albtraum«, sagte ich.

Ich brauchte eine halbe Stunde bis zur Texaco-Tankstelle mit dem 24-Stunden-Abschleppdienst, die sich um meinen Wagen gekümmert hatte. Ich entdeckte den Mercedes in einer Ecke neben einem Maschendrahtzaun. Bei diesem Anblick der Zerstörung zog es mir den Magen zusammen. Ich bekam weiche Knie.

Der Motorraum war bis zur Windschutzscheibe gestaucht, und die Fahrerseite stand offen wie ein zahnloser Mund. Hydraulische Spreizer hatten die Türen aufgerissen, die dann mitsamt der Mittelstrebe entfernt worden waren. Ich hörte mein Herz schlagen, als ich näher an das Wrack trat. Als hinter mir eine tiefe, schleppende Stimme fragte: »Kann ich Ihnen helfen?«, machte ich vor Schreck einen Satz.

Ich drehte mich um und sah in das Gesicht eines grauhaarigen alten Mannes mit einer ausgeblichenen roten Mütze, die den Schriftzug PURINA über dem Schirm trug.

»Das ist mein Wagen«, sagte ich.

»Ich hoffe wirklich, dass nicht Sie die Fahrerin waren.«

Ich sah, dass die Reifen nicht platt und beide Airbags aufgegangen waren.

»Es ist wirklich ein Jammer.« Er schüttelte den Kopf und betrachtete den entsetzlich verbeulten Mercedes-Benz. »Glaube, das ist der erste 500 E, den ich sehe. Einer von den Jungs hier kennt sich mit Mercedes aus. Er sagt, Porsche hat den Motor mit entworfen und dass es nicht so viele hier in der Gegend gibt. Welches Baujahr? 93? Ihr Mann hat ihn wohl nicht hier gekauft?«

Das linke Rücklicht war zerbrochen, daneben zog sich eine Schramme entlang mit einer Spur, die nach grünem Lack aussah. Als ich mich vorbeugte, um mir die Stelle genauer anzusehen, fingen meine Nerven an, heftig zu vibrieren.

Der Mann redete wieder. »Klar, bei den paar Meilen, die er draufhat, ist es wohl eher ein 94er. Darf ich mal fragen, was er gekostet hat? Über fünfzig?«

»Haben Sie ihn abgeschleppt?« Ich richtete mich wieder auf. Mein Blick fiel auf immer mehr Details, die mich in Alarmbereitschaft versetzten.

»Toby hat ihn letzte Nacht hereingebracht. Die PS-Zahl wissen Sie wahrscheinlich nicht, oder?«

»Ist der Zustand *exakt* der gleiche wie am Unfallort?«

Der Mann sah mich ein wenig verwirrt an.

»Zum Beispiel«, fuhr ich fort, »liegt das Telefon nicht auf der Gabel.«

»Das passiert wohl so, wenn ein Wagen sich überschlägt und gegen einen Baum prallt.«

»Und das Sonnenrollo ist geschlossen.«

Er beugte sich vor, sah sich das Rückfenster an und kratzte sich im Nacken. »Ich dachte, es ist dunkel, weil die Scheibe getönt ist. Ich habe gar nicht gemerkt, dass das Rollo zu war. Man kommt ja auch nicht auf die Idee, dass es jemand nachts zumacht.«

Ich beugte mich vorsichtig über den Sitz und warf einen Blick in den Rückspiegel. Er war nach hinten weggeklappt, um die Scheinwerferblendung durch nachfolgende Autos zu verringern. Ich zog meine Zweitschlüssel aus der Brieftasche und setzte mich seitlich auf den Fahrersitz.

»Das würde ich an Ihrer Stelle aber nicht machen. Die Blechteile sind messerscharf da drinnen. Und auf den Sitzen und überall ist schrecklich viel Blut.«

Ich legte das Autotelefon auf und schaltete die Zündung ein. Das Telefon meldete Funktionsbereitschaft, und die Batteriewarnleuchte ging an. Radio und CD-Player waren ausgeschaltet, Scheinwerfer und Nebelleuchten waren an. Ich hob den Telefonhörer ab und drückte die Wahlwiederholtaste. Der Rufton kam, dann meldete sich eine weibliche Stimme.

»911.«

Ich legte auf. Der Notruf. Mein Puls hämmerte, und ein Schauder fuhr mir vom Nacken bis in die Haarwurzeln. Überall waren rote Spritzer, auf dem dunkelgrauen Lederbezug, dem Armaturenbrett, der Mittelkonsole und vor allem der Dachverkleidung. Sie waren zu rot und zu dick. Hier und da klebten die Reste von dünnen Spaghetti im Wageninnern.

Mit meiner Nagelfeile kratzte ich etwas von der grünlichen Farbe an der Schadstelle am hinteren Kotflügel ab und schlug sie in ein Papiertaschentuch ein. Dann versuchte ich, das kaputte Rücklicht aus der Halterung zu lösen. Es gelang mir nicht, also bat ich den Mann um einen Schraubenzieher.

»Es ist ein 92er«, sagte ich im Davoneilen. Mit offenem Mund starrte er mir nach, als ich fortfuhr. »Dreihundertfünfzehn PS. Er kostet achtzigtausend Dollar. Es gibt davon nur sechshundert in diesem Land – *gab*. Gekauft habe ich ihn bei McGeorge in Richmond. Ich habe keinen Mann.« Als ich in den Lincoln stieg, war ich aus der Puste. »Gottverdammt, das ist kein Blut da drinnen. Verdammt, verdammt!«, murmelte ich vor mich hin, schlug die Tür zu und ließ den Motor an.

Mit quietschenden Reifen schoss ich auf den Highway hinaus und raste zur 95 South. Gleich hinter der Ausfahrt Atlee/Elmont ging ich vom Gas und hielt mich so weit am Rand, wie es ging. Der Sog vorbeirasender Personenwagen oder Lkw rüttelte an meinem Wagen.

Nach Sinclairs Bericht war mein Mercedes ungefähr vierundzwanzig Meter von der Meile 86 von der Fahrbahn abgekommen. Mindestens sechzig Meter vor dieser Stelle fiel mir auf der rechten Fahrbahn die Spur eines ausscherenden Wagens auf, und nicht weit davon lagen die Glassplitter eines Rücklichts. Die Spur war ungefähr sechzig Zentimeter lang und verlief über den Seitenstreifen. Etwa drei Meter weiter begann eine gerade verlaufende doppelte Bremsspur von etwa zehn Metern Länge. Immer wieder schoss ich zwischen zwei

Fahrzeugen auf die Fahrbahn hinaus, um Glassplitter aufzusammeln.

Dann ging ich weiter, bis ich nach etwa dreißig Metern auf die Spuren auf der Fahrbahn stieß, die Sinclair in seinem Bericht vermerkt hatte. Mein Herz tat einen Extraschlag, als ich erstaunt auf den schwarzen Abrieb starrte, den meine Pirelli-Reifen am Abend zuvor dort hinterlassen hatten. Sie konnten auf gar keinen Fall als Brems- oder Schleuderspuren durchgehen, vielmehr handelte es sich hier um die Spuren einer plötzlichen Beschleunigung, wie etwa bei meinem Verlassen der Texaco-Tankstelle kurz zuvor.

Erst nachdem Lucy diese Spuren hinterlassen hatte, hatte sie die Kontrolle über den Wagen verloren und war von der Fahrbahn abgekommen. Im unbefestigten Randstreifen waren die Reifenabdrücke zu sehen, nach dem Gegenlenken dann wieder der Abrieb eines Reifens an der Fahrbahnkante. Ich sah die tiefen Rinnen, die der Wagen beim Überschlagen im Fahrbahnbelag hinterlassen hatte, die Kerbe im Baum auf dem Mittelstreifen und die überall verstreuten Metall- und Plastiksplitter.

Ich fuhr nach Richmond zurück, ohne genau zu wissen, was ich als Nächstes tun oder wen ich anrufen sollte. Dann fiel mir der Kollege McKee von der Staatspolizei ein. Wir hatten schon viele Verkehrsunfälle zusammen bearbeitet und endlose Stunden damit verbracht, Matchbox-Autos auf meinem Schreibtisch hin und her kurven zu lassen, bis wir glaubten, einen bestimmten Ablauf rekonstruiert zu haben. Ich hinterließ eine Nachricht in seinem Büro, und er rief zurück, als ich gerade nach Hause gekommen war.

»Ich habe Sinclair nicht gefragt, ob er Abdrücke von den Reifenspuren an der Stelle genommen hat, wo sie von der Straße abgekommen ist. Aber ich kann es mir nicht vorstellen«, sagte ich, nachdem ich ihm kurz geschildert hatte, worum es ging.

»Nein, wahrscheinlich nicht«, stimmte mir McKee zu. »Ich habe schon eine Menge von der Geschichte gehört, Dr. Scarpetta. Es wird viel geredet. Und wissen Sie, was? Als Erstes ist Reed bei seiner Ankunft an der Unfallstelle die niedrige Autonummer an Ihrem Wagen aufgefallen.«

»Mit Reed habe ich kurz gesprochen. Er schien nicht besonders engagiert.«

»Stimmt. Unter normalen Umständen hätte Reed dem Beamten aus Hanover ... äh, Sinclair, bei seinem Erscheinen gesagt, er habe alles im Griff. Dann hätte er alle Messungen und Skizzen selbst gemacht. Doch beim Anblick des niedrigen dreistelligen Kennzeichens klingelt es bei ihm. Er weiß, der Wagen muss einem höheren Tier im Staat gehören. Also bekommt Sinclair die Sache in die Hand, und Reed geht ans Funkgerät und ans Telefon, verlangt einen ranghöheren Beamten, fragt beim Kraftfahrzeugregister nach der Nummer. Bingo. Er erfährt, dass es Ihr Wagen ist, und sein erster Gedanke ist, dass Sie die Fahrerin waren. Nun können Sie sich vorstellen, was dann da draußen los war.«

»Ein Tohuwabohu.«

»Genau. Es stellte sich übrigens heraus, dass Sinclair frisch von der Akademie ist. Ihr Autowrack war sein zweites.«

»Selbst wenn es sein zwanzigstes gewesen wäre, verstehe ich nicht, wie ihm der Fehler unterlaufen konnte. Es gab keinen Grund, sechzig Meter vor der Stelle, an der Lucy von der Straße abkam, nach Schleuder- oder Bremsspuren zu suchen.«

»Und Sie sind sicher, es war die Spur eines ausscherenden Fahrzeugs?«

»Absolut. Man macht Abdrücke und erkennt, dass die Spur auf dem Randstreifen mit der übereinstimmt, die auf die Fahrbahn zurückführt. Solch eine Spur entsteht nur, wenn das Fahrzeug durch eine Einwirkung von außen zu einer plötzlichen Richtungsänderung veranlasst wird.«

»Und dann etwa sechzig Meter weiter die Beschleunigungsspur«, dachte er laut weiter. »Lucy trifft von hinten ein Stoß, sie tritt auf die Bremse, fährt weiter. Sekunden später gibt sie plötzlich Gas und verliert die Kontrolle.«

»Wahrscheinlich im gleichen Augenblick, als sie 911 wählt«, sagte ich.

»Ich setze mich mit der Mobiltelefongesellschaft in Verbindung und besorge mir den genauen Zeitpunkt ihres Anrufs. Dann finden wir den Inhalt des Gesprächs auch auf dem mitgelaufenen Band.«

»Jemand hing ihr mit aufgeblendeten Scheinwerfern an der Stoßstange. Sie klappte den Innenspiegel gegen die Blendung um und schloss das Sonnenrollo an der Heckscheibe. Das Radio oder den CD-Player hatte sie nicht an, weil sie höchst konzentriert war. Sie war hellwach und hatte Angst, weil ihr jemand im Nacken saß.

Diese Person rammt sie schließlich von hinten, und Lucy geht auf die Bremse«, fuhr ich mit der Rekonstruktion des Geschehens fort. »Sie fährt weiter und merkt, der Verfolger kommt wieder näher. Sie gerät in Panik, tritt das Gaspedal durch und verliert die Kontrolle. All das passiert binnen weniger Sekunden.«

»Wenn die Spuren, die Sie gefunden haben, passen, kann es sicherlich genau so abgelaufen sein.«

»Werden Sie sich darum kümmern?«

»Darauf können Sie sich verlassen. Was ist mit den Farbpartikeln?«

»Ich bringe sie zusammen mit dem kaputten Rücklicht und allem anderen ins Labor und bitte dort darum, dass das alles ganz schnell untersucht wird.«

»Setzen Sie meinen Namen auf die Begleitpapiere. Sie sollen mich gleich anrufen und mir die Resultate durchgeben.«

Bis ich oben in meinem Arbeitszimmer das Telefon wieder auflegen konnte, war es fünf Uhr nachmittags geworden und bereits dunkel. Benommen schaute ich mich um. Ich kam mir vor wie eine Fremde im eigenen Haus. In meinem Magen rumorte es, eine Mischung aus bohrendem Hunger und Übelkeit, und ich trank einen Schluck Magenbitter direkt aus der Flasche und suchte im Arzneischrank nach einem Mittel gegen mein Magengeschwür. Im Laufe des Sommers war es zwar verschwunden, aber es kam, im Gegensatz zu alten Liebhabern, regelmäßig wieder.

Beide Telefone läuteten. Ich hatte sie auf Anrufbeantworter geschaltet. Während ich in der Badewanne lag und einen Schluck Wein auf die Medizin trank, hörte ich das Faxgerät rattern. Ich hatte so viel zu erledigen.

Natürlich würde meine Schwester Dorothy, Lucys Mutter, sofort kommen wollen; Krisensituationen zogen sie stets an, da sie ihre Lust an Dramatik befriedigten. Zweifellos würde sie sie als Material benutzen, und in ihrem nächsten Kinderbuch kamen dann ein Mädchen und ein Autowrack vor. Die Kritiker würden von Dorothys Klugheit und Einfühlsamkeit schwärmen, denn ihren erfundenen Figuren war sie eine viel bessere Mutter als ihrer eigenen Tochter.

Auf dem Fax standen Dorothys Flugzeiten. Die Ankunft ihrer Maschine sei morgen am späten Nachmittag, und sie werde zusammen mit Lucy bei mir wohnen.

»Sie wird doch nicht lange im Krankenhaus bleiben, oder?«, fragte Dorothy, als ich sie ein paar Minuten später anrief.

»Ich nehme an, ich kann sie am Nachmittag herholen«, sagte ich.

»Sie muss furchtbar aussehen.«

»Wie die meisten Menschen nach Autounfällen.«

»Bleibt denn irgendetwas zurück?« Sie flüsterte fast. »Was ist mit ihrer Kopfverletzung?«

»Das Medical Center hat einen guten Ruf, was die Behandlung von Schädel-Hirn-Traumata angeht«, sagte ich. »Lucy könnte nicht in besseren Händen sein.«

»Sie wird doch nicht entstellt bleiben, oder?«

»Nein, Dorothy. Entstellt wird sie nicht sein. Wie genau wusstest du über ihren Alkoholkonsum Bescheid?«

»Wie konnte ich davon wissen? Ihre Vorlesungen finden in deiner Nähe statt, und offenbar hat sie nie Lust, zu mir nach Hause zu kommen. Und wenn sie kommt, dann bestimmt nicht, um sich mir oder ihrer Großmutter anzuvertrauen. Ich glaube, wenn jemand Bescheid weiß, dann müsstest du das sein.«

»Wenn sie wegen Trunkenheit verurteilt wird, können die Gerichte eine Therapie anordnen«, sagte ich so geduldig, wie ich konnte.

Schweigen. Dann: »Mein Gott.«

»Selbst wenn das nicht der Fall sein sollte«, fuhr ich fort, »wäre es doch aus zwei Gründen zu empfehlen. Erstens steht außer Frage, dass sie sich mit dem Problem auseinander setzen muss. Und zweitens könnte der Richter ihren Fall mit mehr Nachsicht beurteilen, wenn sie sich freiwillig helfen lässt.«

»Gut, das überlasse ich alles dir. Du bist die Ärztin und Juristin in der Familie. Aber ich kenne meine Kleine. Sie wird es nicht wollen. Ich kann mir nicht vorstellen, dass sie sich in eine psychiatrische Klinik begibt, in der es keine Computer gibt. Außerdem würde sie sich dermaßen schämen, dass sie nie mehr jemandem ins Gesicht sehen könnte.«

»Sie geht in keine *psychiatrische Klinik*, und es ist nicht im Geringsten eine Schande, sich wegen Alkohol- oder Drogenmissbrauchs behandeln zu lassen. Eine Schande ist es, einfach weiterzumachen und sich das Leben zu ruinieren.«

»Ich habe immer nach drei Glas Wein aufgehört.«

»Es gibt viele Arten von Abhängigkeit«, sagte ich. »Deine sind zufällig die Männer.«

»Ach, Kay.« Sie lachte. »Das musste ja jetzt kommen. Übrigens, bist du gerade mit jemandem liiert?«

15

Senator Lord war das Gerücht zu Ohren gekommen, ich sei verunglückt, und so rief er mich am nächsten Morgen in aller Herrgottsfrühe an.

Ich saß noch halb angezogen auf der Bettkante. »Nein«, sagte ich. »Lucy fuhr meinen Wagen.«

»Mein Gott!«

»Es geht ihr gut, Frank. Ich kann sie heute Nachmittag nach Hause holen.«

»In einer Zeitung heißt es, Sie seien die Fahrerin des verunglückten Wagens gewesen, und es bestünde der Verdacht, dass Alkohol im Spiel war.«

»Lucy war eine Zeit lang in dem Wrack eingeklemmt. Als sich über das Kennzeichen herausgestellt hatte, dass ich die Halterin bin, galt ich auch als die Fahrerin. Ein Polizist hat dann wohl einem Reporter gegenüber eine entsprechende Bemerkung gemacht, die dann bei Redaktionsschluss noch eingefügt wurde.« Ich dachte an Officer Sinclair. Zu diesem Schnitzer würde ich ihm noch ordentlich die Meinung sagen.

»Kann ich irgendwie helfen, Kay?«

»Haben Sie irgendwelche neuen Erkenntnisse zu den Ereignissen in der ERF?«

»Es gibt ein paar interessante Entwicklungen. Haben Sie Lucy mal den Namen Carrie Grethen erwähnen hören?«

»Sie arbeiten zusammen. Ich habe sie kennen gelernt.«

»Offensichtlich hat Grethen mit einer Spezialfirma für die Ausrüstung von Spionen zu tun, einem Laden, der High-Tech-Geräte für Überwachungszwecke verkauft.«

»Das ist nicht Ihr Ernst!«

»Ich fürchte doch.«

»Dann verstehe ich einerseits natürlich, warum sie hinter einem Job in der ERF her war, andererseits wundert es mich aber, dass das FBI sie mit diesem Hintergrund überhaupt eingestellt haben soll.«

»Keiner hat es gewusst. Offenbar gehört der Laden Grethens Freund. Wir wissen überhaupt nur, dass sie den Laden häufig besucht, weil sie unter Beobachtung steht.«

»Sie hat Verabredungen mit einem Mann?«

»Wie bitte?«

»Der Besitzer des Schnüfflerladens ist ein Mann?«

»Ja.«

»Wer sagt, dass er ihr Freund ist?«

»Offenbar sie selbst, nachdem sie dort gesehen und anschließend befragt worden war.«

»Können Sie mehr über die beiden erzählen?«

»Derzeit nicht viel. Aber ich habe die Adresse des Ladens, wenn Sie einen Augenblick warten. Ich muss nur etwas wühlen.«

»Und was ist mit ihrer Privatadresse und der ihres Freundes?«

»Ich fürchte, die habe ich nicht.«

»Geben Sie mir also alles, was Sie an Informationen haben.« Ich suchte nach einem Stift, während sich meine Gedanken überschlugen. Der Laden hieß *Eye Spy*. Er befand sich im Springfield Mall, gleich an der I-95. Wenn ich gleich losfuhr, konnte ich noch am Vormittag dort und rechtzeitig wieder zurück sein, um Lucy vom Krankenhaus abzuholen.

»Zu Ihrer Information«, sagte Senator Lord, »Miss Grethen ist wegen ihrer Verbindung zu dem Spionageladen aus der ERF entlassen worden. Sie hatte diese während der Einstellungsgespräche offensichtlich nicht angegeben. Doch im Moment gibt es keinerlei Hinweise auf eine Beteiligung an dem Einbruch.«

»Motive hatte sie sicherlich«, sagte ich und versuchte meinen Ärger zurückzuhalten. »Die ERF ist ein gefundenes Fressen für Leute, die mit Ausrüstungen für Spione handeln.« Ich dachte einen Augenblick nach. »Wissen Sie, wann das Bureau sie eingestellt hat? Und hat sie sich um den Job beworben oder die ERF ihn ihr angeboten?«

»Mal sehen. Das steht hier irgendwo in meinen Notizen. Ja, sie hat sich im April letzten Jahres beworben und Mitte August angefangen.«

»Ungefähr zur gleichen Zeit ist auch Lucy in die ERF eingetreten. Was hat Carrie vorher gemacht?«

»Anscheinend hat sie ihre gesamte Karriere im Computerbereich gemacht. Hardware, Software, Programmerstellung. Auch technische Entwürfe, weshalb das Bureau unter anderem besonders interessiert an ihr war. Sie ist sehr kreativ und ehrgeizig – aber leider auch unehrlich. Mehrere Personen, die in letzter Zeit über sie befragt wurden, zeichnen von ihr das Bild einer Frau, die sich über die Jahre den Weg nach oben durch Lügen und Betrügen geebnet hat.«

»Frank, sie hat sich um den ERF-Job bemüht, um für den Spionage-Laden spionieren zu können«, sagte ich. »Sie könnte auch zu denjenigen gehören, die einen Hass auf das FBI haben.«

»Beides ist möglich«, stimmte Lord mir zu. »Es fehlen uns nur noch die Beweise. Und selbst wenn wir die finden, kann sie ohne Nachweis eines Diebstahls gerichtlich nicht belangt werden.«

»Vor all diesen Ereignissen hat Lucy mal davon gesprochen, dass sie an Untersuchungen im Zusammenhang mit dem biometrischen Sicherungssystem der ERF arbeite. Wissen Sie darüber etwas?«

»Von so einem Projekt ist mir nichts bekannt.«

»Wenn es ein solches gäbe – wären Sie mit Sicherheit davon unterrichtet?«

»Mit ziemlicher Wahrscheinlichkeit. Ich erhalte eine Menge detaillierter Informationen über den jeweiligen Stand von Geheimprojekten in Quantico – wegen des neuen Gesetzes zur Verbrechensbekämpfung und wegen des Geldes, das ich für das Bureau lockerzumachen versuche.«

»Ist es dann nicht seltsam, dass Lucy von der Mitarbeit an einem Projekt spricht, das es gar nicht zu geben scheint?«, fragte ich.

»Leider könnte das ihre Lage noch komplizieren.«

Damit hatte er Recht. So verdächtig Carrie Grethen auch erschien, bei Lucy war der Verdacht noch um einiges schwerwiegender.

»Frank, wissen Sie zufällig, was für Autotypen Carrie Grethen und ihr Freund fahren?«, fuhr ich fort.

»Das können wir sicher herausbekommen. Warum wollen Sie es wissen?«

»Ich habe Grund zu der Annahme, dass Lucys Unfall gar nicht selbstverschuldet war und dass sie möglicherweise noch immer in großer Gefahr schwebt.«

Am anderen Ende der Leitung entstand eine Pause. »Was halten Sie davon, sie einige Zeit im Sicherheitsbereich der Academy unterzubringen?«

»Im Grunde wäre das die beste Lösung«, sagte ich. »Aber ich glaube nicht, dass sie sich im Moment unbedingt in die Nähe der Academy sehnt.«

»Richtig. Und das ist auch verständlich. Es gibt andere Orte. Soll ich da etwas in die Wege leiten?«

»Ich glaube, ich weiß schon etwas.«

»Ich muss morgen nach Florida, aber Sie haben ja meine Nummer dort.«

»Sammeln für den Wahlkampffonds?« Ich wusste, wie erschöpft er sein musste. Die Wahlen waren in knapp einer Woche.

»Auch. Und die üblichen Buschfeuer. Die Frauenrechtsbewegung piesackt mich, und mein Gegenkandidat stellt mich als Frauenhasser mit Hörnern und Teufelsschwanz hin.«

»Sie haben mehr für die Frauen getan als sonst wer«, sagte ich. »Vor allem für die an diesem Ende der Leitung.«

Ich zog mich fertig an und trank um halb acht am Steuer meines Mietwagens die erste Tasse Kaffee. Der Himmel war düster, und es war kalt. Ich nahm nur wenig von dem wahr, was rechts und links an mir vorüberzog, während ich in Richtung Norden fuhr.

Ein biometrisches Sicherungssystem musste wie jedes andere auch zu *knacken* sein, wenn ein Unbefugter es umgehen wollte. Für manche Schlösser brauchte man nur eine Kreditkarte. Andere konnten mit verschiedenem Werkzeug zerlegt oder einfach abgeschraubt werden. Ein System aber, das mit einem Scanner für Fingerabdrücke arbeitete, war mit mechanischen Mitteln so leicht nicht auszuschalten. Beim Gedanken an den Einbruch in die ERF gingen mir verschiedene Möglichkeiten durch den Kopf, wie das gelungen sein mochte.

Lucys Abdruck war gegen drei Uhr morgens registriert worden. Das wäre ohne ihren Finger nicht möglich gewesen – oder ohne eine genaue Nachbildung davon. Von Konferenzen der International Association of Identification, die ich seit einer Reihe von Jahren besuchte, wusste ich, dass viele notorische Verbrecher zahlreiche Versuche unternommen hatten, ihre Fingerabdrücke zu verändern.

Der skrupellose Gangster John Dillinger zum Beispiel hatte sich die Hautleisten mit Säure verätzt, der nicht so bekannte Roscoe Pitts hatte sie sich zwischen dem ersten Gelenk und den Fingerspitzen wegoperieren lassen. Diese und andere Methoden brachten allerdings nicht den erwünschten Erfolg, und die Herren wären besser beraten gewesen und hätten sich eine Menge Schmerzen erspart, wenn sie bei den Fingerabdrücken geblieben wären, die ihnen der liebe Gott geschenkt hatte. Das FBI nahm nämlich nun einfach ihre veränderten Abdrücke in ihre Spezialkartei für verstümmelte Gliedmaßen auf, was ihm die Arbeit sogar noch erleichterte. Zudem machen verbrannte oder verstümmelte Finger einen Verdächtigen noch verdächtiger.

Besonders lebhaft erinnerte ich mich an den Jahre zurückliegenden Fall eines besonders findigen Einbrechers, dessen Bruder in einem Bestattungsunternehmen arbeitete. Der Dieb, der schon öfter gesessen hatte, versuchte, sich Handschuhe mit den Fingerabdrücken eines anderen anzufertigen. Das gelang ihm, indem er die Hände eines Toten mehrfach in flüssigen Gummi tauchte. So gewann er mehrere Lagen, bis er die »Handschuhe« abziehen konnte.

Aber auch dieser Plan ging nicht auf, aus mindestens zwei

Gründen. Der Dieb hatte nicht darauf geachtet, die bei jeder Lage sich bildenden Luftbläschen zu entfernen. Bei seinem nächsten Einbruch hinterließ er dementsprechend eigentümliche Abdrücke. Auch hatte er sich nicht die Zeit genommen, nachzuprüfen, wem er denn die Fingerabdrücke eigentlich gestohlen hatte. Hätte er das getan, hätte er erfahren, dass der Verstorbene ein verurteilter Schwerverbrecher gewesen war, der während eines Hafturlaubs friedlich verschieden war.

Ich dachte an meinen kürzlichen Besuch in der ERF an jenem sonnigen Nachmittag zurück, seit dem Jahre vergangen zu sein schienen. Ich hatte gespürt, dass es Carrie Grethen gar nicht angenehm war, Wesley und mich in ihrem Büro vorzufinden. Sie hatte beim Hereinkommen in einem Gefäß mit einer zähflüssigen Substanz herumgerührt. Rückblickend hätte es durchaus flüssiges Silikon oder Gummi sein können. Während dieses Besuchs hatte Lucy auch erwähnt, dass sie »mitten in der Arbeit« an dem biometrischen Sicherungssystem stecke. Vielleicht stimmte das ja sogar im wahrsten Sinne des Wortes. Vielleicht hatte Carrie damals gerade beabsichtigt, einen Gummiabdruck von Lucys Daumen zu nehmen.

Sollte meine Theorie über Carries Verhalten zutreffen, so konnte sie auch bewiesen werden. Warum hatte bisher nur keiner von uns eine ganz simple Frage gestellt – nämlich: Entsprach der Fingerabdruck, den der biometrische Scanner abgenommen hatte, *effektiv* dem von Lucy, oder hatten wir uns nur auf die Angaben des Computers verlassen?

»Also, ich nehme an, es war der von Lucy«, sagte Benton Wesley, als ich ihn über sein Autotelefon erreicht hatte.

»Natürlich nimmst du das an. Jeder würde das. Aber wenn jemand einen Abdruck von Lucys Daumen genommen und ihn über den Scanner geführt hat, dann müsste der Abdruck *spiegelverkehrt* zu dem sein, der auf der Zehn-Fingerabdruck-Karte in ihrer Bureau-Akte registriert ist. Ein Spiegelbild ihres Daumens, sozusagen.«

Wesley schwieg einen Augenblick. Dann klang er überrascht: »Verdammt! Aber würde der Scanner denn nicht erkannt haben, dass der Abdruck verkehrt herum war, und ihn zurückgewiesen haben?«

»Nur sehr wenige Scanner können zwischen einem Abdruck und seinem Spiegelbild unterscheiden. Ein Fingerabdruckexperte indessen könnte es«, sagte ich. »Der vom Scanner in dem biometrischen System erfasste Abdruck müsste digital in der Datenbank gespeichert sein.«

»Wenn es Carrie Grethen war, hätte sie doch den Abdruck wieder aus der Datenbank gelöscht, meinst du nicht?«

»Das bezweifle ich«, erwiderte ich. »Sie ist keine Fingerabdruckexpertin. Sie dürfte sich kaum klar darüber sein, dass jeder hinterlassene Abdruck selbst schon spiegelverkehrt ist. Und er passt zur Vorlage auf der Abdruckkarte auch nur, weil die Abdrücke dort ebenfalls spiegelverkehrt sind. Wenn du also eine Kopie eines Fingers machst und damit einen Abdruck hinterlässt, produzierst du in Wirklichkeit das Spiegelbild eines Spiegelbildes.«

»Also wäre ein Abdruck mit diesem Gummidaumen die Umkehrung des echten Daumenabdrucks der betreffenden Person.«

»Exakt.«

»Himmel, in so etwas bin ich nicht gut.«

»Macht nichts, Benton. Ich gebe zu, es ist verwirrend, aber nimm es mir ab.«

»Das tue ich immer. Es sieht aus, als brauchten wir einen Ausdruck des fraglichen Abdrucks.«

»Genau, und zwar sofort. Ich möchte dich noch etwas fragen: Weißt du von einem Forschungsprojekt bei der ERF im Zusammenhang mit dem biometrischen Sicherungssystem?«

»Ein vom Bureau betriebenes Projekt?«

»Ja.«

»Nein. Von einem solchen Projekt ist mir nichts bekannt.«

»Das habe ich mir gedacht. Danke, Benton.«

Wir schwiegen beide einen Augenblick, und jeder wartete auf ein persönliches Wort vom anderen. Aber ich wusste nicht, was ich noch sagen sollte. Mich beschäftigte so vieles.

»Pass auf dich auf«, sagte er, und wir verabschiedeten uns.

Knapp eine halbe Stunde später stand ich vor dem Schnüfflerladen. Er lag in einem großen Einkaufszentrum direkt neben Ralph Lauren und Crabtree & Evelyn. Das Geschäft war klein, aber in seinem Schaufenster lagen die feinsten Dinge, die legal für Spionagezwecke zu kaufen waren. Ich blieb in sicherer Entfernung stehen und wartete, bis ein Kunde den Platz vor der Kasse verließ und den Blick auf die Theke freigab. Ein älterer, übergewichtiger Mann tippte eine Bestellung ein. Dass der Carrie Grethens Liebhaber war, konnte ich mir nicht vorstellen. Zweifellos war auch das eine ihrer Lügen gewesen.

Als dieser Kunde gegangen war, blieb nur noch einer übrig, ein junger Mann mit Lederjacke. Er sah sich in einem Schaukasten stimmaktivierbare Kassettenrecorder und tragbare Stimmfrequenzanalysegeräte an. Der fette Mann hinter der Theke trug eine dicke Brille und Goldkettchen und sah aus, als hätte er für jeden das passende Angebot.

»Entschuldigen Sie«, sagte ich so ruhig wie möglich. »Ich suche Carrie Grethen.«

»Sie holt gerade Kaffee, muss jeden Moment zurück sein.« Er musterte mich. »Kann ich etwas für Sie tun?«

»Ich sehe mich ein wenig um, bis sie zurück ist«, sagte ich.

»Gern.«

Ich sah mir gerade neugierig einen Diplomatenkoffer in Sonderausführung mit versteckt eingebautem Kassettenrecorder, einem Warngerät gegen Telefonwanzen, Gesprächsverzerrer und Nachtsichtgerät an, als Carrie Grethen zur Tür hereinkam. Als sie mich entdeckte, blieb sie stehen, und für einen angstvollen Augenblick dachte ich, sie würde mir ihre Kaffeetasse ins Gesicht schleudern. Ihr Blick durchbohrte mich wie zwei spitze Nägel.

»Ich muss mit Ihnen reden«, sagte ich.

»Ich fürchte, das ist jetzt nicht der passende Moment.«

Sie versuchte zu lächeln und höflich zu klingen, da sich inzwischen wieder vier Kunden in dem kleinen Laden aufhielten.

»Das ist sehr wohl der passende Moment«, sagte ich, ihrem Blick standhaltend.

»Jerry?« Sie sah zu dem fetten Mann hinüber. »Kannst du ein paar Minuten allein klarkommen?«

Er starrte mich bösartig an wie ein zum Sprung bereiter Hund.

»Ich verspreche, dass es nicht lange dauert«, ließ sie ihn wissen.

»Ja, klar«, sagte er mit dem Misstrauen dessen, der selbst nicht vertrauenswürdig ist.

Wir verließen den Laden und fanden eine leere Bank an einem Brunnen.

»Ich habe von Lucys Unfall gehört, es tut mir Leid. Ich hoffe, es geht ihr gut«, sagte Carrie kühl und trank von ihrem Kaffee.

»Es kümmert Sie keinen Deut, wie es Lucy geht«, sagte ich. »Sie müssen auch nicht im Geringsten Ihren Charme an mich verschwenden, denn ich habe Sie durchschaut. Ich weiß, was Sie getan haben.«

»Sie wissen überhaupt nichts.« Sie lächelte frostig. Das Wasser des Springbrunnens rauschte.

»Ich weiß, dass Sie einen Gummiabdruck von Lucys Daumen gemacht haben. Ihre persönliche Kennnummer herauszubekommen war einfach, da Sie beide sehr häufig zusammen waren. Sie mussten nur die Augen offen halten und sich den Code merken, den sie eintippte. Auf die Weise haben Sie das biometrische Sicherungssystem passiert, als Sie an dem frühen Morgen in die ERF eingedrungen sind.«

»Meine Güte, geht da Ihre Phantasie nicht mit Ihnen durch?« Sie lachte, aber ihr Blick verhärtete sich. »Ich rate Ihnen, sich mit solchen Anschuldigungen sehr in Acht zu nehmen.«

»Ihre Ratschläge interessieren mich nicht, Miss Grethen. Ich will Sie nur warnen. Wir werden bald den Beweis dafür haben, dass Lucy nicht in die ERF eingedrungen ist. Sie waren schlau, aber nicht schlau genug, und einen fatalen Punkt haben Sie übersehen.«

Sie schwieg, aber ich konnte sehen, wie sich in ihrem Kopf die Gedanken jagten. Ihre Neugier hatte etwas Verzweifeltes.

»Ich weiß nicht, wovon Sie reden«, sagte sie mit ins Wanken geratener Selbstsicherheit.

»Mit Computern mögen Sie gut umgehen können, aber von forensischer Wissenschaft verstehen Sie nichts. Was gegen Sie spricht, ist recht einfach.« Ich trug meine Theorie mit der Sicherheit vor, die jeder gute Anwalt demonstriert, der die Spielregeln kennt. »Sie haben Lucy um Assistenz bei einem so genannten Forschungsprojekt zum biometrischen Sicherungssystem in der ERF gebeten.«

»Forschungsprojekt? Es gibt kein Forschungsprojekt«, sagte sie hasserfüllt.

»Genau das ist der Punkt, Miss Grethen. Es gibt kein Forschungsprojekt. Sie haben sie belogen, um an einen Gummiabdruck von ihrem Daumen zu kommen.«

Sie lachte kurz auf. »Du meine Güte. Sie haben wohl zu viele James-Bond-Filme gesehen. Sie meinen doch nicht etwa, irgendwer könnte Ihnen abnehmen, dass –«

Ich schnitt ihr das Wort ab. »Der Gummidaumen, den Sie sich gemacht haben, diente dann Ihnen oder sonst wem noch dazu, in den Sicherheitsbereich einzudringen und jede Menge Dinge zu tun, die wohl auf Industriespionage hinauslaufen. Aber *einen Fehler* haben Sie gemacht.«

Ihr Gesicht war aschgrau geworden.

»Möchten Sie wissen, was das für ein Fehler war?«

Sie sagte nichts, aber sie wollte es wissen. Ich spürte die Panik, die in ihr aufstieg, wie einen Hitzeschwall.

»Sehen Sie, Miss Grethen«, fuhr ich im selben sachlichen Ton fort. »Wenn Sie von einem Finger einen Abdruck nehmen, ist er in Wirklichkeit umgekehrt oder spiegelverkehrt zum Original. Der Gummidaumen war also die Umkehrung von Lucys wirklichem Abdruck. *Mit anderen Worten, er war verkehrt herum.* Und die Überprüfung des Abdrucks, wie er vom Scanner im Sicherungssystem um drei Uhr morgens aufgenommen wurde, wird das klar erweisen.«

Sie schluckte schwer. Ihre nächsten Worte bestätigten meine Mutmaßungen voll und ganz. »Sie können nicht beweisen, dass ich es war.«

»O doch, wir werden es beweisen. Aber für heute habe ich noch eine wichtigere Information für Sie.« Ich beugte mich näher zu ihr und spürte den Kaffeegeruch in ihrem Atem. »Sie haben die Gefühle meiner Nichte für Sie ausgenutzt. Sie haben ihre Jugend ausgenutzt, ihre Naivität und ihren Anstand.«

Ich beugte mich so weit vor, dass unsere Gesichter einander fast berührten. »Kommen Sie nie mehr in die Nähe von Lucy. Wagen Sie nie mehr, ein Wort mit ihr zu sprechen, und rufen Sie sie nie mehr an. *Denken* Sie nicht einmal mehr an sie.«

In der Manteltasche griff meine Hand nach der .38er. Fast wünschte ich, sie gebrauchen zu können.

»Und wenn ich herausbekomme, dass Sie es waren, die sie von der Straße abgedrängt hat«, fuhr ich mit einer ebenso ruhigen wie messerscharfen Stimme fort, »dann bringe ich Sie persönlich zur Strecke. Ich jage Sie für den Rest Ihres erbärmlichen Lebens. Ich werde jedes Mal zur Stelle sein, wenn Sie Strafaussetzung beantragen. Ich werde jeder Kommission und jedem Gouverneur immer wieder erzählen, was für einen verdorbenen Charakter Sie haben und dass Sie eine Gefahr für die Gesellschaft sind. Haben Sie verstanden?«

»Fahren Sie zur Hölle«, sagte sie.

»Ich werde nie zur Hölle fahren, Sie aber sind dort bereits«, sagte ich.

Sie stand abrupt auf und eilte mit ärgerlichen Schritten zurück in den Laden. Im selben Moment sah ich, dass ihr ein Mann folgte. Ich blieb auf der Bank sitzen und beobachtete, wie er im Laden mit ihr sprach. Mein Herz schlug heftig. Ich wusste nicht genau, warum ich seinetwegen sitzen blieb, aber bei dem kurzen Blick, den ich auf ihn werfen konnte, war mir etwas an seinem scharfen Profil aufgefallen, an seinem schlanken Rücken mit den kräftigen Schultern, an dem unnatürlich schwarzen Glanz des Haars. Er trug einen teuren Seidenanzug in Mitternachtsblau, und seine Aktentasche sah nach Alligatorleder aus. Gerade wollte ich gehen, als er sich zu mir umdrehte und unsere Blicke sich einen elektrisierenden Augenblick lang trafen. Seine Augen waren von durchdringendem Blau.

Statt loszurennen, blieb ich noch einen Moment gebannt sitzen, wie ein Eichhörnchen im Scheinwerferlicht, das mal in die eine Richtung davonspringt, mal in die andere und schließlich wieder an seinem Ausgangspunkt landet. Endlich war der Bann gelöst, ich ging so schnell los, wie ich konnte, fing an zu rennen. Im niederrauschenden Regen glaubte ich Schritte zu hören. Verfolgte er mich? Ich hielt an keiner Telefonzelle an, weil ich Angst hatte, stehen zu bleiben. Mein Herz pochte so heftig, dass ich dachte, es müsste zerspringen.

Dann endlich sprintete ich über den Parkplatz, schloss mit zitternden Händen den Wagen auf, fuhr los. Erst als ich mit hohem Tempo fuhr und ihn nicht hinter mir sah, griff ich zum Telefon.

»Benton! O mein Gott!«

»Kay? Himmel, was ist?«, fragte Benton beunruhigt. Seine Stimme krächzte schrecklich am Telefon; in North Virginia gibt es viel zu viel Sprechverkehr über Autotelefon.

»Gault!«, rief ich atemlos und stieg auf die Bremse, sonst hätte ich einen Toyota gerammt. »Ich habe Gault gesehen!«

»Du hast Gault gesehen? Wo?«

»Im *Eye Spy*.«

»Im was? Was hast du gesagt?«

»In dem Laden, wo Carrie Grethen arbeitet. Mit dem sie in Verbindung steht. Er war dort, Benton! Ich habe ihn nach dem Gespräch mit Miss Grethen hineingehen sehen. Er hat mit ihr geredet. Dann sah er mich, und ich bin weggerannt.«

»Langsam, Kay!« Wesleys Stimme klang so angespannt, wie ich sie noch nie gehört hatte. »Wo bist du?«

»Auf der I-95 Richtung Süden. Ich bin in Ordnung.«

»Fahr um Gottes willen weiter. Halte unter keinen Umständen an. Meinst du, er hat dich in den Wagen steigen sehen?«

»Ich glaube nicht. Ach, Mist, ich weiß es nicht!«

»Kay«, sagte er mit Nachdruck. »Beruhige dich.« Er sprach

jetzt sehr langsam. »Ich möchte, dass du dich beruhigst. Ich will nicht, dass du einen Unfall baust. Ich hänge mich ans Telefon. Wir kriegen ihn.«

Aber ich wusste, dass das aussichtslos war. Bis Benton den ersten Polizisten am Telefon hatte, war Gault schon über alle Berge. Er hatte mich erkannt, ich hatte es seinen kalten blauen Augen angesehen. Er wusste genau, was ich so schnell wie möglich tun würde, und wäre wieder einmal verschwunden.

»Sagtest du nicht, er ist in England?« Eine dumme Frage.

»Ich sagte, ich *glaube* es.«

»Verstehst du nicht, Benton?«

Mein Verstand arbeitete unablässig. Ein Gedanke zog den anderen nach sich. »Er hat mit der Sache zu tun. Er hat mit dem zu tun, was in der ERF passiert ist. *Vielleicht hat er Carrie Grethen beauftragt, das zu tun, was geschehen ist. Als seine Spionin.*«

Wesley schwieg, während er das Gehörte verarbeitete. Der Gedanke war so entsetzlich, dass er ihn gar nicht denken wollte.

Seine Stimme wurde brüchig, und ich wusste, auch er geriet jetzt in Panik, denn Gespräche wie diese sollten nicht über Autotelefon geführt werden. »Um was zu erreichen?«, knarrte er. »An welche Informationen wollte er dort kommen?« Ich wusste es. Ich wusste es genau. »Wegen CAIN«, sagte ich. Dann brach unser Gespräch zusammen.

16

Ich fuhr nach Richmond zurück, ohne dass mich Gaults heimtückischer Schatten verfolgte. Er hatte wohl andere Pläne und mit anderen Dämonen zu kämpfen und sich wohl deshalb nicht auf meine Fährte gesetzt. Dennoch schaltete ich sofort nach dem Betreten meines Hauses die Alarmanlage wieder ein und ging nirgendwohin ohne meine Waffe in der Hand, nicht einmal ins Badezimmer. Kurz nach vierzehn Uhr war ich auf dem Weg zum Medical Center, um Lucy abzuholen. Sie bestand darauf, eigenständig mit dem Rollstuhl zu meinem Wagen zu fahren, obwohl ich sie nur allzu gerne so vorsichtig, wie es eine liebevolle Tante eben tut, geschoben hätte. Auch beim Einsteigen lehnte sie jede Hilfe ab. Als wir dann jedoch zu Hause waren, ließ sie sich meine Aufmerksamkeiten endlich gefallen. Ich steckte sie ins Bett, wo sie im Sitzen vor sich hindöste.

Ich stellte einen Topf mit *Zuppa di aglio fresco* auf den Herd, eine dicke Suppe aus frischem Knoblauch, wie man sie besonders in den Bergen von Brisighella liebt. Dort gibt man sie seit alters besonders Babys und Alten. Die Suppe und danach Ravioli, gefüllt mit süßem Kürbis und Kastanien, waren genau das, was ich jetzt brauchte. Meine Stimmung hob sich spürbar, als das Feuer im Kamin flackerte und wunderbare Gerüche durch die Luft zogen. Es stimmte schon: Wenn ich lange nicht gekocht hatte, kam mir mein schönes Zuhause leblos und vernachlässigt vor. Fast schien es, als wäre das Haus traurig.

Als für das Essen alles vorbereitet war, fuhr ich bei wolkenverhangenem Himmel zum Flughafen, um meine Schwester abzuholen. Ich hatte Dorothy lange nicht gesehen, und sie hatte sich ziemlich verändert. Wieder einmal, muss man dazu sagen, denn das war eigentlich schon immer von einem Besuch zum nächsten der Fall gewesen. Meine Schwester war sehr unsicher, weshalb sie ständig Frisur und Kleidung veränderte, und gewiss war diese Unsicherheit auch der Grund dafür, dass sie oft so ekelhaft war.

An diesem Spätnachmittag stand ich folglich am USAir-Gate und musterte angestrengt die Gesichter der Ankommenden; irgendetwas Vertrautes würde mir schon auffallen. Schließlich erkannte ich Dorothy an ihrer Nase und dem Grübchen im Kinn, denn so etwas verändert sich nicht so leicht. Ihr Haar war jetzt schwarz und lag eng wie ein Lederhelm am Kopf an. Die Augen hatte sie hinter einer großen Brille versteckt, um den Hals hatte sie einen hellroten Schal geschlungen. Modisch dünn, in Reiterhose und Schnürstiefeln, kam sie direkt auf mich zu und küsste mich auf die Wange.

»Wie schön, dich zu sehen, Kay. *Du siehst müde aus.*«

»Wie geht es Mutter?«

»Du weißt ja, ihre Hüfte. Was fährst du für einen Wagen?«

»Einen Leihwagen.«

»Also, als Erstes ging mir der Gedanke durch den Kopf, dass du ja jetzt ohne deinen Mercedes bist. Kann mir gar nicht vorstellen, was ich ohne meinen machen würde.«

Dorothy fuhr einen 190 E, den sie erworben hatte, als sie mit einem Cop in Miami ging. Man hatte den Wagen damals bei einem Drogenhändler sichergestellt und für ein Butterbrot versteigert. Er war dunkelblau mit Spoiler und Streifen.

»Hast du Gepäck?«, fragte ich.

»Nur das hier. Wie schnell ist sie gefahren?«

»Lucy kann sich an nichts mehr erinnern.«

»Du musst dir mal vorstellen, was in mir vorging, als das Telefon läutete. Mein Gott. Mir blieb buchstäblich das Herz stehen.«

Es regnete, und ich hatte keinen Regenschirm dabei.

»Das kann keiner nachvollziehen, der es nicht selbst erlebt hat. Dieser Augenblick. Dieser einfach schreckliche Augenblick, wenn du nicht genau weißt, was passiert ist, sondern nur, dass es eine schlechte Nachricht ist und sie jemanden betrifft, den du liebst. Ich hoffe, du parkst nicht zu weit von hier. Am besten warte ich hier auf dich.«

»Ich muss den Wagen vom Parkplatz holen und bezahlen und dann die ganze Runde fahren, um wieder hierher zu gelangen.« Das Auto war von unserem Standort aus zu sehen. »Es dauert zehn, fünfzehn Minuten.«

»Das ist ganz in Ordnung. Kümmere dich nicht um mich. Ich bleibe einfach drinnen und warte auf dich. Ich muss auch auf die Toilette. Es ist wirklich schön, sich um bestimmte Dinge nicht mehr kümmern zu müssen.«

Was sie damit gemeint hatte, erklärte sie erst, als wir im Wagen saßen und auf dem Weg nach Hause waren.

»Nimmst du Hormone?«, fragte sie mich.

»Wozu?« Es regnete jetzt heftig. Die dicken Tropfen trommelten auf das Dach, was sich anhörte wie das Trampeln einer Herde kleiner Tiere.

»Der Wechsel.« Dorothy zog einen Plastikbeutel aus der Handtasche und knabberte an einem Ingwerplätzchen.

»Was für ein Wechsel?«

»Du weißt doch. Hitzewallungen, Stimmungsschwankungen. Ich kenne eine Frau, bei der fingen sie exakt an, als sie vierzig wurde. Das hat schon einen mächtigen Einfluss auf Körper und Gemüt.«

Ich schaltete das Radio ein.

»Im Flugzeug haben sie uns einen schauderhaften Snack angeboten. Und du weißt ja, wie ich bin, wenn ich nichts zu essen bekomme.« Sie aß das nächste Ingwerplätzchen. »Nur fünfundzwanzig Kalorien. Acht pro Tag genehmige ich mir. Wir müssen also irgendwo anhalten und welche besorgen. Und natürlich auch Äpfel. Hast du ein Glück! Du musst dich anscheinend überhaupt nicht um dein Gewicht kümmern. Aber ich denke, bei deiner Tätigkeit würde mir wohl auch der Appetit vergehen.«

»Dorothy, in Rhode Island gibt es ein Behandlungszentrum, über das ich mit dir reden möchte.«

Sie seufzte. »Lucy macht mir furchtbare Sorgen.«

»Es ist ein Vier-Wochen-Programm.«

»Ich weiß einfach nicht, ob ich den Gedanken ertragen könnte, sie da oben eingeschlossen zu wissen.« Wieder aß sie ein Plätzchen.

»Du musst ihn wohl ertragen, Dorothy. Die Situation ist sehr ernst.«

»Ich bezweifle, dass sie dort hingeht. Du weißt, wie stur sie sein kann.« Sie dachte einen Augenblick nach. »Na ja, vielleicht wäre es ja eine gute Sache.« Sie seufzte erneut. »Vielleicht kriegen sie noch ein paar andere Dinge in den Griff, wenn sie dort ist.«

»Was für andere Dinge, Dorothy?«

»Ich kann dir genauso gut auch gleich sagen, dass ich nicht weiß, was ich mit ihr anfangen soll. Ich verstehe einfach nicht, was da schief gelaufen ist, Kay.« Sie fing an zu weinen. »Bei allem Respekt dir gegenüber, du kannst dir nicht vorstellen, was es bedeutet, ein Kind zu haben, das sich so entwickelt. Das sich biegt wie ein Rohr im Wind. Ich weiß nicht, was passiert ist. Zu Hause hat sie das bestimmt nicht vorgelebt bekommen. An manchen Dingen bin ich bestimmt auch schuld, aber nicht daran.«

Ich schaltete das Radio aus und sah sie an. »Wovon redest du eigentlich?« Wieder wurde mir schlagartig bewusst, wie wenig ich meine Schwester mochte. Dass sie meine Schwester war, schien mir einfach keinen Sinn zu machen; abgesehen von der Tatsache, dass wir dieselbe Mutter hatten und die Erinnerungen an ein gemeinsames Leben unter einem Dach, konnte ich nicht die geringste Gemeinsamkeit zwischen uns entdecken.

»Ich will einfach nicht glauben, dass du dich das nie gefragt hast. Oder kommt das jemandem wie dir vielleicht normal vor?« Ihre Emotionen kamen im gleichen Maße in Fahrt, in dem unsere Begegnung einem Tiefpunkt zusteuerte. »Und es wäre ganz gewiss unehrlich von mir, zu verschweigen, dass ich mir über die Art deines Einflusses in dieser Behörde Gedanken mache. Obwohl ich nicht über dich urteilen will, Kay, denn dein Leben ist deine Sache, und in einigen Dingen kannst du eben nicht anders.« Sie schnäuzte sich. »Verdammt! Es ist so schwierig.«

»Dorothy, um Himmels willen. *Wovon um alles in der Welt redest du?*«

»Sie guckt dir jede verdammte Kleinigkeit ab. Wenn du dir auf eine bestimmte Weise die Zähne putzt, kannst du Gift darauf nehmen, dass sie es genauso macht. Und du kannst es schriftlich haben, dass ich noch sehr verständnisvoll war, wo andere es schon längst nicht mehr wären. Tante Kay hier und Tante Kay da. Und das all die Jahre.«

»Dorothy ...«

»Kein einziges Mal habe ich mich beklagt oder versucht, sie dir quasi vom Busen zu reißen. Ich wollte immer nur das Beste für sie, und deswegen ertrug ich eben ihre kleine Heldenanbetung.«

»Dorothy ...«

»Du hast keine Ahnung, was das für ein Opfer für mich war.«

Sie schnäuzte sich wieder geräuschvoll. »Als wäre es nicht schon schlimm genug gewesen, dass ich in der Schule ständig mit dir verglichen wurde. Und dann noch Mutters Kommentare, weil du in allem immer so *scheißperfekt* warst. So gottverdammt perfekt. Ob beim Kochen, beim Reparieren von irgendwelchen Dingen, bei der Autopflege oder beim Bezahlen von Rechnungen. Du warst einfach der Mann im Haus, unsere ganze Jugend hindurch. Aber dann wurdest du auch noch der *Vater* für meine Tochter – und das ist ja wohl die Höhe!«

»Dorothy!«

Aber sie war nicht zu stoppen.

»Dagegen komme ich nicht an. Ich kann ihr einfach nicht der *Vater* sein. Ich gebe gern zu, dass du mehr von einem Mann hast als ich. O ja! Du machst verdammt viel aus dem, was man dir vererbt hat. Natürlich – *Dr. Scarpetta hin, Frau Doktor her.* Ach, scheiß drauf! Es ist so unfair. Und dann kriegst du zu allem Überfluss auch noch die Titten in der Familie. *Ausgerechnet der Mann in der Familie kriegt die dicken Titten!*«

»Dorothy, halt den Mund!«

»Nein, ich will nicht, und du wirst mich nicht dazu bringen«, zischte sie wütend.

Wir waren jetzt plötzlich wieder in unserem kleinen Zimmer

mit dem schmalen Bett, das wir uns als Kinder teilten und wo wir gelernt hatten, einander lautlos zu hassen, während Vater im Sterben lag. Wir saßen wieder schweigend am Küchentisch und aßen Makkaroni, während er unser Leben von seinem Krankenbett am Ende des Flurs aus beherrschte. Und nun waren wir auf dem Weg zu meinem Haus, wo die verletzte Lucy auf uns wartete, und ich wunderte mich, dass Dorothy das Szenario nicht wiedererkannte, das so alt und eingefahren war wie wir selbst.

»Was genau wirfst du mir eigentlich vor?«, fragte ich und öffnete das Garagentor.

»Sagen wir es mal so. Dass Lucy nicht mit Männern ausgeht, das hat sie nicht von mir. Das ist nun mal so sicher wie das Amen in der Kirche.«

Ich schaltete den Motor ab und sah sie an.

»Niemand schätzt die Männer mehr und freut sich mehr an ihnen als ich«, sagte sie, »und wenn du mich das nächste Mal als Mutter kritisieren willst, solltest du dir genau anschauen, was du zu Lucys Entwicklung beigetragen hast. Ich meine, wem, zum Teufel, gleicht sie denn?«

»Lucy gleicht niemandem, den ich kenne«, sagte ich.

»Quatsch. Sie ist dein Ebenbild. Und jetzt trinkt sie, und ich glaube, sie ist vom anderen Ufer.« Wieder brach sie in Tränen aus.

»Willst du damit sagen, dass ich lesbisch bin?« Ich war außer mir vor Zorn.

»Von irgendwem muss sie es ja haben.«

»Ich glaube, du solltest jetzt hineingehen.«

Sie öffnete die Tür und sah mich erstaunt an, als ich keine Anstalten machte, auch auszusteigen. »Kommst du nicht mit?«

Ich gab ihr den Hausschlüssel und den Code für die Alarmanlage. »Ich fahre noch zum Lebensmittelladen«, sagte ich.

Bei *Ukrop's* kaufte ich Ingwerplätzchen und Äpfel und wanderte eine Zeit lang durch die Gänge, weil ich nicht nach Hause wollte. Eigentlich hatte ich nie Freude an Lucy, wenn ihre Mutter in der Nähe war, aber dieser Besuch hatte noch schlimmer begonnen als üblich. Einige von Dorothys Gefühlen konnte ich allerdings verstehen, auch die Beleidigungen und ihre Eifersucht überraschten mich nicht, denn sie waren nicht neu.

Nicht Dorothys Benehmen war der Grund, dass ich mich so schlecht fühlte, sondern eher die Tatsache, dass sie mich daran erinnert hatte, wie allein ich war. Als ich so an den Plätzchen, Süßigkeiten, Dips und Streichkäsen vorbeizog, wünschte ich, ich könnte mich mit einem Fressgelage kurieren, die Leere, die ich plötzlich empfand, mit Scotch ausfüllen, sofern das überhaupt möglich war. Stattdessen kam ich mit einer kleinen Einkaufstüte zurück und servierte meiner jämmerlich kleinen Familie ein Abendessen.

Danach zog sich Dorothy in einen Sessel am Kamin zurück, sie las und trank Rumple Minze, während ich meine Nichte für die Nacht vorbereitete.

»Hast du Schmerzen?«, fragte ich Lucy.

»Nicht besonders. Nur wach bleiben kann ich nicht. Immer wieder fallen mir die Augen zu.«

»Schlaf ist genau das, was du brauchst.«

»Ich habe so schreckliche Träume.«

»Möchtest du sie mir erzählen?«

»Hinter mir ist einer, der mich jagt. Meistens in einem Wagen. Und ich höre Geräusche von dem Aufprall, und dann wache ich auf.«

»Was ist das für ein Geräusch?«

»Das Knirschen von Metall. Der Airbag explodiert. Dann Sirenen. Manchmal ist es, als schliefe ich und schliefe auch wieder nicht, und all diese Dinge tanzen in meinem Kopf herum. Auf der Fahrbahn flackern rote Lichter, und überall sind Männer in gelben Mänteln. Ich schlage um mich und schwitze.«

»Das ist der normale posttraumatische Stress, und er wird auch noch eine Weile anhalten.«

»Tante Kay, komme ich ins Gefängnis?« Sie starrte mich angsterfüllt an. Als ich sie da so sitzen sah, mit all den Blutergüssen in ihrem Gesicht, zerriss es mir schier das Herz.

»Es wird schon werden. Aber ich muss dir noch etwas sagen, das dir wahrscheinlich nicht gefällt.«

Ich erzählte ihr von der privaten Entziehungsanstalt in Newport, Rhode Island. Sie fing an zu weinen.

»Lucy, nach einer Verurteilung wegen Trunkenheit am Steuer musst du das wahrscheinlich ohnehin machen. Ein Entzug wird Bestandteil des Urteils sein. Wäre es da nicht besser, es aus eigenem Entschluss hinter sich zu bringen?«

Sie tupfte sich vorsichtig die Augen ab. »Ich kann nicht glauben, dass all dies mir passiert. Alles, wovon ich je geträumt habe, ist dahin.«

»Das ist doch überhaupt nicht wahr. Du bist am Leben. Niemand sonst wurde verletzt. Deine Probleme lassen sich bewältigen, und ich will dir dabei helfen. Aber du musst mir vertrauen und auf mich hören.«

Sie starrte auf ihre Hände auf der Decke, und wieder flossen ihr Tränen über die Wangen.

»Und du musst ehrlich zu mir sein.«

Sie sah mich nicht an.

»Lucy, im *Outback* hast du nicht gegessen – es sei denn, sie haben plötzlich Spaghetti auf die Karte gesetzt. Im Wagen waren überall Spaghetti. Ich nehme an, es waren die Reste einer Mahlzeit, die du irgendwo zum Mitnehmen gekauft hast. Wo bist du an dem Abend gewesen?«

Sie sah mir in die Augen. »Bei *Antonio's*.«

»In Stafford?«

Sie nickte.

»Warum hast du gelogen?«

»Weil ich darüber nicht reden will. Es geht niemanden etwas an, wo ich war.«

»Wer war bei dir?«

Sie schüttelte den Kopf. »Das gehört nicht zur Sache.«

»Es war Carrie Grethen, nicht wahr? Und ein paar Wochen vorher hat sie dich überredet, an einem kleinen Forschungsprojekt mitzuarbeiten, das dir den ganzen Trubel eingebrockt hat. Als ich dich in der ERF besucht habe, rührte sie gerade in dem flüssigen Gummi herum.«

Meine Nichte sah weg.

»Warum willst du mir nicht die Wahrheit sagen?«

Eine einzelne Träne rann ihr die Wange herab. Mit ihr über Carrie zu reden war aussichtslos. Ich holte tief Luft und fuhr fort: »Lucy, ich glaube, es hat jemand versucht, dich von der Straße abzudrängen.«

Ihre Augen weiteten sich.

»Ich habe mir den Wagen und die Unfallstelle angesehen. Da gibt es eine Menge Dinge, die mich ziemlich misstrauisch machen. Erinnerst du dich, dass du die 911 gewählt hast?«

»Nein. Habe ich das?« Sie sah mich erstaunt an.

»Wer auch immer als Letzter das Telefon benutzt hat, hat es getan. Ich nehme an, das warst du. Jemand von der Staatspolizei besorgt sich das Band. Dann wissen wir genau, wann es war und was du gesagt hast.«

»Mein Gott.«

»Außerdem gibt es Hinweise dafür, dass jemand mit aufgeblendeten Scheinwerfern hinter dir herfuhr. Du hattest den Innenspiegel abgeblendet und das Sonnenrollo geschlossen. Für mich gibt es nur einen Grund, warum du im Dunkeln auf dem Highway das Sonnenrollo vor der Rückscheibe hattest. Schuld waren die Scheinwerfer von hinten, die dich blendeten.« Ich hielt inne und sah ihr schockiertes Gesicht. »Du kannst dich an all dies nicht erinnern?«

»Nein.«

»Hast du irgendeine Erinnerung an einen Wagen, wahrscheinlich einen grünen? Vielleicht hellgrün?«

»Nein.«

»Kennst du jemanden, der einen Wagen dieser Farbe fährt?«

»Lass mich nachdenken.«

»Carrie?«

Sie schüttelte den Kopf. »Sie hat ein BMW-Cabrio. Ein rotes.«

»Vielleicht ein Mitarbeiter von ihr? Hat sie jemals einen Jerry erwähnt?«

»Nein.«

»Also, irgendein Fahrzeug hat jedenfalls an einer Schadstelle meines Wagens grüne Farbreste hinterlassen. Ein Rücklicht ist auch kaputt. Kurzum, seit du das *Green Top* verlassen hattest, muss dir jemand gefolgt sein, der dich dann von hinten gerammt hat. Gleich darauf hast du plötzlich beschleunigt, die Kontrolle über den Wagen verloren und bist von der Straße abgekommen. Ich vermute, dass du in dem Moment beschleunigt hast, als du die 911 wähltest. Du hattest Angst. Vielleicht war die Person, die dich gerammt hatte, schon wieder dicht hinter dir.«

Lucy zog die Bettdecke bis zum Kinn hoch. Sie war blass. »Jemand hat versucht, mich umzubringen.«

»Für mich ist ihm das beinahe gelungen, Lucy. Deshalb habe ich dir auch so persönliche Fragen gestellt. Irgendjemand wird sie dir ohnehin stellen. Willst du sie nicht lieber mir beantworten?«

»Du weißt genug.«

»Erkennst du einen Zusammenhang zwischen dem, was dir in der ERF passiert ist, und dieser Sache hier?«

»Natürlich«, sagte sie erbittert. »Ich bin hereingelegt worden, Tante Kay. Ich bin nie und nimmer um drei Uhr morgens in das Gebäude gegangen. Ich habe niemals irgendwelche vertraulichen Dinge entwendet!«

»Das müssen wir beweisen.«

Sie sah mich fest an. »Ich weiß nicht, ob du mir glaubst.« Ich glaubte ihr, aber das konnte ich ihr nicht sagen. Ich konnte ihr nicht von meiner Begegnung mit Carrie erzählen. Ich musste meine ganze Selbstdisziplin aufwenden und gerade jetzt meiner Nichte höchstens beratend zur Seite stehen, denn ich wusste, sie zu beeinflussen wäre der falsche Weg.

»Ich kann dir nicht wirklich helfen, wenn du nicht offen mit mir redest«, sagte ich. »Ich tue mein Bestes, aufgeschlossen zu sein und einen klaren Kopf zu behalten, damit ich das Richtige tue. Aber, offen gesagt, ich weiß nicht, was ich denken soll.«

»Ich kann nicht glauben, dass du … Ach, scheiß drauf. Denk, was du willst.« Ihre Augen füllten sich erneut mit Tränen.

»Sei mir bitte nicht böse. Wir haben es hier mit einer äußerst ernsten Angelegenheit zu tun, und die Art und Weise, wie wir damit umgehen, wird den ganzen Rest deines Lebens beeinflussen. Es gibt zwei vordringliche Punkte. An erster Stelle steht deine Sicherheit. Nachdem du jetzt gehört hast, was ich dir über deinen Unfall berichten konnte, leuchtet es dir vielleicht eher ein, warum ich möchte, dass du in diese Entziehungsanstalt gehst. Niemand wird erfahren, wo du bist. Du wirst dort absolut sicher sein. An zweiter Stelle steht die Aufgabe, dich aus diesem Wirrwarr herauszubekommen, damit deine Zukunft nicht gefährdet ist.«

»Ich kann nie mehr FBI-Agentin werden. Dazu ist es jetzt zu spät.«

»Nicht, wenn wir in Quantico deinen Namen reinwaschen können und einen Richter finden, der ein mildes Urteil für deine Alkoholfahrt fällt.«

»Und wie soll das gehen?«

»Du meintest, du bräuchtest einen einflussreichen Menschen, der dir hilft. Vielleicht haben wir den schon für dich gefunden.«

»Wer ist es?«

»Im Augenblick musst du nur wissen, dass deine Chancen gut stehen, wenn du auf mich hörst und tust, was ich sage.«

»In meinen Ohren klingt das, als käme ich in Sicherheitsverwahrung.«

»Die Therapie wird in mehrfacher Hinsicht gut für dich sein.«

»Ich würde lieber hier bei dir bleiben. Ich möchte nicht den Rest meines Lebens als ›Alkoholikerin‹ abgestempelt sein. Abgesehen davon glaube ich nicht, dass ich eine bin.«

»Möglich. Aber du musst zu der Einsicht gelangen, warum du Alkoholmissbrauch betrieben hast.«

»Vielleicht mag ich nur das Gefühl, nicht hier zu sein. Hier hat mich jedenfalls nie jemand gewollt. Das könnte es sein«, sagte sie bitter.

Wir redeten noch eine Weile miteinander. Dann verbrachte ich einige Zeit am Telefon und sprach mit Luftfahrtgesellschaften, dem Krankenhaus und einem hiesigen Psychiater, der ein guter Freund von mir war. Edgehill, eine angesehene Entziehungsanstalt in Newport, konnte Lucy schon am nächsten Nachmittag aufnehmen. Ich war dafür, aber als ich Dorothy den Vorschlag unterbreitete, wollte sie nichts davon hören. In solch einer Zeit müsse eine Mutter bei ihrer Tochter sein, sagte sie. Meine Gegenwart sei weder notwendig noch dienlich.

Ich war ziemlich niedergeschlagen, als gegen Mitternacht das Telefon nochmals läutete.

»Ich hoffe, ich habe dich nicht geweckt«, sagte Wesley.

»Ich bin froh, dass du anrufst.«

»Was den Abdruck angeht, hattest du Recht. Es ist eine Umkehrung. Von Lucy kann er nicht stammen, es sei denn, sie hätte ihn selbst hergestellt.«

»Das hat sie ganz sicher nicht. Mein Gott, Benton, ich hatte gehofft, das hätten wir hinter uns.«

»Noch nicht ganz.«

»Was ist mit Gault?«

»Kein Lebenszeichen von ihm. Und dieser Arsch im *Eye Spy* leugnet. Gault sei nie da gewesen, behauptet er.« Er hielt inne. »Bist du ganz sicher, dass du ihn gesehen hast?«

»Das könnte ich vor Gericht beschwören.«

Temple Gault hätte ich überall erkannt. Manchmal sah ich seine Augen im Schlaf vor mir. Glänzend wie blaues Glas starrten sie durch eine Türritze in einen seltsamen, dunklen Raum, in dem ein fauliger Gestank herrschte. Wieder sah ich Helen vor mir, die geköpfte Gefängniswärterin. Sie saß aufrecht auf einem Stuhl, in ihrer Uniform, so wie Gault sie zurückgelassen hatte, und ich dachte an den armen Farmer, der den Fehler begangen hatte, die Bowlingtasche zu öffnen, die er auf seinem Acker gefunden hatte.

»Mir tut es auch Leid«, hörte ich Wesley sagen. »Du kannst dir nicht vorstellen, wie Leid es mir tut.«

Dann erzählte ich ihm, dass ich Lucy nach Rhode Island schicken wolle. Ich erzählte alles, was ich möglicherweise noch nicht erwähnt hatte. Als er dann an der Reihe war, mir die letzten

Neuigkeiten zu berichten, knipste ich meine Nachttischlampe aus und hörte ihm im Dunkeln zu.

»Hier kommen wir nicht recht weiter. Dass Gault wieder verschwunden ist, macht uns gewaltige Kopfschmerzen. Wir wissen nicht, was er tut und lässt. Da haben wir diesen Fall in North Carolina und jetzt einen in England, und plötzlich taucht er in Springfield auf und ist anscheinend in diesen Spionageakt verwickelt, der in die ERF führt.«

»Von *anscheinend* kann da gar nicht die Rede sein, Benton. Er ist bis ins Gehirn des Bureau vorgedrungen. Die Frage ist, was wird in dieser Sache unternommen?«

»Im Augenblick werden bei der ERF die Codes geändert, die Passwörter und all diese Dinge. Wir hoffen, er ist nicht allzu weit vorgedrungen.«

»Hoffentlich.«

»Die Polizei von Black Mountain hat einen Durchsuchungsbefehl für Creed Lindseys Haus und Wagen erwirkt, Kay.«

»Haben sie ihn gefunden?«

»Nein.«

»Was sagt Marino dazu?«, fragte ich.

»Wer, zum Teufel, weiß das schon?«

»Hast du ihn nicht gesprochen?«

»Nur kurz. Ich glaube, er ist meistens bei Denesa Steiner.«

»Ich dachte, sie sei verreist.«

»Sie ist zurück.«

»Wie ernst ist es mit den beiden, Benton?«

»Pete ist von ihr besessen. So habe ich ihn noch nie erlebt. Ich glaube nicht, dass wir ihn von da wieder wegbekommen.«

»Und was ist mit dir?«

»Ich bin wohl für eine Weile mal hier und mal da, kann es aber nicht genau sagen.« Er klang mutlos. »Ich kann nur Ratschläge geben, Kay, aber die Cops hören auf Pete, und Pete hört auf niemanden.«

»Was kann Mrs. Steiner über Lindsey sagen?«

»Sie sagt, er könnte der Mann sein, der nachts in ihrem Haus war. Aber viel gesehen hat sie nicht.«

»Seine Sprechweise ist sehr charakteristisch.«

»Das hat man ihr auch gesagt. Sie meint, sie kann sich nicht gut an die Stimme des Einbrechers erinnern, nur, dass sie wie die von einem Weißen geklungen habe.«

»Außerdem hat er einen strengen Körpergeruch.«

»Wir wissen aber nicht, ob er den auch in der besagten Nacht hatte.«

»Ich bezweifle, dass seine Hygiene jemals besser ist.«

»Das Dumme ist, dass Mrs. Steiners Unsicherheit den Verdacht gegen ihn nur verstärkt. Bei den Cops gehen alle möglichen Anrufe zu seiner Person ein; man habe ihn hier und dort bei verdächtigen Handlungen beobachtet. Zum Beispiel soll er mal im Vorbeifahren ein Kind angestarrt haben. Oder ein Wagen wie seiner wurde kurz nach Emilys Verschwinden am Lake Tomahawk gesehen. Du weißt, was los ist, wenn die Leute sich etwas zurechtlegen.«

»Und was hast du dir zurechtgelegt?« Die Dunkelheit umfing mich wie eine weiche, angenehme Decke, während ich auf den Klang seiner Stimme lauschte. Er hatte eine schlanke, kräftige Stimme. Wie alles an ihm war sie sehr fein ausgebildet, voller Schönheit und Kraft.

»Dieser Kerl, Creed, passt nicht ins Bild, und bei Ferguson bin ich mir auch noch im Unklaren. Übrigens, wir haben die DNS-Analyse. Es war Emilys Haut.«

»Überrascht mich nicht besonders.«

»Irgendetwas stimmt nicht bei Ferguson.«

»Hast du noch etwas über ihn erfahren?«

»Ich gehe noch ein paar Dingen nach.«

»Und Gault?«

»Wir müssen weiter mit ihm rechnen. Dass er es war, der Emily umgebracht hat.« Er machte eine Pause. »Ich möchte dich sehen.«

Meine Lider waren schwer, und meine Stimme kam mir verträumt vor, wie ich da so im Dunkeln in den Kissen lag. »Gut, ich muss nach Knoxville. Das ist nicht weit von dir.«

»Gehst du zu Katz?«

»Er und Dr. Shade führen für mich das Experiment durch. Sie müssten jetzt damit fertig sein.«

»Die Farm gehört zu den Plätzen, die ich nun absolut nicht besuchen möchte.«

»Das heißt also, wir werden uns dort nicht treffen.«

»Nein, das ist nicht der Grund.«

»Du fährst übers Wochenende nach Hause«, sagte ich.

»Ja. Morgen früh.«

»Ist dort alles in Ordnung?« Es war ungeschickt, ihn nach seiner Familie zu fragen. Seine Frau erwähnten wir beide kaum einmal.

»Na ja, die Kinder sind zu alt für Halloween. Da muss man sich wenigstens keine Gedanken mehr über Partys oder Kostüme machen.«

»Für Halloween ist niemand zu alt.«

»Weißt du, diese Verkleidungspartys bei uns zu Hause waren immer eine große Show. Ich musste die Kleinen abholen und heimbringen und all diese Dinge.«

»Wahrscheinlich hattest du die Pistole am Gürtel und hast ihre Süßigkeiten vorher geröntgt.«

»Du musst gerade reden«, sagte er.

17

Am Samstag packte ich frühmorgens meine Reisetasche für Knoxville und half Dorothy bei der Zusammenstellung der passenden Kleidung für Lucy. Es war gar nicht so leicht, meiner Schwester begreiflich zu machen, dass Lucy in der Entziehungsanstalt keine Verwendung für teure Kleider hatte, die vielleicht auch noch gereinigt oder gebügelt werden mussten. Als ich darauf bestand, dass sie nichts Wertvolles mitnehmen sollte, verlor Dorothy regelrecht die Fassung.

»Oh, mein Gott! Das ist ja, als ginge sie ins Gefängnis!«

Ich legte ein zusammengefaltetes Sweatshirt in den Koffer, der offen auf dem Bett lag. »Hör zu, ich würde selbst dann nicht dazu raten, teuren Schmuck mitzunehmen, wenn man in einem feinen Hotel absteigt.«

»Ich habe eine Menge teuren Schmuck und wohne dauernd in feinen Hotels. Der Unterschied ist, dass ich dort nicht fürchten muss, in der Lobby auf Drogensüchtige zu stoßen.«

»Drogensüchtige findest du überall, Dorothy. Dafür musst du nicht nach Edgehill fahren.«

»Lucy wird ausflippen, wenn sie merkt, dass sie ihren Laptop nicht mitnehmen kann.«

»Ich werde ihr erklären, dass das nicht erlaubt ist, und sie wird es sicher verstehen.«

»Ich finde diese Regelung sehr hart.«

»Für Lucy kommt es darauf an, dass sie dort an sich selbst arbeitet und nicht an Computerprogrammen.«

Beim Anblick von Lucys Nikes musste ich wieder an den Umkleideraum in Quantico denken und daran, wie sie damals vom Joggen auf der Yellow Brick Road zurückgekommen war, schlammbespritzt von Kopf bis Fuß, blutend und mit einem kräftigen Sonnenbrand. Sie hatte glücklich ausgesehen an jenem Oktobertag, obwohl sie es nicht gewesen sein konnte. Es bedrückte mich, dass ich nicht früher von ihren Schwierigkeiten gewusst hatte. Hätte ich mehr Zeit für sie gehabt, wäre all dies vielleicht nicht passiert.

»Ich finde es nach wie vor lächerlich«, beharrte Dorothy auf ihrer Position. »Wenn ich in so ein Haus müsste, könnte mich bestimmt niemand am Schreiben hindern. Schreiben ist für mich die beste Therapie. Es ist ein Jammer, dass Lucy nicht schreibt, denn ich bin sicher, dann hätte sie nicht so viele Probleme. Warum hast du ihr nicht die Betty-Ford-Klinik ausgesucht?«

»Ich sehe keinen Grund, warum ich Lucy an die Westküste schicken sollte. Außerdem dauert es länger, bis man dort aufgenommen wird.«

»Ich kann mir schon vorstellen, dass es dort eine ziemlich lange Warteliste gibt«, sagte Dorothy nachdenklich, während sie ein paar ausgeblichene Jeans zusammenlegte. »Stell dir vor, man würde da vielleicht einen Monat lang mit Filmstars unter einem Dach leben! Mehr noch, man könnte eine Liebesaffäre mit einem von ihnen anfangen, und plötzlich lebte man in Malibu.«

»Filmstars über den Weg zu laufen ist nicht gerade das, was Lucy im Moment braucht«, sagte ich ärgerlich.

»Na ja, ich hoffe, du weißt, dass sie nicht die Einzige ist, die sich darüber Gedanken machen muss, wie diese Sache nach außen wirkt.«

Ich unterbrach meine Tätigkeit und starrte sie an. »Manchmal möchte ich dir die Seele aus dem Leib prügeln.«

Dorothy sah mich überrascht und ein wenig erschrocken an. Bislang hatte ich sie nie das volle Ausmaß meiner Wut spüren lassen, noch hatte ich ihrer narzisstischen und engstirnigen Lebensweise den Spiegel vorgehalten, damit sie sich einmal so sehen konnte, wie ich sie sah. Nicht, dass das etwas bewirkt hätte, aber gerade da lag ja das Problem.

»Schließlich bist *du* nicht dabei, gerade ein neues Buch herauszubringen. In ein paar Tagen gehe ich wieder auf Tour. Was soll ich denn sagen, wenn ich in einem Interview nach meiner

Tochter gefragt werde? Was, glaubst du, wird mein Verleger davon halten?«

Ich sah mich nach Dingen um, die noch in den Koffer mussten. »Das, was dein Verleger davon hält, kümmert mich nicht die Bohne. Ehrlich gesagt, Dorothy, es kümmert mich nicht die Bohne, was dein Verleger von irgendetwas hält.«

»Es könnte sich wirklich negativ auf meine Arbeit auswirken«, fuhr sie fort, als hätte sie mich gar nicht gehört. »Und ich werde es meinem Verleger sagen *müssen*, damit wir uns die passende Strategie zurechtlegen.«

»*Kein Sterbenswörtchen* wirst du deinem Verleger über Lucy sagen.«

»Du bist ganz schön knallhart, Kay.«

»Das mag schon sein.«

»Das ist wohl eine Berufskrankheit, wenn man den lieben langen Tag Leute aufschneidet«, erwiderte sie bissig. Lucy würde ihre eigene Seife mitnehmen müssen, denn die, die sie mochte, würde es in Edgehill bestimmt nicht geben. Gefolgt von Dorothys Stimme, holte ich ihre Lazlo-Schlamm-Seife und ihr Chanel-Parfüm aus dem Bad. Dann ging ich in Lucys Zimmer. Sie saß aufrecht im Bett.

»Ich wusste nicht, dass du wach bist.« Ich küsste sie. »Ich muss in wenigen Minuten weg. Nachher kommt ein Wagen und holt dich und deine Mutter ab.«

»Was ist mit den Nähten an meinem Kopf?«

»Sie müssen noch ein paar Tage bleiben. In der Krankenstation dort wird sich jemand darum kümmern. Ich habe es schon mit ihnen besprochen. Sie wissen über deine Situation Bescheid.«

»Die Haarwurzeln tun mir weh.« Sie verzog das Gesicht, als sie sich an den Kopf griff.

»Das sind die geschädigten Nerven. Aber das vergeht mit der Zeit.«

Wieder fuhr ich bei trübem Regenwetter zum Flughafen. Nasses Laub bedeckte die Fahrbahn, und die Temperatur war auf raue dreizehn Grad gesunken.

Ich flog zuerst nach Charlotte. Es war nämlich anscheinend nicht möglich, von Richmond irgendwohin zu kommen, ohne in einer anderen Stadt zwischenzulanden, und auch die lag nicht immer auf dem Weg. Als ich viele Stunden später in Knoxville anlangte, war das Wetter das gleiche, nur kälter, und es war inzwischen dunkel.

Ich nahm ein Taxi. Der Fahrer, der aus der Gegend stammte und sich Cowboy nannte, erzählte mir, er schreibe Songs und spiele Klavier, wenn er nicht am Steuer eines Taxis sitze. Bis wir das *Hyatt* erreicht hatten, wusste ich bereits einiges über ihn – dass er seiner Frau zuliebe einmal im Jahr nach Chicago fuhr und dass er regelmäßig Damen aus Johnson City zum Einkaufen in die Malls chauffiere. Er strahlte eine Unschuld aus, die Leute wie ich längst verloren haben. Ich gab Cowboy ein besonders großzügiges Trinkgeld, und er wartete, bis ich mein Zimmer belegt hatte. Dann fuhr er mich zu *Calhoun's*, ein Restaurant mit Blick über den Tennessee River, das die besten Ribs der USA versprach.

Das Lokal war bis auf den letzten Platz besetzt, sodass ich an der Bar warten musste. Wie sich herausstellte, hielten die Absolventen der University of Tennessee ihr Jahrestreffen ab; wohin ich auch blickte, sah ich flammend orangefarbene Jacken und Pullover. Ehemalige jeden Alters tranken, lachten und ereiferten sich über das Match vom Nachmittag. Einige unterhielten sich quer durch den ganzen Raum; wenn ich mich nicht auf ein einzelnes Gespräch konzentrierte, verschmolz das Ganze zu einem einzigen Dauergetöse.

Kurz vor zehn erst bekam ich einen Tisch, und entsprechend groß war mein Appetit, zumal ich schon seit Tagen nicht ordentlich gegessen hatte. Ich bestellte Ribs vom Jungschwein, weiche Brötchen und Salat, und als mich die Flasche mit *Tennessee Sunshine Hot Pepper Sauce* aufforderte: »Probier mich!«, tat ich es. Dann versuchte ich die Jack-Daniel's-Pastete. Das Essen schmeckte wunderbar, und auch mit meinem Platz war ich sehr zufrieden. Es war ein Tisch in einer stillen Ecke, mit Blick auf den Fluss. Die Lichter der Brücke spiegelten sich im Wasser, machten es lebendig.

Ich versuchte, wenigstens während des Essens nicht an Verbrechen zu denken, doch dann flammte es wieder auf, jenes grelle Orange, und ich sah das Band um Emilys kleine Handgelenke, sah es über ihrem Mund, und ich dachte an die üblen Kreaturen, die in Attica hausten, und an Gault und ähnliche Leute. Als ich schließlich beschloss aufzubrechen, schien mir Knoxville genauso unheimlich wie alle Städte, in denen ich je gewesen war.

Erst recht unbehaglich wurde mir zumute, als ich wenig später draußen auf der Veranda saß und auf das Taxi warten musste. Ich hatte Cowboy zu einer bestimmten Uhrzeit herbestellt, aber nach einer halben Stunde war er immer noch nicht da. Offenbar war er zu anderen Horizonten aufgebrochen. Um Mitternacht saß ich immer noch allein und verlassen da und sah den nach Hause eilenden Kellnern und Köchen nach.

Also noch einmal zurück ins Restaurant.

»Ich warte jetzt seit mehr als einer Stunde auf das Taxi, das Sie mir gerufen haben«, sagte ich zu dem jungen Mann, der die Bar auf Hochglanz brachte.

»Heute ist das Ehemaligentreffen, Ma'am. Das ist das Problem.«

»Ich verstehe, aber ich muss zurück in mein Hotel.«

»Wo wohnen Sie?«

»Im *Hyatt.*«

»Die haben einen Shuttle-Dienst. Soll ich Ihnen den rufen?«

»Bitte.«

Der Shuttle war ein Lieferwagen, und der redselige junge Fahrer fragte mich genau über das Footballspiel aus, von dem in der Bar die Rede gewesen war und das ich nie gesehen hatte. Plötzlich wurde mir bewusst, wie leicht man doch in eine Situation gerät, in der man auf die Hilfe eines Fremden angewiesen ist, der sich dann als ein Bundy oder Gault entpuppen könnte. Auf diese Weise war auch Gaults letztes Opfer, Eddie Heath, ums Leben gekommen. Seine Mutter hatte ihn zu einem Lebensmittelgeschäft um die Ecke geschickt, um eine Dose Suppe zu besorgen, und ein paar Stunden später lag er nackt und verstümmelt mit einer Kugel im Kopf da. Auch in diesem Fall war ein Gewebeband benutzt worden. Die Farbe war uns nicht bekannt, da wir es nie gesehen hatten.

Zu Gaults grässlichem kleinem Spiel hatte es gehört, Eddie an den Handgelenken zu fesseln, nachdem er ihn erschossen hatte, wobei er das Band wieder entfernt hatte, bevor er die Leiche dann in die Büsche warf. Über seine Beweggründe hierfür sind wir uns nie klar geworden. Das galt im Übrigen für viele Fälle, in denen abartige Phantasien eine Rolle spielten. Warum ein Henkersknoten statt des einfachen, sichereren Laufknotens? Warum ein Gewebeband in Grellorange? Ich fragte mich, ob Gault ein Band in dieser leuchtenden Farbe benutzen würde, und die Antwort war ja. Mit Sicherheit liebte er das Extravagante. Und sicherlich liebte er Fesseln.

Auch der Mord an Ferguson und die Lagerung von Emilys Haut im Gefrierfach waren ihm zuzutrauen, nicht aber der sexuelle Missbrauch des Mädchens. Das war etwas, das mir einfach keine Ruhe ließ. Gault hatte nämlich zwei Frauen ermordet, aber an beiden keinerlei sexuelles Interesse gezeigt. Den Jungen dagegen hatte er ausgezogen und gebissen, was ihm offenbar ein besonderes perverses Vergnügen verschaffte. Auch beim vorerst letzten Fall, in England, war das Opfer ein Junge gewesen, zumindest wenn meine Informationen stimmten.

Die Hotelbar war überfüllt, auch in der Lobby wimmelte es von Gästen, und das Gelächter drang bis in mein Zimmer. Als ich gerade überlegte, ob ich den Fernseher einschalten sollte, meldete sich mein Piepser auf der Kommode. Das konnte Dorothy sein, oder vielleicht auch Wesley. Doch die Nummer im Display begann mit 704, und das war die Vorwahl für das westliche North Carolina. Marino, dachte ich, und war ebenso verblüfft wie alarmiert. Ich setzte mich aufs Bett und rief zurück.

»Hallo?«, antwortete eine weibliche Stimme.

»Ich melde mich auf Ihren Anruf«, sagte ich. »Äh, diese Nummer war auf meinem Piepser.«

»Ach ja. Sind Sie Dr. Scarpetta?«

»Und wer sind Sie?«, wollte ich wissen. Aber es war mir schon klar. Ich kannte Denesa Steiners Stimme von Richter Begleys Amtszimmer und von dem Gespräch in ihrem Haus.

»Ich bitte um Entschuldigung, dass ich so spät anrufe«, sagte sie. »Aber ich bin so froh, dass ich Sie erreiche.«

»Woher haben Sie die Nummer von meinem Piepser?« Die Nummer stand nämlich nicht auf meiner Visitenkarte, weil ich sonst ständig belästigt würde. Nur wenige Personen kannten sie.

»Ich habe sie von Pete. Von Captain Marino. Wissen Sie, Dr. Scarpetta, ich habe so viel durchgemacht in der letzten Zeit. Ich sagte ihm, es würde mir vielleicht helfen, mit Ihnen zu sprechen. Es tut mir Leid, dass ich Sie belästige.«

Es überraschte und verärgerte mich, dass Marino so etwas getan haben sollte, und es zeigte einmal mehr, wie sehr er sich verändert hatte. Ob er jetzt bei ihr war? Was konnte so wichtig sein, dass sie mich um diese Zeit anpiepste?

»Mrs. Steiner, womit kann ich Ihnen helfen?«, fragte ich. Dieser Frau gegenüber, die so viel verloren hatte, konnte ich nicht abweisend sein.

»Ich habe von Ihrem Unfall gehört.«

»Wie bitte?«

»Ich bin so froh, dass Ihnen nichts passiert ist.«

Ich war perplex. »Ich selbst habe den Unfall nicht gehabt«, sagte ich. »Jemand anders hat meinen Wagen gefahren.«

»Ich bin so froh. Gott hält seine Hand über Sie. Aber mir ist ein Gedanke gekommen, den ich Ihnen mitteilen wollte –«

»Mrs. Steiner«, unterbrach ich sie, »wie haben Sie von dem Unfall erfahren?«

»In unserem Lokalblatt stand eine Notiz, und meine Nachbarn haben darüber geredet. Es ist bekannt, dass Sie bei uns waren, um Pete bei den Ermittlungen zu helfen. Sie und dieser Mann vom FBI, Mr. Wesley.«

»Was genau stand in der Zeitung?«

Mrs. Steiner zögerte, als sei es ihr peinlich. »Also, es tut mir Leid, aber es stand da, dass Sie wegen Alkohols am Steuer festgenommen wurden und dass Sie von der Straße abgekommen sind.«

»Das stand in der Zeitung von Asheville?«

»Und danach in den Black Mountain News. Jemand hat es auch im Radio gehört. Aber ich bin so erleichtert, dass Sie okay sind. Wissen Sie, Unfälle haben so furchtbare traumatische Folgen. Solange man das nicht selbst erlebt hat, kann man es sich gar nicht vorstellen. Ich hatte einmal einen sehr schweren, damals in Kalifornien. Ich habe noch immer Albträume davon.«

»Das tut mir Leid für Sie«, war das Einzige, was mir dazu einfiel. Mir kam dieses ganze Gespräch mehr als bizarr vor. »Es war nachts, und dieser Mann wechselte die Fahrbahn. Ich glaube, ich war in seinem toten Winkel. Er rammte mich, und ich verlor die Kontrolle über den Wagen, geriet auf die Gegenfahrbahn und stieß mit einem anderen Fahrzeug zusammen. Dessen Fahrerin war sofort tot. Eine arme alte Dame in einem Volkswagen. Ich habe es nie verwunden. Solche Erinnerungen zeichnen einen für immer.«

»Ja«, sagte ich. »Das kann passieren.«

»Und wenn ich dann daran denke, was mit Socks passiert ist. Das ist wohl der eigentliche Grund meines Anrufs.«

»Socks?«

»Erinnern Sie sich? Das Kätzchen, das er getötet hat.«

Ich schwieg.

»Damit wollte er mich treffen. Und Sie wissen ja, ich habe Anrufe bekommen.«

»Ist das noch immer der Fall, Mrs. Steiner?«

»Ein paar noch. Pete möchte, dass ich eine Fangschaltung beantrage.«

»Das sollten Sie vielleicht.«

»Was ich sagen möchte – da passieren also diese Dinge mit mir, dann mit Detective Ferguson, dann Socks, und jetzt hatten Sie den Unfall. Ich fürchte, das hat alles miteinander zu tun. Natürlich habe ich auch Pete gesagt, dass er aufpassen soll, vor allem, nachdem er gestern ausgerutscht ist. Ich hatte gerade den Küchenfußboden gewischt, da rutschten die Füße unter ihm weg. Langsam sieht es so aus, als läge auf uns allen ein Fluch.«

»Hat Marino sich verletzt?«

»Er hat ein paar blaue Flecken. Aber es hätte schlimm ausgehen können, weil er normalerweise diese große Pistole hinten im Hosenbund stecken hat. Er ist so ein guter Kerl. Ich wüsste nicht, was ich in diesen Tagen ohne ihn täte.«

»Wo ist er?«

»Ich nehme an, er schläft«, sagte sie, und ich merkte langsam, wie geschickt sie Fragen ausweichen konnte. »Ich richte ihm gern aus, dass er Sie anrufen soll. Sagen Sie mir, wo Sie zu erreichen sind?«

»Er hat meine Piepser-Nummer«, sagte ich. Sie schwieg einen Augenblick, und ich spürte, dass sie mein Misstrauen wahrgenommen hatte.

»Ach ja. Natürlich hat er die.«

Nach dem Gespräch konnte ich nicht einschlafen. Also wählte ich schließlich Marinos Piepser an. Kurz darauf läutete mein Telefon. Bevor ich abheben konnte, war es wieder verstummt. Ich rief die Rezeption an.

»Haben Sie gerade versucht, ein Gespräch zu mir durchzustellen?«

»Ja, Ma'am. Ich glaube, der Anrufer hat eingehängt.«

»Wissen Sie, wer es war?«

»Nein, Ma'am. Tut mir Leid, ich habe keine Ahnung.«

»War es ein Mann oder eine Frau?«

»Eine Frau hat Sie verlangt.«

»Danke.«

Mir wurde schlagartig klar, was passiert war, und diese Erkenntnis versetzte mir einen solchen Schreck, dass es mit meiner Nachtruhe endgültig vorbei war. Ich stellte mir Marino schlafend in ihrem Bett vor. Der Piepser lag auf dem Nachttisch, und die Hand, die ich im Dunkeln danach greifen sah, war die von Mrs. Steiner. Sie hatte die Nummer im Display gelesen und sie von einem anderen Zimmer aus angerufen.

Nachdem sich das Hyatt in Knoxville gemeldet hatte, verlangte sie mich, um zu erfahren, ob ich tatsächlich Gast dort war, und hängte dann, als man sie verbinden wollte, rasch ein, denn sie wollte mich ja gar nicht sprechen. Sie wollte nur wissen, wo ich war, und jetzt hatte sie es heraus. Verdammt! Von Black Mountain nach Knoxville waren es zwei Stunden Autofahrt. Nun, herkommen würde sie wohl nicht, überlegte ich, aber ich wurde ein ungutes Gefühl einfach nicht los.

Kaum war die Sonne aufgegangen, fing ich an zu telefonieren. Der erste Anruf galt dem Ermittler McKee von der Virginia State Police. Seiner Stimme war anzuhören, dass ich ihn aus tiefem Schlaf geweckt hatte.

»Hier Dr. Scarpetta. Es tut mir Leid, dass ich so früh anrufe«, sagte ich.

»Oh, einen Augenblick.« Er räusperte sich. »Guten Morgen. Gut, dass Sie anrufen. Ich habe einiges für Sie.«

»Das ist wunderbar«, sagte ich sehr erleichtert. »Ich hatte es gehofft.«

»Okay. Also: Das Rücklicht ist aus Kunststoff, Methylacryl, wie die meisten heutzutage. Aber wir konnten die Bruchstücke zusammensetzen, und sie passen zu dem Rücklicht an Ihrem Wagen. Außerdem enthielt eine der Scherben ein Firmenzeichen, sodass sie identifiziert werden konnte. Sie stammt von einem Mercedes.«

»Gut«, sagte ich. »Das hatte ich erwartet. Was ist mit dem Scheinwerferglas?«

»Das war ein bisschen komplizierter, aber wir hatten Glück. Das Scheinwerferglas, das Sie gefunden haben, wurde analysiert. Nach Lichtbrechung, Dichte, Firmenzeichen und so weiter gehört es zu einem Infiniti J 30. Das wiederum half uns, die mögliche Herkunft der Farbe einzugrenzen. Wir erkundigten uns nach den Ausstattungsvarianten des Infiniti J 30. Es gibt ein blassgrünes Modell mit der Farbbezeichnung ›Bamboo Mist‹. Kurz und gut, Dr. Scarpetta, Ihr Wagen wurde von einem in dieser Farbe lackierten Infiniti J 30, Baujahr 93, angefahren.«

Das war ein Schock und verwirrte mich. »Mein Gott«, murmelte ich, und kalte Schauer fuhren mir über den Rücken.

»Sagt Ihnen das etwas?« Man hörte McKees Überraschung.

»Das kann nicht sein.« Ich hatte Carrie Grethen beschuldigt und ihr gedroht. Ich war mir meiner Sache so sicher gewesen.

»Sie kennen jemanden mit so einem Wagen?«, fragte er.

»Ja.«

»Wer ist es?«

»Die Mutter des elfjährigen Mädchens, das in North Carolina ermordet wurde«, antwortete ich. »Ich bin mit dem Fall beschäftigt und hatte mehrfach mit der Frau zu tun.«

McKee schwieg. Ich wusste, das, was ich sagte, klang verrückt.

»Sie war zur Zeit des Unfalls nicht in Black Mountain«, fuhr ich fort. »Angeblich war sie zu ihrer kranken Schwester gefahren.«

»Ihr Wagen müsste beschädigt sein«, sagte er. »Und wenn sie es tatsächlich war, dann möchte ich wetten, dass sie ihn reparieren lässt. Vielleicht ist er schon repariert worden.«

»Auch dann könnte man die Farben noch vergleichen«, sagte ich.

»Hoffen wir es.«

»Das klingt skeptisch.«

»Wenn es noch die Originallackierung ist und nichts an dem Wagen gemacht wurde, seit er vom Fließband kam, könnten wir ein Problem haben. Die Lackiertechnik hat sich nämlich verändert. Die meisten Autohersteller sind zu Polyurethan übergegangen, einem kalthärtenden Kunststoffreaktionslack. Obwohl er wirklich hochwertig aussieht, ist er billiger. Er besteht nur aus zwei Schichten, aber die einzige Möglichkeit, ein Fahrzeug über die Farbe zu identifizieren, ist gerade die Abfolge der verschiedenen Lackschichten, die es eigentlich nur noch gibt, wenn einmal nachlackiert worden ist.«

»Wenn also zehntausend grüne Infinitis hintereinander mit immer der gleichen Lackierung vom Band gekommen sind, sind wir angeschmiert.«

»Ganz gewaltig sogar. Die Verteidigung wird sagen, es sei nicht erwiesen, dass die Farbe von ihrem Wagen stammt, zumal der Unfall auf einer Interstate passiert ist, auf der Leute aus dem ganzen Land unterwegs sind. Deswegen würde es nicht einmal etwas nützen, wenn wir herausfänden, wie viele Infinitis mit dieser Lackierung in einer bestimmten Region ausgeliefert wurden. Außerdem kommt sie nicht einmal aus der Gegend, in der der Unfall passierte.«

»Was ist mit dem Bandmitschnitt in der Notrufzentrale?«, fragte ich.

»Ich habe es mir angehört. Der Anruf ging um 20.47 Uhr ein, und Ihre Nichte sagte: ›Dies ist ein Notfall.‹ Das war alles, was sie noch sagen konnte. Dann kamen viele Geräusche und Funkstörungen dazwischen. Ihre Stimme klang, als sei sie in Panik.«

Es war eine schlimme Geschichte, und mir wurde auch nicht wohler, als ich Wesley anrief und seine Frau sich meldete.

»Augenblick, ich hole ihn ans Telefon.« Sie war so nett und freundlich wie immer.

Sonderbare Gedanken gingen mir durch den Kopf, während ich wartete. Ich fragte mich, ob sie getrennte Schlafzimmer hatten oder ob sie einfach nur eher aufgestanden war und deswegen erst zu ihm gehen und sagen musste, dass ich am Telefon war.

Natürlich konnte sie auch noch im Bett liegen, und er war im Badezimmer. Und so spann ich meine zermürbenden Gedanken weiter. Ich mochte Wesleys Frau, aber sie sollte nicht seine Frau sein. Niemand sollte seine Frau sein. Als er endlich ans Telefon kam, versuchte ich, ruhig zu klingen, aber es gelang mir nicht. Ich erzählte ihm hastig die Geschichte mit dem Piepser.

»Kay, einen Augenblick bitte«, sagte er. Auch er klang, als hätte ich ihn gerade geweckt. »Warst du die ganze Nacht auf?«

»Mehr oder weniger. Benton, du musst wieder dahin. Auf Marino können wir uns nicht verlassen. Wenn wir ihn nämlich zu erreichen versuchen, erfährt sie es.«

»Es ist nicht sicher, ob sie es war, die dich angepiepst hat.«

»Wer sonst? Niemand weiß, dass ich hier bin, und die Hotelnummer hatte ich kurz zuvor auf Marinos Piepser hinterlassen. Nur Minuten später kam der Rückruf.«

»Das kann auch Marino gewesen sein.«

»Die Rezeption sagt, es sei eine weibliche Stimme gewesen.«

»Verdammt«, sagte Wesley. Ein paar Sekunden lang sagte er nichts, dann: »Michele hat heute Geburtstag.«

»Es tut mir Leid.« Ich war nahe am Weinen und wusste gar nicht so genau, warum. »Wir müssen herausbekommen, ob Denesa Steiners Wagen beschädigt ist. Es muss ihn sich jemand ansehen. Ich muss wissen, warum sie hinter Lucy her war.«

»Warum sollte sie hinter ihr her gewesen sein? Woher konnte sie wissen, wohin Lucy an dem Abend fuhr und in welchem Wagen?«

Mir fiel Lucys Bemerkung ein, Marino habe ihr einen Rat zu dem Pistolenkauf gegeben. Möglicherweise hatte Denesa Steiner das Telefongespräch mitgehört. Ich erzählte Wesley meine Theorie.

»War Lucy für eine bestimmte Zeit dort avisiert, oder ist sie auf dem Rückweg von Quantico einfach vorbeigefahren?«, fragte er.

»Das weiß ich nicht, aber ich kriege es heraus.« Ich begann vor Wut zu zittern. »Dieses Mistweib. Lucy könnte tot sein.«

»Himmel, du könntest tot sein.«

»Dieses verdammte Mistweib.«

»Kay, sei einmal still und hör mir zu«, sagte er langsam und bedächtig, offenbar, um mich zu beruhigen. »Ich mache mich wieder auf den Weg nach North Carolina und erkunde, was, zum Teufel, dort los ist. Wir gehen der Sache auf den Grund, das verspreche ich dir. Aber ich möchte, dass du dieses Hotel so schnell wie möglich verlässt. Wie lange bleibst du ungefähr in Knoxville?«

»Ich kann hier weg, wenn ich auf der Farm mit Katz und Dr. Shade gesprochen habe. Katz holt mich um acht ab. Mein Gott, ich hoffe, es hat aufgehört zu regnen. Ich habe noch keinen Blick aus dem Fenster geworfen.«

»Hier scheint die Sonne«, sagte er, als hieße das, in Knoxville müsse sie auch scheinen. »Wenn etwas dazwischenkommt und du nicht wegkannst, nimm ein anderes Hotel.«

»Das tue ich.«

»Und dann flieg nach Richmond zurück.«

»Nein«, sagte ich. »In Richmond kann ich in dieser Angelegenheit nichts unternehmen. Und Lucy ist auch nicht da. Wenigstens weiß ich sie in Sicherheit. Wenn du mit Marino sprichst, sag ihm nichts über mich. Kein Sterbenswörtchen über Lucys Aufenthalt. Geh einfach davon aus, dass er es Denesa Steiner sagen wird. Er ist aus dem Ruder gelaufen, Benton. Er hat sie ins Vertrauen gezogen, das weiß ich.«

»Ich halte es nicht für klug, wenn du gleich nach North Carolina kommst.«

»Ich muss.«

»Warum?«

»Ich muss die alten medizinischen Unterlagen über Emily Steiner finden und komplett durcharbeiten. Ich möchte auch, dass du jeden Ort herausfindest, an dem Denesa Steiner gelebt hat. Ich möchte alles über mögliche weitere Kinder, Ehemänner oder Geschwister erfahren. Vielleicht gibt es weitere Todesfälle. Vielleicht müssen wir weitere Exhumierungen vornehmen.«

»Woran denkst du?«

»Erst einmal möchte ich wetten, dass es keine kranke Schwester in Maryland gibt. Mrs. Steiner ist nach Norden gefahren, weil sie meinen Wagen von der Straße abdrängen wollte. Mich wollte sie umbringen, aber Lucy hat sie erwischt.«

Wesley sagte nichts. Ich spürte seine Gespaltenheit, und das gefiel mir nicht. Ihm zu sagen, was ich wirklich dachte, fürchtete ich zwar, aber ich konnte auch nicht schweigen.

»Bislang gibt es auch nichts über den plötzlichen Kindstod, du weißt schon, ihr erstes Kind. In den Standesamtsunterlagen in Kalifornien ist darüber nichts zu finden. Ich glaube, das Kind hat es nie gegeben. Und das passt genau ins Muster.«

»Was für ein Muster?«

»Benton«, sagte ich, »wir wissen nicht, ob nicht Denesa Steiner selbst ihre Tochter umgebracht hat.«

Er stieß die Luft aus. »Du hast Recht. Das wissen wir nicht. Wir wissen überhaupt nicht viel.«

»Und Mote hat in unserer Fallbesprechung darauf hingewiesen, dass Emily kränkelte.«

»Worauf willst du hinaus?«

»Auf das Münchhausen-Stellvertreter-Syndrom.«

»Kay, das glaubt uns doch keiner. Ich selbst will es nicht glauben.«

Bei diesem Syndrom handelt es sich um ein fast unvorstellbares Phänomen, bei dem die erste Bezugsperson eines Kindes – gewöhnlich die Mutter – dieses heimlich und geschickt missbraucht, um Zuwendung und Aufmerksamkeit zu erringen. Sie fügt ihm Schnittwunden zu, bricht ihm die Knochen, vergiftet es und drückt es fast zu Tode. Dann rennen diese Frauen den Ärzten und Notaufnahmen die Tür ein und erzählen ihnen unter Tränen, wie ihr Kleines krank geworden sei oder sich verletzt habe, und die Mutter wird sehr bedauert. Sie erregt Aufmerksamkeit. Sie manipuliert die Ärzte immer gekonnter, und schließlich stirbt ihr Kind vielleicht sogar.

»Stell dir doch die Aufmerksamkeit vor, die Mrs. Steiner nach dem Mord an ihrer Tochter genossen hat«, schloss ich.

»Das will ich nicht bestreiten. Aber wie erklärt man mit dem Münchhausen-Syndrom Fergusons Tod oder was angeblich Lucy zugestoßen ist?«

»Jede Frau, die zu dem fähig war, was Emily angetan wurde, ist auch sonst zu allem fähig. Vielleicht hat Mrs. Steiner einfach keine Angehörigen mehr, die sie töten könnte. Es würde mich übrigens überraschen, wenn ihr Mann tatsächlich an einer Herzattacke gestorben ist. Wahrscheinlich hat sie auch ihn auf eine sehr verdeckte und raffinierte Art umgebracht. Diese Sorte Frauen sind pathologische Lügnerinnen. Zur Reue sind sie nicht fähig.«

»Was du da andeutest, geht über Münchhausen hinaus. Wir reden über Serienmorde.«

»Kein Fall ist wie der andere. Die Menschen sind schließlich auch alle verschieden, Benton. Das weißt du. Und Serienmörderinnen bringen oft ihre Männer, Angehörigen und sonstige Menschen um, die ihnen etwas bedeuten. Auch ihre Methoden unterscheiden sich im Allgemeinen deutlich von denen männlicher Serienmörder. Weibliche Psychopathen vergewaltigen nicht und erdrosseln nicht ihre Opfer; sie ziehen Gift vor. Sie ersticken lieber einen Menschen, der sich nicht wehren kann, weil er zu jung oder zu alt ist oder irgendwie behindert. Ihre Phantasie geht andere Wege, weil Frauen eben anders sind als Männer.«

»Kein Mensch aus ihrer Umgebung wird glauben wollen, was du da unterstellst«, sagte Wesley. »Falls du Recht hast, wird es jedenfalls verteufelt schwer zu beweisen sein.«

»Fälle wie diese hier sind immer verteufelt schwer zu beweisen.«

»Würdest du vorschlagen, Marino einzuweihen?«

»Ich hoffe, du tust das nicht. Mrs. Steiner darf auf keinen Fall ahnen, was wir denken. Ich muss ihr ein paar Fragen stellen. Sie muss kooperieren.«

»Einverstanden«, sagte er. Mir war klar, wie hart es ihn anging, hinzuzufügen: »Wir dürfen Marino in der Tat nicht länger an diesem Fall lassen. Vor allem, weil er mit einer möglichen Verdächtigen persönlich in Beziehung steht. Er schläft womöglich mit der Mörderin.«

»Genau wie der Ermittler vor ihm«, erinnerte ich.

Er antwortete nicht. Unsere gemeinsame Angst um Marinos Sicherheit brauchte nicht ausgesprochen zu werden. Max Ferguson war gestorben, und Denesa Steiners Fingerabdruck befand sich auf einem Kleidungsstück, das er bei seinem Tod getragen hatte. Es wäre leicht gewesen, ihn in ein ungewöhnliches Sexspiel zu locken und dann den Stuhl unter ihm wegzustoßen.

»Ich finde es wirklich schlimm, dass du immer tiefer in diese Sache hineingerätst, Kay«, sagte Wesley.

»Dass wir uns so gut kennen, ist eine unserer Schwierigkeiten«, sagte ich. »Aber ich finde es auch schlimm. Und ich wünschte, du stecktest auch nicht so tief darin.«

»Das ist etwas anderes. Du bist eine Frau und dazu Ärztin. Wenn deine Annahme stimmt, haben bei ihr längst die Alarmglocken geläutet. Sie wird versuchen, dich in ihr Spiel hineinzuziehen.«

»Das hat sie bereits getan.«

»Sie wird dich noch tiefer hineinziehen.«

»Ich hoffe, sie tut das.« Ich spürte wieder die Wut in mir hochkommen.

»Ich möchte dich sehen«, flüsterte er.

»Das wirst du«, sagte ich. »Schon bald.«

18

Das Institut für Thanatologie an der Universität von Tennessee kannte man schlicht unter dem Namen »Body Farm«, die Farm der Leichen also, und zwar so lange ich zurückdenken konnte. In den Ohren eines Gerichtsmediziners wie mir klingt das weder gruselig noch abfällig, denn niemand hat mehr Respekt vor den Toten als jemand, der mit ihnen arbeitet, sich ihre stillen Geschichten anhört und versucht, jenes geheime Abc des Toten zu entschlüsseln. Schließlich ist einziges Ziel dieser Beschäftigung mit dem Tod doch nur das, den Lebenden zu helfen. Genau das war auch vor gut zwanzig Jahren der Anstoß gewesen, die Body Farm ins Leben zu rufen: Man wollte wissenschaftliche Methoden erarbeiten, um die Todeszeit genauer bestimmen zu können. Seither verging kein Tag, an dem sich nicht Dutzende von Leichen in allen möglichen Stadien der Verwesung auf diesem waldreichen Areal befanden. Regelmäßig hatte auch ich mich dort aufgehalten und an Forschungsprojekten mitgewirkt, und wenn ich auch bei der Bestimmung der Todeszeit nie perfekt werden würde, so hatte ich doch deutliche Fortschritte gemacht.

Die Farm unterstand dem Institut für Anthropologie und hatte ihre Diensträume ausgerechnet im Keller des Football-Stadions; ihr Leiter war Dr. Lyall Shade. Um 8.15 Uhr ging ich, begleitet von Dr. Thomas Katz, die Stufen in den Keller hinunter. Der Weg führte uns am Zooarchäologischen Labor für Weichtiere und neotropische Primaten vorbei, an der Sammlung von Tamarins und Marmosetten und an mancherlei merkwürdigen Projekten, die mit römischen Ziffern versehen waren. An vielen Türen klebten Far-Side-Cartoons und markige Sprüche, über die ich lächeln musste. Dr. Shade saß an seinem Schreibtisch und studierte die Fragmente eines verkohlten menschlichen Knochens.

»Guten Morgen«, sagte ich.

»Guten Morgen, Kay«, erwiderte er mit zerstreutem Lächeln.

Dr. Shade machte seinem Namen alle Ehre, und nicht nur in einem nahe liegenden ironischen Sinn wegen des unterirdischen Schattenreichs, in dem er arbeitete. Er kommunizierte tatsächlich mit den Geistern der Verstorbenen, indem er ihr Fleisch und ihre Knochen zu sich sprechen ließ sowie das, was sie bei den monatelangen Untersuchungen sonst noch zu enthüllen wussten.

Doch Dr. Shade war trotz seiner gewaltigen Kompetenz ein bescheidener und introvertierter Mann von sehr sanftmütiger Art. Er war weit über sechzig, sein graues Haar war kurz geschnitten, sein Gesichtsausdruck freundlich und gedankenverloren. Er war groß, kräftig gebaut und wettergegerbt wie ein Farmer, was natürlich Anlass für weitere ironische Bemerkungen gab, und so war denn auch »Farmer Shade« einer seiner Spitznamen. Seine Mutter lebte in einem Altenheim und fertigte aus Stoffresten Ringe für die ordentliche Fixierung der Totenschädel an. Mir hatte er auch einmal welche geschickt; sie sahen zwar aus wie Doughnuts aus Kattun, waren aber sehr nützlich bei der Arbeit, weil Schädel eher unhandlich sind und ständig wegrollen, egal, wessen Gehirn sie einst beherbergt haben.

»Was haben wir denn da?« Ich trat näher und sah mir die Knochenstücke an, die mich an verbrannte Holzsplitter erinnerten.

»Eine ermordete Frau. Ihr Mann hat sie umgebracht und dann zu verbrennen versucht, und das ist ihm erstaunlich gut gelungen. Wirklich besser als in jedem Krematorium. Und doch hat er sich reichlich dumm angestellt. Das Feuer hat er nämlich im eigenen Hof gemacht.«

»Das war wirklich ziemlich dumm, würde ich sagen. Aber dumm ist auch ein Vergewaltiger, der seine Brieftasche am Tatort zurücklässt.«

»So einen Fall habe ich mal gehabt«, sagte Katz. »Erst bekomme ich einen Fingerabdruck aus dem Wagen des Opfers und bin mächtig stolz, bis ich höre, dass der Kerl seine Brieftasche auf dem Rücksitz liegen lassen hat. Der Fingerabdruck war danach nicht mehr so wichtig.«

»Was macht Ihr komischer Apparat?«, fragte Dr. Shade Katz.

»Reich werde ich damit nicht.«

»Immerhin hat er damit einen großen Fingerabdruck von einem Slip nehmen können«, sagte ich.

»Stimmt.« Katz lächelte stolz.

»Nun, Ihr Versuch steht, Dr. Scarpetta, und ich bin sehr neugierig darauf.« Shade erhob sich von seinem Stuhl.

»Sie haben es sich noch gar nicht angesehen?«, fragte ich.

»Nein, heute noch nicht. Für die endgültige Enthüllung haben wir auf Sie gewartet.«

»Natürlich, das tun Sie ja immer«, sagte ich.

»Und das bleibt auch in Zukunft so, es sei denn, Sie wollen ausdrücklich nicht dabei sein. Manche Leute wollen nicht.«

»Ich will immer dabei sein. Wenn ich erst mal nicht mehr will, sollte ich wohl den Beruf wechseln«, entgegnete ich.

»Das Wetter hat gut mitgespielt«, fügte Katz hinzu.

»Optimal sogar«, verkündete Dr. Shade erfreut. »Es war genau so, wie es in dem Zeitraum zwischen dem Verschwinden des Mädchens und dem Auffinden ihrer Leiche gewesen sein muss. Und wir hatten Glück mit den Leichen, denn ich brauchte ja zwei und fürchtete schon, dass das so kurzfristig nicht klappen würde. Sie wissen ja, wie das geht.«

Ich wusste es.

»Manchmal bekommen wir mehr, als wir brauchen können, und dann wieder gar keine«, fuhr Dr. Shade fort.

Wir gingen die Treppe hinauf. »Die beiden, die wir diesmal bekommen haben, haben eine traurige Geschichte hinter sich«, sagte Dr. Shade.

»Traurig sind die Geschichten doch eigentlich immer«, erwiderte ich.

»O ja, das stimmt. Er, der Mann, hatte Krebs und rief an, um zu fragen, ob er seine Leiche der Wissenschaft zur Verfügung stellen könne. Das bestätigten wir, und er füllte das entsprechende Formular aus. Dann ging er in den Wald und schoss sich eine Kugel in den Kopf. Am Morgen darauf trank seine Frau, der es auch nicht gut ging, ein ganzes Fläschchen mit einem starken Schlafmittel aus.«

»Und das sind also die beiden?« Mein Herz klopfte einen Moment lang etwas schneller, wie so oft, wenn ich derartige Geschichten zu hören bekam.

»Es passierte, unmittelbar nachdem Sie mir Ihren Plan eröffnet hatten, was natürlich sehr gut passte«, sagte Dr. Shade. »Na ja, die beiden haben wirklich ein gutes Werk getan.«

»Das haben sie.« Ich wünschte, ich könnte diesen armen kranken Menschen, die vor unerträglichen Schmerzen in den Tod geflohen waren, irgendwie danken.

Draußen stiegen wir in den großen weißen Lieferwagen mit Universitätswappen und Camperaufsatz, in dem Katz und Dr. Shade Leichen transportierten, die ihnen überlassen worden waren oder auf die niemand Anspruch anmeldete. Der Morgen war klar und frisch, der Himmel tiefblau.

Wir fuhren durch die Ausläufer der Smoky Mountains. Die Bäume strahlten in ihren herbstbunten Farben, und ich dachte an die Hütten, die ich oben an der unbefestigten Straße in der Nähe des Montrat-Tors gesehen hatte, an Deborah mit ihrem Silberblick, an Creed. Manchmal konnte ich nicht verstehen, dass die Welt so überwältigend schön und zugleich so entsetzlich sein konnte. Wenn ich es nicht bald verhinderte, würde Creed ins Gefängnis wandern. Auch um Marinos Leben fürchtete ich. In diesem Moment wusste ich, dass ich alles tun würde, um ihn nicht so enden sehen zu müssen wie Ferguson.

Plaudernd fuhren wir weiter und kamen kurz darauf an den Farmgebäuden vorbei, die zur Tierärztlichen Fakultät gehörten, und an den Mais- und Weizenfeldern, auf denen Agrarwissenschaftler experimentierten. Wie es Lucy in Edgehill wohl ging? Auch um sie hatte ich Angst. Anscheinend hatte ich um alle Angst, die ich mochte, ohne mich deshalb freilich anders zu verhalten als reserviert und logisch. Vielleicht war es meine größte Schwäche, dass ich nicht zeigen konnte, was ich zeigen sollte, und ich fürchtete, dass niemand je begreifen würde, wie sehr mir alles an die Substanz ging. Rechts und links der Straße pickten Krähen auf den Feldern. Die Sonne, die auf die Windschutzscheibe fiel, blendete mich.

»Was halten Sie von den Fotos, die ich Ihnen geschickt habe?«, fragte ich.

»Ich habe sie bei mir«, sagte Dr. Shade. »Wir haben ein paar Gegenstände unter den Körper des Mannes gelegt, um zu sehen, was passiert.«

»Nägel und ein Eisenrohr«, sagte Katz. »Einen Kronkorken, Münzen und anderes Metall.«

»Warum Metall?«

»Ich bin ziemlich sicher, dass es Metall war.«

»Hatten Sie eine Theorie, bevor Sie mit den Experimenten begannen?«

»Ja«, sagte Dr. Shade. »Das Mädchen hat auf etwas gelegen, das zu oxidieren anfing. Auch ihr Körper tat das gewissermaßen, nachdem sie tot war.«

»Was zum Beispiel? Was könnte zu diesem Mal geführt haben?«

»Das weiß ich wirklich nicht. In ein paar Minuten werden wir eine Menge mehr wissen. Aber die seltsame Verfärbung auf dem Hinterteil der Kleinen rührt von etwas her, das oxidierte, als sie darauf lag. Das ist jedenfalls meine Meinung.«

Wir bogen in einen Parkplatz ab, der für die Angestellten des Krankenhauses, zu dem er offenbar gehörte, im Sommer bestimmt sehr ungemütlich werden konnte. Um den gepflasterten Bereich lief ein hoher, ungestrichener Holzzaun, der oben mit Stacheldrahtrollen gesichert war, und hinter dem Zaun lag die »Farm«. Eine Wolke fauligen Geruchs schien die Sonne zu verfinstern, als wir ausstiegen. Sooft ich ihn auch gerochen hatte, gewöhnen konnte ich mich nie an ihn. Ich hatte gelernt, ihn nicht zu ignorieren, mich aber mental dagegen abzuschotten, wobei ich nie versuchte, ihn mit Zigarren, Parfüm oder dem branchenüblichen Mentholbalsam zu verdrängen. Gerüche gehörten zu den Dingen, durch die Tote zu uns sprachen, genau wie Narben oder Tätowierungen.

»Wie viele Gäste haben wir denn heute?«, fragte ich Dr. Shade, der in ein riesiges Vorhängeschloss am Gatter die Zahlenkombination eintippte.

»Vierundvierzig«, sagte er.

»Sie sind schon eine ganze Weile hier, bis auf Ihre beiden«, ergänzte Katz. »Die sind genau seit sechs Tagen bei uns.« Ich folgte den Männern in ihr bizarres Reich. Der Geruch war nicht allzu schlimm, weil die Luft die Leichen kühl hielt und der größte Teil der Kundschaft schon lange genug da war, um die übelsten Stadien des Verwesungsprozesses hinter sich zu haben. Trotzdem war das, was es zu sehen gab, ausgefallen genug, dass ich immer wieder stehen bleiben musste. Hier stand eine abgestellte Rollbahre, dort ein Leichenwagen, daneben stapelten sich rote Ziegel. Mehrere Leichen lagen in mit Plastikbändern gesicherten Gruben, von Steinblöcken unter Wasser gehalten. Alte rostende Wagen bargen faulende Überraschungen in ihrem Kofferraum oder hinter dem Steuer. Am Lenkrad eines weißen Cadillac saß zum Beispiel das nackte Skelett eines Mannes.

Das Gelände war offenbar dicht bevölkert, und alle passten sich so gut ihrer Umgebung an, dass ich sicher einige übersehen hätte, hätte nicht hier ein Goldzahn geglänzt oder dort ein offener Kiefer geklafft. Einzelne Knochen lagen herum wie Kraut und Rüben. Aber es gab wohl keinen mehr, der sich an dieser despektierlichen Unordnung gestört hätte, außer vielleicht die ehemaligen Besitzer amputierter Gliedmaßen, die hoffentlich noch unter den Lebenden weilten.

Unter einem Maulbeerbaum lag ein Schädel und grinste mich an; das Einschussloch zwischen den Augenhöhlen sah aus wie ein drittes Auge. Nicht weit davon entfernt das Musterexemplar eines Schädels mit rosa Zähnen – wahrscheinlich Folge einer Hämolyse oder der Auflösung der roten Blutkörperchen, jedenfalls aber ein Phänomen, das immer noch bei jeder forensischen Debatte Anlass für Auseinandersetzungen ist. Der Boden war übersät mit Walnüssen, gegessen hätte ich jedoch keine davon, weil der Tod hier den Boden regelrecht durchtränkt hatte und alle möglichen Körperflüssigkeiten in das Erdreich dieser Hügel gesickert waren. Der Tod wohnte hier im Wasser und im Wind, zog hinauf zu den Wolken, regnete auf die Farm herab, und die Tiere, die hier lebten, waren längst übersättigt davon. Sie fraßen nicht einmal mehr alles auf, was sie hier fanden, denn das Angebot war überreichlich.

Katz und Dr. Shade hatten für mich zwei Versuche angeordnet. Einer simulierte den Verwesungsprozess in einem Keller; hier wurden die Veränderungen nach Eintritt des Todes in dunkler, kalter Umgebung beobachtet. Für den anderen Versuch dagegen hatte man eine Leiche unter den gleichen Bedingungen und für die gleiche Zeit im Freien deponiert. Der Keller-Versuch fand in dem einzigen Gebäude statt, das sich auf dem Gelände der Farm befand, nicht mehr als ein ziegelgedeckter Schuppen. Unsere Versuchsperson, der krebskranke Ehemann, lag darin auf einem Zementsockel. Über die Leiche hatte man eine Sperrholzkiste gestülpt, um sie vor Tieren und Wetterschwankungen zu schützen. Täglich waren Fotos gemacht worden, die Dr. Shade mir jetzt zeigte. Die ersten Tage hatten keine erkennbaren Veränderungen der Leiche mit sich gebracht, dann aber fiel mir auf, dass Augen und Finger langsam austrockneten.

»Sind Sie jetzt so weit?«, fragte Dr. Shade.

Ich schob die Fotos in den Umschlag zurück. »Ja. Schauen wir ihn uns einmal an.«

Sie hoben die Kiste hoch, und ich hockte mich neben die Leiche, um sie mir genau anzusehen. Der Mann war klein und dünn gewesen. Bei seinem Tod hatte er einen weißen Stoppelbart am Kinn getragen, und seinen Arm zierte eine perfekte Popeye-Tätowierung mit Anker. Nach sechs Tagen in seiner Sperrholzkrypta waren die Augen des Mannes eingesunken, die Haut war teigig geworden, und der linke untere Quadrant war verfärbt.

Seine Frau dagegen hatte sich nicht annähernd so gut gehalten, obwohl die Witterungsbedingungen außerhalb der Hütte denen im Innern sehr ähnlich waren. Allerdings hatte es nach

Aussage meiner Kollegen ein- oder zweimal geregnet, und zeitweise war die Tote der Sonne ausgesetzt gewesen. Bussardfedern in der Umgebung erklärten einige der Verletzungen der Leiche. Außerdem war die Haut der Toten viel stärker verfärbt, wirkte sehr schlaff und zeigte keinerlei Ansätze von Teigigkeit.

Schweigend sah ich sie mir eine Weile an. Sie lag zwischen Bäumen nackt auf dem Rücken, nicht weit von der Hütte entfernt. Blätter von Robinien, Walnuss- und Eisenholzbäumen waren ihre Unterlage. Die Tote wirkte älter als ihr Mann. Ihr Körper war vom Alter so gebeugt und verschrumpelt, dass er aussah, als habe er sich auf den Status eines androgynen Kindes zurückentwickelt. Sie hatte pinkfarben lackierte Fingernägel, trug ein künstliches Gebiss und hatte durchstochene Ohrläppchen.

»Wenn Sie sich das hier ansehen wollen«, rief Katz aus der Hütte herüber. »Wir haben ihn umgedreht.«

Ich kehrte zu Katz und Dr. Shade zurück und hockte mich wieder neben die männliche Leiche. Dr. Shade richtete seine Taschenlampe auf die Male am Hinterteil. Die Stelle, die das Eisenrohr verursacht hatte, war leicht als solche zu erkennen, während die Nägel gerade rote Streifen als Spuren hinterlassen hatten, die eher wie Verbrennungen aussahen. Die Abdrücke der Münzen fanden unser größtes Interesse, vor allem einer, der von einem Fünfundzwanzig-Cent-Stück stammte. Wenn man ihn sich ganz genau ansah, waren auf der Haut des Mannes schwach Teile des Abdrucks eines Adlers zu erkennen. Zum Vergleich zog ich Emilys Foto aus der Tasche.

»Wir haben herausbekommen«, sagte Dr. Shade, »dass aufgrund der Unreinheit des Metalls eine ungleichmäßige Oxidation der Münze stattfand, als der Körper darauf lag. Folge sind diese leeren Stellen und ein ungleichmäßiger Abdruck, sehr ähnlich dem einer Schuhsohle. Gewöhnlich ist auch der ja nicht vollständig, es sei denn, das Gewicht des Körpers ist völlig gleichmäßig auf einer absolut ebenen Oberfläche verteilt.«

»Gibt es Vergrößerungen von den Steiner-Fotos?«, fragte Katz.

»Das FBI-Labor ist dabei«, sagte ich.

»Das kann lange dauern«, sagte Katz. »Sie sind immer weit im Rückstand mit der Arbeit, und es wird ständig mehr, da die Zahl der Fälle rapide zunimmt.«

»Und man weiß ja, wie knapp das Budget ist.«

»Wir sind blank bis auf die Knochen.«

»Fürwahr, welch passende Bezeichnung!«

Tatsächlich hatte ich für dieses Experiment aus eigener Tasche einen Beitrag geleistet und den Sperrholzkasten finanziert. Auch eine mobile Klimaanlage hatte ich angeboten, aber wegen des Wetters war sie nicht benötigt worden.

»Es ist verdammt schwer, Politiker für das zu begeistern, was wir hier draußen tun. Oder für das, was Sie machen, Kay.«

»Das Problem dabei ist, dass Tote nicht zur Wahl gehen«, sagte ich.

»Ich habe von Fällen gehört, wo das doch passiert ist.«

Wir fuhren über den Neyland Drive zurück, und als ich an einer Biegung den hinteren Zaun der Farm über den Baumkronen sah, fiel mir Styx, der Fluss aus der Mythologie, ein. Wenn man ihn überquerte, landete man dort, wo der Mann und die Frau aus unserem Experiment gelandet waren. Insgeheim dankte ich den beiden, denn was waren die Toten in unseren Händen schon anderes als schweigende Armeen, die wir antreten ließen zur Rettung der Lebenden?

»Zu schade, dass Sie nicht früher kommen konnten«, sagte Katz, liebenswürdig wie immer.

»Sie haben gestern ein tolles Spiel verpasst«, ergänzte Dr. Shade.

»Mir ist, als wäre ich dabei gewesen«, erwiderte ich.

19

Ich hielt mich nicht an Wesleys Rat und kehrte in mein altes Zimmer im *Hyatt* zurück. Ich hatte nicht vor, den Rest des Tages mit dem Umzug in ein anderes Hotel zu verbringen. Schließlich hatte ich eine Menge Anrufe zu erledigen und ein Flugzeug zu erreichen.

Doch ich war sehr wachsam, als ich durch die Lobby zum Aufzug ging, beobachtete jede Frau. Dann wurde mir bewusst, dass ich natürlich auch auf Männer achten musste, denn Denesa Steiner war sehr gerissen. Sie hatte ein Leben der Verstellung und der Intrigen gelebt, und ich wusste nur allzu gut, wie intelligent das Böse sein kann.

Auf dem Weg zu meinem Zimmer war mir niemand aufgefallen. Dennoch holte ich den Revolver aus der Aktentasche, die ich bei meinem Gepäck zurückgelassen hatte, und legte ihn neben mich, als ich mich zum Telefonieren auf das Bett setzte. Als Erstes rief ich das *Green Top* an. Jon meldete sich und war sehr nett. Er hatte mich schon oft bedient, und ich stellte ihm ohne Umschweife meine Fragen über meine Nichte.

»Ich kann Ihnen gar nicht sagen, wie Leid es mir tut«, sagte er. »Ich konnte es einfach nicht glauben, als ich die Zeitung las.«

»Lucy geht es gut«, sagte ich. »Ihr Schutzengel war bei ihr an jenem Abend.«

»Sie ist eine ganz besondere junge Dame. Sie müssen stolz auf sie sein.«

Mir wurde plötzlich bewusst, dass ich mir dessen nicht mehr so sicher war, und dieser Gedanke erschreckte mich. »Jon, ich muss ein paar wichtige Dinge wissen. Waren Sie im Laden, als sie an dem Abend in Ihr Geschäft kam und die Sig kaufte?«

»Sicher. Ich habe sie ihr selbst verkauft.«

»Wollte sie sonst noch etwas haben?«

»Ein zusätzliches Magazin und einige Schachteln Hohlspitzgeschosse. Hmm. Ich glaube, es waren Federal Hydra-Shok. Ja, ziemlich sicher. Und sonst? Ich habe ihr ein Uncle-Mike-Holster verkauft und für das Fußgelenk das gleiche, das ich Ihnen letztes Frühjahr verkauft habe. Bianchi, ein Spitzenmodell aus Leder.«

»Wie hat sie bezahlt?«

»Bar. Das hat mich, ehrlich gesagt, ein wenig überrascht. Die Rechnung war ziemlich hoch, wie Sie sich vorstellen können.«

Lucy hatte in den letzten Jahren einiges zusammengespart, und zu ihrem einundzwanzigsten Geburtstag hatte sie einen dicken Scheck von mir bekommen. Aber sie besaß auch Kreditkarten. Ich vermutete, dass sie sie nicht benutzt hatte, damit ihr Einkauf nicht registriert wurde, und das überraschte mich wiederum nicht unbedingt. Sie war ein eher misstrauischer und ängstlicher Typ und litt mit Sicherheit bereits an jener berufsbedingten Paranoia, die die meisten Leute im Polizeidienst entwickeln. Für Leute wie uns ist jeder ein Verdächtiger; wir neigen zu Überreaktionen, schauen ständig über die Schulter zurück und verwischen unsere Spuren, sobald wir auch nur die leiseste Bedrohung erahnen.

»Hatte Lucy sich vorher angemeldet, oder kam sie so vorbei?«, fragte ich.

»Sie hat vorher angerufen und genau gesagt, wann sie hier sein würde. Sie hat sogar noch einmal angerufen, um das zu bestätigen.«

»Hat sie beide Male mit Ihnen gesprochen?«

»Nein, nur beim ersten Mal. Den zweiten Anruf hat Rick angenommen.«

»Können Sie genau wiedergeben, was sie bei ihrem ersten Anruf gesagt hat?«

»Nicht ganz. Sie sagte, sie habe mit Captain Marino gesprochen, und der habe ihr die Sig P230 empfohlen und auch, dass sie sie bei mir kaufen soll. Wie Sie vielleicht wissen, gehe ich mit dem Captain angeln. Wie dem auch sei, sie fragte, ob ich am Mittwoch gegen acht Uhr abends hier sei.«

»Erinnern Sie sich an den Tag, an dem sie anrief?«

»Also, das war einen oder zwei Tage vor dem geplanten Besuch. Ich glaube, am Montag davor. Übrigens habe ich sie auch gefragt, ob sie schon einundzwanzig sei.«

»Hat sie Ihnen gesagt, dass sie meine Nichte ist?«

»Das hat sie, und sie erinnert mich sehr an Sie – sogar Ihre Stimmen klingen sehr ähnlich. Sie haben beide eine tiefe, ruhige Stimme. Ich war beeindruckt von ihr am Telefon. Äußerst intelligent und freundlich. Sie schien sich mit Waffen auszukennen, und es wurde deutlich, dass sie recht umfangreiche praktische Erfahrungen im Schießen hatte. Sie hat mir auch gesagt, dass der Captain ihr mehrmals Unterricht gegeben hat.«

Ich war erleichtert, dass Lucy sich als meine Nichte zu erkennen gegeben hatte. Das hieß, es war ihr nicht besonders wichtig gewesen, den Waffenkauf vor mir zu verheimlichen. Auch von Marino hätte ich es erfahren können. Traurig machte mich nur, dass sie nicht vorher mit mir gesprochen hatte.

»Jon«, fuhr ich fort, »Sie sagten, sie hat noch einmal angerufen. Können Sie mir darüber noch etwas sagen? Vor allem, wann das war?«

»An demselben Montag. Vielleicht ein paar Stunden später.«

»Und sie hat sich mit Rick unterhalten?«

»Ganz kurz nur. Ich erinnere mich, dass ich einen Kunden bediente und Rick ans Telefon ging. Er sagte, da sei eine Miss Scarpetta am Apparat. Sie könne sich nicht mehr erinnern, für wann wir verabredet waren. Ich sagte, Mittwochabend um acht, und er richtete es ihr aus. Das war schon alles.«

»Augenblick mal«, sagte ich. »Wie hat sie sich gemeldet?«

Jon zögerte. »Ich weiß nicht, worauf Sie hinauswollen.«

»Lucy hat sich *Scarpetta* genannt, als sie das zweite Mal anrief?«

»So hat Rick es mir gesagt. Er sagte nur, da sei eine Miss Scarpetta am Telefon.«

»Ihr Nachname ist nicht Scarpetta.«

»Oje«, sagte er nach einer Schrecksekunde. »Sie machen Witze. Ich hatte das angenommen. Also, das ist ja seltsam.«

Ich überlegte. Lucy hatte wohl Marino angepiepst. Der hatte dann zurückgerufen, höchstwahrscheinlich vom Haus der Steiner aus. Denesa Steiner musste angenommen haben, dass er mit mir sprach. Sie musste einfach nur warten, bis Marino aus dem Zimmer war. Dann rief sie die Auskunft an und ließ sich die Nummer von *Green Top* geben. Dann brauchte sie nur noch dort anzurufen und ihre Fragen zu stellen. Ein seltsames Gefühl der Erleichterung stieg in mir auf, vermischt mit Wut. Denesa Steiner hatte nicht Lucy töten wollen, genauso wenig wie Carrie Grethen oder sonst wer. Ich sollte das Opfer sein.

Ich stellte Jon noch eine letzte Frage. »Ich möchte Sie nicht in Verlegenheit bringen, aber schien Lucy Ihnen angetrunken, als Sie sie bedienten?«

»Wenn ja, hätte ich ihr nichts verkauft.«

»Wie hat sie sich benommen?«

»Sie war in Eile, scherzte aber herum und war sehr nett.« Wenn Lucy über Monate oder länger so viel getrunken hatte, wie ich vermutete, konnte sie auch bei 1,2 Promille noch den Anschein erwecken, normal zu funktionieren. Dennoch wären ihr Urteilsvermögen und ihre Reflexe beeinträchtigt gewesen. Auf die Ereignisse auf der Straße hätte sie nicht mehr adäquat reagiert. Ich hängte ein und wählte die Nummer der *Ashville Citizen Times*. In der Lokalredaktion sagte man mir, den Bericht über den Unfall habe eine Linda Mayfair geschrieben. Zum Glück hatte sie Dienst und war gleich am Apparat.

»Hier ist Dr. Kay Scarpetta«, sagte ich.

»Oh! Was kann ich für Sie tun?« Ihre Stimme klang sehr jung.

»Ich habe eine Frage zu einem von Ihnen verfassten Bericht. Es ging um einen Unfall mit meinem Wagen in Virginia. Ist Ihnen klar, dass Ihre Äußerung, ich sei die Fahrerin gewesen und anschließend wegen Alkohols am Steuer festgenommen worden, eine Fehlmeldung war?« Ich sprach sehr ruhig, aber bestimmt.

»O ja, Ma'am. Es tut mir wirklich Leid. Aber darf ich Ihnen sagen, was passiert ist? Sehr spät am Abend kam telefonisch eine kurze Meldung über den Unfall herein. In der hieß es nur, der Wagen, ein Mercedes, sei als Ihrer identifiziert worden. Man nahm an, Sie seien die Fahrerin, und es sei Alkohol im Spiel gewesen. Zufällig saß ich noch spät in der Redaktion, um einen anderen Artikel fertig zu machen. Da kam der Nachtredakteur mit dem Seitenabzug herein. Er sagte, ich solle den Bericht einfügen, wenn ich sicher sei, dass Sie die Fahrerin waren. Doch wir waren kurz vor dem Andruck, und ich fürchtete, die entsprechende Bestätigung nicht mehr zu bekommen. Dann wurde mir aus heiterem Himmel ein Anruf durchgestellt. Es war eine Frau. Sie sagte, sie sei mit Ihnen befreundet und rufe aus einem Krankenhaus in Virginia an. Sie wolle nur mitteilen, dass Sie bei dem Unfall nur leicht verletzt worden seien. Sie meinte, wir sollten das wissen, da einige Ihrer Kollegen hier bei uns noch mit dem Fall Steiner beschäftigt seien. Sie wolle nicht, dass wir von anderer Seite von dem Unfall hören und dann Dinge drucken, die Ihre Kollegen in Aufregung versetzen, wenn sie die Zeitung lesen.«

»Und Sie haben die Aussage einer Unbekannten für bare Münze genommen und die Geschichte so gebracht?«

»Sie hat mir ihren Namen gegeben und ihre Telefonnummer, und beides stimmte. Und wenn sie Sie nicht gekannt hätte, wie hätte sie dann von dem Unfall wissen können und dass Sie an dem Fall Steiner arbeiten?«

Das alles hätte sie sehr wohl wissen können, wenn es sich um Denesa Steiner gehandelt hatte, die von einer Telefonzelle in Virginia aus anrief, kurz nach dem Versuch, mich umzubringen.

»Wie haben Sie ihren Anruf überprüft?«

»Ich habe sofort zurückgerufen. Sie hat sich gemeldet. Es war eine Vorwahl aus Virginia.«

»Haben Sie die Nummer noch?«

»Ja, doch, ich glaube schon. Sie müsste auf meinem Notizblock stehen.«

»Könnten Sie mal nachsehen?«

Ich hörte sie blättern und herumwühlen. Es dauerte einige Zeit, dann sagte sie mir die Nummer durch.

»Vielen Dank. Ich hoffe, Sie haben eine Richtigstellung gebracht«, sagte ich. Die junge Journalistin war spürbar eingeschüchtert. Eigentlich tat sie mir Leid, und ich glaubte nicht, dass sie die Absicht gehabt hatte, mir zu schaden. Sie war einfach jung und unerfahren und sicher nicht in der Lage, mit einer Psychopathin mitzuhalten, die es auf mich abgesehen hatte.

»Wir haben am nächsten Tag eine Richtigstellung gedruckt. Ich kann Ihnen eine Kopie schicken.«

»Das ist nicht nötig«, sagte ich, und plötzlich fielen mir wieder die Reporter ein, die bei der Exhumierung aufgetaucht waren. Ich wusste, wer ihnen den Tipp gegeben hatte: Mrs. Steiner. Sie konnte einfach nicht widerstehen, wenn sie die Möglichkeit witterte, Aufmerksamkeit zu erregen.

Bei der Nummer, die ich von der Reporterin hatte, hob lange niemand ab. Schließlich meldete sich ein Mann.

»Entschuldigen Sie«, sagte ich.

»Hallo?«

»Ja, ich möchte wissen, wo sich dieses Telefon befindet.«

»Welches Telefon? Ihres oder meines?« Der Mann lachte. »Wenn Sie nämlich nicht wissen, wo sich Ihres befindet, stecken Sie in Schwierigkeiten.«

»Ihres.«

»Ich stehe hier an einem Münztelefon vor dem Safeway-Supermarkt und wollte gerade meine Frau anrufen und fragen, was für ein Eis ich mitbringen soll. Sie hatte vergessen, es mir zu sagen. Da klingelte das Telefon, und ich nahm ab.«

»Welcher Safeway?«, fragte ich. »Und wo?«

»An der Cary Street.«

»In *Richmond*?« Mir fuhr ein Schreck in die Glieder.

»Ja. Von wo rufen Sie an?«

Ich bedankte mich, hängte ein und lief im Zimmer auf und ab. Sie war in Richmond gewesen. Warum? Um zu erkunden, wo ich wohnte? War sie vielleicht sogar an meinem Haus vorbeigefahren?

Ich schaute in den hellen Nachmittag hinaus. Der klare blaue Himmel und die bunten Farben der Blätter schienen ausdrücken zu wollen, dass böse Dinge wie diese gar nicht passieren können. In Wirklichkeit gab es gar keine dunklen Kräfte, die in der Welt am Werk waren, und die schreckliche Wahrheit, auf die ich gestoßen war, war nur ein Hirngespinst. Doch immer befielen mich dieselben Zweifel, wenn das Wetter so traumhaft war, wenn Schnee fiel oder die Stadt weihnachtlich beleuchtet und von Musik erfüllt war. Ich würde weiterhin Morgen für Morgen ins Leichenschauhaus gehen, wo neue Fälle auf mich warteten, Vergewaltigte und Erschossene, Opfer von Unfällen, die aus reiner Unachtsamkeit entstanden.

Bevor ich das Zimmer räumte, rief ich im FBI-Labor an. Überraschenderweise war der wissenschaftliche Mitarbeiter, dem ich eigentlich eine Nachricht hinterlassen wollte, anwesend, aber in meinem Beruf gibt es viele, die anscheinend immer arbeiten, und Wochenenden scheint es nur für die anderen zu geben.

»Ich habe tatsächlich alles mit den Fotos gemacht, was ich konnte«, sagte er und meinte damit die Verbesserung der Bildschärfe, an der er seit Tagen arbeitete.

»Nichts herausgekommen?«, fragte ich enttäuscht.

»Ich habe es ein bisschen ausgefüllt. Es ist etwas klarer geworden, aber ich kann nicht im mindesten erkennen, was das sein soll.«

»Wie lange sind Sie heute noch im Labor?«

»Eine oder zwei Stunden.«

»Wo wohnen Sie?«

»In Aquia Harbor.« Mir hätte der tägliche Pendelverkehr dorthin keinen Spaß gemacht, aber eine erstaunlich große Zahl Washingtoner Agenten wohnen dort mit ihren Familien – oder in Stafford und Montclair. Aquia Harbor lag etwa eine halbe Stunde Fahrt von Wesleys Haus entfernt.

»Ich bitte Sie gar nicht gern darum«, fuhr ich fort. »Aber es ist äußerst wichtig, dass ich so bald wie möglich einen Abzug von dieser Vergrößerung bekomme. Könnten Sie ihn wohl bei Benton Wesley vorbeibringen? Es wäre ein Umweg von etwa einer Stunde für Sie.«

Er zögerte und sagte dann: »Das ginge, wenn ich gleich losfahre. Ich rufe ihn zu Hause an und lasse mir den Weg beschreiben.«

Ich griff nach meiner Reisetasche und packte. Den Revolver legte ich erst hinter der verschlossenen Tür der Damentoilette im Flughafen von Knoxville in die Aktentasche zurück, dann ging ich durch die Routinekontrolle und gab an, was in der Reisetasche war. Sie wurde mit dem üblichen orangefarben fluoreszierenden Anhänger gekennzeichnet, und wieder fiel mir das sonderbare Gewebeband im Steiner-Fall ein. Warum hatte Denesa Steiner ausgerechnet dieses grell orangefarbene Band benutzt, und woher hatte sie es? Ich sah keine Verbindungen zwischen ihr und Attica. Nein, das Gefängnis von Attica hatte mit diesem Fall nichts zu tun, dessen war ich mir ziemlich sicher.

An Bord der kleinen Propellermaschine nahm ich meinen Sitz am Gang ein und war so sehr in meinen Überlegungen gefangen, dass ich nichts von der Spannung bemerkte, die sich unter den übrigen, etwa zwanzig Passagieren breit gemacht hatte.

Dann bemerkte ich plötzlich, dass Polizei an Bord war. Einer der Beamten sagte etwas zu jemandem draußen vor der Maschine, während sein Blick schnell und verstohlen von einem Gesicht zum anderen wanderte. Ich kannte diese Auftritte sehr gut und fragte mich, wachsam geworden, wer wohl der Gesuchte sein und was er getan haben mochte. Blitzschnell ging ich die Möglichkeiten durch, wie ich reagieren würde, wenn er plötzlich von seinem Sitz aufspringen und losrennen würde. Ich würde ihm ein Bein stellen. Oder ich würde ihn von hinten festhalten, wenn er vorbeikäme. Es waren drei Beamte, die nun, keuchend und schwitzend, den Gang entlangkamen. Einer blieb vor mir stehen. Sein Blick fiel auf meinen Gürtel. Ehe ich mich's versah, legte er die Hand an seine halbautomatische Pistole und entsicherte sie. Ich rührte mich nicht.

»Ma'am«, sagte er in höchst offiziellem Polizeiton, »Sie müssen mit mir kommen.«

Ich erschrak.

»Ist das Ihr Gepäck dort unter dem Sitz?«

»Ja.« Adrenalin schoss mir ins Blut. Die übrigen Passagiere waren verstummt. Der Beamte bückte sich schnell und zog meine Handtasche und die Reisetasche hervor, ohne mich dabei auch nur eine Sekunde aus den Augen zu lassen. Ich stand auf, und sie führten mich hinaus. Was war geschehen? Mein erster Gedanke war, dass mir jemand Drogen in die Tasche geschmuggelt haben musste. Das konnte nur Denesa Steiner gewesen sein. Hektisch sah ich mich auf der Rollbahn um, suchte die Fensterscheiben des Terminals ab. Ich hielt Ausschau nach jemandem, der mich beobachtete, nach einer Frau, die sich im Schatten hielt und es genoss, mich erneut in eine schwierige Situation gebracht zu haben. Jemand vom Bodenpersonal in rotem Overall zeigte auf mich. »Das ist sie!«, sagte er aufgeregt. »Es ist an ihrem Gürtel!«

Jetzt wusste ich gleich, worum es ging.

»Das ist nur ein Funktelefon.« Ich hob vorsichtig die Ellbogen, damit sie mir unter die Jacke schauen konnten. Wenn ich Hosen trug, hatte ich das Funktelefon oft am Gürtel. Dann musste ich nicht immer in meinen Taschen danach graben.

Einer der Polizeibeamten rollte die Augen. Der Mann vom Bodenpersonal sah ihn völlig entgeistert an.

»Oh, nein«, sagte er. »Es sah genau wie eine Neun-Millimeter aus. Ich hatte früher mal mit FBI-Agenten zu tun, und sie sieht genau wie eine Neun-Millimeter aus.«

Ich starrte ihn nur an.

»Ma'am«, sagte ein Beamter, »haben Sie in einer dieser Taschen eine Waffe?«

Ich schüttelte den Kopf. »Nein, habe ich nicht.«

»Es tut uns wirklich Leid, aber er dachte, sie hätten eine Waffe am Gürtel, und als die Piloten die Passagierliste durchgingen, fanden sie niemanden, der berechtigt gewesen wäre, im Flugzeug eine Waffe zu tragen.«

»Hat Ihnen jemand gesagt, dass ich eine Waffe trage?«, wollte ich von dem Mann im Overall wissen. »Und wenn ja, wer?« Ich blickte mich erneut um.

»Nein. Niemand. Ich glaubte, sie zu sehen, als Sie vorbeigingen«, fuhr er lahm fort. »Es ist wegen des schwarzen Etuis, in dem es steckt. Es tut mir sehr Leid.«

»Ist schon in Ordnung«, sagte ich. Mein freundlicher Ton klang angestrengt. »Sie haben nur Ihren Job gemacht.«

»Sie können wieder in die Maschine zurück«, sagte einer der Beamten zu mir.

Als ich wieder auf meinem Platz saß, zitterte ich so heftig, dass mir fast die Knie schlotterten. Alles starrte mich an, aber ich wich den Blicken aus und versuchte mich auf meine Zeitung zu konzentrieren.

Der Pilot war so aufmerksam, zu erklären, was vorgefallen war. »Sie war mit einem Neun-Millimeter-Funktelefon bewaffnet«, sagte er zu der Verspätung, und alle lachten.

Zumindest diesen Zwischenfall konnte ich Denesa Steiner nicht anhängen, doch musste ich zu meiner Verblüffung feststellen, dass ich das ganz automatisch getan hatte. Denesa Steiner hatte mein Leben unter Kontrolle. Menschen, die ich liebte, machte sie sich zum Faustpfand. Sie hatte es geschafft, über das zu bestimmen, was ich dachte und unternahm, und sie war mir ständig auf den Fersen. Vor allem diese Entdeckung machte mich krank, machte mich regelrecht verrückt.

Eine Hand berührte sanft meinen Arm, und ich zuckte erschrocken zusammen. »Wir bedauern das wirklich sehr«, sagte eine Stewardess leise. Sie war hübsch und hatte dauergewelltes blondes Haar. »Dürfen wir Ihnen wenigstens einen Drink anbieten?«

»Nein, danke«, sagte ich.

»Möchten Sie vielleicht einen Snack? Leider haben wir nur Erdnüsse.«

Ich schüttelte den Kopf. »Machen Sie sich keine Gedanken. Schließlich hofft doch jeder, dass alles ausgeschlossen wird, was die Sicherheit der Passagiere gefährden könnte.« Meine Gedanken waren mit ganz anderen Dingen beschäftigt, die nichts mit der Situation zu tun hatten, aber ich fand offenbar doch die richtigen Worte.

»Es ist nett, dass Sie so verständnisvoll sind«, sagte die Stewardess.

Bei Sonnenuntergang landeten wir in Asheville. Das einzige Förderband in der kleinen Gepäckausgabe brachte mir bald meine Aktentasche. Wieder begab ich mich in die Damentoilette, holte den Revolver heraus und legte ihn in meine Handtasche. Dann ging ich hinaus, stellte mich an den Bordstein und rief ein Taxi. Der Fahrer war ein alter Knabe mit einer Strickmütze auf dem Kopf, die er tief über beide Ohren gezogen hatte. Seine Nylonjacke war schäbig und an den Bündchen verschlissen, die Hände auf dem Steuer wirkten derb. Eindringlich erklärte er mir, dass es ein gutes Stück bis Black Mountain sei und dass er sich meinetwegen Sorgen wegen des Fahrpreises mache; es könnten an die zwanzig Dollar werden. Ich beruhigte ihn. Von der warmen Luft aus dem Gebläse fingen mir die Augen an zu tränen, und ich schloss sie.

Langsam trug mich der alte rotweiße Dodge, dessen Dröhnen mich an das Flugzeug erinnerte, das ich gerade verlassen hatte, jener Stadt entgegen, die in ihren Grundmauern erschüttert worden war, ohne sich dessen bewusst zu sein. Ihre Bewohner hatten noch nicht die leiseste Ahnung, was bei ihnen mit dem kleinen Mädchen, das mit seiner Gitarre auf dem Heimweg gewesen war, tatsächlich passiert war, und ebenso wenig konnten sie auch nur ahnen, was mit uns geschah, die sie zu Hilfe gerufen hatten.

Wir würden einer nach dem anderen vernichtet werden, denn dieser Feind hatte die unheimliche Fähigkeit, die Stellen aufzuspüren, an denen wir schwach und verletzlich waren. Marino war der Gefangene und Waffenträger dieser Frau. Meine Nichte, die für mich wie eine Tochter war, war am Kopf verletzt worden und wie durch ein Wunder mit dem Leben davongekommen; sie befand sich in einer Entziehungsanstalt. Ein einfacher Mann, der Fußböden wischte und in den Bergen schwarz gebrannten Schnaps trank, stand kurz davor, für ein furchtbares Verbrechen gelyncht zu werden, das er nicht begangen hatte. Mote würde krankheitshalber in den vorzeitigen Ruhestand treten. Und Ferguson war tot.

Das Böse breitete sich aus wie ein Baum, dessen Äste mein Inneres verdunkelten. Wo dieses Böse begonnen hatte und wo es enden würde, ließ sich nicht sagen; auch fürchtete ich eine zu genaue Analyse dieses Problems, weil es mich an einer Stelle vielleicht schon eingeholt hatte. Ich mochte den Gedanken nicht, dass ich keinen Boden mehr unter den Füßen haben sollte.

»Ma'am, kann ich noch etwas für Sie tun?« Vage wurde mir bewusst, dass der Fahrer mit mir sprach.

Ich schlug die Augen auf. Wir standen vor dem *Travel-Eze*, und ich hätte nicht einmal sagen können, wie lange schon. »Ich wecke Sie ja nicht gern. Aber es wäre viel bequemer für Sie, ins Bett zu gehen, statt hier draußen zu sitzen. Und vielleicht auch billiger.«

Am Empfang begrüßte mich wieder der strohblonde Angestellte und checkte mich ein. Als er fragte, welche Seite des Motels ich vorzöge, fiel mir ein, dass man von einer Seite den Blick auf Emilys frühere Schule hatte, von der anderen die Aussicht auf die Interstate. Die Berge sah man von allen Seiten; tagsüber leuchteten sie hell, nachts hoben sie sich schwarz gegen den Sternenhimmel ab.

»Einfach irgendein Nichtraucherzimmer. Ist Pete Marino noch hier?«, fragte ich.

»Sicher. Aber er kommt nicht oft vorbei. Wollen Sie ein Zimmer in seiner Nähe?«

»Nein, lieber nicht. Er raucht, und ich möchte so weit entfernt von ihm sein wie möglich.« Natürlich war das nicht der wahre Grund.

»Dann bringe ich Sie in einem anderen Flügel unter.«

»Das wäre nett. Und wenn Benton Wesley eintrifft, möchte er mich bitte gleich in meinem Zimmer anrufen.« Dann bat ich den Portier noch, mir für den nächsten Morgen einen Mietwagen mit Airbag zu besorgen.

Ich ging in mein Zimmer, schloss ab, legte die Türkette vor und schob einen Stuhl unter den Türknauf. Den Revolver legte ich auf den Toilettendeckel und nahm dann ein langes, heißes

Bad mit einigen Tropfen meines Parfüms im Wasser. Der schwere Duft streichelte mich wie warme, liebevolle Hände, breitete sich über meinen Hals und das Gesicht aus bis hinauf zu den Haaren. Zum ersten Mal seit langem überkam mich ein tröstliches Gefühl. Ab und zu ließ ich heißes Wasser nachlaufen. Die Tropfen des süßen, öligen Parfüms tanzten wie kleine Wolken auf der Oberfläche. Den Duschvorhang hatte ich zugezogen, und so lag ich lange Zeit traumverloren in dieser abgeschiedenen duftenden kleinen Welt.

Wie oft ich meine Liebesnächte mit Benton Wesley schon durchlebt hatte, konnte ich nicht mehr zählen; auch fiel es mir schwer, mir einzugestehen, wie oft sich diese Bilder vor mein Bewusstsein geschoben hatten, bis ich nicht mehr widerstehen konnte und mich ihnen hingab. Sie waren machtvoller als alles, was ich bisher erlebt hatte. Unsere erste Begegnung hier war mir noch in allen Einzelheiten im Gedächtnis, auch wenn es nicht genau in diesem Zimmer gewesen war. Doch die Nummer jenes Zimmers hatte ich mir eingeprägt, und ich würde sie nie vergessen.

Ich hatte in meinem Leben nur wenige Liebhaber gehabt, doch alle waren eindrucksvolle Männer gewesen, nicht unsensibel und in einem bestimmten Maße auch fähig zu begreifen, dass ich zwar eine Frau war, aber anders als andere. Mein Körper und meine Gefühle waren die einer Frau, doch waren sie gepaart mit der Kraft und der Dynamik eines Mannes. Wer mir Grenzen setzen wollte, setzte sie sich selbst. Und so hatten sie alle ihr Bestes gegeben, sogar mein Ex-Ehemann Tony, der der vergleichsweise am wenigsten weit entwickelte unter ihnen gewesen war, und Sexualität gestaltete sich für beide Seiten als erotischer Wettbewerb. Wie zwei gleich starke Wesen, die sich im Dschungel getroffen hatten, waren wir aufeinander gestürzt und hatten uns ebenso viel genommen wie gegeben.

Benton jedoch war so anders, dass ich es noch immer nicht glauben konnte. Unsere männlichen und weiblichen Komponenten hatten sich auf eine nie erlebte und ungekannte Weise so ineinander verwoben, dass es schien, als sei er die andere

Seite meines Ichs. Vielleicht waren wir sogar ein und dasselbe Wesen.

Ich weiß nicht genau, was ich erwartet hatte, aber bestimmt hatte ich mir unser Zusammensein schon lange vorgestellt, bevor es Wirklichkeit wurde. Unter seiner harten Schale war er weich, wie ein Krieger, der zwischen mächtigen Bäumen warm und schläfrig in seiner Hängematte liegt.

Als wir uns an jenem frühen Morgen auf der Veranda berührten, waren es seine Hände gewesen, die mich überraschten. Sie kleideten mich aus und fanden mich, strichen über meinen Körper, als kennten sie ihn so genau, wie eine Frau ihn nur selbst kennt. Ich spürte unter ihnen vom ersten Moment an viel mehr als nur Bentons Leidenschaft. Ich spürte, wie er sich in mich hineinfühlte, als wolle er all die Stellen heilen, die er so zugerichtet und geschunden gesehen hatte. Der Gedanke an alle, die jemals vergewaltigt, geprügelt oder sich rücksichtslos verhalten hatten, schien gerade in jenen Augenblicken auf ihm zu lasten – als ob ihre kollektive Versündigung ihm das Recht nehmen könnte, den Körper einer Frau so zu genießen, wie er den meinen genoss.

Im Bett hatte ich ihm gesagt, nie einen Mann erlebt zu haben, der so uneingeschränkt den Körper einer Frau genießen konnte, und da es mir nicht gefalle, quasi verschlungen oder bezwungen zu werden, sei Sex für mich ein seltenes Ereignis.

»Ich verstehe schon, warum jeder deinen Körper verschlingen möchte«, hatte er nüchtern in der Dunkelheit geantwortet.

»Und ich verstehe, warum jede den deinen verschlingen möchte«, gab ich ebenso sachlich zurück. »Aber dass die Menschen auf der Welt einander bezwingen wollen, ist auch der Grund für die Arbeit, die wir beide tun müssen.«

»Dann wollen wir Wörter wie *verschlingen* und *bezwingen* nicht mehr benutzen. Nie wieder solche Wörter. Wir werden eine neue Sprache erfinden.«

Die Worte dieser neuen Sprache waren uns leicht über die Lippen gekommen, und bald war sie uns ganz geläufig.

Das Bad hatte mir wirklich gut getan, und ich kramte in meiner Reisetasche nach etwas Neuem zum Anziehen, doch vergeblich. Also zog ich die dunkelblaue Jacke, die Hose und den Rollkragenpullover wieder an, die ich schon tagelang getragen hatte. Der Pegel in meiner Scotch-Flasche war bereits recht niedrig. Ich sah mir die Nachrichten im Fernsehen an und nippte langsam von dem Rest. Ein paarmal war ich in Versuchung, Marinos Zimmer anzurufen, legte aber jedes Mal den Hörer zurück, bevor ich gewählt hatte. Meine Gedanken wanderten nach Newport. Ich hätte gern mit Lucy gesprochen, doch auch diesem Impuls gab ich nicht nach. Bereits in diesem Stadium wieder Kontakt zur Außenwelt zu bekommen wäre nicht gut für sie. Sie sollte sich auf ihre Behandlung konzentrieren und nicht auf das, was sie zu Hause zurückgelassen hatte. Stattdessen rief ich meine Mutter an.

»Dorothy bleibt noch über Nacht dort im *Marriott*«, sagte sie. »Morgen früh fliegt sie nach Miami zurück. Und wo steckst du, Katie? Ich habe es den ganzen Tag bei dir zu Hause versucht.«

»Ich bin unterwegs«, sagte ich.

»Was sollte ich auch sonst erwarten? Treibst dich wieder unter Polizisten und Verbrechern herum.«

Ich sah sie vor mir, in der einen Hand die Zigarette, in der anderen den Hörer. Meine Mutter liebte große Ohrringe und kräftiges Make-up. Sie war nicht der norditalienische Typ wie ich, sondern eher dunkelhäutig und auch nicht blond.

»Mutter, wie geht es Lucy? Was hat Dorothy dir gesagt?«

»Vor allem sagt sie, Lucy ist eine Lesbe und du bist daran schuld. Ich habe ihr gesagt, dass das lächerlich ist. Ich habe ihr auch gesagt, dass du noch lange nicht homosexuell bist, nur weil du nicht immer mit Männern zusammen bist und wahrscheinlich Sex nicht magst. Es ist wie bei den Nonnen. Obwohl ich gehört habe –«

»Mutter«, unterbrach ich sie, »geht es Lucy gut? Wie war der Flug nach Edgehill? Wie war ihr Verhalten?«

»Wie bitte? Ist das jetzt eine Vernehmung? Ihr *Verhalten*? Du merkst gar nicht einmal mehr, wie du mit deiner einfachen

Mutter redest. Aber wenn du es wissen willst: Sie hat sich auf dem Flug betrunken.«

»Das glaube ich einfach nicht!«, rief ich, und wieder stieg die Wut auf Dorothy in mir hoch. »Ich habe mir schon gedacht, dass so etwas passieren würde, wenn Lucy mit ihrer Mutter zusammen ist.«

»Dorothy meint, die Versicherung zahlt nicht, wenn Lucy nicht betrunken eingeliefert wird. Also hat Lucy den ganzen Flug über Wodka mit Orangensaft getrunken.«

»Das ist mir doch völlig egal, ob die Versicherung das zahlt oder nicht. Und Dorothy ist auch nicht gerade arm.«

»Du weißt doch, wie sie in Geldangelegenheiten ist.«

»Ich bezahle alles, was Lucy braucht. Das weißt du genau, Mutter.«

»Du hörst dich an wie Ross Perot.«

»Was hat Dorothy noch erzählt?«

»Ich weiß nur noch, dass Lucy schlecht gelaunt war und sich ärgerte, dass du es nicht für nötig gehalten hast, sie selbst nach Edgehill zu bringen. Vor allem, weil du es für sie ausgesucht hast und Ärztin bist. Und überhaupt.«

Ich stöhnte auf. Es war, als redete ich gegen eine Wand. »Dorothy wollte nicht, dass ich Lucy begleite.«

»Wie immer steht dein Wort gegen ihres. Wann kommst du heim zum Thanksgiving?«

Unnötig zu sagen, wie ich mich fühlte, als unser Gespräch zu Ende war. Mehr konnte ich einfach nicht ertragen, also ließ ich das Telefon jetzt ruhen. Mein Bad und seine Wirkung waren dahin. Ich wollte mir Scotch nachschenken, hielt aber inne, weil ich wusste, dass aller Alkohol der Welt nicht half, wenn meine Familie mich in Wut brachte. Als ich dann auch noch an Lucy dachte, stellte ich die Flasche weg. Wenige Minuten später klopfte es an meiner Tür.

»Hier ist Benton.« Eine Minute später war er bei mir. Wir umarmten uns lange, und er spürte wohl meine Verzweiflung an der Art, wie ich ihn umklammerte. Er legte mich auf das Bett und setzte sich neben mich.

Er griff sanft nach meinen Händen. »Fang ganz von vorne an«, bat er.

Das tat ich. Als ich fertig war, hatte sein Gesicht wieder diesen ungerührten Ausdruck, den ich von der Arbeit kannte. Plötzlich schien mich mein ganzer Mut verlassen zu haben. Ich wollte diesen Blick nicht sehen, nicht in diesem Zimmer und nicht, wenn wir allein waren.

»Kay, bitte, langsam. Ist dir bewusst, welches Ausmaß die Sache annehmen wird, wenn wir dieser Anschuldigung nachgehen? Wir können uns nicht der Möglichkeit verschließen, dass Denesa Steiner unschuldig ist. *Wir wissen es einfach nicht.* Und aus dem, was im Flugzeug passiert ist, solltest du lernen, dass du nicht zu jeder Zeit analytisch denkst. Und das beunruhigt mich wirklich. Irgendein Schwachkopf vom Bodenpersonal spielt mal den Helden, und schon glaubst du, auch dahinter steckt wieder die Steiner. Sie hat sich in dein Bewusstsein hineingebohrt.«

»Sie bohrt sich nicht nur in mein Bewusstsein«, sagte ich und zog eine Hand weg. »Sie hat versucht, mich umzubringen.«

»Auch das ist reine Spekulation.«

»Nicht wenn man das bedenkt, was ich in einigen Telefongesprächen noch erfahren habe.«

»Du kannst es nicht beweisen. Ich bezweifle, dass es dir jemals gelingen wird.«

»Wir müssen ihren Wagen finden.«

»Willst du heute Abend zu ihrem Haus fahren?«

»Ja. Aber ich habe noch keinen Wagen«, sagte ich.

»Ich habe einen.«

»Hast du den Abzug der Vergrößerung gesehen?«

»Er ist hier in der Tasche. Ich habe ihn mir schon angesehen.« Er stand auf und zuckte mit den Schultern. »Das Foto sagt mir nichts. Nur ein verschwommener Klecks in tausend Grautönen, die jetzt ein wenig dichter und detaillierter sind.«

»Benton, wir müssen etwas tun.«

Er sah mich lange mit zusammengepressten Lippen an, wie er es immer tat, wenn er entschlossen, aber nicht ohne Skepsis war. »Darum sind wir hier, Kay. Wir sind hier, um etwas zu tun.«

Er hatte einen dunkelroten Maxima gemietet. Draußen spürte ich, dass der Winter nicht mehr weit war, besonders hier in den Bergen. Als ich in den Wagen stieg, fröstelte ich, was aber auch teilweise am Stress lag. Wir fuhren los.

»Was ist übrigens mit deiner Hand und deinem Bein?«, fragte ich.

»So gut wie neu.«

»Das ist aber ein Wunder. Als du dich geschnitten hast, waren sie nämlich nicht neu.«

Er lachte, und es klang eher überrascht. Wesley hatte jetzt keine witzige Bemerkung erwartet.

»Ich habe eine Teilinformation, was das Gewebeband angeht«, sagte er dann. »Wir haben überprüft, wer zur Zeit der Produktion dieses Bandes in den Shuford Mills gearbeitet hat und zudem aus dieser Gegend kam.«

»Eine sehr gute Idee«, sagte ich.

»Da war ein Bursche namens Rob Kelsey. Er war Vorarbeiter dort. Zur Zeit der Herstellung des Bandes wohnte er in der Nähe von Hickory. Vor fünf Jahren ist er in den Ruhestand gegangen und nach Black Mountain gezogen.«

»Wohnt er noch hier?«

»Leider ist er tot.«

Verdammt, dachte ich. »Was weißt du über ihn?«

»Weiß, männlich, starb mit achtundsechzig am Schlaganfall. Hatte einen Sohn in Black Mountain. Das war wohl der Grund, warum er hierher gezogen ist. Der Sohn wohnt hier auch noch.«

»Hast du seine Adresse?«

»Die kann ich besorgen.« Er sah mich an.

»Wie heißt der Sohn mit Vornamen?«

»Wie der Vater. Das Haus liegt gleich hinter dieser Kurve. Sieh mal, wie dunkel der See ist. Sieht aus wie eine Teergrube.«

»Stimmt. Und du weißt, Emily ist an jenem Abend *nicht* am Ufer entlanggegangen. Creeds Aussage bestätigt das.«

»Das bestreite ich nicht. Ich würde den Weg auch nicht nehmen.«

»Benton, ich sehe ihren Wagen nicht.«

»Vielleicht ist sie aus.«

»Marinos Wagen ist da.«

»Das muss nicht heißen, dass sie nicht aus sind.«

»Es heißt aber auch nicht, dass sie aus sind.«

Er schwieg.

Hinter den Fenstern war Licht, und mein Gefühl sagte mir, dass Denesa Steiner daheim war. Einen Beweis hatte ich nicht, auch keinen Hinweis, aber ich ahnte, dass sie meine Gegenwart spürte, selbst wenn sie sich dessen nicht bewusst war.

»Was, glaubst du, machen sie gerade?«, fragte ich.

»Na, was glaubst du?«, sagte er, und was er meinte, war klar.

»Benton, das ist billig. Es ist so leicht, sich vorzustellen, dass Leute Sex haben, bloß weil sie zu zweit daheim sind.«

»Das kann man sich so leicht vorstellen, weil es so leicht zu machen ist.«

Ich war fast beleidigt, denn ich hatte mir eine tiefer gehende Antwort von Wesley erhofft. »Ich bin überrascht, dass so etwas von dir kommt.«

»Du solltest nicht überrascht sein, wenn sie es täten. Darauf wollte ich hinaus.«

Ganz sicher war ich mir dessen nicht.

»Kay, wir reden hier nicht über unsere Beziehung«, fügte er hinzu.

»Das habe ich auch ganz bestimmt nicht gedacht.«

Er wusste, dass ich nicht die ganze Wahrheit sagte. Nie war mir so klar geworden, warum es heißt, man solle mit Kollegen keine Affären anfangen.

»Wir sollten wieder fahren. Wir können im Augenblick nichts mehr tun«, sagte er.

»Wie finden wir Mrs. Steiners Wagen?«

»Das sehen wir morgen früh. Aber etwas haben wir jetzt schon herausgefunden. Im Moment steht er *nicht* da und sieht *nicht* aus, als sei er *nicht* in einen Unfall verwickelt gewesen.«

Der nächste Tag war ein Sonntag. Ich wachte vom Glockenläuten auf. Ob das die kleine presbyterianische Kirche war, auf deren Friedhof Emily begraben war? Ich sah blinzelnd auf meine Uhr. Nein, die Kirche konnte es nicht sein, denn es war erst ein paar Minuten nach neun, und dort begann der Gottesdienst um elf, so viel hatte ich schon herausgefunden.

Wesley schlief auf der Seite des Betts, die eigentlich meine war. Das war vielleicht der einzige Punkt, in dem wir als Liebespaar nicht übereinstimmten. Beide waren wir es nämlich gewohnt, auf der Bettseite zu schlafen, die am weitesten vom Fenster oder von der Tür entfernt war – und damit von der Stelle, durch die ein Eindringling wahrscheinlich hereinkommen würde. Als ob das Stück Matratze einen Unterschied machen würde beim Griff nach der Waffe. Bentons Pistole lag auf seinem Nachttisch, mein Revolver auf meinem. Wenn plötzlich ein Eindringling vor uns stünde, würden wir am Ende vielleicht aufeinander schießen.

Helles Licht von draußen ließ die Vorhänge leuchten wie Lampenschirme und verkündete einen sonnigen Tag. Ich stand auf, bestellte beim Zimmerservice Kaffee und fragte nach meinem Mietwagen, der auf dem Weg sei, wie mir der Portier versicherte. Schließlich setzte ich mich an die Arbeit, mit dem Rücken zum Bett, damit mich Wesleys unter der zerwühlten Decke hervorschauende nackte Arme und Schultern nicht ablenkten. Vor mir auf dem Tisch lagen der Fotoabzug, ein paar Münzen und ein Vergrößerungsglas. Wesley hatte Recht gehabt; die Vergrößerung schien nichts als ein paar zusätzliche Grauschattierungen eines undefinierbaren Flecks hervorzuheben. Doch je länger ich mir den Fleck auf der Hinterbacke des kleinen Mädchens anschaute, desto deutlicher wurden für mich die Umrisse.

Das dichteste Grau wies eine Stelle im Randbereich des unvollständigen Kreises auf. Diese Stelle nach dem Schema eines Zifferblatts genauer zu lokalisieren war jedoch nicht möglich, da ich nicht wusste, was bei dem Objekt, das unter Emilys Körper zu oxidieren angefangen hatte, oben und unten oder rechts und links war.

Mich interessierte vielmehr die Form, die sich da abzeichnete und die an den Kopf einer Ente oder eines anderen Vogels erinnerte. Ich erkannte eine Wölbung, dann etwas Vorspringendes, das aussah wie ein dicker Schnabel oder eine Spitze. Doch zu dem Adler auf der Rückseite eines Vierteldollars konnte das nicht gehören. Dafür war es zu groß. Die Form, um die es mir ging, nahm ein gutes Viertel des gesamten Abdrucks ein. Und dort, wo der Hals des vermutlichen Vogels war, war eine kleine Kerbe.

Ich nahm den Vierteldollar, den ich zum Vergleich bereitgelegt hatte, drehte ihn um, rollte ihn langsam zwischen den Fingern und betrachtete ihn aufmerksam. Und plötzlich hatte ich die Antwort. Es war verblüffend einfach und passte genau. Ich war wie elektrisiert. Der Gegenstand, der unter Emily Steiners Leiche zu oxidieren begonnen hatte, war tatsächlich ein Vierteldollar gewesen. Aber er hatte mit der Vorderseite nach oben gelegen. Was zuerst ausgesehen hatte wie der Umriss eines Vogels, war die Vertiefung von George Washingtons linker Augenhöhle, und der vermeintliche Kopf und Schnabel waren in Wirklichkeit das stolze Haupt unseres ersten Präsidenten und die Haarrolle seiner gepuderten Perücke. Das war aber nur der Fall, wenn ich den Vierteldollar so drehte, dass Washington die Tischplatte ansah und seine aristokratische Nase auf mein Knie zeigte. Wo mochte Emilys Leiche gelegen haben? Eigentlich konnte überall unbemerkt ein Vierteldollar auf dem Boden liegen. Doch da waren noch die Spuren von Farbe und Holundermark. Wo gab es das zusammen, Holundermark und einen Vierteldollar? Natürlich, in einem Keller. In einem Keller, wo mit Holundermark, Farbe und anderen Hölzern, etwa Nussbaum und Mahagoni, gearbeitet worden war.

Vielleicht wurde jener Raum als Hobbykeller benutzt. Für welches Hobby? Schmuck reinigen? Nein, das ergab keinen Sinn. Uhren reparieren? Auch das passte nicht. Dann fielen mir die vielen Uhren in Denesa Steiners Haus ein, und mein Puls ging schneller. Ob ihr verstorbener Mann nebenbei Uhren repariert hatte? Vielleicht hatte er dazu den Keller genutzt, und vielleicht hatte er dabei Holundermark zum Fixieren kleiner Laufwerke benutzt.

Wesley atmete mit den langsamen, tiefen Zügen des Schlafenden. Plötzlich rieb er sich die Wange, als wäre eine Fliege darauf gelandet, und zog sich die Decke über die Ohren. Ich nahm das Telefonbuch und suchte nach dem Sohn des Mannes, der in den Shuford Mills gearbeitet hatte. Es gab zwei Robert Kelseys, einen Robert Kelsey jr. und einen Robert Kelsey III. Ich nahm den Hörer ab und wählte.

»Hallo?«, fragte eine weibliche Stimme.

»Spricht dort Mrs. Kelsey?«, fragte ich.

»Kommt darauf an, ob Sie Myrtle sprechen wollen oder mich.«

»Ich suche Rob Kelsey jr.«

»Ach«, lachte sie. Sicher war sie eine nette, freundliche Frau. »Dann bin ich schon mal nicht die, die Sie suchen. Aber Rob ist nicht da. Er ist zur Kirche gegangen. Wissen Sie, sonntags hilft er manchmal beim Abendmahl, da muss er früh dort sein.«

Mich wunderte, dass sie mir so bereitwillig diese Information gab, ohne zu fragen, wer ich sei. Wieder einmal berührte es mich, dass es noch Plätze auf der Welt gab, wo die Menschen einander vertrauten.

»Und welche Kirche ist das?«, fragte ich Mrs. Kelsey.

»Die Dritte Presbyterianische.«

»Der Gottesdienst beginnt um elf?«

»Wie immer. Reverend Crow ist übrigens wirklich gut, falls Sie noch nicht von ihm gehört haben. Soll ich Rob etwas ausrichten?«

»Ich versuche es später noch einmal.«

Ich bedankte mich und hängte ein. Als ich mich umdrehte, saß Wesley aufrecht im Bett und sah mich verschlafen an. Sein Blick wanderte durch das Zimmer, blieb an dem Abzug des Fotos, den Münzen und dem Vergrößerungsglas vor mir hängen. Er reckte sich und lachte.

»Was ist?«, fragte ich etwas indigniert.

Er schüttelte nur den Kopf.

»Es ist Viertel nach zehn«, sagte ich. »Wenn du mit mir in die Kirche willst, musst du dich wohl beeilen.«

»In die Kirche?« Er runzelte die Stirn.

»Ja. Das ist ein Ort, an dem Menschen zu Gott beten.«

»In dieser Gegend gibt es eine katholische Kirche?«

»Keine Ahnung.«

Jetzt sah er mich völlig verständnislos an.

»Heute Morgen besuche ich einen presbyterianischen Gottesdienst«, sagte ich. »Und falls du nichts anderes zu tun hast, ich brauche jemanden, der mich hinbringt. Denn vor einer Stunde war mein Leihwagen noch nicht da.«

»Wenn ich dich fahre, wie kommst du dann wieder zurück?«

»Darum mache ich mir keine Sorgen.« In dieser Stadt war man schließlich Fremden gegenüber schon am Telefon so entgegenkommend. Ich wollte keine festen Pläne machen, sondern die Dinge einfach auf mich zukommen lassen.

»Na ja, ich habe ja meinen Piepser«, sagte Wesley und stellte die Füße auf den Boden. Ich zog meinen zweiten Akku aus der Steckdose neben dem Fernseher.

»Sehr gut.« Ich steckte mein Handy in die Handtasche.

20

Wesley setzte mich etwas zu früh vor den Eingangsstufen der Natursteinkirche ab, doch die ersten Kirchgänger trafen bereits ein. Ich sah zu, wie sie aus ihren Wagen stiegen, in die Sonne blinzelten, ihre Kinder zählten. Überall in der schmalen Straße fielen Wagentüren ins Schloss. Ich spürte die neugierigen Blicke im Nacken, als ich dem gepflasterten Weg nach links zum Friedhof folgte.

Es war ein sehr kalter Morgen. Trotz des blendenden Sonnenscheins legte sich die Kälte wie ein klammes Tuch auf meine Haut. Ich drückte das rostige schmiedeeiserne Tor auf, das keinem anderen Zweck mehr zu dienen schien, als Respekt heischend und dekorativ zu sein. Es sperrte niemanden aus, und einsperren musste es wohl erst recht niemanden.

Neue Grabsteine aus poliertem Granit glänzten kalt, während sich die sehr alten in alle Himmelsrichtungen neigten und wie blutleere Zungen aussahen, die aus den Mündern der Gräber sprachen. Auch hier sprachen die Toten zu einem, denn sie sprechen immer, wenn wir uns ihrer erinnern. Der Frost knirschte unter meinen Sohlen, als ich zu der Ecke ging, wo Emily Steiner lag. Das Grab war eine noch offene Wunde aus rotem Lehm, grausam verstümmelt durch das erneute Öffnen und Schließen. Mir stiegen Tränen in die Augen, als ich noch einmal das Grabmal mit dem holden Engel und dem traurigen Spruch ansah.

Niemanden sonst gibt es auf der Welt –
mein war die Einzige.

Doch diese Zeile von Emily Dickinson hatte jetzt eine andere Bedeutung für mich bekommen. Ich las sie mit anderen Augen und einer völlig neuen Einschätzung der Frau, die sie ausgesucht hatte. Es war das »mein«, das mir entgegensprang. Mein. Emily hatte kein eigenes Leben geführt. Sie war gewissermaßen die Fortführung einer narzisstischen, geisteskranken Frau mit unstillbarem Hunger nach Bestätigung ihres Ichs gewesen.

Für ihre Mutter war Emily, ebenso wie wir alle, bloß eine Schachfigur gewesen. Wir waren für Denesa Puppen, die man an- und auszieht, an sich drückt oder zerreißt. Ich dachte an die Einrichtung ihres Hauses, an den Nippes und Kleinkram und an die Kleine-Mädchen-Muster der Dekorationen. Denesa war schon als kleines Mädchen ein Kind gewesen, das beachtet werden wollte, und als sie größer wurde, hatte sie gelernt, wie sie das erreichen konnte. Sie hatte jedes Leben zerstört, mit dem sie je in Berührung gekommen war, und sich jedes Mal am warmen Busen einer mitleidvollen Welt ausgeweint. Arme, arme Denesa, sagte jeder, wenn er von ihr sprach, dieser mörderischen Kreatur von Mutter mit Blut an den Händen.

Eis schob sich in schlanken Säulen aus dem roten Lehm auf Emilys Grab. Ich kannte den genauen physikalischen Prozess nicht, aber es war wohl die Feuchtigkeit, die sich beim Gefrieren in dem unporösen Lehm so ausdehnte, wie Eis das eben tut, und dabei nur einen Weg nach oben fand. Fast sah es so aus, als sei Emilys Geist in der Kälte eingefangen worden, als er aus der Erde aufsteigen wollte, und funkele in der Sonne wie reines Kristall und Wasser. In einer Welle von Trauer spürte ich, dass ich dieses kleine Mädchen, das ich nur im Tod kannte, liebte. Sie hätte auch Lucy sein können, oder Lucy sie. Beiden fehlte eine gute Mutter. Die eine war schon heimgegangen, die andere noch verschont geblieben. Ich kniete nieder und sprach ein Gebet. Dann holte ich tief Luft und ging zur Kirche.

Die Orgel intonierte »Rock of Ages«, als ich eintrat. Während die Gemeinde den ersten Choral sang, nahm ich so unauffällig wie möglich Platz in einer der hinteren Bänke. Dennoch drehte sich mancher Kopf nach mir um; in solch einer Kirche fielen Fremde auf, wahrscheinlich weil sie so selten waren. Der

Gottesdienst nahm seinen Fortgang. Als ich mich nach einem Gebet bekreuzigte, starrte mich ein kleiner Junge in meiner Bank an, während seine Schwester im Gottesdienstprogramm herumkritzelte.

Reverend Crow machte seinem Namen alle Ehre. Mit der scharf geschnittenen Nase und der schwarzen Robe sah er wirklich aus wie eine Krähe. Wenn er während der Predigt mit den Armen wedelte, erinnerten diese an Flügel, und bei dramatischeren Passagen schien er fast abzuheben. Die Glasfenster mit den Wundern Jesu als Motiven leuchteten in der Sonne, und der glimmerdurchzogene Naturstein schimmerte wie Gold.

Man sang »Just As I Am«, und das Abendmahl begann. Ich sah mir den Vorgang genau an, um dem Beispiel der anderen folgen zu können. Anstatt dass sich die Gemeinde vorne aufstellte, um Brot und Wein zu empfangen, gingen Gottesdiensthelfer von Reihe zu Reihe und reichten winzige Gefäße mit Traubensaft und kleine Stückchen Brotkruste. Auch ich nahm etwas davon. Schließlich wurden die Lobpreisung und das Dankgebet gesungen, und plötzlich verließen alle die Kirche. Ich ließ mir Zeit und wartete, bis der Prediger die meisten Gemeindemitglieder verabschiedet zu haben schien und einmal allein unter der Tür stand.

Ich sprach ihn mit Namen an. »Danke für die bedeutungsvolle Predigt, Reverend Crow«, sagte ich. »Mir hat das Gleichnis vom zudringlichen Freund schon immer gefallen.«

»Man kann eine Menge aus ihm lernen. Ich erzähle es oft meinen Kindern.« Er lächelte und nahm meine Hand.

»Es nützt uns allen, ja«, stimmte ich zu.

»Wir sind sehr froh, dass Sie heute bei uns waren. Sie müssen die FBI-Ärztin sein, von der man mir erzählt hat. Habe Sie auch kürzlich im Fernsehen gesehen.«

»Ja, ich bin Dr. Scarpetta«, sagte ich. »Könnten Sie mir wohl zeigen, wer Rob Kelsey ist? Ich hoffe, er ist noch nicht weg.«

»Oh, nein«, sagte der Reverend, wie ich es erwartet hatte. »Rob hat mir beim Abendmahl geholfen. Wahrscheinlich räumt er gerade auf.« Er sah zum Altar.

»Darf ich mich nach ihm umschauen?«, fragte ich.

»Nichts dagegen. Übrigens«, sein Gesicht bekam einen traurigen Zug, »wir wissen Ihre Bemühungen hier wirklich sehr zu schätzen. Keiner von uns wird jemals wieder so sein wie früher.« Er schüttelte den Kopf. »Die arme, arme Mutter. Manch einer hätte sich von Gott abgewandt, nach allem, was sie durchmachen musste. Aber nichts dergleichen, Ma'am. Nicht Denesa. Jeden Sonntag kommt sie zur Kirche, eine der frömmsten Frauen, die ich je erlebt habe.«

»War sie heute Morgen auch da?«, fragte ich, und ein Kribbeln kroch mir den Rücken hoch.

»Hat im Chor gesungen, wie immer.«

Gesehen hatte ich sie nicht, doch am Gottesdienst hatten ja mindestens zweihundert Menschen teilgenommen, und der Chor war hinter mir auf der Empore platziert gewesen. Rob Kelsey jr. war in den Fünfzigern, ein drahtiger Mann in einem billigen blauen Nadelstreifenanzug. Er sammelte gerade die Abendmahlgläser aus den Haltern in den Bänken ein. Nicht ohne Angst, ihn zu beunruhigen, stellte ich mich ihm vor, doch er schien nicht der Typ zu sein, der sich leicht aus der Ruhe bringen lässt. Er setzte sich neben mich in eine Bank und zupfte nachdenklich an einem Ohrläppchen, als ich ihm mein Anliegen vortrug.

»Das stimmt«, sagte er im denkbar breitesten, schleppenden North-Carolina-Tonfall. »Vater hat sein ganzes Leben im Werk gearbeitet. Als er in Rente ging, haben sie ihm einen schönen großen Fernsehschrank mit Farb-TV geschenkt und eine Krawattennadel aus echtem Gold.«

»Er muss ein tüchtiger Vorarbeiter gewesen sein«, sagte ich.

»Na ja, das war er nicht immer gewesen. Er hat sich im Laufe der Zeit nach oben gearbeitet. Vorher war er der beste Aufseher in der Packerei gewesen, und davor einfacher Packer.«

»Was hat er genau gemacht? Zum Beispiel als Packer?«

»Er musste die Gewebebandrollen verpacken. Danach hatte er die Aufsicht über die anderen Packer, ob sie auch alles richtig machten.«

»Ich verstehe. Erinnern Sie sich, ob man im Werk jemals ein grell orangefarbenes Gewebeband hergestellt hat?«

Rob Kelsey dachte eine Weile nach. Dann sah man seinem Gesicht mit dem kurzen Bürstenschnitt und den dunkelbraunen Augen an, dass er sich erinnerte. »Ja, sicher. Es fällt mir wieder ein, weil es ein so unübliches Band war. So etwas habe ich weder vorher noch nachher noch einmal gesehen. Glaube, es war für irgendein Gefängnis.«

»Richtig«, sagte ich. »Aber könnten auch eine oder zwei Rollen hier in der Gegend geblieben sein? Hier in der Nähe?«

»Das sollte eigentlich nicht passieren, aber es kann trotzdem der Fall sein, wenn es Reklamationen gibt oder so etwas. Rollen, die nicht ganz in Ordnung waren.«

Ich dachte an die Schmierfettflecken an den Rändern des Bandes, mit dem Mrs. Steiner und ihre Tochter gefesselt worden waren. Vielleicht war ein Stück Band in der Maschine hängen geblieben oder sonst wie mit Schmiere in Berührung gekommen.

»Wenn es also Stücke gibt, die die Kontrolle nicht passieren«, ergänzte ich, »können die Angestellten sie nehmen oder billig kaufen.«

Kelsey schwieg. Er wirkte ein wenig verblüfft.

»Mr. Kelsey, kennen Sie jemanden, dem Ihr Vater so eine Rolle orangefarbenes Gewebeband gegeben haben könnte?«, fragte ich.

»Ich weiß nur von einem. Jake Wheeler. Er ist schon einige Zeit tot, aber früher gehörte ihm der Waschsalon neben *Mack's Five-and-Dime*. Ich erinnere mich auch, dass ihm der Drugstore an der Ecke gehörte.«

»Aus welchem Grund könnte ihm Ihr Vater eine Rolle von dem Band gegeben haben?«

»Also, Jake ging gern auf die Jagd. Ich erinnere mich, wie mein Dad sagte, Jake habe so eine Angst davor gehabt, jemand könnte ihn draußen im Wald mit einem Truthahn verwechseln und anschießen, dass keiner Lust hatte, mit ihm jagen zu gehen.«

Ich schwieg. Wohin das alles noch führen mochte?

»Er machte immer absichtlich einen verteufelten Lärm und trug im Dunkeln diese reflektierenden Neonsachen. Natürlich hat er damit die anderen Jäger vergrault, ganz zu schweigen vom Wild. Ich glaube, etwas anderes als Eichhörnchen hat er nie geschossen.«

»Was hat das mit dem Band zu tun?«

»Ich bin ziemlich sicher, dass mein Dad ihm das zum Spaß gegeben hat. Vielleicht sollte Jake damit seine Flinte umwickeln oder es an seiner Kleidung befestigen.« Kelsey grinste. Ihm fehlten ein paar Zähne.

»Wo hat Jake gewohnt?«, fragte ich.

»In der Nähe vom Pine Lodge. Liegt etwa auf halber Strecke zwischen der Innenstadt von Black Mountain und Montreat.«

»Könnte er die Rolle auch an jemand anderen weitergegeben haben?«

Kelsey starrte mit zusammengezogenen Augenbrauen auf das Tablett mit den Abendmahlgläsern in seinen Händen. »Ist Jake beispielsweise mal mit jemand anderem auf die Jagd gegangen? Vielleicht jemand, der das Band brauchte, weil es die Farbe hatte, die auch Jäger benutzen?«

»Ob er es weitergegeben hat, weiß ich einfach nicht. Aber eines kann ich Ihnen sagen. Er war eng mit Chuck Steiner befreundet. Die beiden gingen jede Saison auf Bärenjagd, und wir alle hofften immer, dass sie keinen träfen. Keine Ahnung, warum sich jeder wünscht, dass ihm ein Grizzly über den Weg läuft. Und wenn man einen erlegt, was macht man dann mit ihm? Gut, das Fell kann man als Teppich benutzen. Aber essen kann man ihn nicht, es sei denn, man ist Daniel Boone und Mingo kurz vor dem Verhungern.«

»Chuck Steiner? Der Mann von Denesa Steiner?«, fragte ich, verzweifelt bemüht, mir meine Erregung nicht anmerken zu lassen.

»Das war er. Und ein mächtig netter Mann. Als er starb, hat uns das alle umgehauen. Hätten wir gewusst, dass er so ein schwaches Herz hatte, wären wir ihm ganz schön aufs Dach gestiegen und hätten dafür gesorgt, dass er sich weniger anstrengt.«

»Aber er ist auf die Jagd gegangen?«

»O ja, natürlich. Ich bin mit ihm und Jake einige Male draußen gewesen. Sie waren gern im Wald. Ich habe immer gesagt, sie sollten nach Afrika gehen, wo's so viel Großwild gibt. Wissen Sie, ich persönlich könnte nicht mal einem Grashüpfer was zuleide tun.«

»Wenn das dasselbe ist wie eine Gottesanbeterin, sollte man ihn auch besser nicht töten. Es brächte Unglück.«

»Das ist nicht dasselbe«, sagte er nüchtern. »Eine Gottesanbeterin ist ein ganz anderes Insekt. Aber ich bin ganz Ihrer Meinung, Ma'am. Nein, ich würde sie nicht anrühren.«

»Mr. Kelsey, haben Sie Chuck Steiner gut gekannt?«

»Ich kannte ihn von der Jagd und aus der Kirche.«

»Er war Lehrer, nicht wahr?«

»Er hat Bibelunterricht in dieser privaten Konfessionsschule gegeben. Wäre es möglich gewesen, hätte ich meinen Sohn auch dorthin geschickt.«

»Was können Sie mir sonst noch von ihm erzählen?«

»Seine Frau hat er in Kalifornien kennen gelernt, als er bei der Army war.«

»Hat er jemals von einem Baby gesprochen, das ihnen gestorben ist? Einem kleinen Mädchen namens Mary Jo, das vielleicht noch in Kalifornien geboren wurde?«

»Also – nein.« Er sah mich überrascht an. »Ich hatte immer den Eindruck, Emily wäre ihr einziges Kind. Haben sie tatsächlich noch ein kleines Mädchen verloren? Oh, du meine Güte«, sagte er mit schmerzlich verzogenem Gesicht.

»Was geschah, nachdem sie Kalifornien verlassen hatten?«, fuhr ich fort. »Wissen Sie das?«

»Sie kamen hierher. Chuck gefiel es drüben im Westen nicht. Als Junge war er oft mit seinen Eltern in den Ferien hierher gekommen. Sie wohnten fast immer in einer Ferienhütte am Gray Beard Mountain.«

»Wo ist das?«

»In Montreat. Das ist die Stadt, in der Billy Graham wohnt. Man sieht den Reverend dort zwar nicht oft, aber seiner Frau bin ich schon begegnet.« Er holte Luft. »Kennen Sie die Geschichte von Zelda Fitzgerald, die hier in der Gegend in einem Krankenhaus verbrannt ist?«

»Ja«, sagte ich etwas ungeduldig.

»Chuck war sehr gut im Reparieren von Uhren. Es war sein Hobby, und er hat dann sogar alle Uhren für das Biltmore House repariert.«

»Wo hat er das gemacht?«

»Die von Biltmore House hat er vor Ort repariert. Aber die Leute aus der Gegend haben ihm ihre Uhren ins Haus gebracht. Er hatte im Keller eine Werkstatt.«

Mr. Kelsey hätte noch den ganzen Tag so weitergeredet, und daher zog ich mich so höflich wie möglich zurück. Draußen wählte ich mit meinem Mobiltelefon Wesleys Piepser an und hinterließ den Polizeicode 10–25. Das hieß schlicht: »Wir sehen uns am Treffpunkt.« Er wusste schon, wo. Gerade wollte ich aus der Kälte in die Eingangshalle flüchten, als ich den Gesprächen der wenigen Kirchenbesucher, die noch immer aus dem Gebäude kamen, entnahm, dass es sich um Mitglieder des Chores handelte. Noch bevor ich mir einen Fluchtweg suchen konnte, stand Denesa Steiner auch schon vor mir an der Kirchentür. Sie lächelte.

»Willkommen«, sagte sie freundlich, aber mit einem Blick, der hart wie Stahl war.

»Guten Morgen, Mrs. Steiner«, sagte ich. »Ist Captain Marino auch da?«

»Er ist katholisch.«

Sie trug einen langen schwarzen Wollmantel, der ihr bis auf die schwarzen Schnürschuhe fiel, und zog sich gerade schwarze Glacéhandschuhe über. Make-up hatte sie keines aufgelegt bis auf einen Hauch Farbe auf ihren sinnlichen Lippen. Das honigblonde Haar fiel ihr in losen Locken auf die Schultern. Mir kam ihre Schönheit so kalt vor, wie es dieser Tag war, und ich fragte mich, wie ich jemals hatte Mitgefühl für sie empfinden können.

»Was führt Sie in diese Kirche?«, wollte sie nun wissen. »In Asheville gibt es eine katholische.«

Sie wusste also, dass ich katholisch war. Was mochte sie sonst noch alles von mir wissen? Was hatte Marino ihr erzählt?

»Ich wollte Ihrer Tochter meine Reverenz erweisen«, sagte ich und sah sie direkt an.

»Das ist reizend von Ihnen.« Lächelnd hielt sie meinem Blick stand.

»Das ist wirklich ein Zufall, dass wir uns hier treffen«, sagte ich. »Ich muss Ihnen nämlich ein paar Fragen stellen. Passt es Ihnen, wenn ich das jetzt gleich tue?«

»Hier?«

»Besser bei Ihnen zu Hause.«

»Ich kann Ihnen aber nur ein paar Sandwiches mit Schinken, Salat und Tomaten zum Lunch anbieten. Ich hatte keine Lust, ein großes Sonntagsessen zu kochen, und Pete versucht abzunehmen.«

»Das Essen ist unwichtig.« Ich gab mir wenig Mühe, meine Gefühle zu verbergen. Mein Herz war so verhärtet, wie es gewiss auch meine Miene war. Sie hatte versucht, mich umzubringen. Und meine Nichte hatte sie tatsächlich beinahe umgebracht.

»Dann treffen wir uns bei mir.«

»Ich wäre dankbar, wenn Sie mich mitnähmen. Ich habe keinen Wagen.«

Ich wollte ihren Wagen sehen. Ich musste ihn sehen.

»Meiner ist in Reparatur«, erklärte sie.

»Das ist ungewöhnlich. Wenn ich mich recht erinnere, ist er doch noch ganz neu.« Hätte ich einen Laser-Blick gehabt, hätte ich sie jetzt durchbohrt.

»Ich fürchte, da habe ich eine Niete erwischt. Ich musste ihn weit weg von hier in einer Werkstatt stehen lassen, weil mir irgendwo unterwegs der Motor abstarb. Eine Nachbarin hat mich heute mitgenommen. Aber Sie können gern mit uns fahren. Sie wartet in ihrem Wagen.«

Ich ging mit ihr die Steinstufen hinunter, ein Gehweg führte zu einer weiteren Treppe. Unten parkten nur noch wenige Wagen am Straßenrand, einer oder zwei fuhren gerade weg. Denesa Steiners Nachbarin war eine ältere Frau mit einem Pillbox-Hut auf dem Kopf und einem Hörgerät im Ohr. Sie saß hinter dem Steuer eines alten weißen Buick. Die Heizung lief auf vollen Touren, aus dem Radio klang Gospelmusik.

Mrs. Steiner bot mir den Beifahrersitz an, aber ich lehnte ab. Ich wollte diese Frau nicht im Rücken haben, sondern jederzeit sehen, was sie tat. In diesem Moment wünschte ich, ich hätte meine .38er bei mir gehabt, aber eine Waffe mit in die Kirche zu nehmen war mir doch unpassend erschienen. Außerdem hatte ich nicht voraussehen können, dass etwas wie das hier passieren könnte.

Mrs. Steiner und ihre Nachbarin schwatzten auf den Vordersitzen, ich saß schweigend hinten. Die Fahrt bis zum Haus der Steiners dauerte nur wenige Minuten. Marinos Wagen stand noch an derselben Stelle wie am Abend zuvor, als ich mit Wesley vorbeigefahren war. Wie es wäre, Marino jetzt zu begegnen, konnte ich mir nicht vorstellen. Ich hatte keine Ahnung, was ich sagen oder wie er sich mir gegenüber verhalten würde. Mrs. Steiner öffnete die Haustür. Wir gingen hinein, und ich entdeckte Marinos Motelzimmerschlüssel und seine Wagenschlüssel auf einem Norman-Rockwell-Teller auf dem Flurtischchen.

»Wo ist Captain Marino?«, fragte ich.

»Oben. Er schläft.« Sie zog die Handschuhe aus. »Er hat sich gestern Abend nicht wohl gefühlt. Es geht ein Bazillus um, wissen Sie.«

Sie knöpfte den Mantel auf und ließ ihn mit einem leichten Schütteln ihrer Schultern an sich herabgleiten. Die affektierte Art, mit der sie dabei zur Seite schaute, sprach Bände; offenbar war sie es gewohnt, jedem, der mochte, den Anblick ihrer Brüste zu gewähren, die sich nicht einmal unter matronenhafter Kleidung verbergen ließen. Denesas Körpersprache setzte auf Verführung, und die galt jetzt mir. Sie forderte mich heraus, aber nicht aus den Gründen, aus denen sie einen Mann herausfordern würde. Denesa Steiner produzierte sich. Sie sah in jeder Frau ein Rivalin, und das sagte wieder einiges über ihr Verhältnis zu Emily aus.

»Vielleicht sollte ich kurz zu ihm gehen«, sagte ich.

»Pete braucht nur Schlaf. Ich bringe ihm einen heißen Tee hinauf, und dann bin ich wieder für Sie da. Machen Sie es sich im Wohnzimmer bequem. Möchten Sie Kaffee oder Tee?«

»Danke. Weder noch«, sagte ich. Die Stille im Haus beunruhigte mich.

Kaum hörte ich sie die Treppe hinaufgehen, sprang ich auf und begann mich umzusehen. Im Flur steckte ich Marinos Wagenschlüssel ein und ging in die Küche. Links vom Spülbecken führte eine Tür nach draußen, gegenüber gab es eine weitere, mit einem Riegel versperrte Tür. Ich schob ihn zurück und drehte am Türknauf.

Der kalten, modrigen Luft nach zu schließen, ging es hier in den Keller. Ich tastete an der Wand nach einem Schalter und knipste das Licht an. Dunkelrot gestrichene Holzstufen führten nach unten. Dort musste ich hin. Ich musste wissen, was da unten war, nichts konnte mich aufhalten, nicht einmal die Gefahr, dass Mrs. Steiner mich erwischte. Mein Herz pochte mir so heftig in der Brust, als wollte es die Flucht ergreifen.

Chuck Steiners Arbeitstisch war noch da, übersät mit Werkzeug, Zahnrädern und einem alten zeigerlosen Zifferblatt. Holundermarkscheiben lagen verstreut herum. Die meisten trugen die Abdrücke der feinen, geölten Teile, deren Säuberung und Aufbewahrung sie einmal gedient hatten, einige lagen auch unter dem Tisch auf dem Betonboden zwischen Drahtstücken, kleinen Nägeln und Schrauben. Leere Uhrengehäuse aus Großvaters Zeiten hielten im Dunkeln stille Wache, im Raum verteilt standen mehrere alte Radios und Fernseher und eine Ansammlung dick eingestaubter Möbelstücke.

Die Wände waren aus weißem Schlackenstein, und Fenster gab es keine. An einer Hakenleiste hingen ordentlich zusammengerollt Verlängerungskabel sowie Kordeln und Seile verschiedener Beschaffenheit und Stärke. Ich dachte an die Makramee-Arbeiten oben auf den Möbeln, an die feinen Spitzendeckchen, die Arm-und Rückenlehnen bedeckten, und an die Hängepflanzen an ihren Rundhaken in der Decke, und plötzlich sah ich wieder die Schlinge mit dem Henkersknoten vor mir, die man von Max Fergusons Hals geschnitten hatte. Im Rückblick schien es mir unvorstellbar, dass niemand diesen Keller früher untersucht hatte. Als die Polizei nach der kleinen Emily gefahndet hatte, musste sie doch zumindest einen Blick in den Keller geworfen haben.

Ich zog an einer Schnur, um mehr Licht zu machen, aber die Birne war ausgebrannt. Erst jetzt fiel mir wieder ein, dass ich meine Taschenlampe immer noch nicht zurückhatte. Mein Herz pochte so heftig, dass ich kaum atmen konnte.

Vor einer Wand lag ein Stapel Kaminholz voller Spinnweben. Hier ging eine Tür nach draußen, eine weitere neben einem Warmwasserboiler führte zu einem voll eingerichteten Badezimmer. Ich schaltete das Licht ein.

Die sanitären Anlagen waren aus altem weißem Porzellan voller Farbspritzer. Die Wasserspülung der Toilette hatte offenbar seit Jahren niemand mehr benutzt, denn das Becken war vom stehenden Wasser rostbraun verfärbt. Im Waschbecken lag eine Bürste mit steifen, gekrümmten Borsten, die an die Finger einer Hand erinnerten. Dann sah ich in die Badewanne. Ungefähr in der Mitte lag der Vierteldollar mit George Washingtons Gesicht nach oben, um den Abfluss entdeckte ich dunkle Spuren, wahrscheinlich Blut. Ich hatte genug gesehen. Gerade wollte ich den Rückweg antreten, als die Tür oben an der Treppe plötzlich ins Schloss fiel. Ich hörte, wie der Riegel vorgeschoben wurde. Denesa Steiner hatte mich einfach eingeschlossen.

Ein paar Momente lang rannte ich ziellos herum und überlegte fieberhaft, was ich tun sollte, dann fiel mir die Tür neben dem Holzstoß ein. Ich sperrte das Schloss auf, löste die Sicherheitskette und stand plötzlich im sonnigen Hinterhof. Zu sehen oder zu hören war nichts, aber ich ging davon aus, dass Mrs. Steiner mich beobachtete. Sie musste wissen, dass ich auf diesem Wege herauskommen würde, und mir wurde mit wachsendem Schrecken klar, was auf mich zukam. Sie wollte mich gar nicht einsperren. Sie sperrte mich aus ihrem Haus aus, um sicher zu sein, dass ich nicht wieder die Treppe heraufkam.

Mein Gott, Marino. Plötzlich zitterten meine Hände so heftig, dass ich Marinos Wagenschlüssel kaum aus der Tasche ziehen konnte, während ich um die Ecke zur Auffahrt rannte. Ich schloss seinen glänzend polierten Chevrolet auf der Beifahrerseite auf. Die vernickelte Winchester lag wie immer unter dem Vordersitz.

Das Gewehr fühlte sich in meinen Händen kalt wie Eis an. Ich ließ die Wagentür weit offen stehen und rannte zum Haus zurück. Wie erwartet, war die Eingangstür verschlossen, aber sie hatte rechts und links Glaselemente. Eines davon zerschlug ich mit dem Kolben des Gewehrs. Das Glas splitterte, und die Scherben fielen innen weich auf den Teppich. Ich wickelte meinen Schal um die Hand, griff vorsichtig hinein und drehte den Schlüssel um. Einen Moment später rannte ich auch schon die läuferbedeckten Treppenstufen nach oben. Es war, als hätte ich meinen Verstand ausgeschaltet oder wäre jemand anders, jedenfalls war ich in diesem Moment mehr Maschine als Mensch. Und es gab nur ein Ziel: das Zimmer, das gestern Abend erleuchtet gewesen war.

Die Tür war zu. Ich öffnete sie, und da saß Denesa Steiner ruhig auf der Bettkante. Neben ihr lag Marino mit einer Mülltüte über dem Kopf. Um den Hals war sie mit Klebeband zugeschnürt. Die nächsten Dinge geschahen alle gleichzeitig. Ich entsicherte das Gewehr und lud durch. Mrs. Steiner griff nach Marinos Pistole auf dem Nachttisch und stand auf. Wir legten aufeinander an, und ich schoss. Ein ohrenbetäubender Knall. Der Schuss traf sie wie ein heftiger Windstoß. Sie fiel rückwärts gegen die Wand, während ich repetierte und feuerte, repetierte und feuerte, wieder und wieder.

Langsam glitt sie an der Wand zu Boden, blutige Schlieren zogen sich über die Kindertapete, Rauch und der Geruch von verbranntem Pulver hingen in der Luft. Ich riss die Tüte von Marinos Kopf. Sein Gesicht war blau angelaufen, und an der Halsschlagader war kein Puls mehr zu fühlen. Ich presste seine

Brust zusammen und blies ihm Luft in die Lungen. Nach dem vierten Pressen fing Marino keuchend wieder an zu atmen.

Ich griff nach dem Telefon und wählte die 911.

»Ein Polizeibeamter in Lebensgefahr! Eine Ambulanz!«, schrie ich.

»Ma'am, wo sind Sie?«

Ich hatte keine Ahnung, wie die Adresse lautete. »Das Steiner-Haus! Bitte, beeilen Sie sich!« Ich legte den Hörer nicht auf. Ich versuchte, Marino im Bett aufzurichten, aber er war zu schwer.

»Komm doch. Komm.«

Ich drehte sein Gesicht auf die Seite und zog mit den Fingern sein Kinn nach vorn, damit seine Atemwege frei blieben. Dann sah ich mich nach irgendwelchen Pillenfläschchen um oder sonst nach einem Hinweis darauf, was Mrs. Steiner ihm eingegeben haben konnte. Auf dem Nachttisch standen leere Schnapsgläser. Ich roch daran. Es war Bourbon gewesen. Wie betäubt starrte ich zu der Toten hinüber. Überall Blut und Gehirnmasse. Plötzlich zitterte ich wieder, als hätte mein letztes Stündlein geschlagen. Denesa Steiner saß zusammengesunken mit dem Rücken zur Wand in einer immer größer werdenden Blutlache. Ihre schwarze Kleidung war blutgetränkt und durchlöchert wie ein Sieb. Der Kopf hing zur Seite. Blut tropfte auf den Boden.

Es schien ewig zu dauern, bis das Heulen der Sirenen näher kam und verstummte. Ich hörte mehrere Menschen die Treppe hinaufstürmen. Eine Krankentrage wurde aufgeklappt, und dann war irgendwie Wesley da. Er nahm mich in die Arme und hielt mich fest, während Männer in Overalls sich um Marino kümmerten. Rote und blaue Blinklichter blitzten vor dem Fenster, und erst jetzt fiel mir auf, dass ich die Scheibe durchschossen hatte. Ein eisig kalter Wind blies herein, blähte die blutbespritzten Vorhänge wie Ballons auf, ließ sie vor einem blassgelben Himmel flattern. Vor mir die eisblaue Bettdecke und rundherum Plüschtiere. Am Spiegel klebte das Abziehbild eines Regenbogens, und an der Wand hing ein Poster von Pu dem Bären.

»Es ist ihr Zimmer«, sagte ich zu Wesley.
»Jetzt ist alles gut.« Er strich mir über das Haar.
»Es ist Emilys Zimmer«, sagte ich.

21

Am nächsten Morgen, es war ein Montag, verließ ich Black Mountain. Wesley wollte mich begleiten, aber ich wollte allein fliegen. Ich hatte noch einiges zu erledigen, und Benton musste bei Marino im Krankenhaus bleiben, wo man ihm Demerol aus dem Magen gepumpt hatte. Zumindest physisch war er auf dem Weg der Besserung, und wenn er transportfähig war, würde Wesley ihn nach Quantico bringen. Auf Marino wartete jetzt wie auf einen Agenten nach Beendigung einer verdeckten Ermittlung eine »Einsatznachbereitung« – so der Polizeijargon. Er brauchte sie. Und er brauchte Ruhe, Sicherheit und seine Freunde.

Im Flugzeug hatte ich eine Sitzreihe für mich allein und machte mir viele Notizen. Der Mordfall Emily Steiner war geklärt, ich hatte wegen des tödlichen Schusswechsels vor der Polizei meine Aussage gemacht, aber es würde wohl noch einige Nachermittlungen in dem Fall geben. Das musste mich jedoch nicht beunruhigen und tat es auch nicht. Mein Problem war vielmehr, wie ich gefühlsmäßig damit umgehen sollte. Es verstörte mich nämlich, dass ich so gar kein Bedauern empfand.

Ich wusste nur eines: Ich war so müde, dass schon die leichteste Tätigkeit eine große Anstrengung war, gerade so, als hätte man mir Blei in die Adern gepumpt. Selbst den Kugelschreiber über das Papier zu führen war eine Strapaze, auch mein Verstand arbeitete nur langsam. Immer wieder ertappte ich mich dabei, dass ich ins Leere starrte, ohne zu blinzeln und ohne zu wissen, wie lange ich schon so dagesessen hatte und wo ich mit meinen Gedanken gewesen war.

Als Erstes musste ich mein Protokoll aufsetzen. Der eine Teil war für die FBI-Ermittlung, der andere für die Polizeiermittlungen in meinem Fall. Die Dinge passten gut zusammen, wenn auch ein paar Fragen für immer unbeantwortet bleiben würden, weil es niemanden mehr gab, der noch etwas dazu sagen konnte. So würden wir zum Beispiel nie genau wissen, was in der Nacht von Emilys Tod geschehen war. Aber ich hatte eine Theorie.

Sie war an jenem Abend nach Hause geeilt, bevor das Treffen in der Kirche zu Ende war, und hatte dann mit ihrer Mutter Streit bekommen. Das könnte während des Abendessens gewesen sein. Meiner Vermutung nach hatte Mrs. Steiner Emily, wie schon des Öfteren, damit bestraft, dass sie ihr das Essen heftig versalzte. Das Essen zu versalzen ist eine Form von Kindesmisshandlung, die entsetzlicherweise gar nicht so selten vorkommt.

Emily konnte aber auch gezwungen worden sein, Salzwasser zu trinken, woraufhin sie sich erbrach, was die Mutter nur noch wütender machte. Vermutlich erlitt das Kind eine Hypernatriämie und fiel schließlich ins Koma. Kurz vor oder kurz nach ihrem Tod trug Mrs. Steiner Emily dann in den Keller. Die widersprüchlichen Befunde bei Emilys Obduktion würden durch diesen Ablauf des Geschehens jedenfalls erklärt, sowohl ihr erhöhter Natriumgehalt als auch die fehlenden vitalen Reaktionen auf ihre Verletzungen.

Die Frage, warum die Mutter den Mord an Eddie Heath nachvollzogen hatte, konnte ich mir nur damit erklären, dass eine Frau mit einem Münchhausen-Stellvertreter-Syndrom an einem derart bekannt gewordenen Fall allergrößtes Interesse hatte. Denesa Steiners Reaktion war völlig anders als die eines normalen Menschen, der wahrscheinlich Entsetzen und Abscheu empfunden hätte. Sie stellte sich vermutlich vor allem die Aufmerksamkeit vor, die einer Mutter entgegengebracht wird, die ihr Kind auf so grässliche Weise verloren hat.

Wahrscheinlich hatte diese Vorstellung ihre Phantasie angeregt, sodass sie den Plan entwickelte. Sie hatte ihre Tochter an jenem Sonntagabend bewusst vergiftet, hatte sie umgebracht und damit ihren Plan in die Tat umgesetzt. Vielleicht war ihr die Idee aber auch erst gekommen, nachdem sie Emily aus Versehen und im Zorn vergiftet hatte. Die Antwort würde ich nie erfahren, aber das machte jetzt auch nichts mehr aus. Der Fall würde schließlich nie vor Gericht kommen.

Im Keller hatte Mrs. Steiner die Leiche ihrer Tochter in die Badewanne gelegt und ihr dort in den Hinterkopf geschossen, damit das Blut abfließen konnte. Dann täuschte sie den sexuellen Missbrauch vor. Sie zog die Tote aus, was auch das Vorhandensein der Münze erklärte, denn Emily hatte an dem Abend die Gruppenstunde verlassen, bevor der Klingelbeutel von dem Jungen, den sie liebte, herumgereicht worden war, und so rutschte der Vierteldollar beim Ausziehen der Hose versehentlich aus Emilys Tasche. Für die nächsten sechs Tage ruhte das nackte Hinterteil des Mädchens auf dieser Münze.

Nach meiner Vermutung war es Nacht gewesen, als Mrs. Steiner eine knappe Woche später Emilys Leiche fortbrachte, die die ganze Zeit im kühlen Keller gelegen hatte. Vielleicht hatte sie sie in eine Decke gewickelt, was die Wollfäden erklären würde, die wir gefunden hatten, vielleicht hatte sie sie aber auch in einen Plastiksack verpackt. Dass Mr. Steiner, wie ich gesehen hatte, im Keller jahrelang Holundermarkscheiben verwendet hatte, wenn er seine Uhren reparierte, erklärte jedenfalls die mikroskopisch kleinen Spuren dieser Substanz an der Leiche, während die Rolle mit dem orangefarbenen Gewebeband, von dem Mrs. Steiner Streifen abgeschnitten hatte, um ihre Tochter und sich selbst zu fesseln, bislang noch nicht aufgetaucht war. Das galt auch für die Waffe Kaliber 22. Beides würde wohl für immer verschwunden bleiben; Mrs. Steiner war zu schlau gewesen, solche inkriminierenden Gegenstände bei sich zu behalten.

Im Rückblick schien alles so einfach und in vielem so offensichtlich. Die Reihenfolge zum Beispiel, in der das Band von der Rolle geschnitten worden war, entsprach genau dem Verlauf des Geschehens. Natürlich hatte Mrs. Steiner zuerst ihre Tochter gefesselt, und dafür hatte sie die Streifen nicht vorher abschneiden und an die Möbelkante kleben müssen, denn Emily bewegte sich nicht, und so musste ihre Mutter sie auch nicht bändigen. Sie hatte beide Hände frei gehabt. Als sie sich dann jedoch selbst fesselte, musste sie etwas trickreicher vorgehen. Sie schnitt die Streifen auf einmal ab und klebte sie an die Kommode. Dann fesselte sie sich zum Schein und auf eine Weise, aus der sie sich wieder selbst befreien konnte, um die Polizei anzurufen und die angebliche Entführung zu melden. Allerdings hatte sie nicht gemerkt, dass sie die Streifen nicht in der Reihenfolge verwendete, in der sie sie abgeschnitten hatte. Warum hätte das für sie auch wichtig sein sollen?

In Charlotte stieg ich in eine Maschine nach Washington um und fuhr dort dann vom Flughafen mit dem Taxi zum Russell Building, wo ich eine Verabredung mit Senator Lord hatte. Als ich um halb vier eintraf, war er noch im Senat bei einer Abstimmung. Ich wartete geduldig im Empfangsbereich, wo junge Frauen und Männer nonstop Anrufe für ihn beantworteten. Alle Welt bat ihn um Hilfe. Wie konnte er nur mit dieser Bürde leben? Kurze Zeit später kam Lord herein und begrüßte mich mit einem Lächeln. Seinem Blick sah ich an, dass er bereits wusste, was passiert war.

»Kay, wie schön, Sie zu sehen.«

Wir gingen durch einen anderen Raum mit weiteren Schreibtischen und weiteren telefonierenden Menschen direkt in sein Privatbüro, und er schloss die Tür hinter uns. An den Wänden hingen viele schöne Bilder von erstklassigen Künstlern. Auch wurde deutlich, dass er gute Bücher liebte. »Der FBI-Direktor hat mich vorhin angerufen. Was für ein Albtraum. Ich weiß gar nicht, was ich dazu sagen soll«, sagte er.

»Mir geht es gut.«

»Hier, bitte.« Er führte mich zur Couch und setzte sich mir gegenüber auf einen schlichten Sessel. Senator Lord setzte sich nur selten an den Schreibtisch, wenn er Gäste hatte; eine solche Demonstration seiner Autorität hatte er nicht nötig, denn wie bei allen mächtigen Menschen, die ich kannte – und von denen gab es nur wenige –, hatte ihn seine bedeutende Position eher noch freundlicher und bescheidener gemacht.

»Ich bin in einer seltsamen Verfassung, irgendwie benommen«, fuhr ich fort. »Der posttraumatische Stress und diese Dinge kommen erst später, aber das zu wissen macht einen auch nicht immun.«

»Tun Sie sich etwas Gutes. Fahren Sie irgendwohin, und erholen Sie sich.«

»Senator Lord, was können wir für Lucy tun? Ich möchte, dass ihr Name reingewaschen wird.«

»Ich glaube, dafür haben Sie schon gesorgt.«

»Noch nicht ganz. Das Bureau weiß zwar, dass es nicht Lucys Daumen auf dem Scanner im biometrischen Sicherheitssystem gewesen sein kann, doch das exkulpiert meine Nichte noch nicht ganz. Das ist zumindest mein Eindruck.«

»Und der ist auch richtig. Völlig richtig.« Senator Lord stellte seine übereinander geschlagenen langen Beine auf den Boden und sah in die Ferne. »Natürlich schwirren im Bureau allerlei Gerüchte herum. Es gibt allerhand Tratsch, und das ist mit Sicherheit ein Problem. Nachdem jetzt Gault mit im Spiel ist, kann vieles auch nicht offen ausgesprochen werden.«

»Also muss Lucy sich von allen anstarren lassen, weil sie nicht klarstellen darf, was tatsächlich passiert ist«, sagte ich.

»Das stimmt.«

»Es wird folglich eine Reihe von Leuten geben, die ihr nicht trauen und die sie nicht in Quantico haben wollen.«

»Die könnte es geben.«

»Keine schönen Aussichten.« Er sah mich geduldig an. »Sie können sie nicht ewig beschützen, Kay. Lassen Sie sie sich ihre Schrammen und Kratzer holen. Auf lange Sicht ist das besser für sie. Sehen Sie nur zu, dass sie auf dem richtigen Weg bleibt.« Er lächelte.

»Ich werde mein Bestes tun«, sagte ich. »Da ist schließlich auch noch das Verfahren wegen Alkohols am Steuer, das ihr bevorsteht.«

»Es war immerhin ein Unfall mit Fahrerflucht, und sie war das Opfer. Vielleicht war es sogar ein Mordversuch. Ich meine, das wirft in den Augen eines Richters ein anderes Licht auf den Hergang. Ich würde auch vorschlagen, dass sie freiwillig einen sozialen Dienst übernimmt.«

»Haben Sie da schon etwas im Hinterkopf?« Ich wusste, dass das der Fall war, denn sonst hätte er es nicht erwähnt.

»Ja, das habe ich. Glauben Sie, sie möchte in die ERF zurück? Wir wissen nämlich nicht, wie weit Gault bei CAIN vorgedrungen ist, und ich würde dem Direktor gern vorschlagen, dass das Bureau Lucy auf Gaults Spur setzt. Sie soll herausbekommen, wie groß der angerichtete Schaden ist und was gerettet werden kann.«

»Eines weiß ich, Frank: Sie wäre begeistert«, sagte ich, erfüllt von Dankbarkeit.

»Ich kann mir niemand Besseren für diesen Job vorstellen als Lucy«, fuhr er fort. »Und sie bekommt damit die Chance einer Wiedergutmachung. Sie hat nicht wissentlich etwas Falsches getan, aber sie hat jemanden falsch beurteilt.«

»Das werde ich ihr sagen.«

Von seinem Büro fuhr ich ins *Willard* und nahm mir ein Zimmer. Ich war zu müde, um noch nach Richmond zurückzukehren, und am liebsten wäre ich sowieso nach Newport geflogen. Ich wollte Lucy sehen, und wenn auch nur für eine oder zwei Stunden. Ich wollte, dass sie wusste, was Senator Lord für sie getan hatte, und dass ihr Name reingewaschen würde.

Alles würde gut werden. Ich wusste es. Ich wollte ihr sagen, wie sehr ich sie liebte. Ich wollte sehen, ob ich die Worte fand, die mir so schwer fielen. Liebe war etwas, das ich gern für mich behielt, denn ich fürchtete, dieses Gefühl könnte mich verlassen, sobald ich darüber sprach, so wie viele Menschen mich in meinem Leben verlassen hatten. Und gerade aus dieser Angst heraus hatte ich oft genau das heraufbeschworen, was ich am meisten fürchtete.

Im Hotelzimmer angelangt, rief ich als Erstes bei Dorothy an, doch sie meldete sich nicht. Ich probierte es bei meiner Mutter.

»Wo bist du denn diesmal?«, fragte sie. Ich hörte Wasser laufen.

»Ich bin in Washington«, sagte ich. »Wo ist Dorothy?«

»Sie ist zufällig hier und hilft mir das Abendessen vorbereiten. Wir haben Hühnchen mit Zitronensauce und Salat – du müsstest unseren Zitronenbaum sehen, Katie. Und die dicken Grapefruits. Gerade wasche ich den Salat. Solltest du, wie alle

Jubeljahre, mal wieder bei deiner Mutter vorbeikommen, dann essen wir auch zusammen. Etwas ganz Normales. Wie in einer richtigen Familie.«

»Ich hätte gern mit Dorothy gesprochen.«

»Einen Moment.«

Der Hörer stieß irgendwo an, dann war Dorothy am Apparat.

»Wie heißt Lucys Therapeut in Edgehill?«, fragte ich ohne Umschweife. »Ich nehme an, sie haben ihr inzwischen einen zugeteilt.«

»Ist schon überholt. Lucy ist gar nicht mehr dort.«

»Wie bitte?«, rief ich. »Was hast du gesagt?«

»Das Programm dort hat ihr nicht gefallen, und sie hat mir gesagt, sie wolle gehen. Ich konnte sie nicht zwingen. Sie ist eine erwachsene Frau. Und sie hatte sich ja auch noch zu nichts verpflichtet.«

»Und?« Ich war schockiert. »Ist sie bei euch? Ist sie in Miami?«

»Nein«, sagte meine Schwester ganz ruhig. »Sie wollte eine Weile in Newport bleiben. Nach Richmond zurückzukehren sei im Augenblick zu unsicher, sagte sie – oder so einen ähnlichen Unsinn. Und hierher kommen wollte sie auch nicht.«

»Da sitzt sie also allein in Newport mit so einer verfluchten Kopfverletzung und ihrem Alkoholproblem, und du unternimmst gar nichts?«

»Kay, du übertreibst mal wieder.«

»Wo wohnt sie?«

»Ich habe keine Ahnung. Sie sagte, sie wolle eine Zeit lang nur herumgammeln.«

»Dorothy!«

»Darf ich dich daran erinnern, dass sie meine Tochter ist und nicht deine?«

»Das wird stets die größte Tragödie in ihrem Leben bleiben.«

»Wann hältst du endlich mal deine beschissene Nase da raus?«, schnappte sie.

»Dorothy!«, hörte ich meine Mutter im Hintergrund rufen. »Ich will solche Ausdrücke nicht hören!«

Meine Wut wich plötzlich eiskalter Beherrschtheit. »Ich sage dir eines, Dorothy: Wenn ihr irgendetwas zugestoßen ist, mache ich dich dafür verantwortlich, dich allein. Du bist nicht nur eine schreckliche Mutter, du bist ein furchtbarer Mensch. Ich bin wirklich traurig, dass du meine Schwester bist.«

Ich hängte ein, griff nach dem Telefonbuch und rief die in Frage kommenden Fluggesellschaften an. Es gab eine Maschine nach Providence, die ich noch erreichen konnte, wenn ich mich beeilte. Die Leute starrten mir hinterher, als ich die elegante Lobby des *Willard* fast im Laufschritt durchquerte. Der Türsteher besorgte mir ein Taxi, und ich versprach dem Fahrer den doppelten Fahrpreis, wenn er mich schnell zum National Airport brächte. Er fuhr wie der Teufel. Als ich am Terminal ankam, wurde mein Flug gerade aufgerufen. Erst im Flugzeug wurde mir bewusst, was passiert war. Mit den Tränen kämpfend, trank ich einen heißen Tee und schloss die Augen.

Die Fahrt von Providence nach Newport dauere über eine Stunde, sagte der Fahrer, weil es schneie. Durch die nassen Scheiben sah ich auf nackte, dunkle Granitmauern auf beiden Seiten der Straße, in den Abflusslöchern der Mauern gefror das Wasser zu Eis. Vom Boden des Wagens zog es feucht und scheußlich kalt herauf. Wie zarte weiße Insekten wirbelten große Schneeflocken gegen die Windschutzscheibe, ein so wildes Treiben, dass einem vom Zuschauen fast schwindelig wurde.

»Können Sie mir wohl ein Hotel in Newport empfehlen?«, fragte ich den Fahrer, der nach seinem Akzent zu urteilen in Rhode Island geboren war.

»Am besten ist das *Marriott*. Es liegt direkt am Wasser. Alle Läden und Restaurants sind von dort zu Fuß erreichbar. Auf Goat Island gibt es auch noch ein *Doubletree*.«

»Versuchen wir es im *Marriott*.«

»Ja. Ma'am. Das *Marriott* ist schon richtig.«

»Sagen Sie, wenn Sie als junge Frau in Newport einen Job

suchten, wohin würden Sie dann gehen? Meine einundzwanzigjährige Nichte möchte einige Zeit hier verbringen.«

Eigentlich war es ja dumm, einem völlig Fremden solch eine Frage zu stellen. Aber ich wusste nicht, was ich sonst tun sollte.

»Erstens würde ich nicht gerade diese Jahreszeit wählen. Da ist in Newport tote Hose.«

»Aber wenn sie sich nun für diese Jahreszeit entschiede? Angenommen, sie muss da gerade nicht zur Schule.«

»Hmm.« Er dachte nach, und meine Augen folgten eine Weile der rhythmischen Bewegung der Wischer auf der Windschutzscheibe.

»Vielleicht in einem Restaurant?«, schlug ich vor.

»Ja, sicher. Viele junge Leute arbeiten in den Restaurants. In denen am Wasser. Man verdient dort gut, weil Newport in der Hauptsache vom Tourismus lebt. Lassen Sie sich von niemandem erzählen, dass die Fischerei hier noch ein großes Geschäft ist. Heutzutage kommt ein Boot, das gut und gerne dreißigtausend Pfund fassen könnte, mit dreitausend Pfund Fisch in den Hafen zurück. Und das war dann schon ein guter Fang.«

So redete er weiter, und ich dachte an Lucy und wohin sie wohl gegangen sein mochte. Ich versuchte, mich in sie hineinzuversetzen, ihre Gedanken zu lesen, mit meinen in die ihren einzudringen. Alles Mögliche konnte passiert sein, und wenn ich mir vorstellte, was ihr widerfahren sein mochte, kamen mir wieder die Tränen. Noch eine Tragödie konnte ich nicht verkraften. Nicht Lucy. Das wäre der schlimmste Verlust. Ein zu großer.

»Wie lange sind die denn abends meistens geöffnet?«, fragte ich.

»Wer?«

Er hatte gerade etwas von Butterfischen gesagt, die zu Katzenfutter verarbeitet würden.

»Die Restaurants«, sagte ich. »Sind sie jetzt noch geöffnet?«

»Nein, Ma'am. Die meisten nicht mehr. Es ist fast ein Uhr nachts. Wenn Sie Ihrer Nichte bei der Jobsuche helfen wollen, ziehen Sie am besten morgens los. Die meisten öffnen um elf, einige früher, wenn sie Frühstück anbieten.«

Der Taxifahrer hatte natürlich Recht. Ich konnte jetzt nichts weiter tun, als ins Bett zu gehen und zu versuchen, etwas zu schlafen. Mein Zimmer im *Marriott* bot einen Blick über den Hafen. Das Wasser war eine einzige schwarze Fläche. Draußen vor dem unsichtbaren Horizont tanzten die Positionslichter der Fischerboote.

Um sieben Uhr stand ich auf, weil es keinen Grund gab, länger im Bett zu bleiben. Ich hatte praktisch nicht geschlafen, auch aus Furcht vor Albträumen.

Ich bestellte ein Frühstück und zog die Vorhänge auf. Der Tag war stahlgrau, Meer und Himmel waren kaum zu unterscheiden. In der Ferne flogen Wildgänse in der exakten Form einer Pfeilspitze. Der Schnee war in Regen übergegangen. Obwohl ich wusste, dass so früh noch nicht viele Lokale offen waren, konnte mich nichts davon abhalten, es zu versuchen. Um acht stand ich draußen vor dem Hotel mit einer Liste beliebter Kneipen, Pubs und Restaurants in der Hand, die mir der Portier gegeben hatte.

Eine Weile wanderte ich die Kais entlang. Die Seeleute hatten sich zum Schutz gegen das nasse Wetter in gelbe Windjacken und Latzhosen aus Ölzeug gehüllt. Jeden, der mir zuhören wollte, fragte ich nach Lucy. Es war immer dieselbe Frage, und auch die Antworten waren stets dieselben. Ich beschrieb meine Nichte, aber niemand wusste, ob er sie gesehen hatte. Hier an der Promenade arbeiteten so viele junge Frauen.

Ich hatte keinen Schirm mit, und der Schal, den ich mir um den Kopf gebunden hatte, hielt den Regen nicht ab, trotzdem ging ich unbeirrbar weiter, vorbei an eleganten Segelbooten und Jachten, die mit schweren Plastikplanen winterfest gemacht worden waren, und an einem Berg schwerer, zerbrochener Anker, an denen der Rost fraß. Viele Leute waren nicht auf der Straße, aber die meisten Läden waren schon geöffnet. Ich hatte ganz vergessen, dass Halloween war; erst als ich die Kobolde,

Gnome und Gespenster in den Schaufenstern am Brick Market Place sah, fiel es mir wieder ein.

Stundenlang wanderte ich über das Kopfsteinpflaster der Thames Street und sah mir die Auslagen der Geschäfte an, die alles feilboten, von Muschelwerk bis zu feiner Kunst. Weiter ging es durch die Mary Street zum *Inntowne Inn*. Der Mann hinter der Theke hatte den Namen meiner Nichte noch nie gehört. Auch bei *Christie's* kannte man ihn nicht. Dort setzte ich mich mit einem Kaffee an einen Fenstertisch und sah auf die Narragansett Bay hinaus. Die Docks waren nass und von Seemöwen bevölkert, die alle in die gleiche Richtung schauten. Zwei Frauen gingen zum Wasser vor und blickten aufs Meer. Sie hatten Hüte auf und Handschuhe an, und irgendwie wirkten sie, als wären sie mehr als nur gute Freundinnen. Ich musste an Lucy denken und brach wieder auf.

Am Bannister Wharf suchte ich das *Black Pearl* auf, dann *Anthony's*, den *Brick Alley Pub* und dann das Inn im Castle Hill. Auch in *Callahan's Cafe Zelda* und einem drolligen Laden, wo es Strudel mit Sahne gab, kam ich nicht weiter. Ich ging in so viele Bars, dass ich bald den Überblick verlor und in manchen zweimal auftauchte, doch von Lucy fehlte jede Spur. Niemand konnte mir helfen. Ich war nicht sicher, ob es überhaupt jemanden kümmerte. Verzweifelt ging ich weiter den Bowden Wharf entlang. Der Regen wurde stärker. Er fiel in Schwaden von einem schiefergrauen Himmel. Eine Frau eilte vorbei und lächelte mir zu.

»Machen Sie keine Dummheiten, meine Liebe«, sagte sie. »So schlimm kann's gar nicht sein.«

Am Ende des Kais betrat sie den Laden der Aquidneck Lobster Company, und ich beschloss, ihr zu folgen, weil sie so nett gewesen war. Ich sah sie hinter einer Glaswand in einem kleinen Büro verschwinden. Es war so verraucht, und die Scheiben waren so dicht mit Rechnungen tapeziert, dass man dahinter nur noch die gefärbten Locken der Frau und ihre gestikulierenden Hände erkennen konnte.

Um zu ihr zu gelangen, musste ich vorbei an grünen Wassertanks, so groß wie Boote, voller Hummer, Muscheln und Krebse. Die Tanks erinnerten mich an die übereinander geschichteten Leichenboxen im Leichenschauhaus. Auch die Tanks waren bis unter die Decke gestapelt. Von oben wurde Meerwasser hineingeleitet, am Boden floss es wieder heraus. Im Innern des Hummerhauses roch es nach See, und es rauschte wie im Urwald zur Regenzeit. Die Gesichter der Männer in orangefarbenen Latzhosen und hohen Gummistiefeln waren vom Wetter gegerbt wie draußen die Docks. Alles redete laut durcheinander.

»Entschuldigen Sie«, sagte ich unter der schmalen Bürotür. Erst jetzt sah ich, dass die Frau nicht allein war. Bei ihr saß ein Fischer mit derben roten Händen rauchend auf einem Plastikstuhl.

»Sie sind völlig durchnässt, meine Liebe. Kommen Sie herein, und wärmen Sie sich auf.« Wieder lächelte die Frau mir zu. Sie war deutlich übergewichtig, und man sah ihr an, dass sie ihr Leben lang schwer gearbeitet hatte. »Wollen Sie Hummer kaufen?« Sie machte Anstalten aufzustehen.

»Nein«, sagte ich schnell. »Ich bin auf der Suche nach meiner Nichte. Sie hat sich verlaufen, oder wir haben uns irgendwie verpasst. Wir waren verabredet. Haben Sie sie vielleicht gesehen?«

»Wie sieht sie denn aus?«, fragte der Fischer.

Ich beschrieb sie.

»Und wo haben Sie sie zuletzt gesehen?« Die Frau sah mich etwas verwirrt an.

Ich holte tief Luft. Der Mann hatte mich schon durchschaut, ich sah es seinem Blick an.

»Sie ist weggelaufen. Das passiert manchmal bei Kindern«, sagte er und zog an seiner Marlboro. »Die Frage ist, wovor ist sie weggelaufen? Sagen Sie es mir, dann komme ich vielleicht darauf, wo sie stecken kann.«

»Sie war in Edgehill«, sagte ich.

»Und sie ist einfach raus?«

»Sie ist gegangen.«

»Dann hat sie entweder das Programm nicht mitgemacht, oder die Versicherung will nicht zahlen. Passiert hier häufig. Ich habe Kumpels, die in dem Laden waren und nach vier oder fünf Tagen wieder gegangen sind, weil die Versicherung nicht zahlen wollte. Kommt immer wieder vor.«

»Sie hat das Programm nicht mitgemacht«, sagte ich.

Er nahm die Mütze vom Kopf und strich einen wilden schwarzen Haarschopf glatt.

»Sie müssen krank vor Sorge sein«, sagte die Frau. »Ich kann Ihnen einen Pulverkaffee machen.«

»Sie sind sehr liebenswürdig, aber danke, nein.«

»Wenn sie zu früh rauskommen, fangen sie gewöhnlich wieder an zu trinken oder Drogen zu nehmen«, fuhr der Mann fort. »Ich sage es nicht gern, aber so läuft das. Wahrscheinlich arbeitet sie als Kellnerin oder als Barmädchen. Dann ist sie immer nah an dem dran, was sie mag. Die Restaurants hier in der Gegend bezahlen recht gut. Ich würde bei *Christie's* nachsehen oder drüben im *Black Pearl* am Bannister Wharf oder im *Anthony's* am Waites Wharf.«

»Da war ich überall schon.«

»Was ist mit dem *White Horse*? Da kann man gut verdienen.«

»Wo ist das?«

»Da drüben.« Er zeigte in Richtung Stadtzentrum. »Jenseits der Marlborough Street, nicht weit vom *Best Western*.«

»Und wo könnte sie wohnen?«, fragte ich. »Sie ist nicht der Mensch, der dafür viel Geld ausgibt.«

»Ich sage Ihnen, meine Liebe, was ich tun würde«, sagte die Frau. »Ich würde es im Seaman's Institute versuchen. Es liegt gleich gegenüber. Sie müssen auf dem Weg hierher daran vorbeigekommen sein.«

Der Fischer nickte und zündete sich eine neue Zigarette an. »Gehen Sie da mal hin. Das ist ein guter Anfang. Sie beschäftigen dort auch Bedienungen und Küchenhilfen.«

»Was ist das für ein Haus?«

»Ein Haus, in dem Fischer, denen es nicht so gut geht, wohnen können. So etwas wie ein kleines CVJM-Heim, oben die Zimmer, unten Speisesaal und Snackbar.«

»Unterhalten wird es von der katholischen Kirche«, fügte die Frau hinzu. »Am besten sprechen Sie mit Pater Ogren. Er ist der Priester dort.«

»Warum sollte ein junges Mädchen dorthin gehen und nicht zu den anderen Adressen, die Sie erwähnt haben?«, fragte ich.

»Das würde sie wohl auch nicht«, sagte der Fischer, »es sei denn, sie will nicht mehr trinken. Dort gibt es nämlich keinen Alkohol.« Er schüttelte den Kopf. »In so ein Haus geht man genau dann, wenn man die Behandlung vorzeitig abbricht, aber trotzdem nicht mehr trinken oder Drogen nehmen will. Ich kenne einen ganzen Haufen Jungs, die das so gemacht haben. Auch ich bin schon mal dort gewesen.«

Als ich ging, regnete es so heftig, dass das Wasser laut vom Straßenpflaster zum feuchten Himmel zurückzuspritzen schien. Ich war durchnässt bis zu den Knien und hungrig, ich fror und wusste nicht, wohin. Es ging mir also genau wie den vielen Menschen, die das Seaman's Institute aus Not aufsuchten.

Es sah aus wie eine kleine Backsteinkirche. Draußen stand das Menü mit Kreide auf eine Tafel geschrieben, und ein Transparent verkündete: JEDERMANN WILLKOMMEN. Ich trat ins Haus. Einige Männer saßen an einer Bar und tranken Kaffee, andere saßen an Tischen in dem angrenzenden einfachen Speisesaal. Man sah mich mit freundlicher Neugier an. Viele der Gesichter waren deutlich gezeichnet von Jahren draußen auf See und vom Alkohol. Eine Kellnerin, die nicht älter aussah als Lucy, fragte mich, ob ich etwas zu essen wünschte.

»Ich suche Pater Ogren«, sagte ich.

»Ich habe ihn schon eine Weile nicht mehr gesehen, aber schauen Sie mal in der Bibliothek oder in der Kapelle nach.«

Ich stieg die Stufen zu einer kleinen Kapelle hinauf. Es war eine hübsche Kapelle. Mehrere Fresken an den Wänden zeigten Heiligenlegenden, die Kissen hatten Bezüge mit nautischen Motiven in Kreuzstich. Der Fußboden war aus verschiedenfarbigem Marmor in Muschelornamenten. Ich stand ganz still da und betrachtete eine Markus-Figur, die einen Mast hochhielt, während der heilige Antonius von Padua die Meerestiere segnete. Der heilige Andreas zog Netze ein. Oben liefen Bibelzitate über die Wände.

Und stillte das Ungewitter, dass die Wellen sich legten und sie froh wurden, dass es still geworden war, und er sie zu Lande brachte nach ihrem Wunsch.

Ich tauchte meine Hand in eine große Muschelschale mit Weihwasser und bekreuzigte mich. Am Altar betete ich eine Weile und legte eine Spende in einen kleinen Bastkorb. Hinter der Tür auf der Treppe hörte ich fröhliche Stimmen, jemand pfiff. Der Regen trommelte auf das Dach, und jenseits der matten Fenster schrien die Möwen.

»Guten Tag«, sagte eine ruhige Stimme hinter mir.

Ich drehte mich um und sah einen schwarz gekleideten Priester, Pater Ogren vermutlich.

»Guten Tag, Pater«, sagte ich.

»Sie müssen lange durch den Regen gelaufen sein.« Sein Blick war gütig, das Gesicht wirkte sehr sanft.

»Pater, ich suche meine Nichte und bin verzweifelt.«

Viel musste ich nicht über Lucy sagen. Kaum hatte ich sie beschrieben, sah ich dem Gesicht des Priesters schon an, dass er sie kannte, und mein Herz machte einen Luftsprung. »Gott ist gnädig und gütig«, sagte er mit einem Lächeln. »Er hat sie hierher geführt wie so viele andere auch, die auf den Wogen des Meeres verloren gingen. Vor ein paar Tagen hat er Ihre Nichte hierher geführt. Ich glaube, sie ist in der Bibliothek. Ich lasse sie dort Bücher katalogisieren und Ähnliches. Sie ist eine sehr kluge Frau und voller Ideen, wie man hier alles auf Computer umstellen kann.«

Die Bibliothek war ein dämmriger Raum mit dunkler Holztäfelung. Lucy saß mit dem Rücken zu mir an einem Refektoriumstisch, umgeben von abgenutzten Büchern. Vor ihr lag ein Papier, auf dem sie ohne Computer ein Computerprogramm erstellte, ganz so, wie berühmte Musiker in der Stille ihre Symphonien komponieren. Sie schien abgenommen zu haben. Pater Ogren tätschelte mir aufmunternd den Arm und zog sich zurück. Er schloss leise die Tür hinter sich.

»Lucy«, sagte ich.

Sie wandte sich um und sah mich erstaunt an.

»Tante Kay? Mein Gott«, flüsterte sie. »Was machst du hier? Woher wusstest du?« Ihre Wangen waren gerötet, und die frische Narbe auf ihrer Stirn leuchtete hellrot.

Ich zog einen Stuhl heran und nahm ihre Hand in meine Hände.

»Bitte, komm mit nach Hause.«

Lucy starrte mich immer noch an, als wäre ich eine Erscheinung.

»Dein Ruf ist wiederhergestellt.«

»Vollständig?«

»Vollständig.«

»Du hast alle Register gezogen, Tante Kay, oder?«

»Das hatte ich versprochen.«

»Du bist mir eine große Hilfe gewesen«, flüsterte sie und sah zur Seite.

»Das Bureau ist zu dem Schluss gekommen, dass Carrie dir das angetan hat«, sagte ich.

Tränen stiegen ihr in die Augen.

»Was sie getan hat, war furchtbar, Lucy. Ich weiß, wie wütend und verletzt du sein musst. Aber du bist wieder obenauf. Die Wahrheit ist jetzt bekannt, und die ERF will dich wiederhaben. Über deine Alkoholfahrt ist noch nicht das letzte Wort gesprochen, aber der Richter wird mehr Verständnis haben, nachdem erwiesen ist, dass jemand dich von der Straße gedrängt hat. Ich will aber trotzdem, dass du eine Kur machst.«

»Geht das nicht in Richmond? Kann ich nicht bei dir bleiben?«

»Natürlich kannst du das.«

Sie sah zu Boden. Ihr Gesicht war tränenüberströmt.

Ich wollte ihr nicht weiter wehtun, aber ich musste ihr noch ein paar Fragen stellen. »Als ich dich in der Nacht da draußen am Picknickplatz sah, war Carrie bei dir, nicht wahr? Sie raucht, oder?«

»Manchmal.« Sie wischte sich die Augen.

»Es tut mir so Leid.«

»Du kannst das nicht verstehen.«

»Sicher verstehe ich es. Du hast sie geliebt.«

»Ich liebe sie immer noch.« Lucy seufzte. »Das ist doch das Blöde. Wie konnte ich nur? Aber ich kann nichts dagegen machen. Und die ganze Zeit ...« Sie putzte sich die Nase. »Die ganze Zeit war sie mit Jerry oder sonst wem zusammen. *Und hat mich benutzt.*«

»Sie benutzt jeden, Lucy. Nicht nur dich.«

Lucy weinte, als könnte sie gar nicht mehr aufhören.

»Ich begreife, wie du dich fühlst«, sagte ich und zog sie an mich. »Man kann nicht einfach aufhören, jemanden zu lieben. Das braucht Zeit, Lucy.«

Ich hielt sie lange Zeit im Arm, und mein Hals wurde nass von ihren Tränen. Ich hielt sie, bis der Horizont wie eine dunkelblaue Linie durch den Abend schimmerte. Dann gingen wir in ihr spartanisch eingerichtetes Zimmer und packten ihre Sachen. Zwischen tiefen Pfützen hindurch machten wir uns über das Kopfsteinpflaster auf den Weg zu meinem Hotel. Halloween leuchtete aus den Fenstern, und der Regen wurde langsam zu Eis.